BASTEI LÜBBE

ROBERT RANKIN IM
TASCHENBUCH-PROGRAMM:

24 225 Der Garten unirdischer Gelüste

DIE BRENTFORD-TRILOGIE (in ca. 5 Teilen)

24 246 Der Antipapst
24 247 Die Akte Brentford
24 255 Jenseits von Ealing
24 264 Kohl des Zorns
24 271 Das Kettenlädenmassaker (in Vorbereitung)

DER HUGO-RUNE-ZYKLUS

24 201 Band 1 Das Buch der allerletzten Wahrheiten
24 204 Band 2 Jäger des verlorenen Parkplatzes
24 210 Band 3 Die größte Show jenseits der Welt
24 216 Band 4 Der wundersamste Mann, der jemals lebte

Vierter Roman der legendären
BRENTFORD-TRILOGIE
(in ca. 5 Teilen)

Kohl des Zorns

von
Robert Rankin,

dem die ewigen Streitereien zwischen
Lektor und Übersetzer inzwischen
so was von auf den Senkel gehen,
daß er den langen Weg
von Brentford nach Bergisch Gladbach
auf sich genommen hat, um ihnen
höchstpersönlich Ohren und Nasen
langzuziehen. Das frischgebackene
Elefantenduo gelobt Besserung.

Deutsch von Axel ›Dumbo‹ Merz
Lektorat: Stefan ›Du bist schuld‹ Bauer

BASTEI
LÜBBE

BASTEI LÜBBE TASCHENBUCH
Band 24 264

Erste Auflage: Oktober 1999

Sie finden uns im Internet unter
http://www.luebbe.de

Deutsche Lizenzausgabe 1999 by
Bastei-Verlag Gustav H. Lübbe GmbH & Co.,
Bergisch Gladbach
Originaltitel: The Sprouts of Wrath
Lektorat: Stefan Bauer
Titelbild: Arndt Drechsler
Umschlaggestaltung: QuadroGrafik, Bensberg
Satz: Fotosatz Steckstor, Rösrath
Druck und Verarbeitung:
Brodard & Taupin, La Flèche, Frankreich
Printed in France
ISBN 3-404-24264-5

Der Preis dieses Bandes versteht sich einschließlich der gesetzlichen Mehrwertsteuer

Für Mike Petty. Danke …

Prolog

Brentford erfreute sich an einem weiteren seiner tropischen Sommer.

Obwohl es in Hounslow, Ealing und Chiswick ununterbrochen in Strömen regnete und die Schrebergärtner von Kew dazu übergegangen waren, Anglerstiefel und Südwester zu tragen, räkelte sich die Einwohnerschaft Brentfords in Liegestühlen und nippte an kühlen Drinks oder schlenderte in kurzen Hosen und mit Sonnenhüten auf dem Kopf über die historische Durchgangsstraße. Wie das in Brentford nun einmal so war.

Für die Pendler, die jeden Tag über die Umgehungsstraße in Richtung der großen Metropole östlich von Ealing unterwegs waren, schien alles ganz normal. Reihen um Reihen roter Ziegeldächer, unter denen spätviktorianische Häuser Schutz fanden, ein antikes Gasometer, ein Wasserturm, ein paar Mietskasernen. Durchaus nichts Ungewöhnliches, hätte man meinen können, nichts, das Anlaß zu Staunen oder Verwunderung geboten hätte. Nur ein weiterer ganz normaler Vorort im Westen von London. Noch ein paar Hektar städtischer Bebauung.

Aber nein.

Brentford war mehr als das.

Und obwohl es nicht leichtfiel, es mit Namen zu benennen, war es nichtsdestotrotz ganz deutlich zu spüren. Sogar sehr, sehr deutlich.

Eines Morgens im Mai, kurz vor Sonnenaufgang, bog ein großes schwarzes Automobil fortschrittlichen Designs und ausländischer Herkunft von der Great

West Road ab, überquerte die Autobahnbrücke neben dem Mowlem-Gebäude und glitt lautlos in Richtung der Straßen von Brentford.

Als es in der London Road angekommen war, wo das Arts Center seinen scharf umrissenen Schatten in den grauen Himmel reckte, hielt es am Straßenrand an. Eine eigenartig verkrümmte Gestalt in einer Chauffeurslivree sprang mit einer Karte in der Hand heraus.

Nachdem sie die Karte sorgfältig im Licht einer Stiftlampe studiert hatte, klopfte sie zaghaft an ein undurchsichtig schwarzes Rückfenster. Das Paneel aus Glas glitt zischend nach unten. Der Chauffeur versteifte sich für einen Augenblick, als eine Wolke schaler, abgestandener Luft in seine Nüstern gelangte. Er hüstelte vornehm in ein vorgehaltenes, parfümiertes Taschentuch und reichte dem unsichtbaren Passagier im Fond die Straßenkarte.

»Die Stelle liegt genau unter diesem Gebäude, Sir«, sagte der Chauffeur. »Auf der Insel. Es ist die letzte von fünf. Jetzt besitzen Sie alle.«

Aus dem Fond der Limousine erklang ein Seufzen, ein klagender, ganz und gar unirdischer Laut, gefolgt von einem aufgeregten Schnaufen wie aus Lungen, die längst verrottet waren.

»Dann ist alles so, wie es sein soll«, zischte eine Stimme, die kaum mehr war als ein ersticktes Flüstern. »Dann werden wir den Plan heute in die Tat umsetzen.«

Der Chauffeur tupfte sich den kalten Schweiß ab, der auf seiner Stirn zu perlen begonnen hatte, und nahm mit zitternder Hand die hingehaltene Karte wieder an sich. Selbst durch seine weißen Chauffeurshandschuhe hindurch spürte er, daß die Karte nun kalt und feucht war. Er verbeugte sich steif, kehrte in seinen Fahrersitz zurück und setzte das eigenartige Gefährt wieder in Bewegung.

Die dünne Linie der Morgendämmerung am östlichen Himmel über Brentford wurde breiter, während die dunkle Limousine über die Kew Bridge davonfuhr und bald im Schatten des großen Gasometers verschwunden war.

Kapitel 1

Die Chorknaben der Dämmerung beendeten ihre lautstarke Ode an den neuen Tag, als der Fahrer des *Brentforder Merkur* sein erstes freitägliches Bündel in die allgemeine Richtung einer gewissen Eckladentür warf.

Auf dem Olymp nickten die Götter namens Schicksal über einem Ambrosiafrühstück einander einvernehmlich zu und erklärten den Tag offiziell für angebrochen.

Norman schulterte das Bündel lokaler Wochenzeitungen und wuchtete es auf seine wurmzerfressene Ladentheke, wo es mit einem dumpfen Geräusch und in einer mächtigen Staubwolke landete. Der Eckladenbesitzer seufzte vor Vergnügen. Seit sein Ehegespons mit dem früheren Herausgeber des einheimischen Presseorgans durchgebrannt war, hatte er den Laden wunderbar herunterkommen lassen. Der Staub erweckte bei jedem verheirateten Mann in der Gemeinde Anflüge von Neid, und Norman, der begierig jegliches Vergnügen auskostete, das ihm seine unerwartete Rückkehr ins Junggesellentum bot, lebte, wie er die Sache sah, ganz und gar ›aus dem Vollen‹. Oben im Schlafzimmer verstaubte die Unterwäsche der letzten Woche auf dem Läufer vor dem Bett, und seine heutigen Exzesse, was Eleganz betraf, beschränkten sich auf ein Paar unpassender, durchgescheuerter Socken und das schrille Hawaiihemd, das seine Ex-Gattin ganz besonders gehaßt hatte. Außerdem kultivierte Norman seit kurzer Zeit ein paar haarsträubende Koteletten, die ihm seiner festen Meinung nach zu einem unwiderstehlichen Sex-Appeal verhalfen.

»Das Leben ist gar nicht so schlecht, wenn man nicht schwach wird«, pflegte er seine Kundschaft ununterbrochen zu informieren, wobei er stets vorsichtig hinzufügte, daß das natürlich nur der Fall war, wenn man den Bastarden (wer auch immer sie sein mochten) keine Gelegenheit gab, einen fertigzumachen.

Lautlos zwischen Zähnen eigenen Designs und eigener Konstruktion hindurch pfeifend, klappte Norman die Klinge seines Bodaschwertimitats von einem Papiermesser auf und durchtrennte die Kordeln des Zeitungsbündels. Er zerknüllte das rosafarbene Abdeckblatt und warf einen ersten Blick auf die Schlagzeilen der Woche. Diese jeden Freitag wiederkehrende Routine hatte etwas von einem Ritual an sich, etwas, das ans Mystische grenzte, obwohl sich Norman dessen nicht bewußt war und keinesfalls den Ernst an den Tag legte, der Ritualen im allgemeinen zu eigen ist.

Aber so war das häufig in Brentford und mit den Brentfordern. Gar manche Gewohnheit schien im Lauf der Zeit eine fast magische Signifikanz gewonnen zu haben.

Zum Beispiel die tägliche Prozession im Morgengrauen, die der alte Professor Slocombe entlang der Gemeindegrenzen unternahm. Oder die Art und Weise, wie Neville der Teilzeitbarmann jeden Tag die Bierpumpen des *Fliegenden Schwans* überprüfte. Dinge wie diese waren es, die den Charakter Brentfords ausmachten und die Gemeinde von den umliegenden deutlich unterschieden. Brentford ermangelte es an der Weltmännischkeit Hounslows, dem Aufstreben Ealings, der jungen Professionalität Chiswicks oder der reservierten Urbanität Kews. Und so überraschte es auch niemanden weiter, daß die Initialen dieser umgebenden Gemarkungen sich zu dem Wort HECK verbinden ließen, dem viktorianisch-britischen Euphemismus für das Wort HÖLLE.

Norman schleuderte die verknotete und durchtrennte Kordel in die grobe Richtung eines überquellenden Papierkorbs unter seiner Ladentheke, lehnte sich auf die verschlissenen Ellbogen seines abgetragenen Kaufmannskittels und überflog die Ereignisse der Woche.

Eine Schlagzeile erregte seine Aufmerksamkeit:

GROSSER TUMULT IN KIRCHENHALLE UM UNSICHTBAREN MYSTIKER

hieß es in der fetten Überschrift, die ein Drittel der Titelseite einnahm. ›Guru verschwindet mitsamt allen Geldern während einer Schlägerei‹.

Norman kicherte leise vor sich hin, während er in dem Bericht las, wie der einheimische schwarze Magier und selbsternannte Vollbringer zahlloser Wunder Hugo Rune*, als es ihm nicht gelungen war, sich vor den Augen einer größeren Menschenmenge in Luft aufzulösen, eine ganz andere Art von ›Verdünnisierungskunst‹ demonstriert hatte, nachdem die

* In Ihrem Geiste sollten Sie jetzt Fanfarenstöße hören. Hiermit ist es dem unvergleichlichen Robert Rankin gelungen, eine Verbindung zwischen der Brentford-Trilogie (in ca. 5 Teilen) und der Hugo-Rune-Trilogie (in 4 Teilen, wobei ein Teil nichts mit Hugo Rune zu tun hat) herzustellen. (Anm. d. Red.)

unzufriedenen Leutchen böse geworden waren und die Rückgabe ihres Geldes verlangt hatten. Vater Moity hatte mögliche Schäden an den jakobinischen Balken seiner erst kürzlich restaurierten Kirche befürchtet und die Polizei gerufen. Im Verlauf der sich daran anschließenden Keilerei waren zwölf Einheimische verhaftet worden, und seit diesem Augenblick suchte die Konstablerei nach dem Verbleib des Wundervollbringers.

Norman schüttelte den Kopf und blätterte um.

BIRMINGHAMS OLYMPISCHE HOFFNUNGEN LÖSEN SICH IN RAUCH AUF: FEUER IN STADION BEENDET ALLE TRÄUME

Selbstverständlich hatte Norman all das bereits im Radio gehört. Die lange Liste der Fehler und Nachlässigkeiten des Managements, Stümpereien, Ineffizienz und Chaos hatten monatelang für Schlagzeilen gesorgt. Wie David Coleman es ganz richtig ausgedrückt hatte: Die olympischen Träume waren schon seit langem zum Scheitern verurteilt.

»Schande«, sagte Norman leise zu sich selbst. »Ich dachte, ich hätte eine Chance im Speerwerfen.«

Weiter unten auf der gleichen Seite befand sich ein Artikel, den wahrscheinlich jeder andere Herausgeber als Schlagzeile präsentiert hätte:

GROSSER GOLDBARRENRAUB: DIEBE MACHEN FETTE BEUTE BEIM GRÖSSTEN FISCHZUG DES JAHRHUNDERTS

Einmal mehr pfiff Norman zwischen den handgemachten Dritten hindurch, als er die Zahl las. Selbst wenn man den Hang zur Übertreibung von Knüller Molloy, dem Klatschreporter des *Brentforder Merkur*, in Rechnung stellte, schien es nur wenig Zweifel zu geben, daß dieser Raub ein gewaltiger gewesen sein mußte.

Wie die Tat ausgeführt worden war, blieb vorerst noch im Dunkeln, und Norman bewunderte die Genialität der Taschendiebe, die unbemerkt durch den Hochsicherheitskordon geschlüpft waren und mit vielen Tonnen goldener Beute das Weite gesucht hatten. Norman zählte die Reihen von Nullen und bemühte sich, die Summe in Gruppen aus Hundertern, Tausendern und Millionen aufzuteilen. Sie war unvorstellbar groß.

Rasches Durchblättern der verbleibenden Seiten enthüllte zum größten Teil nichts Unerwartetes. Der gleiche Kram wie immer, obwohl er in seiner langweiligen Gleichheit merkwürdig beruhigend wirkte. Lokale Feierlichkeiten und Blumenschauen. Eine Auflistung der Automärkte, die in der folgenden Woche stattfinden würden. (Norman mußte immer wieder staunen, wie groß das augenscheinliche Interesse der Öffentlichkeit an privaten Automärkten war.) Eine drei Seiten umfassende Gezeitentafel. Die Demonstration der Levitationskunst, ursprünglich für die folgende Woche angekündigt, wurde wegen unvorhergesehener Umstände abgesagt. Der Stadtrat verschleuderte immer noch brachliegendes Gemeindeland in dem vergeblichen Bemühen, den Haushalt auszugleichen. Der Alte Sandell, Wahrsager und Orakel des *Brentforder Merkur*, prophezeite dem Königshaus einen weiteren Skandal und daß ein einäugiger Puertoricaner das Derby gewinnen würde. Immer wieder die gleichen, altbekannten Geschichten.

Norman schüttelte einmal mehr den Kopf – weil er es wie stets nicht glauben konnte –, grub einen Kuli aus der Tasche und fing an, die Zeitungen zu numerieren.

»Ein unsichtbarer Guru, ein Goldraub und Aloha für die olympischen Hoffnungen von Birmingham«, brummte er vor sich hin. »Gesprächsstoff im *Fliegenden Schwan* für die Mittagszeit, aber wohl kaum geeignet, das hehre Antlitz der Zivilisation in unserer Gemeinde zu ändern.«

Im Licht zukünftiger Ereignisse hätte Norman gut daran getan, diese letzte Bemerkung zu unterdrücken und statt dessen eine völlig andere von sich zu geben ... nach Möglichkeit eine von der Sorte wenig fröhlicher Untergangsprophezeiungen aus dem evangelischen Buch der Offenbarungen, oder ein einfaches: »Das Ende steht unmittelbar bevor.«

Doch Präkognition war noch nie eine von Normans stärkeren Seiten gewesen. Hätte er auch nur eine Spur dieses Talents besessen, würde er jetzt nicht unnötigerweise Zeitungen numeriert haben, die er in Kürze selbst austragen mußte. Denn an jenem besonderen Morgen, wie schon an verschiedenen Morgen in der Vergangenheit, hatte sich Zorro der Zeitungsjunge entschlossen, lieber in seinem gemütlichen Bett liegen zu bleiben, als sich den Unbilden von Zeitungstasche, Fahrrad und kläffenden Bullterriern auszusetzen.

So kam es, daß Norman mit einer falsch gepfiffenen Melodie von Captain Beefheart* auf den Lippen und dichtem Staub auf den Superkoteletten mit seiner morgendlichen Aufgabe fortfuhr und in seliger Unwissenheit übersah, daß er soeben eine erste Ahnung vom Anfang des Endes erhalten hatte. Oder wenn schon nicht des Endes, so doch etwas, das dem verdammt nahe kam.

* Nein, nein, das ist kein Hinweis auf die Lösung unseres Rätsels aus dem vorhergehenden Band: ›Jenseits von Ealing‹, erschienen als Band 24 255 im Bastei-Lübbe-Verlag, dem wundersamsten Verlag, der jemals existierte (was übrigens eine Anspielung auf den Band 24 216 ›Der wundersamste Mann, der jemals existierte‹ ist). Warum Bastei-Lübbe so wundersam ist, erfahren Sie dagegen in dem Roman: ›Die größte Show jenseits der Welt‹, Band 24 210. Solche Antworten pflegt der tüchtige Lektor gerne mit einem Hinweis auf die übrigen Romane von Robert Rankin aufzublähen, also Band 24 201: ›Das Buch der allerletzten Wahrheiten‹, Band 24 204: ›Jäger des verlorenen Parkplatzes‹, Band 24 225: ›Der Garten unirdischer Gelüste‹ und Band 24 246: ›Der Antipapst‹, verbunden mit dem dringenden Appell an die Leser, diese Bücher (wenn schon nicht zu lesen, dann doch) zu kaufen, damit er, der Lektor, endlich eine Gehaltserhöhung bekommt. (Anm. d. Lektors)

Kapitel 2

Keine hundert Yards Luftlinie nördlich von Normans Eckladen stand ein öffentliches Gebäude, das der Brennpunkt des Brentforder Universums war. Eine solide Konstruktion aus alten Londoner Ziegelsteinen und reich verziert mit viktorianischem Schnickschnack, hatte der *Fliegende Schwan* allen Fallen und Stolpersteinen eines haarsträubenden Brauereimanagements getrotzt. Die Gäste des Pubs waren stets von schalem Bier oder typischem Kneipenessen ›à la Basket‹ verschont geblieben.

Der *Fliegende Schwan* war in Würde alt geworden. Die Butzenscheiben, verfärbt vom Nikotin und einer Million bierseliger Atemzüge, lieferten genau jene Sorte von Licht, die man exklusiv in älteren Pubs finden kann. Das polierte Messing der Bierpumpen schimmerte wie altes Gold, und der Tresen funkelte in einer alten Patina. Die schweren Gerüche von Messingpaste und Bienenwachs mischten sich mit denen von Hopfen, Gerste, Malz und Beeren zu einer ganz eigenen, erhebenden Duftnote. Nur ein Mann, der ohne Seele zur Welt gekommen war, würde beim ersten Betreten des *Fliegenden Schwans* nicht einen Augenblick innehalten, die Luft einatmen und die einzigartige Atmosphäre in sich aufnehmen, um dann zu sagen: »*Das* nenne ich ein Pub!«

Doch ein Pub ist selbstverständlich trotz allem Ambiente, trotz aller Düfte und aller Ridley-Scotterie stets nur so gut wie das Bier, das dort ausgeschenkt wird. Und hier soll in aller Wahrhaftigkeit gesagt werden, daß die Biere in der Schankanlage des *Fliegenden*

Schwans derart köstlich mundeten und so ausgezeichnet in Würze und Aroma waren, daß die Leser meinetwegen in ungläubiges Köpfeschütteln und zweifelndes Murmeln verfallen können.

Und obwohl die acht Biersorten im Anstich von einer Qualität waren, daß selbst gestandene Trinker in Lobreden verfallen konnten, drehten sich deren Unterhaltungen am Tresen meist nur um ein Thema, nämlich wieviel besser das Bier in den guten alten Zeiten geschmeckt hatte.

Und wer war der Erste, der Gleiche unter Gleichen, dieser Guru des guten Biers? Der Bierpumpenvirtuose dieses Trinkerwalhallas?

Ein hauspantinenbewehrter Fuß schlappt auf eine Treppenstufe. Der Saum einer abgetragenen Schlafanzugjacke streift über die glänzende Mahagonitischplatte eines Britannia-Pubtisches. Ein hagerer Schatten fällt auf die Reihe glitzernder Pumpengriffe, und ein schmaler, von Staubfuseln diamantfleckiger Sonnenstrahl funkelt auf einem brylgecremten Skalp. Eine schlanke, fast mädchenhafte Hand schleicht in Richtung Whiskymaß.

Sicher kennen wir diese monogrammverzierten Pantinen, den verblaßten Morgenmantel, das ehrfürchtig gebeugte, pomadenglänzende Haupt, dessen Besitzer sich mit schlanker, doch sicherer Hand einen ersten Kurzen einschenkt?

Ja. Kein Zweifel scheint möglich, ein Irrtum ist ausgeschlossen. Es ist niemand anderes als Neville der Vollzeit-Teilzeitbarmann.

Neville gähnte, hustete, kratzte sich am Bauch und schenkte sich eine gute Portion flüssigen Frühstücks in einen polierten Tumbler. Er straffte die runden

Hängeschultern und streckte die Hühnerbrust hervor, dann kippte er die »goldene Portion« mit einer geübten Bewegung der Hand hinter die nicht umgebundene Binde, während er sich darauf vorbereitete, dem Tag ins Angesicht zu blicken.

Noch immer ge-ähnend, ha-ustend und seinen Bauch ka-ratzend, doch inzwischen innerlich gefestigt, machte er sich auf den Weg zur Tür und suchte nach seiner Ausgabe des wöchentlichen Nachrichtenblatts. Und da er Normans Zeitungsboten schon lange kannte, verschwendete er keine Zeit mit der Fußmatte. Letzte Woche hatte sich das verirrte Käseblatt in einem Geranienkübel gefunden, die Woche davor in einer Abfalltonne. Neville verspürte deswegen keine Feindseligkeit gegenüber dem jungen Zorro, sondern viel eher tiefe Sympathie, die ihren Ursprung im gegenwärtigen Hobby des Teilzeitbarmanns fand: der Psychoanalyse.

Jeder erfolgreiche Barmann ist ein geborener Psychologe, und in letzter Zeit hatte Neville gespürt, wie seine natürliche Begabung ihn tiefer und tiefer in die Folterlabyrinthe der menschlichen Seele zog. Und was er dort vorgefunden hatte, amüsierte ihn nicht wenig.

Der junge Zorro war ein Paradebeispiel. Die zusammengerollte Zeitung und der offenstehende Briefkasten waren ganz offensichtlich sexuelle Symbole. Zorro litt wahrscheinlich an einer Fixierung auf den Vater oder an der unbewußten Sehnsucht, in den Mutterleib zurückzukehren. Neville vermutete, daß die Ursache dafür bei Zorros Mutter lag. Vielleicht war sie ein Opfer des berüchtigten Exhibitionisten gewesen, der Brentford in den Fünfzigern unsicher gemacht hatte. Der Tick des Burschen hatte darin bestanden, bei einsamen Hausfrauen zu klingeln und seinen Willy durch den Briefkastenschlitz zu stecken.

Umgekehrt war es natürlich auch möglich, daß Zorros Mutter im Augenblick ihrer Empfängnis von einem Postboten zu Tode erschreckt worden war.

Alles schien denkbar. Im Schlafzimmer des Hauses Noahs Ark Lane Nummer neun* drehte sich Zorro in seinem gemütlichen Bett auf die andere Seite und schlief weiter.

Er hatte nicht die leiseste Ahnung von seiner mutmaßlichen pathologischen Neigung zur Unordnung. Für ihn war es weitaus einfacher, Nevilles Zeitung in die allgemeine Richtung der Tür zu werfen, während er am *Fliegenden Schwan* vorbeiradelte, als abzusteigen und sich der Anstrengung zu unterziehen, das zusammengerollte Bündel durch den viel zu kleinen, wenngleich auf Hochglanz polierten Briefkastenschlitz zu zwängen.

Neville schob die Messingbolzen der berühmten Tür nach hinten und öffnete dem heraufziehenden neuen Tag. Während er eingerahmt in dem wunderbaren Durchgang stand, die Morgenluft in großen Zügen durch die bebenden Nüstern sog und praktizierte, was er als extra-nasale Perzeption zu bezeichnen pflegte, um die Qualität der Stunde abzuschätzen, sann er darüber nach, wo der dieswöchentliche *Merkur* sich die sprichwörtlichen geflügelten Hacken abkühlen mochte.

Wie der legendäre alte Meisterdetektiv wußte auch Neville, daß nach Eliminierung des Unmöglichen der

* Zu Noahs Arche in Brentford vergleiche den Band: ›Die Akte Brentford‹, Bastei-Lübbe bla bla bla, Band 24 247.

Rest, ganz gleich wie unwahrscheinlich, die Lösung enthalten mußte. Alles schön und gut, doch die Umsetzung von Theorie in Praxis ist eine ganz andere Sache. Die Aussicht, in Mülltonnen zu wühlen und zweifelhafte Gullys zu inspizieren enthielt nur wenig, was man als verlockend bezeichnen konnte. Neville seufzte tief und schwor sich einen stillen Eid, daß er dem irregeleiteten Zeitungsjungen einen mächtigen Rüffler versetzen würde, sobald sich ihre Wege das nächste Mal kreuzten; Fixierung hin, Neurose her.

An dieser Stelle würden wir Neville vielleicht verlassen haben, der sich schäumend vor Wut und mit mürrischen Gesicht darauf vorbereitete, die Ostfront des *Fliegenden Schwans* abzusuchen, hätte nicht in genau diesem Augenblick ein kleines, jedoch auf seine Weise bedeutungsvolles Ereignis stattgefunden. Neville der Teilzeitbarmann nahm einen vorbereitenden tiefen Atemzug – und wurde zum unfreiwilligen Empfänger eines großen Schwalls von unheilverkündendem Gestank, der mit einem Mal in der zuvor von Rosenduft schwangeren, lieblichen Brentforder Morgenbrise hing.

»Ihr Götter!« ächzte der Teilzeitbarmann unerwartet nasal, als er von dem üblen Hauch getroffen wurde. Er preßte verzweifelt die Nüstern zusammen und keuchte in die Hand. Die Zeitung war vergessen, während er fächelnd um frische Luft rang und rückwärts in den *Fliegenden Schwan* zurückstolperte, um hinter sich die Tür ins Schloß zu werfen.

Mit einem leisen Zischen glitt das hintere Fenster eines großen schwarzen Automobils wieder zu, das vor dem *Fliegenden Schwan* geparkt stand, und versiegelte den Innenraum vor der Welt. Das Fahrzeug ordnete sich in den Verkehr ein und entfernte sich mit wachsender Geschwindigkeit die Ealing Road hinunter.

Norman, der in diesem Augenblick mit der schweren Zeitungstasche auf den Schultern aus seinem Laden trat, sah es vorbeifahren. Es gab nicht vieles über Automobile, das der aufgeweckte Bursche nicht gewußt hätte – seinem eigenen revolutionären Gegenentwurf zum herkömmlichen Verbrennungsmotor, dem Hartnell Harrier in der Mietgarage, fehlten nur noch ein paar essentielle Teile –, doch diese Limousine stellte den genialen Eckladenbesitzer vor ein Rätsel.

Nicht nur, daß sie sich absolut lautlos fortbewegte, ihr fehlte darüber hinaus jeglicher Hinweis auf einen Auspuff. Norman kratzte sich am Kopf, und kleine Staubwolken stiegen auf.

Wie mag das denn nun wieder funktionieren? wunderte er sich. *Antimaterie vielleicht? Plasmaphotonenionisatoren, die eine Kreuzpolarisation mit Beta-Teilchen nutzten, um einen Interrositor vermittels eines subatomaren Konverters zu bombardieren?*

Eine höchst naheliegende Vermutung. Norman kritzelte eine hastige Notiz auf eine halbleere Packung Woodbines, dann hob er seine Zeitungstasche und machte sich auf den Weg, die Nachrichten zuzustellen.

Kapitel 3

Die Wahl von Mrs. Naylor, der früheren Bibliothekarin der Brentforder Memorial-Bücherei, in die öffentlichen Ämter nicht nur der Stadtdirektorin, sondern auch zur Vorsitzenden des städtischen Planungskomitees, war mit lautem Aufschrei und viel bitteren *Ressentiments* seitens des männlich dominierten Stadtrates zur Kenntnis genommen worden.

Man war immer darauf vorbereitet gewesen, einer aufstrebenden Frau einen Platz in der Politik zuzugestehen (jedenfalls solange sie sich darauf beschränkte, Protokolle zu führen und Tee zuzubereiten), doch jetzt sah es ganz danach aus, als müßte man einen hohen Preis für diese großzügige Liberalität zahlen. Mrs. Naylor stellte sich nämlich als eine Macht heraus, mit der niemand gerechnet hatte. So ungern der Rat eingestand, daß sie ihre Posten intellektuellen Fähigkeiten und der Kraft ihrer Persönlichkeit verdankte, so bereitwillig wurden vielsagende Blicke gewechselt, wurde sich an die Nase getippt und wurden phallische Rückschlüsse gezogen. Und Gerüchte behaupteten sogar, daß sie sich auf eine geheimnisvolle Casting-Couch irgendeines Ratsmitglieds gelegt hätte.

Mrs. Naylor kümmerte das alles nicht. Sie war sich der Vorbehalte kleiner Geister stets bewußt, doch ihre Gedanken waren auf weit höhere Dinge gerichtet. Einschließlich einem Sitz im Parlament und letztendlich sogar dessen Vorsitz.

So ärgerlich die Opposition hier in Brentford auch war, Mrs. Naylor betrachtete sie als gute Übung für das, was noch vor ihr lag.

Während sie an diesem Morgen unter der Dusche stand, war sie in Gedanken ganz beim kommenden Tag. Sie war seit dem frühen Morgengrauen auf und hatte eine Reihe wichtiger Telefongespräche geführt. Wenn das Schicksal gnädig gestimmt war, würde sie der Gemeinde in Kürze einen Tritt in das behäbige Hinterteil versetzen, wie diese es noch nie zuvor erlebt hatte, und sich dabei einen Platz in der Geschichte sichern. Und dann? Ein Schritt nach dem anderen.

Die Nadeln aus Wasser verwandelten sich in sanft fließende Kaskaden, während sie auf die Umrisse eines Körpers prallten, der seine Perfektion ausdauerndem Aerobic verdankte.

Als Mrs. Naylor fertig war, trocknete sie sich mit einem großen pfirsichfarbenen Handtuch ab, sprühte Deodorant an die dafür vorgesehenen Stellen, widmete sich der Geduldsarbeit femininer Toilette und schlüpfte schließlich in eine Garderobe, die Raffinesse mit Understatement und Eleganz mit Provokation und unterschwelliger Sexualität kombinierte. Nicht mehr und nicht weniger.

Nachdem sie ihr Spiegelbild begutachtet und alles zu ihrer Zufriedenheit vorgefunden hatte, ging sie zielstrebig ins Schlafzimmer zurück, griff mitten zwischen die zerwühlten Satinbettlaken und zerrte ein Rauhbein namens John Vincent Omally hervor.

»Danke für die Nacht, John, aber jetzt ist es Zeit«, sagte sie und lächelte süß. Omally wußte, auf welcher Seite das Brot gebuttert war. Er zog sich hastig und ohne Murren an und verließ das Haus ohne Kaffee oder Croissants.

Er ging, wie er gekommen war: diskret. Durch die

Hintertür. Er nahm sein Fahrrad Marchant aus Jennifers Garage, stieg in den Sattel und radelte davon.

Mrs. Naylor warf das Bettzeug in den Wäschekorb, schaltete den Anrufbeantworter ein, nahm ihren Filofax und die Aktentasche zusammen mit den Porscheschlüsseln an sich und verließ das Haus durch den Vordereingang.

Omally radelte die Moby Dick Terrace hinunter in Richtung Half Acre, und sein altes Fahrrad unter ihm surrte wie am Schnürchen. Die geschmierten Kugellager der neuen Stormy-Archer-Dreigangschaltung schnurrten zufrieden, und die gleichermaßen geölten Spiralfedern des Sattels boten Johns Hinterteil den notwendigen Komfort, der für antriebslose Fortbewegung erforderlich war. Rad und Fahrer bewegten sich in harmonischem Einklang, und welcher buddhistische Mönch die seltene Demonstration von *Dharma* auch sah, nickte anerkennend in Richtung dieser vollkommenen Einheit von Mensch und Maschine. Es war ein prachtvoller Anblick. Doch das war nicht immer so gewesen.

Das Fahrrad befand sich seit langen Jahren in Omallys Diensten, und viele Jahre waren ihre Beziehungen gespannt und hin und wieder für beide schmerzhaft gewesen. Daran hätte sich ganz ohne Zweifel nichts geändert, wäre nicht der Zufall, so es einen solchen gibt, auf den Gedanken gekommen, zu intervenieren. Der Zufall in Person eines gewissen Professor Slocombe, Brentfords Patriarch und einheimisches Mysterium.

Omally war unter Mühen über das Butts Estate geradelt, ein elegantes georgianisches Wohnviertel der Gemeinde, als er sich plötzlich von Marchant aus dem Sattel geschleudert wiedergefunden hatte und in einem würdelosen Haufen Elend vor dem Älteren gelandet war, der in seiner Gartentür gestanden und die Szene beobachtet hatte.

Professor Slocombe hatte den ›Unfall‹ und die darauffolgenden Attacken Omallys gegen das störrische Fahrrad beobachtet und sich zum Eingreifen entschlossen. Nachdem er den aufgebrachten Iren beruhigt hatte, lauschte er mit Interesse seinem Leid und Elend und bat ihn schließlich, das Fahrrad für die Dauer von vierundzwanzig Stunden seiner Obhut zu überlassen. »Um zu sehen, was getan werden kann«, wie der Professor es nannte.

John, der augenblicklich erkannte, daß der alte Gelehrte im Begriff stand, seinem gewaltigen Wissensschatz und der endlosen Liste von Errungenschaften neue Kenntnisse über Wartung und Reparatur von Fahrrädern hinzuzufügen, hatte dieser Bitte dankbar nachgegeben.

Und staunte nicht wenig, als er am nächsten Morgen den Lohn für seine Mühen in Form eines großen Stückes Pergament mit dreizehn Strophen eines Textes in archaischem Englisch erhielt. Sie lasen sich wie die Prophezeiungen des Nostradamus und ergaben für John ungefähr genausoviel Sinn.* Der Professor ermahnte ihn, diese Anleitungen auf den Buchstaben getreu zu befolgen, und versprach ihm, daß sich die Dinge zu seinem allergrößten Vorteil verändern würden.

Omally überflog die Strophen mit von Zweifeln

* Der Lektor sitzt gerade an seiner Steuererklärung. Ihm wäre ein anderer Vergleich eingefallen. (Anm. d. Lektors)

gefurchter Stirn. Während er mit dem Entziffern beschäftigt war, fügte der Professor noch hinzu, daß regelmäßiges Ölen genauso unabdingbar war wie das gelegentliche Wechseln der Bremsgummis, das Richten des Dynamos oder ein Satz neuer Schutzbleche. Wann immer möglich, war das Fahrrad mit dem Vorderrad in Richtung Westen abzustellen, wobei einem sonnigen Platz Vorzug vor Schatten zu geben war. Des Nachts durfte das Gefährt auf gar keinen Fall allein gelassen werden, sondern war stets in Begleitung eines anderen geräderten Fortbewegungsmittels abzustellen (allerwenigstens jedoch eines Rasenmähers). Es war zinnoberrot zu streichen und ab sofort für alle Zukunft mit dem Namen ›Marchant‹ anzusprechen.

Omally starrte den alten Gelehrten mißtrauisch an. Er wollte ihn sicherlich auf den Arm nehmen, genaugenommen sogar auf den kräftigsten aller nur denkbaren Arme.

Der Professor jedoch, der nicht nur Omallys Aura, sondern auch dessen Gedanken lesen konnte, hob einen spindeldürren Finger und sagte einfach nur: »Vertrau mir, John.«

An jenem Tag verließ der tapfere Sohn Irlands nachdenklich das Haus des Gelehrten, während er Marchant am Lenker mit sich führte. Die Sache schien den Aufwand nicht wert. Vielleicht war es besser, das alte Ding wegzuwerfen und sich ein neues Fahrrad zuzulegen. (Omally gehörte zu jener Sorte Menschen, die ein unverschlossenes Fahrrad als öffentliches Eigentum betrachteten.) Andererseits war sein Vertrauen in die Fähigkeiten Professor Slocombes grenzenlos. Noch bevor er die halbe Entfernung zum *Fliegenden*

Schwan zurückgelegt hatte, war er zu dem Entschluß gekommen, die Herausforderung anzunehmen.

Das Pergament erwies sich als große Attraktion unter den Mittagsgästen des Lokals, und ein auserwähltes Kollegium aus Semantikern, bestehend aus dem Alten Pete, Norman vom Eckladen und Omallys bestem Freund Jim Pooley, machte sich unverzüglich daran, die alten Strophen in modernes Brentforder Englisch zu übersetzen. Je weiter sie mit ihrer Aufgabe voranschritten, desto deutlicher wurde die kuriose Natur der Zeilen. Strophe neun zum Beispiel, Zeile drei und vier lauteten:

Nie gegen die Sonne darf Marchant rollen
Soll nicht Gefahr und Pech er Tribut zollen

Der Alte Pete, der erst kürzlich dem lokalen Hexensabbat beigewohnt hatte, verstand ihre Bedeutung fast im ersten Augenblick. »Das heißt«, verkündete er, »daß du mit diesem Fahrrad niemals nach links um eine Ecke biegen darfst, weil du sonst mit schrecklichen Konsequenzen zu rechnen hast.«

Omally vergrub das Gesicht in den Händen. Eine Strecke zu planen, wenn man immer nur nach rechts abbiegen konnte! Das war nicht nur durch und durch lächerlich, das war sogar richtiggehend lebensgefährlich! Ganz besonders in feuchtfröhlichen Nächten, wenn der Rinnstein den Nachhauseweg diktierte.

Doch der Ire war ein Mann von Charakter und Ausdauer, und so war er in der Folge von manch einem nächtlichen Spaziergänger beobachtet worden, wie er in immer enger werdenden rechtsgerichteten Spiralen auf seinem zinnoberroten Fahrrad nach Hause geradelt war, um schließlich wie der berühmte Vogel in der Antike in seinem eigenen Hintereingang zu verschwinden.

Omally und Marchant hatten schwierige Zeiten hinter sich, kein Zweifel, doch diese Zeiten waren jetzt, da er mühelos die steile Sprite Street hinaufradelte, nichts weiter als blasse Erinnerung.

John und Marchant waren *en rapport*, wie die Knoblauchfresser es ausgedrückt hätten, und der Grad ihrer Übereinstimmung war in der Tat bemerkenswert.

Der geübte Beobachter nämlich, geschult in Angelegenheiten wie der Fortbewegung per Fahrrad, hätte augenblicklich bemerkt, daß etwas nicht stimmen konnte mit der mühelosen Art und Weise, wie der Sohn Irlands in die Pedale seines getreuen Begleiters trat. Denn während Mann und Rad sich in flüssiger Harmonie bewegten, fehlte etwas Vitales – etwas, das als unabdingbares Requisit jeglichen Pedalistentums angesehen wurde. Die Pedale drehten sich, die Räder mit, doch nichts, absolut überhaupt nichts bewegte sich zwischen Kettenblatt und dem hinterem Ritzel der Stormy-Archer-Dreigangschaltung ...

Omallys Fahrrad Marchant besaß keine Kette.

Kapitel 4

Ted McCready blies in seine Pfeife, schwenkte die Flagge hin und her und beobachtete ohne die geringste Spur von Interesse, wie der Frühzug aus dem Brentforder Bahnhof rollte. Bis zur goldenen Uhr und der Pensionierungsrede waren es noch genau sechsundsechzig Tage, und er gab verdammt noch mal keinen Dreck mehr auf das Geschehen. Genaugenommen gab er – wie so mancher alte Lokführer vor ihm – keinen Dreck mehr auf die königliche Bahn, seit das Dampflokzeitalter zu Ende war.

Ted erinnerte sich an die Jungen, die sich auf die Trittbretter der schweren Loks gestemmt oder die Brückengeländer gesäumt hatten, um sich im Dampf zu baden, wenn eine der schweren King Class unter Vollast und mit tönenden Pfeifen vorübergedonnert war ... doch das war längst Schnee von Gestern. Die Romantik der Schiene war Vergangenheit, und mit ihr war Ted McCreadys Stolz auf seinen Beruf verschwunden. Niemand konnte ehrlichen Herzens etwas für eine elektrische Lokomotive empfinden. Sie besaß keine Persönlichkeit, kein Herz, keine Schönheit. Nur eine Zugmaschine mit einem seelenlosen elektrischen Motor darin.

Halbherzig hob Ted die Hand zu einem zweifingrigen Harvey Smith in Richtung des entschwindenden Zugs, dann wandte er sich um und schlurfte in Richtung seines gemütlichen Büros mit dem Morgenkaffee und dem nächsten Kapitel von *Lebwohl am Fenster* (einem Thriller von Lazlo Woodbine).

Auf dem Bahnsteig blieb eine einzelne Gestalt

zurück, der einzige Passagier, der aus dem Frühzug ausgestiegen war. Es war eine große, hagere Gestalt, kantig im Aussehen und gekleidet in einen Boleskine-Dreiteiler. In der Rechten hielt sie eine schwere, schweinslederne Reisetasche und in der Linken einen schwarzen Malacca-Gehstock mit einem silbernen Griff. Im linken Ohrläppchen steckte ein kleiner elfenbeinerner Ring, und ein verspiegelter Kneifer klammerte sich an den Rücken einer langen, adlerförmigen Nase. Ein Kranz aus schlohweißem Haar umgab den schmalen Schädel.

Der einsame Reisende war jemand, der schon so manchem hartgesottenen Veteran der kriminellen Bruderschaft das Herz in die Hose hatte rutschen lassen. Denn es handelte sich um niemand anderen als den *Doyen* aller Detektive, die Nemesis aller Tunichtgute – *Abschaum, sei auf der Hut, Wegelagerer, flieht, Schurken, zieht die Köpfe ein, verbreitet die Kunde, richtet die Kameras, und Action!* –: Inspektor Hovis von Scotland Yard.

Der Mann hinter dem verspiegelten Kneifer ließ seinen unsichtbaren Blick über den Brentforder Hauptbahnhof schweifen.

»Heh! Sie da!« Seine Stimme hallte über den Bahnsteig und traf Ted McCready, der in diesem Augenblick sein Allerheiligstes betreten wollte, machtvoll mitten in den Rücken.

»Beim heiligen Pankratius!« Der Stationsvorsteher preßte die Hand auf das heftig flatternde alte Herz und schwenkte herum.

»Genau, Sie dort! Gepäckträger! Hierher, und zwar ein bißchen schnell, wenn ich bitten darf!« Ein schmaler Sonnenstrahl, der zwischen den eisernen Stäben des Überwegs herunterschien, setzte den Detektiv auf das Perfekteste in Szene.

»Reden Sie mit mir?« keuchte Ted McCready und schielte seinen Peiniger unsicher an.

»Ganz genau, Bursche! Hierher, und zwar im Laufschritt!« Hovis deutete auf seine Schweinsledertasche. »Die wartet schon auf Sie.«

Mit bitteren, wenngleich gemurmelten Worten auf den Lippen, schleifte der alte McCready die schwere Tasche des Fremden über den Bahnsteig. Früher einmal hatte er über einen Gepäckwagen verfügt, doch der war längst weggerostet. Noch früher hatte er sogar einen lebendigen Gepäckträger gehabt, doch der war wegrationalisiert worden. Und er hatte einmal einen Leistenbruch gehabt ... Mit der freien Hand betastete Ted die Stelle an seinem Unterleib. Der Bruch war immer noch da.

Ein gutes Stück vor ihm tänzelte die hagere Gestalt von Hovis ungeduldig auf und ab. Über die ausgepolsterte Schulter rief sie zurück: »Schneller, Herr Gepäckträger! Ein bißchen dalli sozusagen, wenn ich bitten darf! *Tempus fugit!*«

Ted McCreadys Blicke hätten töten können. Ted war der erste Einwohner Brentfords, der dem großen Detektiv begegnete, und er war zugleich der erste Mann, der den Fremden aus ganzem Herzen haßte.

Aber Ted würde nicht der letzte sein.

Kapitel 5

An der Ampel bog Omally nach rechts ab, dann wieder nach rechts und schließlich ein letztes Mal nach rechts in die Ganesha Lane. Marchant ratterte über das unebene Pflaster, und John spreizte im Sattel die Beine, während die beiden die Nebenstraße hinunter und an Cider Island vorbei zum Wehr fuhren, wo die verlassenen Werften und dahinter die Themse selbst lagen.

Am Wehr angekommen, kletterte John aus dem Sattel. Marchant mochte vielleicht ein merkwürdiges und magisches Vehikel sein, doch Treppensteigen gehörte nicht zu seinem metaphysischen Repertoire. Omally schulterte das Wunderfahrrad und stieg die Treppen hinauf. Dann setzte er seinen Weg fröhlich pfeifend fort.

Plötzlich jedoch schwand die helle Unbekümmertheit aus seinen beschwingten Schritten und die herausfordernde Keckheit aus seiner Haltung, um von einem verstohlenen, unruhigen, ganz eindeutig schuldbewußten Schleichen abgelöst zu werden.

Omally führte etwas im Schilde.

Seine Schritte wurden langsamer, ein hastiger Blick zurück über die Schulter, eine unvermittelte Bewegung. Ein Abschnitt des Wellblechzauns schwang beiseite, und ein Bursche mitsamt Fahrrad verschwanden vom Fußweg und waren nicht mehr gesehen.

Hinter dem Wellblechzaun schlummerte die längst verlassene Bootswerft. Die stumpfen Wände der verfallenden Gebäude waren überwuchert von Ranken, die leeren Fenster voller Spinnweben. Hie und da zeigten sich tragische Überreste der einst stolzen Werft inmitten eines weiten, grasbewachsenen Ozeans. Hier ein Kran, der wie ein gebrochener Galgen in den Himmel ragte, dort Flaschenzüge und allerlei Krempel, überreif vor Rost. Winden, Pulleys und Blöcke, nur undeutlich zu erkennen unter dichtem Moos, wettergegerbt und wertlos. Und dahinter ein Kai, an dem der rostige Leichnam eines großen Leichters im öligen Wasser dümpelte.

Einst hatten sich auf der Insel zahlreiche kleine Bootsbauer wie Perlen an einer Schnur gereiht, quer durch die gesamte Gemeinde, und sie hatten alle floriert. Hier hatten die Frachtleichter und Ausflugsboote, die Stechkähne und Themsedampfer aus handgearbeiteten Planken unter den geschickten Händen der Bootsbauer Gestalt angenommen. Heute war das nicht mehr so. Vereinzelt hatte eine kleine Werft überlebt – gut gesichert durch Stacheldraht und des Nachts durch frei herumlaufende Hunde –, indem sie Plastikboote oder atemberaubende Fiberglas-Luxusjachten für arabische Mogule fertigte. Schwimmende Statussymbole für Kameltreiber. Das alte Leben war verschwunden, und jene besondere Form von Melancholie, die ehemals blühenden Betrieben zu eigen ist, ergoß sich in Wogen aus Lavendelblau über die Ruinen. Denn Blau ist die Farbe der Tränen und des Ozeans, der See und der Trauer.

Omally legte Marchant auf die Seite, damit er sich auf einem Lenkergriff ausruhen konnte, und der frühe Sonnenschein fing sich im Reflektor der Vorderlampe. Der Sohn Irlands krempelte die Hosenbeine hoch und machte sich daran, durch das hüfthohe Gras in Richtung des rostigen Leichters zu waten.

Als er den Rand des Werftgeländes erreicht hatte, hielt er erneut inne, um sich zu versichern, daß er weiterhin unbeobachtet war. Danach sprang er auf den Leichter hinunter und klopfte einen komplizierten Rhythmus auf das rostige Deck.

Aus den Tiefen des alten Kahns tauchte ein Kopf auf, und eine Stimme – die von Jim Pooley – rief laut: »O Mannomann, John! Du bist verdammt noch mal zu spät!«

Omally kletterte durch die Luke nach unten und in die Eingeweide des alten Wracks.

Das Innere bot einen überraschenden und in höchstem Maße unerwarteten Anblick. Über einen Zeitraum von vielen Monaten hatten Pooley und Omally einen Umbau wagemutigster Kühnheit vorgenommen. Der überalterte Kahn beherbergte nun eine richtiggehende Destillerie, eine Reihe grandioser Fischtanks, in denen Flußfische von wahrhaft preisträchtigen Ausmaßen träge umherschwammen, ein Lager für ›umdirigierte‹ Waren und einen behaglichen Salon zum Empfang bedeutender Gäste.

Eine ganze Reihe Bullaugen unterhalb der Wasserlinie gab den Blick auf kunstvolle Fischreusen frei, die über den Kühlrohren der Destille angebracht waren. Das hier war das Herz und Hauptquartier von etwas, das nur wenigen Auserwählten als die ›P & O Company‹ bekannt war. Es hatte Einiges von der Nautilus eines Captain Nemo, aber noch mehr von Fagins Küche. Obwohl – für den Fall einer Anklage – zu Johns und Jims Entlastung deutlich gesagt werden muß, daß die beiden sich weder mit Falschmünzerei noch mit der Herstellung harter Drogen befaßten.

Pooley und Omally nahmen den Morgenkaffee im vorderen Salon ein. Der Stil des Zimmers war genaugenommen eklektisch. Hier eine Spur Post-Moderne, dort ein Hauch Rokoko, mehrere Kisten mit Videobändern direkt hinter der Tür. Ein paar mundgeblasene Glasvasen, von Count Otto Boda persönlich signiert, thronten auf einem Chromtisch der italienischen High-Tech-Schule. Ein schrilles Sofa wurde von einer antiken Paisleydecke eingehüllt, und drei chinesische Porzellanenten flogen nirgendwohin.

Omally legte die Füße auf den Le-Corbussier-Sessel, Pooley lehnte gegen den Memphis-Cocktailschrank und tunkte ein Frühstücksbisquit in seinen Kaffee.

»Nun«, sagte Jim, als er des irren Grinsens seines Partners überdrüssig geworden war. »Eine erfolgreiche Nacht, stimmt's?«

Omallys Grinsen wurde womöglich noch breiter. »Die Pietät verbietet, daß ich mich in Einzelheiten ergehe«, sagte er und spielte mit seiner *Demi-Tasse*. »Nur soviel: Es war die reinste Magie.«

»Ich bin ja so froh für dich.«

Die beiden tranken schweigend, während vor Omallys geistigem Auge ausgewählte Höhepunkte der Nacht abliefen und Pooley vor offensichtlichem Neid beinahe platzte.

Als Pooley es nicht mehr länger aushielt, sagte Jim: »Wir haben vier. Ganz sicher Fünfpfünder.«

Omally hob die Augenbrauen und grinste sein gewinnendes Lächeln. »Gut. Neville nimmt sicher einen für die Samstagssandwiches und einen zweiten für die Gefriertruhe, daran zweifle ich keine Sekunde.«

»Wally Woods nimmt sicher die beiden anderen.«

Omally runzelte die Stirn – kurz nur, denn die Anstrengung lenkte ihn ab. Wally Woods, Brentfords erster Frischfischhändler, war ein kalter, schlüpfriger kleiner Kunde.

»Nein«, widersprach John entschlossen. »Wir verkaufen sie in Ealing. Entweder an das *King's Head* oder das *Fly's Home*.«

»Ganz wie du meinst.«

Omally trank seinen Kaffee aus und füllte die Tasse aus einer schicken Kaffeemaschine nach.

»Wie entwickeln sich unsere Gewinne?« erkundigte er sich in einem fast beiläufigen Tonfall.

Nun war Jim an der Reihe, eine Augenbraue zu heben. Er wußte ganz genau, daß der irische Lockenkopf die klägliche Summe ihrer gegenwärtigen Einkünfte im Kopf hatte.

»Wenn unser Geschäft ein legales wäre«, seufzte er, »dann würden wir keine Steuern zahlen, sondern im Gegenteil sogar Geld zurückbekommen.«

Omally schüttelte den Kopf. »Manchmal glaube ich fast«, sagte er, »daß wir uns so sehr anstrengen, ehrlicher Arbeit aus dem Weg zu gehen, daß wir uns selbst in ein frühes Grab bringen.«

»Du wirst doch wohl nicht vorschlagen wollen, daß wir ...« Pooley flüsterte die gefürchteten Worte nur »... uns um eine *ehrliche Arbeit* bemühen?«

Omally zuckte zusammen. »Nein, nein. Um Gottes willen. Wir sind freie Männer, oder nicht? Und ist die Freiheit vielleicht nicht das wertvollste Gut, das ein Mann besitzen kann?«

»Nun ...« erwiderte Jim. Unerwartet hatte er das Bild von Jennifer Naylors Porsche vor Augen. »Nun ...«

»Kein ›Nun‹!« widersprach John entschlossen. »Selbstverständlich ist es das! Wir genießen das Leben in vollen Zügen, und weißt du auch, warum wir das tun?«

Pooley dachte, daß er es ganz genau wüßte, doch in ihm regte sich der Verdacht, daß er keine Gelegenheit erhalten würde, dies kundzutun.

»Wir tun es, weil es uns gefällt«, bestätigte Omally Sekundenbruchteile später Jims Vermutung.

»Ah«, sagte Pooley. »Weil es uns so gefällt. Deswegen also.«

»Ganz genau deswegen.« John geriet allem Anschein nach in redselige Stimmung. »Und ich will dir noch etwas verraten.«

»Das bezweifle ich nicht eine Sekunde.«

»Um zehn Uhr, Freund Jim, wirst du zu Bobs Buchmacherladen gehen.«

»Das tue ich jeden Morgen.«

»Heute Morgen ist etwas anderes.«

»Das sagst du immer.«

»Heute wirst du eine Wette plazieren, die nach außen hin so haarsträubend scheint, daß der Mistkerl auf seinen goldenen Eiern vor Lachen vom Stuhl fällt.«

»Das tut er immer«, sagte Jim.

»Du wirst ihn fragen, zu welchen Konditionen er die Wette annimmt«, fuhr John unbeirrt fort, »und zwischen seinen selbstgefälligen Tränen hindurch wird er etwas in der Art von zehntausend zu eins oder so sagen, vielleicht sogar noch mehr, wenn er sich seiner Sache ganz besonders sicher ist.«

Jim kratzte sich am Kopf. »Zehntausend zu eins?« fragte er.

»Mindestens. Und dann wirst du zehn Pfund setzen und die Steuer gleich mit entrichten.«

»Zehn Pfund?« Pooley preßte die Hände auf die Herzgegend. »Alles auf einmal? Zehn Pfund?«

Omally nickte. »Ich werde persönlich ebenfalls einsteigen, und zwar mit einem Einer.«

»Einem Einer?«

»Selbstverständlich. Um zu demonstrieren, daß ich zu meinen eigenen Überzeugungen stehe. *Ex unque leonem*, wie der Franzose sagt.« An dieser Stelle zog er die besagte Banknote hervor, die, nach ihrem Aussehen zu urteilen, einen Gegenstand von großem sentimentalem Wert darstellte, und reichte sie Pooley.

»Meine Güte!« sagte dieser. »All das viele Geld und überhaupt!«

»Ich bin jedenfalls kein leerer Schwätzer.«

»Kein Gedanke, nein. Aber sag mir eins, John: Auf *was* genau soll ich eigentlich wetten?«

»Auf cinc todsichere Sache, was sonst?«

»Ah«, erwiderte Jim ohne jegliche Überzeugung. »So eine also.«

»Ja, so eine. Direkt aus dem Mund des Rennpferds, frisch heute morgen. Ein kleiner Vogel hat es mir ins Ohr geflüstert, und ich werde das gleiche bei dir tun.«

»Du scheinst dich in letzter Zeit ausgiebig mit den Bewohnern des Tierreiches zu unterhalten.«

»Die Sache ist todsicher, glaub mir.«

»Bei einer Quote von zehntausend zu eins?«

»Macht es dir etwas aus, wenn ich jetzt flüstere?«

»Was habe ich schon zu verlieren, einmal abgesehen von meinen neun Pfund?«

Omally beugte sich vor, und ein Strom geflüsterter Worte ergoß sich in Pooleys linkes Ohr. Jim lauschte ungerührt. Ein Stück Kaugummi auf seinem Spann erweckte die Aufmerksamkeit einer Ameise.

»Ah«, sagte er nach einer ganzen Weile, als der Strom geflüsterter Worte versiegt war.

»Ah«, sagte John und nickte enthusiastisch.

»Nein«, sagte Jim. »Ich sage nein.«

»Ja«, widersprach John. »Du kannst unmöglich nein sagen!«

»Nein, nein, nein!« Pooley schüttelte den Kopf im Takt zu seinen Neins. »Niemals nicht! Nie im Leben. Nein!«

John legte seinem besten Freund den Arm um die Schultern. »Vertrau mir!« sagte er eindringlich. »Würde ich dich auf das falsche Pferd setzen lassen?«

Jim biß sich zögernd auf die Unterlippe, und wie das Sprichwort weiß, hat der, der zögert, bereits verloren.

»Also wirst du es tun, Jim?«

»Warum nicht?« Pooley seufzte herzergreifend. »Ich werde mich zum Gespött von ganz Brentford machen, für die nächsten Monate das Ziel aller Häme im *Fliegenden Schwan*, ein neuer Ausdruck für Hanswurst, aber was habe ich sonst schon zu verlieren?«

»Denk doch daran, was wir mit unserem Gewinn alles unternehmen könnten!«

»Das ist nicht dein Ernst, John! Du willst mir doch wohl nicht einreden, daß ...«

Omally legte seinem Kumpan hastig die Hand auf den Mund. »Nicht einmal hier!« mahnte er leise und legte einen Finger auf die Lippen. »Die Wände haben Ohren!«

Jim zuckte seufzend die Schultern.

»Also«, fuhr Omally aufgeregt fort. »Ich schlage

vor, du schlägst jetzt ein paar Freiländer in die alte Teflon und machst uns ein Frühstück. Vor uns liegt ein arbeitsreicher Tag, und ich muß ein paar dringende Telefongespräche führen.«

Kopfschüttelnd nahm Pooley Eier und Wurst aus dem Kühlschrank. Die Würstchen waren von *Wände*. Aber sie hatten keine Ohren.

Kapitel 6

Kurz nach neun: Norman kehrte von seiner Zeitungsrunde zurück. Er pfiff eine lautlose Melodie vor sich hin, die vielleicht ›Dali's Car‹ sein mochte, vielleicht aber auch nicht.* Kurz bevor er vor seinem Eckladen angekommen war, stellte er zu seinem Entsetzen fest, daß er noch eine Ausgabe des *Brentforder Merkur* übrigbehalten hatte. Und da er sich nicht genau erinnern konnte, ob er Neville eine hatte zukommen lassen, als er sich auf die Runde gemacht hatte, schob er sie durch den Briefkastenschlitz des *Fliegenden Schwans*. Um sicherzugehen, sozusagen.

Der Teilzeitbarmann, der sich noch immer nicht von dem Schock seiner nasalen Erfahrung erholt hatte und darüber hinaus beinahe in ein Trauma gefallen wäre, als er den *Merkur* zum allerersten Mal auf der Fußmatte unter dem Briefschlitz fand, starrte voller Entsetzen auf die zweite Zeitung und griff mit zitternden Fingern nach der eselsohrigen Kopie von Krafft-Ebbing's *Psychopathia Sexualis*.

Kurz nach neun Uhr fünfzehn: Inspektor Hovis stapfte in die Brentforder Polizeistation. Er weckte den vor sich hindösenden Offizier vom Dienst mit einem summarischen Schlag seines silbernen Gehstocks an den Schädel, wies sich aus und erteilte augenblicklich eine ganze Reihe von Befehlen, stellte Forderungen und gab Direktiven, Verhaltensmaß-

* Vergleiche Anmerkung am Ende von Kapitel 1.

regeln, Ultimaten aus. Er hielt erst inne, als ihm die Luft ausgegangen war, und als er den verwirrt-entsetzten Ausdruck auf dem Gesicht des Sergeanten erblickte, fragte er: »Können Sie mir überhaupt folgen?«

»Selbstverständlich, Sir! Selbstverständlich!« Sergeant Gottings Kopf nickte aufgeregt zwischen den blauen Sergeantenschultern. Er war erst der zweite Mensch in Brentford, der dem großen Detektiv begegnete, und er war zugleich der zweite, der den großen Detektiv aus tiefstem Herzen haßte.

Kurz nach neun Uhr dreißig: Jennifer Naylor lenkte ihren Porsche auf den Parkplatz des Stadtrates. Binding, der tuberkulöse Parkwächter, schlurfte aus seinem Parkwächterhäuschen und streckte die Hand aus. »Ihren Ausweis?« verlangte er.

Jennifer wartete im allgemeinen stets mehrere vergebliche Anläufe ab, bevor sie das Fenster herunterkurbelte und sich erkundigte, was er genau sehen wollte.

An diesem Tag jedoch hatte sie es eilig. Sie musterte ihn, als wäre er ein Fleck Vogelmist auf dem Spann ihres teuren Gucci-Schuhs, und deutete auf die Parkgenehmigung, die wie immer hinter der Windschutzscheibe klebte.

Binding beugte sich mit tief in den Hosentaschen vergrabenen taschenbillardspielenden Händen vor, um die Genehmigung zu mustern – und das, was aus dieser Position von Jennifers Ausschnitt zu sehen war. Nachdem er sich lange und breit überzeugt hatte, daß beides augenscheinlich in Ordnung war, richtete er sich wieder auf und nuschelte: »Ich bringe Sie zu Ihrem Parkplatz.«

Er drehte sich um und überflog den fast leeren Parkplatz mit einem nachdenklichen Blick. »Dort drüben in der Ecke bei dem Flaschencontainer ist noch einer frei.«

Seine Worte gingen in kostspieligem Reifenkreischen unter, als Jennifer den Porsche in die nächste freie Parkbucht schwenkte. Die von Bürgermeister McFadeyen.

»*Sie dürfen hier nicht parken!*« heulte Binding auf und unterbrach sein Billardspiel, um die widerlichen Hände aus den Taschen zu nehmen und damit herumzufuchteln. »Das ist der Parkplatz des Bürgermeisters! Ich verliere meinen Job ...« Ein lautes Hupen aus dem Dreiklanghorn des Porsche erstickte den Rest seiner Worte.

»Danke sehr«, sagte Mrs. Naylor. »Dort steht er ganz ausgezeichnet.«

Kurz nach zehn Uhr: Jim Pooley verließ den Laden von Bob dem Buchmacher im Laufschritt. Der Spott des Millionärs klang laut in seinen roten Ohren. Er hatte eine noch weit höhere Quote erhalten, als Omally ihm vorhergesagt hatte. In seiner Gier, Pooley die zehn Pfund aus der Hand zu nehmen, hatte Bob ihn informiert, daß bei dieser speziellen Wette nur der Himmel das Limit sei. Jim dachte, daß er Omally diese Information besser nicht zukommen ließ. Der Sohn Irlands würde sich nur unnötig aufregen, wenn er das wahre Ausmaß ihrer geplanten Gewinne erfuhr. »Außerdem«, so sagte er zu sich, »außerdem bin ich das größere finanzielle Risiko eingegangen, also verdiene ich auch den größeren Anteil am Gewinn.«

Zufrieden mit der eindringlichen Überzeugungskraft seiner stillen Argumentation, klimperte er mit seinem letzten Kleingeld, blinzelte zum Himmel hinauf und schlenderte zu Normans Eckladen in der Hoffnung auf eine Fünferpackung Woodbines auf Kredit.

»Man kann nie wissen, ob man Glück hat«, murmelte er vor sich hin. »Man kann nie wissen.«

Kurz nach zehn Uhr dreißig fand eine Ratsversammlung statt.

Kurz nach elf Uhr klingelte – wie jeden Morgen – der Wecker des Übersetzers dieses Romans. Axel Merz erwachte aus einem tiefen Schlaf und einem Traum, in dem sein Lektor (der nun schon fünf Stunden fleißig an der Arbeit war) ihm endlich eine Gehaltserhöhung versprochen hatte. Wie realitätsfern Träume doch sein konnten! Axel gähnte, stemmte ein paar Eisen* und machte sich an die Übersetzung des nächsten Kapitels:

* Vergleichen Sie das Titelbild!

Kapitel 7

»Verrückt! Wahnsinn!« Bürgermeister McFadeyen hämmerte mit beiden krampfhaft geballten Fäusten auf die Tischplatte vor sich. An seinem Hals trat ein überraschendes Dickicht aus Adern zutage, das genau wie eines dieser häßlichen anatomischen Modelle aussah, mit denen Chirurgen ihre Patienten so gerne zu erschrecken pflegen. Auf seiner linken Schläfe pochte ein blauer Fleck.

»Absoluter Wahnsinn!« Erschöpft von der Wildheit seines Ausbruchs, sank er in seinen Stuhl zurück. »Und ich sage Ihnen ...« Er sprang erneut auf und stützte sich schwer auf die Hände. »Das ist ... ist ... ist ...« Der oberste Knopf seiner Weste sprang ab, kullerte auf die Tischplatte und rollte in einem kuriosen geomantischen Kreis, bevor er ratternd zur Ruhe kam. »Das ist ... ist ... ist ... *Wahnsinn*!« Er setzte sich schwer atmend und mit hochrotem Kopf.

Ratsmitglied Ffog untersuchte angestrengt seine Fingernägel und machte leise »Tsss tsss tsss«.

Philip Cameron kaute auf der Unterlippe und klapperte mit Münzen in der Hosentasche. Mavis Peake spürte seine Aufregung und legte ihm eine beruhigende Hand auf den Oberschenkel.

Die Brüder Geronimo für ihren Teil starrten in eine mittlere Ferne und waren in Gedanken – mit verschränkten Armen und geschlossenen Beinen – am Little Big Horn.

Mrs. Naylor musterte den Bürgermeister mit einem nachsichtigen Lächeln.

»Wahnsinn, sage ich!« McFadeyen, inzwischen mit

einer Gesichtsfarbe, die Innendekorateure im allgemeinen als Pupur-Magenta zu bezeichnen pflegen, erhob sich zu einem weiteren Ausbruch.

Mrs. Naylor schenkte ihm das süßeste aller süßen Lächeln. »Und dürfte ich erfahren, warum es Ihrer werten Meinung nach Wahnsinn ist?«

»Nun ... nun ... nun ...« Der Bürgermeister ballte einmal mehr die Fäuste. »*Verdammt, Frau!*«

»Ja, bitte?« Mrs. Naylor beugte sich vor, als lausche sie jedem Wort des Bürgermeisters, und während sie das tat, streiften ihre nicht unbeachtlichen Brüste, verborgen unter der Seidenbluse, sanft die Tischplatte. Die kalkulierte Erotik dieser Bewegung blieb Philip Cameron keinesfalls verborgen, und bestimmte Regionen seines Unterleibs reagierten entsprechend. Mavis Peakes Fingernägel gruben sich tief in seinen Oberschenkel.

»Ich bin sprachlos.« Bürgermeister McFadeyen sank ein weiteres Mal auf seinen Stuhl zurück und fächelte sich mit den Protokollen der vorangegangenen Wochen frische Luft ins Gesicht.

»Warum? Es ist doch ganz einfach.« Mrs. Naylor erhob sich auf ihre Vier-Zoll-Stilettos, die sie als für diese Gelegenheit geeignet erachtet hatte, und warf das goldblonde Haar in einer eleganten Kopfbewegung nach hinten. Es schmiegte sich in wunderbaren Wellen über ihre sanft gerundeten, vollkommenen Schultern. »Wie Sie ganz ohne Zweifel inzwischen wissen, hat der katastrophale Brand in dieser Woche in Birmingham die Chancen Großbritanniens, Gastgeber der nächsten Olympischen Spiele zu sein, in Schutt und Asche gelegt.« Allgemeines Köpfenicken, und Mrs. Naylor fuhr fort: »Deswegen schlage ich vor, daß Brentford dem Ruf seines Landes folgt und die Spiele durchführt. Was ist daran verkehrt?« Sie starrte Philip Cameron tief in die Augen. »Will mich niemand unterstützen?«

Camerons Widerstand schmolz unter Mrs. Naylors Blicken wie Butter in der Sonne, und ehe er sich's versah, fand er seinen Kopf auf- und abhüpfend wie den eines Nickhunds in der Heckscheibe eines Cortina. Mavis Peake drückte Camerons linkes Testikel machtvoll zusammen, was Cameron in einem Anfall von Schmerz zusammenbrechen ließ. Als seine Stirn mit einem dumpfen Knall auf die Tischplatte schlug, musterten die Brüder Geronimo unverhohlen den Skalp des Gefolterten, während ihre Hände zu den Bowiemessern in den Hosentaschen glitten.

»Oh, danke sehr, Philip«, sagte Jennifer Naylor zuckersüß.

Der Bürgermeister, inzwischen dunkelviolett mit weißen Flecken, sammelte, was von seinem Verstand noch übrig war, und bereitete sich darauf vor zu kämpfen. Er hatte nicht im Ngora-Gora-Becken Büffel gejagt, Tiger in Tibet gefangen und sich Wer-weiß-wo mit Watussis herumgeschlagen, um sich jetzt von einer verdammten Frau unterkriegen zu lassen. »Wo?« platzte er heraus. »*Wo denn, verdammt?*«

»Genau hier.« Mrs. Naylor deutete auf die unmittelbare Nachbarschaft.

Ratsmitglied Ffog hob die Hand. »Wenn Sie meine Frage verzeihen wollen, aber wer soll Ihrer Meinung nach dieses, äh, Unternehmen finanzieren?«

»Ich habe alle Zahlen im Kopf. Welche davon interessieren Sie im Einzelnen?«

Ratsmitglied Ffog wackelte dümmlich mit dem Finger. »Ich meine die Kosten. Wieviel soll das alles kosten?« fragte er.

Mrs. Naylor schlug ihren Filofax auf. »Der Bau eines Olympischen Stadions, komplett mit allen Einrichtungen, Olympischem Dorf, öffentlichen Zufahrtswegen et cetera et cetera . . .«

»Ja?« unterbrach Ffog sie.

»Rund einhundert Millionen Pfund.«

Es gibt Schweigen, und es gibt Schweigen. Einige sind dergestalt, daß eine auf einen dicken Axminsterteppich fallende Stecknadel geeignet ist, sie zu durchbrechen. Dieses Schweigen jedoch war von einer ganz anderen Natur. Es war so absolut, daß das *Plopp-plopp-plopp* absterbender Gehirnzellen in Bürgermeister McFadeyens Kopf ganz deutlich zu hören war.

»Im Stadtsäckel befinden sich einundfünfzig Pfund und vierunddreißig Pence«, sagte Mavis Peake schließlich, eine Frau, für die Schweigen einfach Momente waren, die Menschen benötigten, um zwischen einzelnen Statements Luft zu schöpfen. »Wenn Sie also neunundneunzig Millionen neunhundertneunundneunzigtausend neunhundertachtundvierzig Pfund und sechsundsechzig Pence herbeizaubern können, dann sehe ich kein Problem. Hier«, und an dieser Stelle nahm ihre Stimme einen Tonfall an, der ihrer eigenen Meinung nach vernichtenden Sarkasmus darstellte, »ich steuere meine Schachtel Streichhölzer bei. Damit können Sie das Olympische Feuer anzünden.«

Ratsmitglied Ffog kicherte irre. Bürgermeister McFadeyen kaute auf einer Pille Phenobarbiton. Die Brüder Geronimo setzten ernste Gesichter auf und nickten sich einvernehmlich zu.

»Einhundert Millionen mächtig viel großes Wampam. Squaw haben locker Schraube in Obergeschoß von Wigwam«, sagte Paul Geronimo gewichtig.

»Meinung meines, Bruder nobles«, stimmte Barry ihm zu. »Weiße Squaw zuviel afghanisches Pfeifenkraut durch Kuchenloch gestopft.«

Mrs. Naylor nahm die Schultern zurück und glättete ihre Seidenbluse, soweit das möglich war. »Ich bin mir sehr wohl der Tatsache bewußt, daß die Gemeinde Brentford außerstande ist, eine derartige Summe aufzubringen. Das Geld muß von einem privaten Sponsor zur Verfügung gestellt werden.«

Ratsmitglied Ffog, der sich selbst, wie die Franzosen es nannten, als einen ausgeschlafenen *garçon* betrachtete, erkundigte sich, ob vielleicht einer der Kollegen die Telephonnummer von Bob Geldoof zur Hand habe. Und indem er sich aus seinem Sitz erhob, sagte er: »Obwohl hundert Millionen kaum mehr als einen Griff in Paul McCartneys Portokasse darstellen dürften, sind sie für den gewöhnlichen Sterblichen nicht so ohne weiteres aufzubringen.« Befriedigt in der Gewißheit, daß er seiner politischen Gegnerin eine vernichtende Niederlage zugefügt hatte, schenkte er Mrs. Naylor ein selbstgefälliges Grinsen und nahm wieder Platz. Doch noch bevor sein Hinterteil das Sitzkissen berührte, wurde ihm bewußt, daß eben jener politische Gegner mit seinem Diskurs fortfuhr, als hätte er niemals das Wort ergriffen.

»Und was, wenn ein solcher Sponsor in eben diesem Augenblick zur Verfügung stünde? Was dann, meine Herren?« Mrs. Naylor blickte zu Mavis. »Oh, und meine Dame selbstverständlich.«

»*Dann zeigen Sie mir doch diesen Sponsor!*« brüllte der

Bürgermeister. »Zeigen Sie mir doch diesen Mann, Madam!«

»Maccas Portokasse, eh?« flüsterte Ffog und stieß einen der Geronimo-Zwillinge vertraulich in die büffelledergekleideten Rippen.

Mavis Peake beugte sich auf ihrem Stuhl vor. Jeder Versuch ihrerseits, mit der Brust erotisch über die Tischkante zu streifen, wäre von vornherein durch den Umstand zum Scheitern verurteilt gewesen, daß sie dazu das Kinn fest auf den Tisch hätte pressen müssen. »Wenn es Ihnen gelingt, einen Menschenfreund aufzutreiben, der bereit ist, hundert Millionen Pfund für die Finanzierung des Brentforder Olympiastadions hinzublättern«, schnarrte sie, »dann werden wir alle Ihrem Vorschlag zustimmen und ihn für beschlossen erklären.«

»Hört hört!« murmelte ein schmutzigbrauner Bürgermeister, der langsam in einem pharmazeutischen Nebel davontrieb. Ein Chorus von »Hört hört's« erfüllte die ungesunde Atmosphäre der Ratsversammlung. Philip Cameron jedoch umklammerte schützend seine Testikel und bewahrte ein bitteres, verbissenes Schweigen.

Mrs. Naylor lächelte freundlich und nickte mit dem Kopf wie zu einem sanften Rhythmus, den nur sie allein hören konnte.

»Also schön, dann machen wir es so«, sagte sie dramatisch. »Betrachten Sie die Sache als erfolgreich erledigt.« Sie klatschte in die Hände, und auf das Signal hin öffneten sich die Flügeltüren der Ratskammer und gaben den Blick auf zwei Covent-Garden-Design-Studio-Sonnenbrillen über getrimmten Bärten und Paul-Smith-Anzügen preis. Sie flankierten etwas, das Ähnlichkeit mit einem rollenden Krankenhausbett besaß und dessen obere Regionen unter Massen von weißem Leinen verborgen waren.

»Oooooooh!« machte Clyde Ffog und straffte seine Krawatte. »Nicht schlecht.«

»Dürfen wir eintreten?« erkundigte sich der größere der beiden.

Clyde Ffog nickte begeistert. »Bitte sehr!« forderte er sie auf.

»Ladies und Gentlemen«, verkündete der kleinere der beiden anzugtragenden Krankenbettschieber, »wenn ich mich und meinen Partner hier vorstellen darf? Ich bin Julian Membrane, und das ist mein Kompagnon Lukas Mucus.« Lukas verbeugte sich leicht in der Taille in Erwartung der ungläubigen Blicke, die ganz allgemein mit der Nennung seines Namens einhergingen. »Von der Societät Membrane, Mucus, Willoby, Wendehals und Raffgier. Spezialisten in der Konzeptionierung neuer Märkte und Trends durch gesteigerte Produktbewußtheit des Konsumenten. Außerdem Designberater. Hier unsere Karte.«

Paul Geronimo beäugte die Karte mißtrauisch. »Weißer Bruder sprechen immer mit gespaltener Zunge«, beobachtete er.

»Reden großen Haufen Büffelfladen«, stimmte sein Bruder ihm zu.

»Wir würden Ihnen gerne einen Vorschlag unterbreiten«, fuhr Membrane fort. »Wir handeln im Namen unseres Auftraggebers, eines großen Menschenfreundes, der die Olympischen Spiele hier in Brentford sehen möchte. Er ist Wissenschaftler und lebt sehr zurückgezogen, und er wünscht, daß wir die Präsentation für ihn durchführen.«

»Worte ergießen sich aus dem Mund des Weißen Bruders wie Weizen aus der Reibschale einer unachtsamen Squaw«, sagte Paul Geronimo.

Barry beäugte seinen Bruder voller Stolz. Ihm fielen nie derart gute Sprüche ein. Andererseits war er wie Paul davon überzeugt, daß es sich bei ihnen beiden um eine duale Reinkarnation des berühmten Apatschenhäuptlings handelte ... hauptsächlich deswegen, weil Barry sich so gerne als Indianer verkleidete.

»Und daher«, sagte Julian Membrane, »möchten wir Ihnen unsere konzeptionelle Visualisierung des geplanten Brentforder Olympiastadions präsentieren.« Und mit diesen Worten zog er die Leinendecke von dem Rolltisch und enthüllte ein maßstabsgetreues Modell der Gemeinde Brentford. Unter lauten »Ahs« und »Ohs« erhoben sich die dazu fähigen Ratsmitglieder von ihren Sitzen und bestaunten das Wunder. Denn es war in der Tat ein kleines Wunder, was dort auf dem Tisch thronte.

Der Realismus des Modells war schier unglaublich. Die gesamte Gemeinde, wie durch Magie auf Puppenhausgröße verkleinert. Die Ratsmitglieder versammelten sich staunend und zeigend ringsum, begierig, ihre eigenen Häuser zu betrachten, genauso wie die ihrer Kollegen.

Mavis Peake stieß einen aufgeregten leisen Ruf aus. »Sogar die Farbe und das Muster meines Schlafzimmervorhangs stimmen!«

»Und was stellen diese Dinge in Ihrem Hinterhof dar?« wandte sich Philip Cameron an Ratsmitglied Ffog. »Sie sehen mir sehr nach Folterbänken aus.«

»Unsinn«, stotterte der errötende Ffog. »Das sind nur, äh ... Bohnengerüste.«

Philip Cameron war nicht so leicht zu überzeugen. Paul Geronimo flüsterte so laut, daß es alle hören konnten: »Braunhütiger Bruder scheinen großer Freund von Fesselspielen zu sein.«

»Das ist eine Invasion meiner Privatsphäre!« begehrte Ffog auf. »Wo ist überhaupt das verdammte Stadion? Unter der Erde oder was?«

Lukas Mucus schüttelte den kurzhaarigen Kopf. »Ganz im Gegenteil. Sogar sehr weit *über* der Erde, wie es der Zufall will.«

»Aha?« krächzte Ffog. »Und wo genau soll es sich Ihrer Meinung nach befinden?«

Mucus nahm einen Zeigestab zur Hand. »Hier, hier, hier, hier und hier«, sagte er und deutete auf die entsprechenden Stellen, die regelmäßig über die gesamte Gemeinde verteilt waren.

Clyde Ffog schien verblüfft.

Mrs. Naylor mischte sich ein. »Ich schätze, sie sollten es jetzt vielleicht demonstrieren, Lukas.«

»Selbstverständlich, Madam. Wenn du so freundlich sein könntest, Julian?«

Julian Membrane grinste, bückte sich und zog ein glitzerndes Objekt aus einer großen Schublade unter dem Rolltisch, das fast ein Drittel der Größe des Modells der gesamten Gemeinde einnahm. Es erinnerte sehr stark an einen flachgedrückten fünfzackigen Stern, in dessen Mitte sich ein verspiegelter Globus befand, wie man ihn in Diskotheken über der Tanzfläche finden kann.

Julian hielt das Gebilde stolz vor die Versammlung. »Das Sternstadion!« verkündete er. Falls er eine Runde donnernden Applauses erwartet hatte, so wurde er nun herb enttäuscht.

»Und wo Bitteschön wollen Sie dieses Monstrum unterbringen?« erkundigte sich Ffog mit spitzer Zunge.

»Lukas, wenn du so freundlich sein könntest?«

Lukas nickte höflich und betätigte einen kleinen Knopf an der Seite des Rolltischs. Ein leises hydraulisches Zischen ertönte, und aus jeder der zuvor bezeichneten fünf Stellen glitt eine teleskopische Säule. Als sie zu ihrer vollen Höhe ausgefahren waren, trat Julian vor und plazierte den »Stern« vorsichtig mit den Spitzen auf die Enden. »Voilà«, sagte er dann.

Lukas griff wieder zu seinem Zeigestock. »Die Säulen werden fünfhundert Fuß hoch sein«, verkündete er stolz. »Der Verkehr wird direkt von der Great West Road in die Nord- und die Südsäule geleitet und vermittels eines Paternosters zu den Parkflächen unterhalb des Stadions geführt. Jedes Areal zwischen Sternspitze und zentraler Sphäre beherbergt ein komplettes Olympisches Dorf. Die Zentralsphäre ist das eigentliche Stadion mit einer Kapazität von fünfhunderttausend Sitzplätzen, Schwimmarena, Leichtathletikbahnen und allem, was man sonst noch so für eine Olympiade braucht.«

»Langsam, langsam!« brauste Clyde Ffog auf. »Sie wollen dieses Ding allen Ernstes *über* Brentford aufstellen? Mal ganz abgesehen von den offensichtlichen Gefahren, wird die halbe Stadt in ewiger Dunkelheit versinken!«

»Meinen Sie?« fragte Julian. »Sehen Sie sich das Modell einmal genauer an.«

Clyde Ffog tat wie geheißen. Und fand zu seinem Erstaunen, daß der fünfzackige Stern keinerlei Schatten warf. »Der Stern wirft keinerlei Schatten!« rief er auch folgerichtig aus.

»Das sein Haufen großer Medizin, alle Achtung!« erklärte Barry Geronimo.

»Ein wissenschaftlicher Durchbruch«, erläuterte Lukas. »Die gesamte Oberseite des Stadions ist mit Solarzellen bedeckt. Diese absorbieren Licht und senden es durch ähnliche Zellen auf der Unterseite wieder aus. Tatsächlich wird das echte Stadion, sobald es einmal fertig ist, von unten buchstäblich unsichtbar sein. Es wird aussehen wie blauer Himmel.«

»Wenn das nicht sein aus Lendenschurz gezaubert, dann Technologie Mirakel allererster Größenordnung«, sagte Barry und nickte respektvoll. »Nobelpreisverdächtiges Magie, wenn fragen Rotes Bruder.«

»Dies ist nur das kleinste aller Wunder«, fuhr Lukas fort. »Sie erwähnten offensichtliche Gefahren, wenn ich mich nicht irre?«

Clyde nickte heftig. »Was, wenn der ganze Kladderadatsch auf Brentford hinunterfällt? Und erzählen Sie mir nicht, daß Sie eine Konstruktion wie diese errichten können, ohne daß irgend etwas herunterfällt!«

»Julian«, sagte Lukas.

Julian griff in die Tasche und zog eine kleine schwarze Scheibe von der Größe eines alten Pennystücks heraus.

»Das hier, Ladies und Gentlemen«, verkündete er, »ist ›Gravitit‹. Ein Polysilikat mit unerhört hohem Auftrieb, das des weiteren über ganz außergewöhnliche physikalische Eigenschaften verfügt.« Er hielt die Scheibe zwischen Daumen und Zeigefinger und ließ sie dann los. Zum allgemeinen, sprachlosen und ungläubigen Erstaunen der versammelten Ratsmitglieder fiel sie nicht zu Boden, wie jeder vernünftige Mensch jetzt aller Wahrscheinlichkeit nach angenommen hätte. Statt dessen blieb sie in der Luft, wo sie war, und trotzte damit allen Gesetzen der Natur. Oder zumindest einigen.

»Das kein großer Haufen Medizin«, ächzte Barry Geronimo. »Das verdammt unmöglich!«

»Nicht wirklich«, korrigierte ihn Julian Membrane. »Verstehen Sie, die Scheibe trotzt der Gravitation genaugenommen überhaupt nicht. Sie fällt dem Boden entgegen, aber sie fällt so langsam, daß die Bewegung kaum wahrnehmbar ist. Das Stadion ruht in Wirklichkeit nicht auf den Säulen, sondern wird von ihnen lediglich an Ort und Stelle gehalten. Während der zwei Monate oder so, die es in Benutzung sein wird, fällt es vielleicht zwei Zoll, mehr nicht.«

Obwohl Clyde Ffog fast sicher war, daß es zu nichts führen würde, blieb er stur. »Was, wenn jemand während der Bauphase etwas fallen läßt? Einen Hammer? Nieten? Irgend jemand in Brentford findet den Tod, das ist so gut wie sicher!«

»Nein, absolut nicht.« Julians Selbstgefälligkeit wurde rundweg unerträglich. »Gravitit besitzt, wie ich bereits erwähnte, eine Reihe weiterer erstaunlicher physikalischer Eigenschaften. Seine Molekularstruktur beispielsweise ist derart, daß man zwei Stücke nur gegeneinander drücken muß, um sie untrennbar zu verbinden. Keine Nieten, keine sichtbaren Schweißnähte, kein Hämmern. Die verschiedenen Abschnitte des Stadions werden an einem anderen Ort konstruiert, mit Hilfe von Luftschiffen an Ort und Stelle geschleppt und während der Nacht zusammengesetzt.«

Ratsmitglied Ffog wußte, wann er der Geleckte war. (Und zu besonderen Gelegenheiten genoß er es sogar ganz außerordentlich.) Die ganze Geschichte klang auf das Äußerste phantastisch. Wie reinste Science Fiction, sozusagen.

Plötzlich glänzten die Augen von Ratsmitglied Cameron in einem ganz merkwürdigen Licht. Es war das Licht der Erkenntnis. Der Erkenntnis, daß DER AUGENBLICK gekommen war, der einem Mann im Verlauf seines Lebens nur einmal widerfährt. Vor ihm schwebte für alle anderen unsichtbar etwas unbeweglich in der Luft, das sich in eine allem Anschein nach endlose Reihe von Pfundzeichen verwandelte.

»Dieses Gravitit«, begann er wie beiläufig, »ist offensichtlich preiswert in der Herstellung, wenn Sie beabsichtigen, ein ganzes Stadion aus diesem Material zu errichten.«

Julian nickte.

»Dann werden Sie sicher keine Einwände äußern, wenn ich diese Scheibe als Souvenir behalten möchte?«

Hastig fischte Julian die Scheibe aus der Luft. Sie ruhte gewichtslos in seiner Hand. »Ich fürchte doch«, sagte er und schob sie in die Hosentasche zurück.

»Oh, wie unhöflich von mir!« sagte Philip und flehte verzweifelt, daß niemand den kalten Schweiß bemerkte, der mit einem Mal auf seiner Stirn stand. »Warten Sie, lassen Sie mich Ihnen einen Scheck für Ihre Zeit und Mühe ausschreiben.«

»Ich fürchte, das geht nicht.«

»Ach, kommen Sie!« gurrte Cameron. »Sie nehmen

doch sicher Kreditkarten. Barclay's? Oder vielleicht American Express?«

»Ich fürchte, das geht nicht.« Julian tätschelte seine Hosentasche.

»Nun stellen Sie sich doch nicht so an! Bitte, es ist nur ein winziges Stück, das Sie ganz bestimmt entbehren können!« Camerons Stimme überschlug sich, und er wußte es. Genauso, wie er wußte, daß alle anderen jetzt hellhörig geworden waren.

Ein plötzlich erleuchteter Barry Geronimo mischte sich in die Verhandlungen ein. »Ich zahle Cash, bar auf die Kralle, John. Wie klingt ein Hunderter?«

»Hundertfünfzig!« bot Ffog. »Nein, warten Sie! Zweihundert!«

»Gentlemen! Gentlemen!« Julian hob die Hand und brachte die fiebrigen Verhandlungen ins Stoppen. Bei diesem Projekt waren Vermögen zu verdienen, und das wußte er ganz genau. Man hatte seiner Societät die Einkünfte aus dem Gravitit versprochen, sobald es nach den Spielen auf den Markt geworfen würde. »Es ist nicht das Geld, das kann ich Ihnen versichern«, log er. »Ich kann Ihnen schließlich nicht verkaufen, was gar nicht mir gehört, nicht wahr? Unser Klient ehrt uns mit seinem Vertrauen, und wir von M. M. W. W. & R. haben noch nie das Vertrauen eines Klienten mißbraucht.«

Philip Cameron sank in seinen Stuhl zurück. Er hatte SEINEN AUGENBLICK verpaßt, und er würde bis ans Ende seiner Tage als gebrochener Mann weiterleben. Mavis Peake legte einen Arm um seine Schultern und reichte ihm ein Taschentuch. »Schneuz dir die Nase«, sagte sie.

»Meine Herren, bitte.« Julian Membrane hob eine

mahnende Hand in Richtung der Indianerzwillinge, deren leise Unterhaltung sich Themen wie dem Skalpieren von Bleichgesichtern zugewandt hatte und die in ihren Medizinbeuteln nach geeigneten Kriegsfarben kramten. »Lukas ist ein Meister des Dimac, der tödlichsten aller der Menschheit bekannten Kampfkünste.«

Paul spähte mißtrauisch über den Rand seines kleinen Kosmetikspiegels. »Sitting Bullshit!« fluchte er und schmierte sich mit den Fingern Mary Quant* auf die rechte Backe.

»Falls es keine weiteren Fragen gibt«, schloß Lukas, »werden wir uns nun zurückziehen und Ihre kostbare Zeit nicht länger beanspruchen.«

»Ich hätte da schon noch ein paar«, meldete sich Clyde Ffog zu Wort.

»Und wie lauten sie?« Die unverhüllte Herablassung in Julians Stimme schnitt in Ffogs Seele wie ein Messer.

Ein verdammt teures Geheimnis, das, dachte er bei sich. »Da wären noch ein paar unbedeutende Kleinigkeiten zu klären. Vielleicht sollten wir ohne Umschweife zur Sache kommen.«

Julian bedachte die Geronimos mit einem flüchtigen Seitenblick. Sie waren voll und ganz mit ihrem Makeup beschäftigt. »Schießen Sie los.«

»Erstens: Wer besitzt die Grundstücke, auf denen Sie die fünf Säulen zu errichten gedenken?«

»Ah«, erwiderte Julian. »Die. Nun, das ist das Schöne an unserem Konzept. Unser Klient besitzt sie allesamt persönlich. Er hat sie erst vor kurzem erwor-

* Oder Ellen Betrix?

ben, von der Stadt Brentford. Von Ihnen, Ladies und Gentlemen.«

»Ich verstehe«, sagte Ffog. »Wie mir scheint, haben Sie nichts außer acht gelassen.«

Julian grinste breit und verbeugte sich leicht. »Sonst noch etwas?«

»Nur eine Sache.« Clyde Ffog strich sich über das Kinn. Eine bizarre Laune des Schicksals stand in genau diesem Augenblick im Begriff sich zuzutragen, und er wollte sie auskosten. »Ich habe mich lediglich gefragt«, fuhr er bedächtig fort, »ob Sie sich bereits um eine Bau- und Planungsgenehmigung bemüht haben?«

Julian und Lukas wechselten schweigende Blicke.

»Ah«, sagte Julian.

»Ah«, sagte Lukas.

»Ah«, sagten die Ratsmitglieder, obwohl ihre Ahs einen ganz anderen Anlaß hatten.

»Genau, ah«, sagte Ratsmitglied/Baudezernent Clyde Ffog und grinste bis über beide Ohren.

Falls es im Guinness Buch der Rekorde jemals einen Eintrag für »Das höchste je an einen Baudezernenten gezahlte Schmiergeld« geben wird, dann wird darunter unzweifelhaft der Name Clyde Merridew Ffog als Empfänger stehen, früher wohnhaft in Brentford, inzwischen nach den Seychellen übergesiedelt.

»Würden die Gentlemen dann bitte zu mir in mein Büro kommen?« erkundigte sich der zukünftige Millionär und Höchstgestellte aller Hochgestellten.

Und unter dem entsetzten Stöhnen, dem ungläubigen Gemurmel seiner Kollegen und dem Klirren von Tomahawks geleitete Clyde Ffog die beiden jungen Riesenrindviecher aus der Ratsversammlung.

Kapitel 8

Um Punkt elf Uhr öffnete Neville verschlafen die Salonbartür des *Fliegenden Schwans* hinter der vorgelegten Sicherheitskette. Vorsichtig nahm er die Duftkugel von der Nase und sog prüfend die Luft draußen ein. Sie roch nach Fisch.

»Sie riecht nach Fisch!« murmelte der verwirrte Teilzeitbarmann.

»Das liegt daran, daß es Fisch ist«, grinste John Vincent Omally durch den Türspalt. »Mach auf, Neville.«

»'tschuldige, John.« Der Teilzeitbarmann entriegelte die Kette und schlipp-schlappte zur Theke zurück.

Omally folgte ihm mit einer ausgebeulten großen Plastiktüte über der Schulter.

»Bei allen Heiligen, Neville«, sagte er, nachdem der Teilzeitbarmann die Duftkugel auf dem Tresen und sich dahinter postiert hatte, »du riechst wie die sprichwörtliche Handtasche einer Schwuchtel.«

»'tschuldige nochmals«, sagte Neville. Er hielt ein poliertes Pintglas unter den Spund der Bierpumpe und zapfte eins vom Allerbesten. Er hielt das Glas ins Licht und begutachtete den Inhalt, der so rein und klar war wie das Gewissen eines Autors. »Entweder laufen die Gullys über«, sagte er und tippte sich mit einem freien Finger an die empfindlichen Nüstern, »oder irgend etwas anderes stimmt nicht.«

»Ich verstehe«, sagte Omally, der nichts verstand, und ließ sich auf seinem Lieblingsbarhocker nieder. Er hatte keinesfalls die Absicht, sich wieder einmal in ein endloses Gespräch über die ENP des Barmanns ziehen zu lassen. »Ich hab' hier zwei Schönheiten«, begann er deswegen und deponierte die Plastiktasche auf dem Tresen. »Frische Flußforellen«, fügte er erklärenderweise hinzu, setzte das Glas an die Lippen und nahm den ersten Schluck des Tages.

Neville hielt einen Augenblick lang inne und beobachtete den Iren. Sein ganzer Tag stand und fiel mit dem Ergebnis von Omallys erstem Schluck.

»Reinste Magie«, sagte John, nachdem er das Glas abgesetzt und mit den Lippen geschmatzt hatte. Ein weiterer tiefer Zug, ein weiteres: »Magie.«

Neville entspannte sich. »Immer noch zehn Bobs pro Pfund, nehme ich an?«

»Ganz genau. Und das hier sind zwei ausgewachsene Sechspfünder.«

Neville beäugte Omally mißtrauisch und nahm seine Taschenwaage hervor.

»Na ja, fünf mindestens. Von Hand gefüttert, mit Hanfsamen und Maden.«

»Aber nicht von Hand mit Sand vollgestopft wie die beiden anderen, die du mir verkauft hast?«

Omally lächelte sein gewinnendstes Lächeln und trank von seinem Bier. »Daß du auch immer deine kleinen Witzeleien vom Stapel lassen mußt«, sagte er zwischendurch.

»Und du deine. Diesmal allerdings nicht auf meine Kosten, John.« Neville wog den Fisch, drehte die Kurbel der alten Registrierkasse, bis KEIN VERKAUF im Fenster erschien, und entnahm fünf druckfrische Ein-Pfund-Noten. »Soll ich dein Pint gleich verrechnen?« erkundigte er sich.

»Das wäre vielleicht etwas voreilig«, entgegnete John. »Jim wird jeden Augenblick eintrudeln.«

Neville bedachte Omally mit einem freundlichen

Lächeln und wuchtete die beiden frischen Fische in den Eisschrank des *Fliegenden Schwans.*

In diesem Augenblick betrat der Alte Pete, Brentfords gartenbauernder Veteran und Staatsmann, die Salonbar. Wie immer folgte ihm der junge Halbterrier Chips dicht auf den abgelaufenen Hacken.

»Morgen, John«, sagte der Alte und gesellte sich zu Omally an der Theke.

»Morgen, Pete«, erwiderte Omally. »Morgen, Chips.«

Der Hund schnüffelte prüfend die Luft. Sein antiquiertes Herrchen tat es ihm nach.

»Na, das ist ja vielleicht ein Ding«, sagte es dann (das Herrchen).

Omally nahm den *Brentforder Merkur* vom Tresen und fächelte sich nonchalant Frischluft ins Gesicht.

»Was denn, Pete?« erkundigte er sich.

»Eigenartig, wie ein besonderer Geruch eine ganz besondere Erinnerung wachrufen kann.«

»Ach ja?« Wie der bestialische Gestank aus nicht mehr ganz so frischem frischem Fisch und Nevilles Duftkugel irgend etwas anderes als Übelkeit wachrufen konnte, das blieb Omally ein unlösbares Rätsel.

»Ihr Name war Jasmin«, erinnerte sich der Alte Pete sehnsüchtig. »Sie betrieb ein Bordell, unten in Bangkok.«

»Du widerlicher alter Bastard«, sagte Omally und hatte Mühe, sein Grinsen zu verbergen.

»Ich kann mich natürlich auch täuschen.« Der Alte schnüffelte noch ein oder zwei weitere Male und meinte, das vertraute Aroma einer gewissen Sorte dunklen Rums zu entdecken, das in der überladenen Luft hing.

»Vielleicht zehn Pfund frisch pochierter Flußlachs?« erkundigte er sich laut.

Omally verschluckte sich fast an seinem Pint. »Einen großen dunklen Rum hierher, Neville!« beeilte er sich, den Alten zum Schweigen zu bringen, nachdem sein Hustenanfall vorüber war und er sich den Schaum aus dem Gesicht gewischt hatte.

»Oh, das ist sehr freundlich von dir, John. Vielen Dank auch.« Der Alte Pete kicherte verschlagen. »Damit hatte ich nun überhaupt nicht gerechnet.«

Neville kehrte von der Kühltruhe zurück, wischte sich die Fischhände an der Barschürze sauber und schenkte dem alten Halunken seine Beute aus der Rumflasche ein.

»Auf deine allerbeste Gesundheit, John.«

»Und deine, Pete.« Omally hob sein Glas und spähte traurig durch den nun leeren Boden.

»Noch mal das gleiche, nicht wahr?« erkundigte sich Neville. »Und wenn du dann doch bitte die Rechnung begleichen könntest?«

Wie auf Kommando betrat Jim Pooley den *Fliegenden Schwan*. »Tach zusammen«, sagte er.

Pete berührte seine Baskenmütze, Neville neigte sein schimmerndes Haupt, der junge Hund Chips bellte unverbindlich, und Omally sagte: »Guten Tag.«

»Wer ist dran?« wollte Jim wissen.

»Rate mal.« Omally hielt ihm sein leeres Glas hin.

»Ah.« Jim klopfte seine Taschen ab. »Ich bedaure, doch eine geschäftliche Transaktion hat meine Geldbörse just heute Morgen in arge Mitleidenschaft gezogen«, sagte er und bedachte Omally mit etwas, das wohl ein »vielsagender Blick« sein sollte.

»Also schön, dann zahlt jeder für sich.« Omally

schob sein Glas über den glänzenden Tresen. »Zwei Pints Large bitte, Neville.«

»Und einen großen dunklen Rum«, sagte der Alte Pete mit dem Optimismus des erfolgsverwöhnten Erpressers.

»Und einen kleinen dunklen Rum«, korrigierte Omally. »Welcher übrigens der letzte ist.«

Der Alte Pete grinste zahnlos. Er war zu gerissen, um den Fisch zu töten, der die goldenen Eier legte. Nächste Woche war wieder Freitag. »Ganz wie du meinst«, sagte er daher.

Das Geschäft wurde erledigt und Omally um Begleichung seiner Rechnung gebeten. Anschließend führte John seinen Partner zu einem Nebentisch, wo sie ungestört reden konnten. Er teilte das Wechselgeld auf und gab Jim eine weitere Pfundnote.

Pooley untersuchte sorgenvoll die Überreste seines Tagelohns. »Ich kann keine größeren Noten in diesem Haufen Münzen entdecken«, sagte er.

»Es ist vollkommen unmöglich, einen bestimmten Ertrag seines Arbeitskapitals zu projektieren«, informierte ihn John. »Die Zahnräder der Geschäfte drehen sich frei und willkürlich, und ihre Achsen müssen aus diesem Grund ständig finanziell geschmiert werden. Wenn du verstehst, was ich meine.«

»Du meinst, du mußtest diesen alten Halunken auszahlen?« Pooley nickte in Richtung des Alten Pete, der das Glas in seine Richtung hob und: »Cheers!« sagte.

Der junge Hund Chips, dessen Gehör besser als ausgezeichnet war, nahm sich im stillen vor, Jims Knöchel einen Besuch abzustatten, sobald sich eine günstige Gelegenheit dazu ergab.

»Eine bloße Bagatelle, weiter nichts«, sagte Omally. »Was ist mit unserem anderen Geschäft?«

Pooley nahm einen Schluck aus seinem Glas. »Deine Vorhersage, was die Wettquote anbelangt, hat sich als ein wenig zu optimistisch erwiesen. Aber wie du sicher weißt, ist es vollkommen unmöglich, einen bestimmten Ertrag seines Arbeitskapitals zu projektieren ...«

»*Touché!*« sagte Omally und schob eine weitere Pfundnote in Pooleys Richtung. »Ich glaube, ich habe dir aus Versehen zu wenig Geld herausgegeben.«

»Ja, das glaube ich auch. Kann es sein, daß noch zehn Schilling fehlen?«

»Oh, wie recht du hast!« Eine Zehn-Schilling-Note wechselte den Besitzer.

»Danke sehr, John. Aber im Ernst, bist du tatsächlich überzeugt, daß unsere Wette aufgeht?«

Omally nickte.

»Das ist eine todsichere Sache, glaub mir!« Er zog seinen Kumpan näher zu sich heran. »Und Bob hat die Wette akzeptiert?«

»Mit ein oder zwei unbedeutenden Einschränkungen, ja. Wir sind im Geschäft.«

»Wunderbar!« rief Omally gedämpft. »Dann werden wir beide in Kürze sehr, sehr reich sein! Neville!« rief er laut. »Wie spät haben wir genau?«

Der Teilzeitbarmann beäugte die alte Guinness-Uhr über der Theke. »Pub-Zeit oder Greenwicher Zeit?«

»Greenwicher.«

»Elf Uhr zweiundzwanzig.«

»Danke, Neville.« Omally wandte sich wieder zu John um und klopfte ihm auf die Schulter. »Du mußt dir wirklich keine Sorgen machen!« sagte er. »Wir können uns jetzt beruhigt zurücklehnen und alles weitere dem Götterboten überlassen.«

»Dem wem?«

»Dem WEM und dem WER. Merkur, der geflügelte Wunderknabe.«

»Ach der.«

»Genau der«, sagte Omally. »Trink aus, die nächste Runde geht auf mich.«

»Auf Merkur.« Jim hob sein Glas.

Kapitel 9

Der Herausgeber des *Brentforder Merkur* spähte vom eselsohrigen Notizbuch seines Reporters zu dem eselsohrigen Reporter auf, der atemlos hechelnd vor seinem Schreibtisch stand, Seamus Molloy seines Namens. ›Knüller‹ für seine Freunde.

»Und das entspricht tatsächlich der Wahrheit?« erkundigte der Herausgeber sich.

Knüller Molloy nickte heftig. »Ich habe die Ratsmitglieder interviewt, die dem Treffen beigewohnt haben. Das heißt, diejenigen von ihnen, die noch stehen konnten. Es gab nämlich ein ziemliches Getümmel mit anschließender Schlägerei. Die Polizei mußte anrücken. Ich bin den ganzen Weg zurück gerannt.«

Der Herausgeber des Götterboten kratzte sich mit dem falschen Ende seines Textmarkers am Kopf. Knüller Molloy beobachtete in schweigender Faszination, wie auf der glänzenden Stirn seines Arbeitgebers ein königsblaues Streifenmuster entstand.

»Und Sie nehmen mich nicht auf den Arm, Molloy?« Der zuvor erwähnte königsblaue Arbeitgeber spähte auf seinen Terminkalender. Selbst, wenn man die ein oder zwei Tage berücksichtigte, die umzublättern er versäumt hatte – bis zum ersten April dauerte es noch einige Zeit.

»Ich schwöre!« Knüller Molloy legte die Hand aufs Herz. »Habe ich Sie je angeschwindelt?«

»Nicht direkt, aber wie stehe ich da, wenn sich diese Geschichte als ein weiteres dieser typischen Brentforder Gerüchte herausstellt?«

Knüller Molloy ließ den Kopf hängen. »Die

Geschichte ist so wahr, wie ich hier stehe, Sir«, beteuerte er. »Ich bin schon seit mehreren Wochen an dieser Sache dran«, log er weiter.

»Dann ... dann ... dann ... Das ist ja wunderbar!« Die Stimme des Herausgebers wechselte zur nächst höheren Oktave. »Einfach wunderbar!« Er schob seinen Stuhl zur Seite und ergriff Molloys schwitzige Hand, um sie in der eigenen zu quetschen. »Wissen Sie überhaupt, was das bedeutet, Molloy?« fragte er.

Knüllers Kopf wippte heftig auf und ab. Selbstverständlich wußte er das. »Es hat mich einen Arm und ein Bein gekostet«, sagte er vorsichtig.

»Wir haben sie!« Der Herausgeber schüttelte eine geballte Faust in Richtung eines feuchten Flecks an der Decke seines Herausgeberbüros. »*Ich* habe sie! *Die* Story! Die *Exklusivstory*!« Er drehte sich zu dem dicken schwitzenden Burschen um, der bescheiden lächelnd dastand. »Die Exklusivstory! Und sie gehört mir ganz allein!« Er streckte die Hand nach dem Haustelephon aus. »Mir ganz allein!« Plötzlich erstarrte der Herausgeber. Seine Augen zuckten zu seinem Reporter und musterten ihn mißtrauisch. Die Hand schwebte reglos über dem Hörer. »Molloy«, sagte er langsam, »Molloy, Sie haben doch nicht mit jemandem über diese Geschichte geredet, oder?«

»Mit jemandem, Sir?«

»Sie wissen schon ... *die* ...!« Die verhaßten Worte blieben dem Herausgeber in der Kehle stecken.

»Sie meinen die Fleet Street, Sir?«

Der Herausgeber zuckte zusammen und bekreuzigte sich. Molloy sank unbewußt in die Knie.

»Das haben Sie doch nicht, Molloy?«

»Ganz bestimmt nicht, Sir!«

»Guter Mann! Guter Mann!« Die Herausgeberhand riß den Hörer von der Gabel und wählte eine Sechs. Während sein Finger mit der mystischen Nummer beschäftigt war, flüsterte er leise vor sich hin wie jemand, der den Katechismus aufsagt: »Zwanzig Jahre bin ich schon in diesem Geschäft. Zwanzig lange Jahre voller Blumenschauen und Pfadfindertreffen, und jetzt, jetzt, jetzt ...« Er hielt einen Augenblick inne, eine Hand über dem Mikrophon des Hörers, die Augen auf die unaussprechliche Decke gerichtet, hinter der in einiger Entfernung der allmächtige Eigentümer seines Blattes im Himmel saß. »Danke, Gott«, flüsterte er. »Amen.«

»Amen«, echote Knüller Molloy und schob einen Spesenzettel über den Schreibtisch, der für sich genommen als Werk wenigstens ebenso großartig war wie alle Romane von Harrold Robbins zusammen. »Wenn Sie nur bitte hier unterschreiben würden, Sir?«

Ohne die Abrechnung auch nur eines Blickes zu würdigen, unterschrieb der Herausgeber und gab damit einen beträchtlichen Teil der finanziellen Ressourcen seines Blattes aus der Hand. »All die Jahre«, sagte er immer wieder. »All die Jahre habe ich auf eine Gelegenheit gewartet, das zu tun, was jetzt kommt.«

»Sir?«

»Hören Sie einfach zu«, sagte der Herausgeber.

»Hallo?« meldete sich am anderen Ende der Leitung eine verschlafene Stimme. »Druckerei hier, was gibt's denn?«

»Williams?« fragte der Herausgeber. »Williams, sind Sie das?«

»Selbstverständlich bin ich das. Wer spricht?«

»Williams!« Der Herausgeber nahm tief Luft und

sagte dann: »Williams, halten Sie die Maschinen an. Neue Titelseite!«

»Oh nein, nicht schon wieder!« sagte die Stimme. »Molloy, verpiß dich endlich, ja?« Ein Klicken, als der Hörer am anderen Ende auf die Gabel fiel, und dann nur noch der Summton der unterbrochenen Verbindung.

Kapitel 10

Die Brüder Paul und Barry Geronimo saßen mit Handschellen aneinandergefesselt in Polizeigewahrsam. Ein untröstlicheres Paar Roter Männer als diese beiden war kaum vorstellbar. Mit der freien Hand betastete Paul die gewaltige Viktoriapflaume, die auf seiner linken Schläfe als Folge eines Schlagstockkontakts gereift war. Barry stöhnte jämmerlich, während er seine zahlreichen Blessuren nach möglichen Frakturen abtastete. Nach einer ganzen Weile war er es, der als erster das Wort ergriff. »Das wird Mutter bestimmt nicht gefallen«, sagte er.

Paul machte Anstalten, die Stirn in Falten zu legen, ließ es aber dann wieder, weil Schmerzwellen ihr Veto einlegten. »Das bedeutet auf jeden Fall den Kriegspfad, soviel ist sicher«, murmelte er. »Viele Skalps werden die Loge verzieren, noch bevor die Zeit für den Fünf-Uhr-Tee gekommen ist.«

Barry musterte seinen bandagierten Bruder mit einem Seitenblick. »Paul«, sagte er schließlich, »Paul, bist du eigentlich sicher, daß wir beide die duale Reinkarnation Geronimos sind? Ich meine, du hast dich nicht vielleicht geirrt oder so was? Versteh mich nicht falsch, aber wir stecken hier im Knast und haben eine Tracht Prügel empfangen wie nichts Gutes ... ich meine ... ich ...« Für seine Unverblümtheit empfing er einen Schlag, wie ihn der längst verstorbene Billy Two Rivers gerne ausgeteilt hatte und der heutzutage unter dem Namen Tomahawk-Watsche bekannt ist. »Autsch! Du Drecksack, das sage ich Mama.«

»Ruhe da drin!« ertönte von draußen die Stimme

eines Konstablers. Das Guckloch in der Zellentür wurde geöffnet. »Auf die Beine, ihr beiden Möchtegern-Apatschen! Hier ist Besuch für euch!«

Ein schwerer Schlüssel wurde im Schloß gedreht und erzeugte all jene Geräusche, die schwere Gefängnistürenschlüssel in Gefängnisspielfilmen so von sich geben. Die Tür schwang auf, und ein grinsender Konstabler Meek wurde sichtbar. Er trug ein Gefängnistablett aus Emailleblech und darauf drei dampfende Tassen Tee und ein wenig Gebäck. »Hier, Tonto!« grinste er. »Tut mir leid, aber das Feuerwasser ist gegenwärtig aus.«

»Eine halbe Stunde in einem Rote-Ameisen-Nest mit einem Topf Honig auf dem Buckel wird das Grinsen aus dem Gesicht des Bleichgesichts vertreiben«, sagte Paul Geronimo und bedachte den Konstabler mit einer berühmten nordamerikanischen Geste (die inzwischen auch unter ihrem deutschen Namen ›Effenberg‹ bekannt ist).

Barry rieb sich vorsichtig über die neue Blessur an der Stirn. Irgend etwas mußte tatsächlich dran sein an dieser Reinkarnationsgeschichte. Bauingenieure saugten sich Bemerkungen wie diese schließlich nicht aus den Fingern. »Zwei Stück Zucker bitte«, sagte er.

»Ihr habt Besuch«, wiederholte der noch immer grinsende Konstabler und setzte das Tablett auf einer Pritsche ab. »Großes Weißes Mann gekommen, um Friedenspfeife mit Roten Brüdern zu rauchen.«

»Das reicht jetzt, Konstabler, danke sehr!« Die Stimme gehörte Inspektor Hovis von Scotland Yard, der nun auf den Spuren seiner Schallwellen in die Zelle trat. Unter dem Arm trug er einen gelbbraunen Aktenordner. »Wenn Sie so freundlich wären, die Zellentür von außen zu versperren, Konstabler, und zu warten, bis man Sie ruft?« Konstabler Meek schlich hinaus und warf die Tür mit einem dramatischen Knall hinter sich ins Schloß. »Und jetzt«, begann der berühmte Inspektor, während er einen Keks vom Tablett nahm und sich dabei setzte. »Würden die Herrschaften mir bitte alles erzählen?«

Paul Geronimo musterte Hovis von oben bis unten. »Roter Mann berufen sich auf Genfer Konvention«, sagte er schließlich. »Roter Mann werden nichts sagen außer Rang, Namen, Einheit und Telephonnummer. Bleichgesicht verpissen sich.«

»Ich verstehe«, sagte Hovis. »Dann lassen Sie sich etwas gesagt sein. Das hier ist mein erster Tag im schönen Brentford.«

»Passen auf, daß es nicht der letzte wird«, empfahl Barry.

»Mein erster Tag«, fuhr Hovis unbeirrt fort. Er kramte in seiner Tasche und zog ein kleines, helles Buch hervor. »Erkennen Sie das hier?«

Paul nickte.

»Sein berühmtes *Reiseführer von Brentford*. Geschrieben von geschätztes einheimisches Autor P. P. Penrose.«

»Gleiches Autor wie Lazlo-Woodbine-Thriller«, fügte Barry hinzu.

»Stimmt haargenau«, sagte Inspektor Hovis. »Ich habe diesen Reiseführer erst heute früh erworben.«

Paul starrte an die Decke und trommelte innerlich einen Kriegstanz.

»Ich bin fest davon überzeugt«, fuhr Inspektor Hovis fort, »daß ein Reiseführer mindestens ebensoviel über eine Stadt erzählt durch das, was er nicht erzählt, wie durch das, was er tatsächlich erzählt. Wenn Sie wissen, was ich meine.«

»Esoterische Dichotomie allein sein ungenügende Basis für theoretische Spekulation«, entgegnete Paul. »Tapferes Mann, der immer nur Horizont nach Rauch von Feind absuchen, treten oft in Sitting Bullshit.«

»Das mag sein, wie es will«, meinte Hovis. »Trotzdem werde ich Ihnen meine Beobachtungen bezüglich dessen, was der Reiseführer mir verraten hat, jetzt mitteilen.« Er schlug das kleine Buch auf und begann kekskauend vorzulesen. »Die historische Gemeinde Brentford ist unter zahlreichen anderen Dingen berühmt für die Schönheit ihrer weiblichen Bevölkerung, die architektonischen Glanzleistungen und die Qualität ihres handgezapften Biers. Im Jahr 49 vor Christus kam Julius Cäsar . . .«

»Bitte zu unterbrechen«, sagte Paul, »doch edles Geschichte von Brentford sein Roten Brüdern wohlbekannt. Wir hier geboren und aufgewachsen.«

»Also schön«, schloß Hovis. »Dann machen wir es kurz. In den tausend langen Jahren aufgezeichneter Brentforder Geschichte gibt es keinen einzigen Bericht über einen Rassenaufstand. Nicht bis zum heutigen Tag, an dem Sie beide einen angezettelt haben.«

»Wir haben was?« erkundigte sich Barry.

»Einen Rassenaufstand angezettelt«, wiederholte Inspektor Hovis. Er nahm ein unterschriebenes Protokoll aus seinem Aktenordner und überflog den Inhalt. »Haben Sie Ratsmitglied Ffog als einen ›räudigen weißen Schweinehund, den man besser langsam über einem Feuer rösten sollte‹ bezeichnet, oder streiten Sie das ab?«

»Nun ja«, gestand Paul.

»Und ein Mister Julian Membrane, der, wie ich nebenbei bemerken möchte, auf dem Weg der Genesung von seiner Tomahawkwunde ist, berichtet in seiner Aussage von einer aufrührerischen Bemerkung: ›Gelbes Blut von Bleichgesicht gehört auf Toilettenwand geschmiert‹?«

»Wir sind Opfer der Rassendiskriminierung!« kreischte Paul Geronimo auf. Er sprang von seiner Pritsche und zerrte seinen indianischen Zwillingsbruder mit sich. »Langnasiges weißes Hund verdreht Wahrheit wie Schlange sich windet in Dreck!«

»Da, schon wieder!« sagte Hovis. »Das sieht in meinem Bericht nun aber ganz und gar nicht gut aus, was meinen Sie? Aufwieglerische Bemerkungen rassistischer Natur, Beschädigung von städtischem Eigentum, Störung der öffentlichen Sicherheit und Ordnung, Aufruf zum Aufruhr, schwere Körperverletzung, Überfall mit einer tödlichen Waffe, Widerstand gegen die Festnahme, beleidigendes Verhalten ... muß ich fortfahren? Sollte mich nicht wundern, wenn Sie beide mindestens fünf Jahre dafür kriegen.« Er deutete auf Pauls schwarz gefärbten und wunderbar geflochtenen Indianerzopf und machte Scherenbewegungen mit den Fingern. »Und zwar im Barbierladen Ihrer Majestät der Königin.«

Paul betastete sein Haupthaar; er hatte drei Jahre gebraucht, um es so lang wachsen zu lassen. Bruder Barrys herunterhängende Kinnlade sank womöglich noch weiter herab. »Rotes Brüder rudern in Stacheldrahtkanu durch Scheißfluß«, beobachtete er.

»Wie hübsch Sie das ausgedrückt haben«, freute sich Inspektor Hovis. »Aber was schlagen Sie vor, was *wir* dagegen unternehmen sollen?«

Paul starrte die hagere Gestalt mißtrauisch an, die biskuitkauend auf der gegenüberliegenden Pritsche saß. »Was genau schlagen *Sie* uns vor?« antwortete er mit einer Gegenfrage.

Inspektor Hovis nahm seinen eleganten elfenbeinernen Spiegelkneifer von der Nase und faltete ihn in ein Schildpatt-Etui, welches er in der Brusttasche verstaute. Er griff nach einem weiteren Biskuit und fixierte Paul Geronimo mit einem durchdringenden Blick. Die tapfere Rothaut wurde sichtlich blaß. »Nun?« wiederholte der Inspektor seine Frage.

»Nun ... äh ...« sagte Paul Geronimo.

»Squaw, wo tanzen zu lange um Kochtopf loben Essen, finden Essen kalt, wenn essen wollen. Wenn meine Roten Brüder verstehen, was ich meine«, bemühte Hovis ein altes indianisches Sprichwort.

»Das tun wir«, antwortete Paul Geronimo. »Äh, Rotes Bruder denken verstehen.«

»Und was halten meine Roten Brüder davon, wenn wir die Friedenspfeife rauchen und uns dabei einfach ein wenig unterhalten?«

»Ich kann Friedenspfeife ausgraben«, sagte Paul Geronimo hastig.

Fünfundvierzig Minuten und einige Unzen Tabak später schloß sich die Zellentür hinter dem berühmten Inspektor. Er stapfte zielsicher in das neu gestrichene Büro, das nun sein eigenes war, ließ sich mit dem Hintern in seinen Stuhl sinken und legte die Füße auf den Schreibtisch. Alles in allem war der Tag höchst zufriedenstellend verlaufen. Durch geschickte Manipulation hatte er den halben Stadtrat so gut wie in der Tasche. Er hatte der Gemeinde die Peinlichkeit erspart, die eine Anklage ohne Zweifel zur Folge gehabt hätte, und sich selbst den bösen Ruf, den Stadtrat überhaupt erst hinter Schloß und Riegel gebracht zu haben. Er war zum Blutsbruder der doppelten Reinkarnation des Indianerhäuptlings Geronimo geworden und von einer der attraktivsten Frauen zum Essen eingeladen, die zu verhören er jemals das Privileg gehabt hatte. Alles in allem war der Tag wirklich *ganz außerordentlich* zufriedenstellend verlaufen.

Hovis griff nach seinem Spazierstock, schraubte den silbernen Griff ab und nahm eine Prise gemahlenen marokkanischen Schnupftabak hervor. Er plazierte das Zeug in den begierigen Nüstern und sog es tief in die Nase. Ihm blieb nur wenig Zeit, seinen Erfolg zu genießen. Inspektor Hovis war auf einer Mission nach Brentford gekommen, einer Mission, auf deren Erfolg seine gesamte zukünftige berufliche Karriere ruhen würde, sozusagen. Wie der berühmte Dick Whittington oder der Count St. Germaine war auch Inspektor Hovis mit nur einem einzigen Gedanken im Kopf in das idyllische Brentford gekommen.

Dem Gedanken an Gold.*

* Das erinnert den genügsamen Lektor an viele Übersetzer (wie z. B. Herrn Merz), die, statt zu jubilieren, einen solch schönen Roman wie diesen überhaupt übersetzen zu dürfen, immer nur von ›Honoraren, Honoraren, Honoraren‹ reden. Wovon soll der Verlag denn die Gehaltserhöhungen des Lektors finanzieren? (Anm. d. Red.)

Kapitel 11

Von ihrem Ausguck hoch oben am Turm der Memorial-Bücherei verkündete die Uhr den Anbruch der sechsten Stunde. Das süße Aroma von Spätfrühlingsgeißblatt teilte sich die Luft mit den Gerüchen des herannahenden Abends. Düfte, die sich zu dieser ganz besonderen urbanen Note vereinigen, die als Summe ihrer Teile in die Nasen dringt. Der Geruch nach gebratenem Fisch, nach Scotch, billigem Zigarrenrauch, exklusiven Parfüms und anderen Dingen, fremdartig, unselig und geheimnisvoll.

Nach gebratenem Fisch: Der Alte Pete wendete sein großes Lachssteak (ein völlig unerwartetes Geschenk von Neville dem Teilzeitbarmann) in der verrotteten Pfanne und pfiff die Melodie von »Wenn das Fischerboot zurückkehrt«. Der junge Hund Chips bellte mißtönend zur Begleitung. Der Tag war gar nicht so schlecht gewesen, und der Abend stand erst noch bevor.

Nach Scotch*: In der Schrebergartenanlage schenkte John Vincent Omally zwei große Gläser zehn Jahre alten Malt-Whiskey voll und reichte eins davon Knüller Molloy.

* Nein, nicht im Arbeitszimmer von Axel Merz (Anm. d. Übersetzers)

»Cheers!« prostete der Starreporter ihm zu und reichte John einen braunen Umschlag mit mehreren Banknoten höheren Werts darin. »Und danke noch mal für den Tip.«

»War mir ein Vergnügen«, erwiderte der geschäftstüchtige Sohn Irlands. »Ich schlage vor, wir trinken auf weitere Knüller exklusiver Natur.«

»Auf deine Gesundheit.«

»Und auf deine.«

Nach billigem Zigarrenrauch*: Der Herausgeber des *Brentforder Merkur* durchmaß den Druckraum, in eine dichte blaue Qualmwolke gehüllt. In unregelmäßigen Abständen spähte Williams der Drucker von dem ausgedehnten kryptischen Kreuzworträtsel auf und in die Wolke, um den letzten Philippika gegen einen gewissen neu in Brentford angekommenen Polizeiinspektor zu lauschen.

Zerrissen unter den Füßen des auf- und abgehenden Herausgebers lagen die Überreste der großartigsten Schlagzeile, die wahrscheinlich jemals das Licht der Welt erblickt hatte:

MUTIGE KRIEGER SCHMIEREN SCHWULEN IN SENSATIONELLEM BESTECHUNGSSKANDAL EIN.

* Nein, nicht im Arbeitszimmer von Axel Merz (Anm. d. Übersetzers)

Diese und nicht weniger als siebenundzwanzig Permutationen gleicher literarischer Bedeutsamkeit waren an jenem Nachmittag zum Tode durch Nichterscheinen verurteilt worden, nachdem Inspektor Hovis unerwartet im Büro des Herausgebers aufgetaucht war, einen ›Verschlußsache‹-Stempel auf die ganze Sache gedrückt und sie zum ›schwebenden Verfahren‹ erklärt hatte mit den berühmten Fleet-Street-Worten: »Ein Ton, und Sie sind verhaftet.«

Der Herausgeber paffte und marschierte, schimpfte und zeterte und tat Dinge wie den Tag verfluchen und den Augenblick verdammen, an dem er aufgestanden war. Williams der Drucker spähte durch die dichten Qualmwolken auf seine Armbanduhr. Bald fingen die Überstunden an. Er würde bis dahin warten, bevor er sich an den Herausgeber wandte mit dem Vorschlag, daß man ja immer noch

BRENTFORD AUSTRAGUNGSORT DER NÄCHSTEN OLYMPISCHEN SPIELE

als Schlagzeile bringen könne, wahrscheinlich die größte Schlagzeile, die der *Brentforder Merkur* jemals bringen würde – und das ohne Furcht vor Strafverfolgung. Bis dahin jedoch mühte er sich angestrengt, ein passendes Wort für siebenundvierzig waagerecht zu finden. Er hatte ein A, ein weiteres A und ein D.

»Verdammter Bastard!« brüllte der im Qualm unsichtbare Herausgeber unvermittelt.

»Paßt!« sagte Williams. »BASTARD. Wunderbar, Chef!«

Nach exklusivem Parfüm: Mrs. Jennifer Naylor arrangierte sich auf einem verchromten Design-Barhocker vor dem falschen Marmortresen der *Zocker Bar*, nippte an ihrem Cocktail und sann über die Erfolge des Tages nach. Um ihre sensiblen Lippen spielte ein schiefes Lächeln, und ihre ebenfalls sensiblen schlanken Finger spielten mit einem winzigen Miniatursonnenschirm, der in einer Schattenmorelle und einer Scheibe Dosenananas steckte.

Zum Klang eines Trommelwirbels und donnerndem Applaus (was beides niemand außer ihm selbst vernahm) schwankte der Inhaber der Lokalität, ein gewisser Robert Tucker, Einheimischen bestens bekannt und höchst verhaßt unter dem Namen Bob der Buchmacher, durch die nachgemachte Art-Deko-Tür seiner Bar.

An diesem Abend war Bob ganz in blitzendes Weiß gekleidet. Ein japanisches Seidensakko hing ihm wie ein Zorroumhang über die Schultern. Die Ärmel baumelten leer herab wie bei einem beidseitig Amputierten. Die unvermeidliche *Ray Ban* hing an einer Kette um den Hals, und die zwei Zoll hohen Absätze erhöhten alles außer seiner Glaubwürdigkeit. Das versuchte er jedoch reichlich mit dem Rolls-Royce-Schlüsselbund auszugleichen, der über dem ausgepolsterten Schritt an einer Klammer von seinem Gürtel baumelte, sowie mit einer von Norman Hartnell konstruierten Geldbörse, die ein geheimes Fach enthielt, aus welchem Bob per Knopfdruck die Goldene American Express Card in den Schoß einer Schönen katapultieren konnte.

Mit vorgetäuschter Nonchalance gegenüber der erstaunlichen Abwesenheit jeglicher Zocker zu dieser

»Happy Hour« straffte er die Schultern, bückte sich, um seine Jacke wieder aufzuheben, und schlenderte dann zu seinem einzigen weiblichen Gast an die Theke.

»Hi, Jennybaby«, gurrte er und kletterte auf den benachbarten Chromhocker. »Was verschafft mir die Ehre deines Besuchs?«

»Ich genieße die herrliche Ruhe in deinem Laden, das ist alles«, erklärte Jennifer Naylor. »In den anderen Bars ist es um diese Zeit meist viel zu voll.«

Bob beugte sich vor und brachte Jennifer damit in die aktuelle Gefahrenzone seines Rasierwassers.

»Die *Zocker Bar* ist ... äh ... vielleicht ein wenig exklusiv«, sagte er. »Ist das dein neuer Porsche draußen vor der Tür?«

Jennifer nickte. »Gefällt er dir?«

»Nicht besonders. Ich muß mir nächste Woche auch einen bestellen. Das neueste Modell, versteht sich. Electric Blue, Getränkebar im Fond, holophonisches Soundsystem und so. Du weißt schon.«

»Electric Blue?« Jennifer seufzte resignierend, nahm den winzigen Papierschirm in die Hand und biß entschlossen in die dunkelrot glänzende Kirsche. Bob schlug die Beine übereinander und zuckte schmerzhaft zusammen.

»Ich mag meine Autos wie meine Männer«, sagte Jennifer Naylor. »Groß und schwarz.« Bob rutschte von seinem Hocker und begab sich hinter den Tresen. Wo er – wie durch Magie – mit einem Mal vier Zoll größer geworden zu sein schien.

»Paß auf, daß du nicht hinfällst«, sagte Mrs. Naylor, die zugesehen hatte, wie das Podest hinter dem Tresen eingebaut worden war.

»Wo steckt Eric?«

»Hat sich über die Quiche hergemacht, als ich ihn das letzte Mal sah.«

»Eric!«

»Was ist los?« Die Stimme ertönte aus Richtung Küche, wo der Cocktailshaker damit beschäftigt war, seine Schuppen über einer Schüssel mit grünem Salat auszubürsten.

»Hier draußen wartet Kundschaft!«

»Das wäre zur Abwechslung gar nicht übel.« Eric kam schlurfend in Sicht, rückte seine Krawatte zurecht und wischte sich die Schuppen von den Schultern, die die Salatschüssel nicht getroffen hatten. »Das gleiche wie immer, meine Liebe?« erkundigte er sich bei Mrs. Jennifer Naylor.

»Das gleiche noch mal für die Dame«, befahl Bob der Buchmacher und richtete sich hinter dem Tresen ein. »Und für mich bitte einen Raging Stonker.«

Er zwinkerte Jennifer weltmännisch zu.

Die phantasievollen Namen der Cocktails hatte er allesamt selbst erfunden, nachdem er einen Urlaub in Benidorm verbracht hatte. Dort gingen die Dinger im großen Maßstab, und er begriff einfach nicht, warum die Brentforder Schickeria sie noch nicht angenommen hatte.

»Wie möchten Sie Ihren Raging Stonker?« erkundigte sich Eric der Mixer. »Geschüttelt oder gerührt?«

Bobs Blicke drohten den Barmann zu durchbohren, dann lächelte er Jennifer mit einem Heutzutage-gibt-es-eben-einfach-kein-gutes-Personal-mehr-Lächeln zu.

»Gerührt«, sagte er schließlich zwischen zusammengebissenen Zähnen hindurch.

Eric machte sich an die Arbeit, wobei er immer wieder den Cocktaillöffel benutzte, um sich am Kopf zu kratzen.

»Was hältst du davon?« wechselte Bob hastig das Thema und entblößte sein linkes Handgelenk. Ein Ding, das grobe Ähnlichkeit mit einem breiten goldenen Armband besaß, kam zum Vorschein.

»Ein Armband!« sagte Mrs. Naylor. »Nein, wie schick!«

»Kein Armband«, korrigierte sie Bob. »Das ist die allerneueste Piaget-Armbanduhr. Der Zeiger umkreist das gesamte Handgelenk, hier, sieh mal, dieses Licht. Es kreist alle vierundzwanzig Stunden einmal herum und sagt die Zeit. Genial, nicht wahr? Und wenn du diesen Knopf hier drückst«, Bob betätigte den fraglichen Knopf, »dann verschieben sich alle Zahlen, und du kannst sämtliche Zeitzonen der Welt einstellen. Wasserdicht und stoßgesichert das Ganze, und wirklich außerordentlich exklusiv.«

»Und die Zocker haben sie finanziert, wie ich keine Sekunde bezweifle.«

»Du machst dich über mich lustig.« Bob beugte sich grinsend vor. »Wenn du nur wüßtest, wie begierig manche von ihnen sind, mir ihr Geld zu bringen!«

»Tatsächlich?«

»Tatsächlich. Heute morgen zum Beispiel kam einer bei mir rein, und jede Wette, daß du nicht errätst, worauf er gesetzt hat.«

»Tatsächlich?«

»Tatsächlich.« Bob schüttelte den Kopf und brach in brüllendes Gelächter aus. »Jim Pooley kam in meinen Laden und hat zehn Pfund darauf gesetzt, daß die nächsten Olympischen Spiele in Brentford stattfinden!« Bob erlitt einen ernsten Lachkrampf. Tränen füllten seine Augen und rannen in Strömen über die Wangen. »Kannst du dir das vorstellen?« krächzte er zwischen den Anfällen. »Ganz ehrlich?«

»Und du hast die Wette angenommen?«

»Selbstverständlich! Ich habe ihm eine Quote von einer Million zu eins geboten.«

Eric servierte einen Split Beaver und einen Raging Stonker.

»Hast du nicht gesagt, deine Uhr wäre stoßgesichert und wasserdicht?« erkundigte sich Mrs. Naylor.

»Ja, natürlich. Ich glaube schon.« Bob wischte sich die Tränen ab. »Warum fragst du, Jennifer?«

»Paß auf, ich werd's dir flüstern. Damit uns niemand belauscht«, sagte Jennifer und zerrte den Burschen in die akute Gefahrenzone ihres exklusiven Parfüms.

Die Sonne zog sich langsam hinter Royal Kew zurück. Ihre Schattenspur verwandelte das antike Gasometer, die Mietskasernen, das Arts Center und die alten Eichen auf der Flußinsel in zerbrechliche, theatralische Skulpturen.

Aus dem schwarzen Schatten des Gasometers glitt wie aus dem Nichts ein Automobil von noch tieferem Schwarz. Das kleine, schiefe Gesicht hinter dem Lenkrad war kaum zu sehen. Auf dem Kopf des Zwerges saß eine Chauffeurskappe, und winzige behandschuhte Hände steuerten die lautlose Limousine in Richtung der Ealing Road. In unregelmäßigen Abständen schien sich der Wagen zu schütteln, und jedesmal zuckte der Chauffeur zusammen. Im Fond ging irgend etwas Furchterregendes vor. Schläge prasselten auf die Sicherheitstrennscheibe hinter dem Chauffeur, und eine Reihe mächtiger Erschütterungen, als würde etwas Schweres hin- und hergeworfen, ließ die dunkle Limousine erzittern. Der Chauffeur preßte das Gaspedal nieder.

»Sei endlich still!« flüsterte er. »Bitte, sei endlich still!« Ein spitzer, kleiner Zahn penetrierte seine Unterlippe, und ein dünner Blutfaden rann am vorgestreckten Kinn hinab. Ein erstickter, röchelnder Todesschrei drang aus der verkrüppelten Kehle des unsichtbaren Passagiers im Fond, und ein merkwürdiger Geruch breitete sich im Wagen aus. Ein Geruch, der fremdartig, furchterregend und unheilig zugleich war.

Kapitel 12

Diejenigen unter den Wahrsagern, Wetterkundigen, Altweibergeschichtenerzählern und einheimischen Schafhirten, die sich am roten Himmel des Abends erfreut hatten, fühlten sich sicher genug, um einen weiteren wunderschönen nächsten Tag vorherzusagen. Sie erwachten jedoch an einem Samstagmorgen, der sich als Wendepunkt, wenn nicht gar als ausgesprochene Wasserscheide in der gesamten Geschichte der Gemeinde herausstellen sollte. An diesem Tag nämlich sollten sich die Augen der gesamten Welt auf das idyllische Brentford richten.

Einige allerdings wußten bereits, was kommen würde. Bob der Buchmacher zum Beispiel, der dem heraufdämmernden Morgen zugesehen hatte und der selbst jetzt mutterseelenallein in seinem Buchmacherladen saß und bitterlich in sein Ginglas weinte.

Oder Jennifer Naylor, die bei Austern in Armagnac und frittierten Wachteln mit Gänseleberpastete einen höchst angenehmen Abend im *Comfy Canard* verbracht hatte – alles auf Kosten von Inspektor Hovis, versteht sich. Zur großen Überraschung Jennifers hatte sich der berühmte Detektiv nicht nur als angenehmer, gebildeter Gesprächspartner, sondern darüber hinaus auch als Gourmet allerersten Ranges erwiesen.

Oder die beiden Geronimo-Zwillinge, die auf eine geheime Mission entsandt worden waren. Eine Mission, die nach den Worten von Inspektor Hovis die Gerissenheit des eingeborenen Kojoten, den Scharfblick des Bergadlers, das Herz eines Schwarzbären, die Ohren eines Präriehasen und die Klugheit des ringelschwänzigen Opossums erforderte.

Doch für die meisten war die Olympische Sonderausgabe des *Brentforder Merkur* mehr ein terminaler Schock als eine angenehme Überraschung. Herabgesunkene Unterkiefer, hervorquellende Augen, zerrissene Pyjamahemden und zusammengebrochene Telephonleitungen waren das Ergebnis der ersten Gerüchte von etwas, das die gesamte Gemeinde erfaßte und ansonsten euphemistischerweise immer unter dem Sammelbegriff ›öffentliche Unruhen‹ verstanden wird.

Manch einer, wie zum Beispiel der international anerkannte Journalist Gary Jenkins, roch den Braten und kehrte wieder zu seiner schlafenden Partnerin zurück. Andere, und zu dieser geldgierigen Gruppe gehörten ohne Zweifel auch John Vincent Omally und seinesgleichen, rochen nichts weiter als Druckerschwärze und Dollarnoten.

Um zehn Uhr stand das Büro des *Merkur* unter Belagerung. Die Massen quollen von den Bürgersteigen und blockierten die Hauptstraße in beide Richtungen. Der Verkehr kam zum Erliegen. Hupen hupten, Hörner bliesen, Blasphemien wurden ausgetauscht, Schmähungen erreichten nie gekannte Intensität.

Der Herausgeber des *Merkur*, längst in einem Stadium fortgeschrittenen Deliriums, beschimpfte von seinem offenen Fenster aus die Massen unten in der Hauptstraße, und die Massen antworteten mit schrillen Pfiffen und höhnenden Buhrufen und dem Schwenken improvisierter Banner. Der größte Teil der herausgeberischen Worte ging im allgemeinen Tohuwabohu glatt unter, und die Liebhaber der Mimik wußten mit seinen dramatischen, wenngleich unverständlichen Gesten kaum mehr anzufangen.

Das Büro des *Brentforder Merkur* lag kaum hundert Yards von der Brentforder Konstablerei entfernt, und so schien es offensichtlich, daß die Grüne Minna bald auf der Bildfläche erscheinen würde. Und richtig, kaum war die Frühstückspause zu Ende, kletterten die ritterlichen Jungs von der ordnungshütenden Fakultät in ihre bereitstehenden Einsatzwagen, schalteten die Martinshörner auf Heulen und die Blaulichter auf Blitzen und warteten ungeduldig in der Ausfahrt ihres Wagenparks, bis der stockende Verkehr auf der Straße ein Einfädeln erlaubte.

Kurz nach zehn erschien Inspektor Hovis auf der Bildfläche. Er betrat das Büro des *Brentforder Merkur* durch den Hintereingang, stieß den schnatternden Herausgeber vom Fenster weg und wandte sich mit Hilfe eines mächtigen Megaphons an die Menge.

Seine Ansprache war kurz und präzise. Er informierte die Wartenden, daß ein Modell des Olympischen Stadions zusammen mit allen Plänen und Spezifikationen noch am gleichen Nachmittag in der Stadthalle zu besichtigen sein würde, und zwar ab zwei Uhr. Er erwähnte etwas von ausziehbaren Schlagstöcken und Polizeischilden, Tränengaskanistern, Gummigeschossen und Polizisten zu Pferde und erzählte dann von den harten Strafen, die Aufwieglern und Unruhestiftern und ganz generell allen drohten, die sich in ungesetzlichen Versammlungen trafen. Am Ende, nur zur Sicherheit, verlas er die Notstandsgesetze.

Alles in allem stellte sich seine Vorgehensweise in

dieser besonderen Situation als recht erfolgreich heraus. Die tapferen Brentforder, denen solche Dinge völlig fremd waren, hingen an den Lippen des Mannes von Scotland Yard, durchdachten die Weisheit, die in seinen Worten lag, überflogen die Hundertschaften von Bereitschaftspolizei, die wie aus dem Nichts zu allen Seiten materialisiert waren, und entschuldigten sich schließlich mit »dringenden Einkäufen bei Pesco oder Safeway« bei ihren Kameraden.

Inspektor Hovis gesellte sich mit einem Glas Fleet Street Comfort zu dem geschlagenen Herausgeber. »Ich werde ein wachsames Auge auf Sie werfen, mein Bester«, sagte er zu dem immer noch stammelnden menschlichen Herausgeberwrack. »Und ich werde ganz gewiß kein Auge zukneifen, wenn ich auch nur eine einzige Schlagzeile in der Art: SCHIESSWÜTIGER INSPEKTOR HETZT POLIZEITRUPPEN AUF HARMLOSE SAMSTAGSEINKÄUFER lesen muß.«

Der Herausgeber kippte sich einen Dreifachen hinter die Binde. »Ich dachte eigentlich eher an: TAPFERER INSPEKTOR BÄNDIGT WÜTENDEN MOB.«

»Recht so«, meinte Inspektor Hovis. »Sie werden ein Photo von mir für die Titelseite benötigen. Ich werde Ihnen einen meiner Beamten mit einem Dutzend Hochglanzabzüge im Postkartenformat schicken.«

»Das ist sehr nett von Ihnen, danke sehr«, sagte der Herausgeber des *Brentforder Merkur*.

Kapitel 13

Jim Pooley saß auf seiner Lieblingsbank vor der Memorial-Bücherei. Er hatte die Hände hinter dem Kopf verschränkt und die Beine lang von sich gestreckt, und auf seinen Knien ruhte die Olympische Sonderausgabe des *Brentforder Merkur.* Er pfiff leise vor sich hin, entweder ›Money Makes the World Go Round‹ oder sonst einen alten Abba-Hit, doch sein Pfeifen wurde ständig von beglückten Seufzern oder unterdrücktem Kichern unterbrochen. Alle paar Minuten streckte er die Arme mit geballten Fäusten in den Himmel wie ein Wembley-Cup-Spieler, der soeben das Siegtor im gegnerischen Netz versenkt hat. In Jims Himmel schien ohne Zweifel die Sonne, und er sah aus wie ein Mann, der mit sich und der Welt zufrieden ist.

Doch der Eindruck täuschte. Jim hatte nicht wenig Schwierigkeiten, mit seinem Glück zu Rande zu kommen. In einem Zeitraum von weniger als vierundzwanzig Stunden war er aus den Reihen der Namenlosen in die der potentiellen Millionäre aufgestiegen. Auf eine seltsame Art und Weise ärgerte er sich fast darüber. Hauptsächlich deswegen, weil er den neuen Reichtum nicht seiner eigenen Leistung verdankte. Jahr um Jahr hatte er sein Geld zum Buchmacher getragen, hatte Strategie um Strategie und System um System ausprobiert und nie gewonnen. Und dann war Omally dahergekommen, der, soweit Jim wußte, noch nie im Leben eine Wette abgeschlossen hatte, und das nächste, was man wußte: *Heureka! Shazam! Bingo!* Und so weiter.

Doch es war nicht allein das.

Hinzu kam Johns bemerkenswerte und völlig uncharakteristische Selbstlosigkeit, Jim zu erlauben, daß er die Wette in seinem eigenen Namen plazierte – und das, obwohl John gewußt hatte, daß es eine todsichere Sache war. Wirklich höchst merkwürdig.

Und so saß Jim nun auf der Bank, hin- und hergerissen zwischen Augenblicken höchsten Glücks und anderen voller brütendem Staunen, obwohl an dieser Stelle fairerweise festgestellt werden muß, daß die Augenblicke höchsten Glücks im Begriff standen, in diesem ungleichen Widerstreit die Oberhand zu gewinnen.

Aus den Augenwinkeln bemerkte Pooley ein heruntergekommenes Individuum, das sich seiner Bank näherte. Normalerweise hätte er einem Fremden keinen zweiten Blick geschenkt, doch die Art und Weise, wie dieser Fremde sich bewegte, hatte etwas Heimliches, Verdächtiges an sich, das Jim augenblicklich alarmierte und auf dem Armaturenbrett in seinem Kopf eine rote Leuchte zu hektischem Blinken brachte.

Im Licht zukünftiger Ereignisse mögen diejenigen mit einem Hang zum Mystischen vielleicht argumentieren, daß der sechste Sinn unseres alten Freundes wieder einmal aus seinem Schlaf erwacht war. Die mit einer mehr zynischen Ader mögen dagegenhalten, daß es sich um einen alten literarischen Trick handelt, die Aufmerksamkeit des Lesers bei der Stange zu halten. Wie auch immer, Jim erinnerte sich jedenfalls an einen Abend im *Fliegenden Schwan*, an dem er einen Betrunkenen beobachtet hatte. Der Bursche hatte behauptet, ein ehemaliger SAS-Agent zu sein. Er hatte eine ganz gewöhnliche Zeitung genommen, sie zu einer spitzen Rolle gerollt und zu Nevilles entsetztem Staunen einen ganzen Zoll tief in das Hartholz des Tresens gerammt. Hastig mühte sich Jim, die Olympische Sonderausgabe in eine unbeholfene Wurst zu rollen, die möglicherweise – möglicherweise aber auch nicht – geeignet gewesen wäre, einen Pudel zu erschrecken.

Die verstohlene Gestalt schlich näher und verharrte schließlich einige Yards vor Pooleys Bank. Jims Nerven waren angespannt wie Violinsaiten, und die Klugheit des ringelschwänzigen Opossums erwachte in ihm. Jedenfalls fast.

»Einen guten Morgen auch«, sagte er zu der Gestalt. »Kann ich Ihnen vielleicht behilflich sein?« Er wandte sich dem Fremden zu und schätzte ihn von oben bis unten ab. Nicht sonderlich beeindruckend, die Gestalt. Das Auge des Abschätzers glitt über glänzende schwedische Chukkastiefel, abgewetzte Kordhosen und einen schäbigen Regenmantel bis hin zu einem grauen Gesicht, unrasiert am Kinn, dunkel im Auge und behütet von einem verdreckten Fedorafilz.

Hier haben wir also einen Burschen, dachte Jim, *dessen Flirts mit der Hygiene nie von längerer Dauer sind.*

»Jim Pooley?«

Jim rollte nervös seine Zeitung fester. Dieser Bursche war definitiv weder Eamonn Andrews, der ihm das dicke rote Buch brachte, noch war es Chalkie White oder eine von den Schönheiten auf Seite drei, die einem fünf Pfund für die Beantwortung einer simplen Frage boten.

»Den haben Sie knapp verpaßt«, antwortete Jim. »Er ist sicher unten in der Gemeindehalle, wo er wie jeden Sonntag Unterricht in unbewaffnetem Kampfsport erteilt. Vielleicht suchen Sie dort nach ihm.«

»Schlechte Ausrede«, sagte der heruntergekommene Bursche und zog etwas aus der Tasche, das verblüffende Ähnlichkeit mit dem legendären Colt Peacemaker besaß. »Dein Glück hat dich soeben verlassen.«

Jims Gehirn hatte Mühe, mit dieser neuerlichen Veränderung der Lage zurechtzukommen: zuerst ein Niemand, dann ein potentieller Millionär, dann ein Sarg als Wohnung – und alles innerhalb vierundzwanzig Stunden. Gar nicht leicht, sich so schnell umzustellen.

»Ich glaube, ich verstehe nicht«, sagte er folgerichtig und starrte in die Mündung von etwas, das – so dicht vor seiner Nase – aussah wie eine Howitzer.

»Wieso? Ist doch ganz einfach«, erklärte der heruntergekommene Bursche. »Ich werde dich umbringen. Willst du es hier oder woanders?«

»Oh, ganz definitiv woanders. Sagen Sie mir nur wo, und ich komme hin.«

»Los, Bewegung.«

Der abgerissene Bursche steckte den Peacemaker in die Tasche seines Mantels zurück und gestikulierte mit dem verborgenen Lauf.

Ich frage mich, wo all die netten Polizisten jetzt stecken, fragte sich Jim. *Wirklich eigenartig, daß nie einer in der Nähe ist, wenn man ihn braucht.*

»Dort entlang.«

Jim wurde in eine Seitengasse gestoßen, von der er wußte, daß sie zu einer Lücke im Zaun der Schrebergartenkolonie führte.

»Sie werden sich ganz schön ärgern, wenn Sie morgen die Zeitung aufschlagen«, startete Jim einen weiteren Versuch. »Sie haben nämlich den falschen Mann, wissen Sie das?«

»Los, weitergehen.«

»Ich bin nicht reich, aber Sie können alles haben, was ich besitze.«

»Das nehme ich mir sowieso.«

»Warum wollen Sie mich denn umbringen?« heulte Jim los. »Ich habe niemandem etwas getan!«

»Hier herüber.«

Pooley ließ den Kopf hängen und ging dort herüber.

Die beiden bahnten sich ihren Weg durch das malerische Dorf aus Wellblechhütten, zwischen sorgfältig gepflegten Parzellen und wild wuchernden Wiesen hindurch. Nicht ein einziger Schrebergärtner war zu sehen.

»Halt.«

»Muß ich?«

Der abgerissene Bursche zückte seinen Revolver und drückte Pooley die Mündung ins Genick. »Zeit für ein letztes Gebet.«

Jim wirbelte herum. Er verspürte nacktestes Entsetzen, doch die Panik hatte ihn nicht seiner Geistesgegenwart beraubt.

»Jetzt warten Sie mal!« sagte er. »Jeder zum Tode Verurteilte hat das Recht auf einen letzten Wunsch. Das weiß jedes Kind.«

»Na, dann schieß mal los.«

Jim sank auf die Knie. »Töten Sie mich bitte nicht!« flehte er.

»Bitte abgelehnt.« Die Waffe hob sich und verharrte an einer Stelle genau zwischen Pooleys Augen.

»Achtung, hinter Ihnen«, kreischte er. Im Film hatte

dieser Trick immer funktioniert. Nun ja, wenigstens meistens.

Diesmal nicht.

»Denkste.«

Jim sah das Schwarz unter dem Zeigefingernagel, als dieser sich langsam um den Abzug krümmte. Es gab einen lauten Knall, und dann wurde die Welt sehr, sehr schwarz.

Omally stand über dem gefallenen Paar, den Spaten noch in der Hand.

»Hoch mit dir, Jim!« rief er. »Der *Fliegende Schwan* macht gleich auf.«

Pooley erwachte aus seinem Alptraum und schlug die Augen auf. Vor sich sah er noch immer das Gesicht seines Möchtegern-Meuchelmörders: Stoppelkinn, Sommersprossen, schlechter Atem und alles.

»Aaaaaagh!« machte Jim und wollte sich seitlich kriechend aus dem Staub machen. »Aaaaaagh! Und Hilfe!«

»Du hattest Glück, daß ich euch an meiner Hütte vorbeigehen gesehen habe«, sagte John und bückte sich nach dem zu Boden gefallenen Revolver. »Dieser Mistkerl hätte dich erledigt.«

Pooley mühte sich auf die zitternden Beine.

»Was hat das alles überhaupt zu bedeuten?« murmelte er und tastete seinen Körper nach Einschußlöchern ab. »Schließlich habe ich keiner Menschenseele etwas getan!«

»Ich schätze, Bob der Buchmacher ist da ganz anderer Ansicht.«

»Wer? Was?« Die plötzliche Erkenntnis überflutete

Pooleys Synapsen. »Das ist also der Grund, aus dem du *mich* die Wette hast plazieren lassen! Du wußtest, daß er so etwas versuchen würde!«

»Komm schon, Jim, du kannst nicht mir die Schuld für deine mangelnde Voraussicht geben! Du bist das Opfer deiner eigenen Habsucht! Ich habe dir das Leben gerettet, oder vielleicht nicht?«

»Du bist schuld, daß es überhaupt in Gefahr gekommen ist!«

»Ich hätte bestimmt nicht zugelassen, daß dir etwas geschieht.«

»Ich habe ein schwaches Herz.« Pooley deutete auf die falsche Seite seiner Brust. »Ein Schock wie dieser hätte mich umbringen können.«

»Du wirst es überleben.«

»Gib mir den Revolver. Ich will diesen Drecksack erledigen.«

»Wie du meinst, Jim.« Omally reichte seinem Kumpan die Waffe. »Aber es wird dir nicht gelingen.«

Pooley wirbelte den Revolver um den Zeigefinger. Wut und Rachsucht verliehen ihm unerwartete Geschicklichkeit.

Er kramte in seiner Brusttasche nach einem Zigarillo und fragte sich, wo er in der kurzen Zeit einen Poncho und einen Cowboyhut herholen sollte. »Und warum nicht, wenn ich fragen darf?« erkundigte er sich.

»Weil«, antwortete John, »weil der Revolver unecht ist. Eine Replik.«

»Was?«

»Er wollte dich nur erschrecken. Du solltest den Wettschein herausrücken. Bob hat nicht den Nerv, einen richtigen Killer auf dich anzusetzen. Wir sind hier in Brentford, Jim, und nicht in Chicago in den Wilden Zwanzigern.«

»Ich bin mir da gar nicht so sicher. Bob ist ein verdammt schlechter Verlierer, das weiß jeder.«

»W-w-wo bin ich?« stöhnte eine abgerissene Gestalt am Boden.

»Er ist noch nicht ganz tot«, sagte Jim. »Vielleicht kann ich ihm ein paar Tritte versetzen? Um ihm auf den Weg zu helfen, wenn du verstehst, was ich meine?«

»Wenn du glaubst, daß das nötig ist«, erwiderte John. »Obwohl so etwas nicht in deiner Natur liegt.«

Pooley warf den falschen Revolver in eine nahebei stehende Regentonne. Dann kam ihm ein Gedanke, und er zog dem abgerissenen Kerl die Stiefel aus, um sie hinterherzuwerfen. »Liegt es nicht«, gestand er.

»Komm, wir gehen in den *Fliegenden Schwan*«, schlug John vor. »Ich lade dich zu einem Bier ein.«

»Das ist eine wirklich ganz ausgezeichnete Idee, John.«

Kapitel 14

Der *Fliegende Schwan* war für die Tageszeit ungewöhnlich gut besucht. John und Jim schoben sich durch das Gedränge zur Theke und brüllten nach dem Barmann. Neville löste sich aus einer lärmenden Gruppe am anderen Ende des Tresens und erkundigte sich nach ihren Wünschen.

»Ziemlich voll«, beobachtete John.

Neville tippte sich an die lange Nase. »Whitehall!« flüsterte er heiser. »Jede Menge Leute von Westminster und Ausflügler. Scheint, als könne man die Olympischen Spiele nicht durchführen, ohne die Neugier einer ganzen Menge Offizieller zu erregen. Kommt mir alles ziemlich überkandidelt vor, wenn ihr mich fragt. Bürokratie und so.«

»Du meinst also, es könnte Schwierigkeiten geben.« Pooley umklammerte seine Innentasche, wo der Schlüssel zu den potentiellen Millionen ruhte.

»Ich weiß nicht mehr als ihr«, entgegnete Neville und schob die Pints über die Theke. »Aber es ist gut fürs Geschäft.«

»O ja«, sagte Jim Pooley. »Ja, das ist es, in der Tat.« Er hatte längst für die Runde bezahlt, als ihm wieder einfiel, daß Omally ihn eigentlich eingeladen hatte.

»Prosit!« sagte John.

»Mir gefällt das mit dieser Bürokratie nicht«, begann Jim. »Das könnte uns teuer zu stehen kommen.«

»Ich schlage vor, wir hören uns an, was sie zu sagen haben.« Omally nickte in Richtung einer in der Nähe stehenden Konklave, und Pooley folgte ihm dort hin.

Die Typen von Whitehall drängten sich um einen ›Badger‹ Beaumont, den alkoholsüchtigen Theaterkritiker des *Brentforder Merkur*.

Während der Abwesenheit von Knüller Molloy, der sich von einer Nacht ohne jede Scham erholen mußte, agierte Badger als offizieller Olympiakorrespondent des *Merkur*.

John und Jim beobachteten die Whitehall-Typen lange und mißtrauisch. Sie waren eine völlig neue Spezies in dieser Gegend. Omallys Auge für maßgeschneiderte Anzüge erkannte die rare Sorte, die ohne Gelächter wie auf die Haut geschneidert und ohne Beschwerden in Golddublonen bezahlt wurde. Die Gesichter hatten jenen glatten und nichtssagenden Ausdruck, den man sonst nur noch bei Madame Tussauds Wachsfiguren oder bei ofenfertigen Brathähnchen finden konnte. Nasen, die von blauen Adern durchsetzt waren, und schwach ausgeprägte Kinne. Ein gutes halbes Dutzend dieser Burschen hatte sich im *Fliegenden Schwan* eingefunden, und von links nach rechts waren das (mehr örtlich als nach politischer Einstellung gedacht) die Minister für Sport und Erholung, Entwicklung, Bauwesen, Handel und Industrie, Auswärtiges und Finanzen. Außerdem hatten sich Staatssekretäre eingefunden, Untersekretäre, Pressereferenten, Ratgeber, Chauffeure, Masseure, Tagesmütter und Lakaien. Omally erspähte darüber hinaus verschiedene junge Damen von der Sorte, die in Fertigkeiten ausgebildet und geübt waren, welche Männern Freude bereiten.

Alle hatten sich im *Fliegenden Schwan* eingefunden, in Gruppen entsprechend ihrer sozialen Stellung arrangiert, wo sie untereinander schnatterten, kicherten, flüsterten und lachten. Und das alles sehr, sehr laut.

Pooley und Omally lauschten aufmerksam den Unterhaltungen der Minister.

»Ich bin perplex«, gestand Jim.

»Geht mir genauso«, gestand John.

Neville schob sich mit einem Tablett Lachssandwiches vorbei.

»Alles zu Ihrer Zufriedenheit, Gentlemen?« fragte er und zwinkerte ununterbrochen mit dem Auge. Er schien seinen besten Anzug zu tragen, das Modell für Hochzeiten, Beerdigungen und besondere Treffen seiner Loge. »Das nenne ich mal gute Gäste.«

Omally beobachtete in dumpfem Unglauben, wie Neville um eine Gruppe nadelstreifiger Schickimickis mitsamt ihren Frauen schlich, die lässig ihr Bitter nippten und Zigarettenasche in Blumenkübel schnippten.

»Wer hätte das gedacht«, sagte John. »Neville kriecht diesen Kretins in den Hintern.«

»Das nimmt ein böses Ende«, erwiderte Jim philosophisch. »Sieh mal, da kommt tatsächlich Bob der Buchmacher. Würdest du ihn für mich festhalten, während ich ihn schlage, oder machen wir es umgekehrt?«

»Laß uns erst einmal hören, was er zu sagen hat. Vielleicht springt ja die ein oder andere freie Runde heraus.«

Bob schob sich tapfer durch die Menge, und die fünfzehnhundert Pfund teuren Dentalarbeiten blitzten in seinem Gesicht.

»Hallo Freunde«, sagte er unsicher. »Ich hatte gehofft, euch hier zu finden. Wie geht's, wie steht's?«

»Ging nie besser«, erwiderte Jim. »Und selbst?«

»Danke, bestens.«

»Das ist gut zu hören«, sagte Jim Pooley. »Sogar sehr gut ist das.«

»Ja, das ist gut«, stimmte Omally seinem Kumpan zu.

»Hört mal«, sagte Bob. »Ihr seid doch wohl nicht böse auf mich?«

»Wir und böse auf dich?« Jim blickte verwirrt drein. »Weswegen denn das?«

»Du weißt schon.« Bob formte die rechte Hand zu einer Pistole und zielte damit auf Jims Kopf. »Alles nur ein Mißverständnis, weiter nichts. Nehmt es mir bitte nicht übel.«

»Ach das.« Pooley legte den Zeigefinger an die Stirn und krümmte den Daumen. »Nicht übelnehmen, wie? Wir nehmen dir nichts übel. Bestimmt nicht.«

»Oh, das ist gut. Das ist gut. Nun ja, es war nur ein Scherz, was, Jim?«

»Scherz?«

»Die Wette.«

»Die Wette?«

»Nun komm schon, Jim. Eine Million zu eins.«

»Eine Million?« Omallys Augenbrauen schoben sich in Richtung der Lockenpracht auf dem Schädel. Unwillkürlich rieb er sich die Hände.

»Ein guter Scherz«, sagte Bob. »Aber jetzt hören wir auf damit, ja? Ich sag' euch was: Ich kaufe euch den Wettschein wieder ab. Sagen wir fünfundzwanzig Pfund?« Pooley blickte Omally an. »Oder fünfzig?« Omally blickte Pooley an. »Also gut«, seufzte Bob. »Niemand soll mir nachsagen, ich sei ein schlechter

Verlierer. Fünfundsiebzig Pfund, und das ist mein letztes Angebot.«

»Ich halte ihn fest«, sagte John zu Jim. »Du schlägst zu.«

»Guten Morgen, Gentlemen.« Die Stimme gehörte Mrs. Jennifer Naylor.

»Ich spendiere eine Runde«, sagte Bob und grinste seinen rettenden Engel freudig an, während er sich aus Johns Griff wand.

»Später. Ich bin im Augenblick ziemlich beschäftigt.« Jennifer deutete zu Philip Cameron und Mavis Peake, die in ihrem Schlepp eingetreten waren und dicke Packen Fotokopien bei sich trugen. »Dort entlang!«

Pooley zuckte zusammen.

»Dort entlang« würde in seiner Erinnerung für immer mit einem bitteren Nachgeschmack behaftet bleiben.

Jennifer steuerte auf den Tisch zu, an dem die Schickimickis saßen, schätzte ihn als ausreichend für ihre Bedürfnisse ein und scheuchte die ganze Bande mit einem einfachen: »Ich hoffe, es macht den Herrschaften nichts aus, wenn ich hier sitze. Danke sehr« davon.

John betrachtete sie voller Bewunderung. »Jim«, sagte er, »das nenne ich einmal eine Frau. Wenn ich je heirate, dann sie.«

Jim wandte sich überrascht zu seinem Freund um. »Heiraten?« fragte er. »Was willst du damit sagen?«

»Früher oder später trifft es jeden. Oder jedenfalls die meisten.«

»Aber doch nicht dich, John!« Pooley straffte einen imaginären Schlips. »Ein Mann muß schon einen ganzen Haufen Geld besitzen, um eine Frau wie diese zu finden«, sagte er. »Millionär ist das mindeste.«

»Mein Glas ist leer«, sagte John. »Wer zahlt die nächste Runde?«

»Du, John. Ohne den Schatten des geringsten Zweifels.«

»Das sind die Pläne, Ladies und Gentlemen«, sagte Jennifer Naylor, während Mavis und Philip sich durch die Menge schoben und die Kopien verteilten. »Sie werden bemerken, daß alles zu Ihrer Zufriedenheit vorbereitet wurde. Falls es Probleme gibt, stehe ich zur Verfügung, wo immer ich kann.«

Neville war auf dem Rückweg zur Theke, als auch ihm ein geheftetes Bündel Kopien in die Hand gedrückt wurde. Der Teilzeitbarmann errötete ein wenig, streckte die Brust heraus, grinste breit und blätterte alsdann mit leidenschaftlichem Interesse durch die Broschüre.

»Um Punkt zwölf Uhr wird uns ein Bus abholen«, fuhr Jennifer Naylor fort.

»Zwölf Uhr mittags?« Das Grinsen verschwand schlagartig aus Nevilles Gesicht. Er starrte voller Entsetzen auf die alte Guinness-Uhr über der Theke. Es war bereits elf Uhr fünfundvierzig. »Warten Sie!« kreischte er. »Warum auf einmal so eilig?«

»In der Stadthalle wird es einen Empfang geben«, fuhr Jennifer Naylor fort, ohne das Gezeter des Teilzeitbarmanns zu beachten. »Mit kaltem Büfett, Wein und anderen Erfrischungen.«

Irgend jemand drückte Neville ein großes Tablett voller Lachssandwiches in die Hand. »Tut uns leid, alter Bursche«, sagte einer der Schickimickis. »Wir müssen unsere Bestellung stornieren.«

»Anschließend wird eine private Besichtigung des Olympischen Modells stattfinden, und zwar Punkt ein Uhr, wo Sie alle Gelegenheit erhalten, die Herren Mucus und Membrane zu befragen, die für das Design verantwortlich zeichnen. Anschließend findet eine Führung durch die örtliche Brauerei sowie eine Weinprobe in der *Zocker Bar* statt, die uns beide auf das Bankett beim Bürgermeister um neunzehn Uhr dreißig einstimmen. Behalten Sie bitte Ihre Broschüren bei sich, denn sie fungieren zugleich als Eintrittsberechtigung bei den verschiedenen Veranstaltungen.«

Hastig organisierte Omally zwei Broschüren. »Das klingt nach einem vielversprechenden Tag«, meinte er zu Jim, der begeistert nickte.

»Noch mal das gleiche?« erkundigte sich Neville, als er Pooleys leeres Glas erblickte.

»Ah, nein danke, Neville. Ich denke, wir haben für den Augenblick genug.«

Der Barmann wandte sich enttäuscht ab und sah, wie weitere unberührte Platten mit Lachsbrötchen auf die Theke geschoben wurden. »Bastarde!« war alles, was er dazu sagen konnte.

Pooley und Omally stiegen als erste in den Bus. Jim wollte sich zwar zum Fahrer setzen, doch Omally riet zu Unauffälligkeit und einem eingezogenen Kopf, und widerstrebend ließ sich Jim auf einen der hinteren Plätze schieben.

»Nicht über den Rädern!« sagte Jim. »Davon werde ich reisekrank.«

Omally schüttelte den Kopf. »Manchmal bist du wie ein kleines Kind, weißt du?«

Die Minister und ihre Mannen stiegen ein. Alle hatten weiße Hemden, blaue Schlipse und rote Köpfe, und sie unterhielten sich laut. Nach einem kurzen Gedränge, wer nun neben wem und wer vorn beim Fahrer sitzen durfte, wurde eine Hackordnung etabliert. Sie senkten ihre Gieves und Hawkes und was noch alles in die Sitze und bereiteten sich auf die Abfahrt vor.

Jennifer Naylor stieg als letzte ein – wobei Philip Cameron ihr unnötigerweise half – und nahm das Mikrophon. »Wenn alle bequem sitzen, können wir los«, sagte sie.

Und los ging es.

Kapitel 15

Das Restaurant der Stadthalle war nicht unvertraut mit Veranstaltungen und Festivitäten. Hier fanden immerhin die jährlichen Treffen der West Londoner Wanderbischöfe, der Chiswicker Gesellschaft für Deko-Eier und der Vereinigung der Unsichtbaren Aryer statt. Allerdings hatte es seit jenem Tag vor fünf Jahren, an dem der Brentforder Gourmetclub sich mit einem Marathondinner selbst zum Platzen gebracht hatte, kein derartiges Festessen mehr gegeben. Das heutige Büfett war von jener seltenen, fast unbekannten Sorte, die sich durch Qualität *und* Quantität auszeichnet.

»So lasse ich mir das gefallen«, sagte Pooley, während er sich ein exklusives Praliné zwischen die Kiemen schob und sein Glas zum Nachschenken hinhielt.

»Etwas in der Art habe ich mir auch gerade gedacht«, antwortete Omally, nachdem er Pooleys Glas und schließlich sein eigenes mit einer weiteren Ration gekühlten französischen Weins gefüllt hatte.

»Meinst du, bei Politikern geht es immer so zu, John?« Omally musterte die Versammlung. Die Anwesenden sahen entspannt und ganz danach aus, als sei das alles völlig normal. »Kann man sich eigentlich immer noch den Weg ins Parlament erkaufen?« fragte Jim. »Das wäre doch gar kein schlechter Job für einen verheirateten Mann.«

»Ganz definitiv nicht!« Die Vorstellung, wie Jim Pooley vor dem Parlament eine Rede schwang, während Jennifer Naylor sich eine Schürze umband und die Kissen der ehelichen Bettstatt aufschüttelte, ließ Omally zusammenzucken.

Wie eine parapsychische Erscheinung näherte sich in diesem Augenblick die zukünftige Mrs. Pooley durch die Menge. »Ich werde ein Auge zudrücken, solange ihr nüchtern bleibt«, sagte sie. »Solltet ihr Schwierigkeiten machen, fliegt ihr hochkant raus.«

Omally hob sein Glas und lächelte sein gewinnendes Lächeln. »Das ist alles sehr beeindruckend«, sagte er. »Du besitzt wirklich ein Talent zum Organisieren, so schnell, wie das hier alles arrangiert wurde. Bemerkenswert. Die Olympischen Spiele in Brentford ... wer hätte das für möglich gehalten?«

Jennifer Naylor blickte von Jim zu John und zurück von John zu Jim. »Die Chancen müssen so in der Gegend von eins zu einer Million sein, meint ihr nicht?«

»Ich wette nie«, sagte Omally, was der vollen Wahrheit entsprach.

Jennifer Naylor lächelte. »Du besitzt tatsächlich nur wenige Laster, John Omally.«

John bot der wunderschönen Frau ein Kanapee an. »Das ist ein phantastisches Büfett«, sagte er. »Ein *Nouvelle-Cuisine*-Bauchfüller allerersten Ranges, wenn ich das so sagen darf, nicht mehr und nicht weniger.« Er drehte die Weinflasche in der Hand und bewunderte den Jahrgang. »Und ich dachte die ganze Zeit, der Stadtsäckel sei leer bis auf ein paar Schilling.«

»Das ist er auch«, antwortete Jennifer Naylor und betupfte ihre empfindsamen Lippen mit einer weißen Stoffserviette. »Die Veranstaltung wird von privater Seite gesponsert.«

»Ach tatsächlich? Und darf ich erfahren, wer der Wohltäter ist?«

»Ich wünschte, das wüßte ich selbst.« Der sehnsüchtige Ton in Mrs. Naylors Stimme und der entrückte Blick in ihren Augen blieben John nicht verborgen, und er spürte einen plötzlichen Anflug von Eifersucht.

»Mrs. Naylor«, unterbrach Mavis Peake ihre Unterhaltung, »entschuldigen Sie bitte, wenn ich Sie Ihren Freunden entführen muß, doch der Minister für Handel und Industrie möchte gerne ein Wort mit Ihnen reden.«

Jennifer Naylor lächelte über ihr beachtliches Dekolleté hinweg auf ihren frustrierten Bettgefährten hinab. »Oh, danke sehr, meine Liebe«, sagte sie zuckersüß und steuerte ihre Brüste dicht an Mavis' Nase vorüber. »Wenn Sie mich entschuldigen wollen, meine Herren?«

»Ihr Diener, Madam«, sagte Jim Pooley.

»Die ganze Geschichte scheint mir trotzdem übertrieben«, fügte er hinzu, als Jennifer Naylor gegangen war, und schob sich einen weiteren exotischen Happen in den Mund. »Was glaubst du, wer das alles bezahlt?«

Omally zuckte die Schultern. »Ich habe nicht die geringste Ahnung. Aber es muß großes Geld sein. Großes Geld, und von außerhalb. Ich schlage vor, wir mischen uns unter das Volk, Jim, und halten Augen und Ohren offen.«

»Und die Münder«, fügte Pooley hinzu. »Was ist das hier deiner Meinung nach?«

»Spargelköpfe, du Hirnie!« sagte Omally. »Etwas zu sehr *al dente* für meinen Geschmack, aber nichtsdestotrotz äußerst schmackhaft.«

Neville schob sich ein schales Lachsbrötchen in den Mund und kaute. Die Salonbar war so gut wie leer. In einer Ecke unterhielt sich Bob der Buchmacher leise und eindringlich mit einem abgerissenen Burschen ohne Schuhe und mit bandagiertem Kopf. Andere Stammgäste hatten sich zur Mittagspause woandershin zurückgezogen, als sie den *Fliegenden Schwan* so überfüllt vorgefunden hatten. Neville hatte auf der ganzen Linie verloren.

Der Alte Pete betrat die Bar. »Ruhig heute, Neville, was? Einen dunklen Rum bitte.« Der Alte überflog die Platten voller Sandwiches. »War vielleicht Jesus bei dir?« erkundigte er sich.

Neville fand es nicht zum Lachen. »Rein zufällig waren es ein paar Abgeordnete aus dem Parlament«, antwortete er. Es klang fast genauso unwahrscheinlich. »Die führenden Köpfe Englands. Nimm dir ruhig ein Sandwich.«

»Danke sehr.« Der Alte Pete nahm zwei. »Die führenden Köpfe also, eh?«

»Ganz ehrlich«, sagte Neville. Er schob dem Alten Pete den Rum über den Tresen und nahm den exakten Preis in Pennies und Halfpennies entgegen.

»Dann ist dieser Bursche, mit dem Bob sich in der Ecke unterhält, wahrscheinlich der Pandit Nehru persönlich, oder was?« Der Alte machte sich über das erste Sandwich her. »Hast du vielleicht Ketchup da?«

Neville schob ihm die kopierte Broschüre mit dem Programm hin. »Ungläubiger Thomas«, murmelte er.

Der weltmännische Staatsmann warf einen weisen Blick auf das Geschriebene. »Liest sich wie ein Tag im Schlaraffenland«, sagte er. »Was kosten die Karten?«

»Nichts«, sagte Neville und wandte sich ab, um die

leere Rumflasche über dem Portionierer zu ersetzen. »Wenn du die Broschüre dabei hast, kommst du überall umsonst rein. Privilegierte Bastarde. Den einen wird gegeben, den anderen nicht ...« Er drehte sich um und sah gerade noch, wie der Alte Pete eilig durch die Tür und auf die Straße hinaus humpelte. »... selbst denen, denen eigentlich genommen werden sollte.«

Die Ausstellung hatte eine dramatische Veränderung erfahren. Wo bis vor ein paar Tagen noch nikotinverfärbte Tapeten und staubige Vorhänge, Klappbänke und mehrere hundert unerträgliche Aquarelle – Arbeiten aufstrebender einheimischer Künstler – die Atmosphäre beherrscht hatten, fand sich nun eine helle, freundliche Symphonie postmoderner Werke allerersten Ranges in pastellfarben gestrichenen Räumlichkeiten. Der viktorianische Marmorboden, zuvor durchaus imstande, ein Flüstern in eine öffentliche Rundfunksendung zu verwandeln und einen Schritt in einen Donnerhall, verlor sich nun unter schalldämpfendem Polysilikat, das effektiv jedes Geräusch schreitender Füße verschluckte, die Akustik harmonisierte und dem Besucher gepolsterten Komfort bot.

In der Mitte des Ausstellungsraums befand sich das Modell der Gemeinde Brentford, zusammen mit ihrem fünfzackigen Begleiter, der hoch darüber schwebte. So mußte Bethlehem am ersten Heiligen Abend ausgesehen haben, wenn auch ein wenig einfacher und heruntergekommener. Reihen von Videowänden zeigten jedes Detail, sämtliche Spezifikationen, Belastungsdiagramme, Variablen, Koeffizienten, quantenmechanischen Einzelheiten bla bla.

An der gegenüberliegenden Wand, wo sonst das Gästebuch der Stadt ruhte, war ein gewaltiger Videoschirm aufgestellt, der in dreidimensionaler Computeranimation unaufhörlich zeigte, wie das geplante Olympiastadion zusammengesetzt und wieder zerlegt wurde. Darunter, bewacht von zwei Ex-Sumo-Ringern, die irgend jemand in die Uniform von Sicherheitsbeamten gequetscht hatte, stand ein großer transparenter Zylinder, und in diesem schwebte die kleine Gravitit-Scheibe. Vor dem Zylinder beruhigte ein großes rotes Schild den sicherheitsbewußten Besucher; sollte ein Möchtegernganove tatsächlich die Wachen erfolgreich überwältigen, sich einen Weg durch das zwei Zoll dicke Panzerglas sprengen, die zahlreichen Alarmvorkehrungen außer Kraft setzen und darüber hinaus auch noch die stählernen Fallgitter ausschalten, so wäre er immer noch nicht an den Lasern und dem Giftgas vorbei.

Die Doppeltüren des Restaurants schwangen auf, und die Burschen aus Whitehall, inzwischen allesamt in verschieden ausgeprägten Stadien der Trunkenheit, strömten in einem ungeordneten Haufen herein. In ihrem Kielwasser folgten Pooley und Omally.

»Heiliges Kanonenrohr!« entfuhr es Jim. »Das kommt alles ein wenig überraschend. Ich war noch letzte Woche hier, und damals hat kein Schwein etwas von Renovierung gesagt!«

Omally pfiff zwischen den Zähnen hindurch und schüttelte wortlos den Kopf.

Die Whitehall-Typen, von denen sich einige leidenschaftlich an ihre Sekretärinnen klammerten – und alle mit mindestens der gleichen Leidenschaft an ihre Gläser –, schwärmten staunend und bewundernd unter den Ausstellungsstücken aus. Am Ende versammelten sie sich auf Jennifer Naylors Kommando vor dem Modell der Stadt Brentford.

»Und jetzt, Ladies und Gentlemen«, sagte sie, »übergebe ich das Wort an die Herren Mucus und Membrane, die Ihnen sämtliche Aspekte des geplanten Stadions erläutern sowie sämtliche Fragen beantworten werden, die Ihnen in den Sinn kommen. Meine Herren?«

Lukas und Julian traten ein wenig kleinlaut vor. Sie wurden von zwei unauffällig gekleideten Gorillas bewacht. Lukas hatte eine Reihe blauer Flecken und Blessuren, und Julian war mit seinem weißen Turban allem Anschein nach zu den Sikh übergetreten. Angesichts des Indianeraufstands vom Vortag gingen sie kein Risiko ein. Die Gorillas reckten sich und starrten die Menge drohend an. Von den Geronimo-Zwillingen war nirgendwo etwas zu sehen.

Einmal mehr gingen Mucus und Membrane ihre geschliffene Präsentation durch. Wenn überhaupt, so war sie noch geschliffener als am Tag zuvor, und als sie geendet hatten und sich auf das erwartete Bombardement von Fragen durch die begeisterten Minister vorbereiteten, war Omally für seinen Teil fest überzeugt, daß die Schlacht gewonnen war.

Julius und Lukas waren nicht nur überzeugt, sie *wußten* es. Sie hatten den Morgen im Verteidigungsministerium verbracht und die Fähigkeiten von Gravitit demonstriert. Und sie hatten bereits Verträge unterzeichnet, daß die Regierung im Austausch für die Formel grünes Licht für die Spiele geben und darüber hinaus sämtliche Kosten für die Verlegung von Birmingham nach Brentford tragen würde. Diese Versammlung hier war nur noch eine Formalität, weiter nichts.

»Wie lange wird die Konstruktion dauern?«

»Etwas weniger als einen Monat.«

»Wer wird das Stadion finanzieren?«

»Unser Klient.«

»Wann werden wir ihn kennenlernen?«

»Bedauerlicherweise überhaupt nicht. Unser Klient lebt sehr zurückgezogen und scheut jegliche Öffentlichkeit.«

»Wurde für die Grundstücke, auf denen die Säulen errichtet werden sollen, bereits eine Baugenehmigung erteilt?«

Lukas und Julian wechselten einen schmerzvollen Blick. »Inzwischen ja.«

»Könnten Sie die Grundstücke vielleicht noch einmal der Reihe nach benennen, für die Akten?«

»Selbstverständlich. Wie ich bereits gesagt habe, handelt es sich ohne Ausnahme um brachliegendes Land, das die Stadt an unseren Klienten veräußert hat. Nachdem die Spiele zu Ende sind, werden sie an die Gemeinde zurückübereignet. Unser Klient ist tatsächlich ein großer Menschenfreund.«

»Und die Grundstücke sind wo?«

Julian benannte die geplanten Baustellen: »Die westliche Säule wird auf dem Brachland neben dem Parkplatz im Butts Estate stehen. Die nordwestliche in der Brook Lane North, auf dem ehemaligen Werkstattgelände. Die nordöstliche auf dem leeren Grundstück in der Clayponds Lane. Die östliche im Uferbereich von Griffin Island und die südliche auf dem ehemaligen Werftgelände neben einem nicht erschlossenen Gebiet auf Cider Island.«

Ehemaliges Werftgelände neben einem nicht erschlossenen Gebiet auf Cider Island. Es dauerte einen Augenblick oder zwei, bis Pooley und Omally das Gehörte verarbeitet hatten und simultan von Entsetzen gepackt wurden. Sie schoben sich durch die versammelte Menge und starrten auf das Modell von Brentford.

Dort stand es, so sicher wie das Amen in der Kirche: die südliche Säule des mächtigen Stadions durchbohrte einen gewissen halb versunkenen Leichter in der ehemaligen Werft. Denselben halb versunkenen Leichter, der das Hauptquartier der P & O Company bildete.

»Die Fundamentarbeiten beginnen am Montag«, verkündete Lukas Mucus. »Die Fertigstellung nimmt etwa eine Woche in Anspruch.«

Kapitel 16

Wenn es etwas gibt, das Verwaltungsgebäude angenehmer macht, dann ist es ihr unvermeidlicher Reichtum an Korridoren, die allem Anschein nach speziell für die Niedergeschlagenen und Verzweifelten geschaffen werden, damit diese fluchend und murmelnd in ihnen auf- und abgehen können und doch sicher sind in dem Wissen, daß keine Sau sie stören oder gar an ihrem Tun hindern wird.

Augenblicke nach Lukas' schrecklicher Enthüllung hatten John und Jim einen der oben erwähnten Korridore gefunden, der ideal auf ihre gegenwärtigen Bedürfnisse zugeschnitten war. John erledigte das mit dem Auf- und Abgehen, während Jim an einer Wand lehnte und eine Zigarette rauchte. Und je mehr Sorgen John sich machte, desto ruhiger und gelassener wurde Jim.

Schließlich sagte er: »Also schön, wir mögen vielleicht unser Hauptquartier verlieren, aber wir gewinnen zehn Millionen Pfund.«

Omally starrte ihn entgeistert an. Der Kerl war eindeutig verrückt geworden. »Jim«, sagte er, »wir werden nicht nur unser Hauptquartier verlieren, sondern darüber hinaus auf Beschluß ihrer Majestät der Königin für längere Zeit hinter schwedischen Gardinen verschwinden. Gott segne sie.«

»Die Gardinen?«

»Die Königin.«

»Aber warum?«

»Warum was?«

»Schwedische Gardinen.«

»Sobald die einheimische Polizei an Bord des Leichters geht, was bestimmt der Fall ist, wenn erst der Vorarbeiter oder wer auch immer einen Blick ins Innere geworfen hat, sind wir geliefert. Für uns mag es nur ein Videorecorder hier und Schnickschnack da sein, aber für die Jungs in Blau bedeutet es eine einmalige Gelegenheit, jeden ungeklärten Fall abzuschließen, den sie in ihren Akten haben.«

»Wir werden alles abstreiten, na und?« fragte Jim herausfordernd.

»Jim, der Leichter ist bis unter das Deck voll mit Diebesgut. Überall sind unsere Fingerabdrücke, persönlichen Besitztümer, Kleidungsstücke, und du hast sogar deine Urlaubsfotos an der Wand hängen.«

»Ich dachte, dadurch wirkt der Salon gemütlicher.«

»Fünf Jahre werden wir sitzen. Mindestens.«

Jims Hände begannen zu zittern. Wie es immer der Fall war, wenn er in großen Streß geriet, so drehte er sich auch jetzt in kleinen Kreisen auf der Stelle und wedelte wild mit den Händen.

Warum oder weshalb er sich so verhielt, das war schwer zu ergründen, obwohl Neville ganz ohne Zweifel die eine oder andere Erklärung dafür hätte anbieten können.

»Warte mal«, sagte Jim plötzlich händefuchtelnd. »Wir können immer noch unsere Sachen packen und verschwinden!«

»Verschwinden?«

»Sicher. Ab nach Rio de Janeiro. Wir könnten Bob bitten, daß er uns unseren Gewinn nachsendet, sobald die Spiele angefangen haben.«

»Ja, sicher. Vielleicht schießt er uns auch noch das Geld für die Flugtickets vor, wenn wir ihn freundlich genug bitten.« Omallys Stimme klang schneidend wie ein Messer.

»Meinst du tatsächlich?«

»Nein, Jim, ganz bestimmt *nicht*! Genausowenig wie ich denke, daß Abhauen uns auch nur im geringsten helfen würde. Es sei denn natürlich, du besitzt die notwendigen falschen Pässe, kennst die Zufluchtsorte der Unterwelt und hast sämtliche bestechlichen Bürokraten in der Hand. Und was Bob den Buchmacher angeht: Wenn du allen Ernstes glaubst, er würde unsere zehn Millionen Pfund in einen Umschlag stecken und uns hinterherschicken, dann bist du ein richtiges Riesenrindvieh!«

Pooley fuchtelte wild mit den Händen und drehte sich in immer enger werdenden Kreisen. »Alles ist verloren!« heulte er. »O Dunkelheit und Verdammnis!«

»Nun krieg dich wieder ein, Mann!«

»Eisenkugel und Beinkette!« stöhnte Pooley. »Handfesseln und das blaue Zelt, das Gefangene Himmel nennen!«

»Sehr prosaisch, Jim. Tu mir bitte einen Gefallen und halt die Klappe.«

»Ich könnte verrückt werden! Ein Pooley im Knast! Diese Schande! Diese schreckliche Schande!«

»Jim, hör sofort mit diesem Mist auf, oder du kriegst was hinter die Löffel!«

»Wir müssen alles von Bord schaffen!« sagte Jim. »Sämtliche Beweise müssen verschwinden, am besten rüber in dein Haus oder so.«

»Wovon träumst du eigentlich nachts?« entgegnete John. »Mein Haus kommt überhaupt nicht in Frage! Auf gar keinen Fall!«

»Dann denk dir schnell was anderes aus.«

»Ich versuch's ja die ganze Zeit!«

»Eingesperrt im Kerker!« murmelte Jim. »Festgesetzt im Knast! Im Kittchen! Ich könnte explodieren!«

»Das ist es!« sagte Omally und schlug mit der rechten Faust in die offene linke Hand.

»Was denn, du willst aufgeben?«

»Nein. Explodieren. Das ist es, Jim. *Bumm!* Fertig!«

»Merkwürdig«, sagte Jim. »Ich verstehe nicht, was du meinst.«

»*Bumm!*« wiederholte John. »Wie in *Bombe.* Wir jagen den Leichter in die Luft.«

»Wir jagen den Leichter in die Luft?« Jim nahm den Vorschlag auf und kaute ihn mental durch. Sozusagen. »Ich verstehe«, sagte er schließlich auf eine Art und Weise, die jeden kundigen Fernsehserienanhänger an einen gewissen Serienhelden in einer inzwischen berühmten Fernsehserie erinnert hätte.

Diskret verließ der unifarbene, unauffällige Bus, der die gutgekleideten, wohlgenährten, ziemlich betrunkenen und vollkommen außer Rand und Band geratenen Parlamentarier samt Anhang schließlich zum nächsten Zwischenstop ihres Brentforder Tagestrips beförderte, um Punkt zwei Uhr den rückwärtigen Parkplatz, während auf der Vorderseite des Stadthauses der Haupteingang für das niedere Volk geöffnet wurde.

Die Menge überflutete die Ausstellungshalle, und das anfängliche mißbilligende, ablehnende Gemurmel verwandelte sich nach und nach in erstauntes und ungläubiges Ächzen ob der präsentierten Wunder.

Denn Wunder sind etwas Furchterregendes, und Furcht ist stets geeignet, widerwilligen Respekt hervorzurufen. Und so kam es, daß eine eingeschüchterte, staunende Menge aufmerksam lauschte, während Mucus und Membrane eine weitere glänzende Präsentation abhielten.

Doch diese hier verlief anders als die beiden vorherigen. Sie enthielt zahlreiche versteckte Andeutungen und Nuancen, die das Unterbewußtsein der Zuhörer beeinflussen sollten. Adolf Hitler, allen gewiß in schlechtester Erinnerung, war überzeugt, daß eine Menschenmenge immer nur imstande war, zu einem beliebigen Zeitpunkt eine einzige Idee zu verdauen, und selbst diese mußte man ihr immer und immer wieder eintrichtern. Mucus und Membrane vermischten jedoch zwei einfache Konzepte, nämlich Ruhm für die Gemeinde *und* Wohlstand für ihre Einwohner, zu einer siegreichen Kombination. Die einfache Strategie gab den Habsüchtigen mehr als ausreichend Gelegenheit, ihre Gier unter dem Deckmantel der Sorge um das Wohlergehen ihrer Gemeinde zu verbergen.

Man betonte ausdrücklich die Sicherheitsaspekte des eingesetzten Gravitits sowie die vorübergehende Natur des gesamten Projekts. Und die letzten Worte von Membrane überzeugten dann auch den allerletzten Zweifler: »Selbstverständlich«, so lauteten sie, »wird jeder Brentforder Bürger eine Freikarte für die gesamte Dauer der Spiele erhalten.«

Eine winzige Pause absoluter Totenstille wurde von rasendem Applaus verdrängt, den selbst der schalldämmende Polysilikatfußboden kaum schlukken konnte. Sprechchöre intonierten: »Hoch soll Werauchimmer leben«, Hüte wurden unter die frisch gestrichene Decke geschleudert, und die Herren Mucus und Membrane schüttelten sich überschwenglich die Hände und zeigten ihre blitzenden Zahnkronen. Ihre beiden Leibwächter grinsten schief und taten, als hätten sie alles verstanden.

Nachdem die Menge sich aufgelöst hatte und in die Straßen geströmt war, um ihr Glück in den Kneipen zu feiern und die frohe Kunde denjenigen zu überbringen, die das Spektakel versäumt hatten, kehrte in der großen Halle wieder feierliche Stille ein. Die Bildschirme summten leise vor sich hin, und die riesigen Videoleinwände setzten unbeeindruckt ihre Endlospräsentation fort. Niemand bemerkte den älteren Gentleman, dessen schlanken, gebrechlichen Hände auf dem elfenbeinernen Griff eines schwarzen Malacca-Gehstocks ruhten, während er auf das Modell und seinen glänzenden, sternförmigen Begleiter hinuntersah. Die eisig blauen Augen des Alten unter den weißen, buschigen Brauen brannten voll wilder Leidenschaft, und seine schlohweiße Mähne reichte bis weit über den Astrachankragen des langen schwarzen Umhangs herab, den er trotz der überraschenden Milde der Jahreszeit über den Schultern trug.

Mit der Spitze seines Stocks zeichnete er auf dem Boden den Umriß des Stadions nach, bevor er sich daran machte, einen hektischen, wenngleich schallgedämpften Rhythmus auf die Polysilikatkacheln zu trommeln.

Voller Zweifel schüttelte er den Kopf und wandte sich ab. Langsam schlurfte Professor Slocombe aus der großen Halle.

Kapitel 17

Pooley und Omally verzichteten auf die Teilnahme an der Brauereiführung, genau wie auf die Weinprobe in der *Zocker Bar*. Sie ließen sogar das Bankett beim Bürgermeister aus, wahrscheinlich gar keine schlechte Entscheidung, denn im nachhinein stellte es sich als eine etwas gedrängte und rauhe Angelegenheit heraus. Kompliziert wurde die Sache durch die gleichzeitige Ankunft einer Busladung voller Pensionäre, die stark nach Pomade und Mottenkugeln rochen und in Sonntagsanzügen von einer Sorte steckten, die in modebewußten Kreisen gegenwärtig eine größere Renaissance erlebt. Auf den herausgestreckten Brüsten und um die Hälse hatten sie ganze Regenbögen voller Orden und Medaillen hängen, und ein jeder von ihnen umklammerte eine offizielle Einladung.

Der Alte Pete hegte seit langem einen ganz besonderen Groll auf den Stadtrat, der auf mehrere Anzeigen seitens des städtischen Gesundheitsamts zurückzuführen war. Petes junger Hund Chips nämlich war, was man einen notorischen Gehwegbeschmutzer zu nennen pflegt.

Der Alte Pete hatte keine Zeit verschwendet und war nach der Mittagspause im *Fliegenden Schwan* unverzüglich in die Memorial-Bücherei und an den dortigen Kopierer geeilt, und bald darauf fanden dreißig Raubkopien ihren Weg in die begierig ausgestreckten verschrumpelten Hände seiner Schützengrabenseilschaft aus der Britischen Legion. Diese Veteranen, vom lokalen ›Essen auf Rädern‹ gleichermaßen bekannt und gefürchtet als *Passchendaele Piranhas,* saßen nun in einer langen Reihe an der bürgermeisterlichen Tafel, stopften sich die Stoffservietten in die Nylonkrägen und bereiteten sich auf die Schlacht vor.

Jennifer Naylor schüttelte in nobler Niederlage den Kopf und lächelte tapfer dem Bürgermeister zu, der hektisch durch seinen Terminkalender blätterte und angestrengt überlegte, wo der Fehler stecken mochte.

Die Repräsentanten ihrer königlichen Regierung waren inzwischen ein wenig dünn gesät. Trotz Jennifer Naylors Bemühungen, die zahlreich vorgebrachten Ausreden zu entkräften, schienen sie den ganzen Nachmittag über in kleinen und kleinsten Gruppen abgewandert zu sein. Meist in Zweiergruppen. Unterschiedlichen Geschlechts, versteht sich.

Die Verbliebenen erreichten nun mit zunehmender Geschwindigkeit jenes Stadium alkoholisierter Erleuchtung, das so oft bei den Dienern des Volkes anzutreffen ist. Die Gespräche hatten sich wie von selbst Themen wie der Wiedereinführung der Todesstrafe durch Hängen zugewandt, der Rückkehr des Britischen Empire und Hugo Runes Vorschlag, die Hungernden der Welt dadurch zu ernähren, daß man die Arbeitslosen schlachtete und an sie verfütterte. Die konservativen Säcke rülpsten und schrien unablässig nach mehr Futter und furzten ungeniert.

Jennifer Naylor hob ihr Glas in Richtung Bürgermeister und sagte: »Prost.«

»Prost«, sagte auch John Vincent Omally. »Prost und viel Glück!«

Jim Pooley hob sein Glas mit zehn Jahre altem Malt

Whisky an die Nase und schnüffelte. »Wie bist du denn daran gekommen?« fragte er.

Omally tippte sich bedeutungsvoll an die eigene Nase. »Für geleistete Dienste, Jim«, antwortete er. »Und jetzt zum Geschäftlichen. Hast du alles besorgt?«

»Ah . . . ja.« Pooley hatte die Überschüsse des Nachmittags beim Einkaufen in der Hounslow Street ausgegeben. Omally hatte ihm eine Liste von Dingen angedient, und obgleich jedes für sich genommen unschuldig und bedeutungslos schien, waren sie offensichtlich mehr als die Summe ihrer Teile. Jims Verdacht erhärtete sich weiter dadurch, daß John ihm eingeschärft hatte, die Liste »unbedingt aufzuessen«, falls er von der Konstablerei aufgegriffen würde.

»Es ist alles da«, wiederholte Pooley und nickte in Richtung mehrerer praller Einkaufstüten. »Ich werde eine ganze Woche lang rote Ringe an den Fingern haben, weil das Zeug so schwer war.«

Omally ignorierte die Beschwerden seines Freundes und leerte den Inhalt der Tragetaschen auf seinen Arbeitstisch. Er musterte die Schachteln mit Waschsoda, die Tüten mit weißem Zucker, die Packungen mit Unkrautvernichtungsmittel, die Dose mit rotem Oxid und die vielen anderen Dinge.

»Wunderbar«, wandte er sich an Jim. »Das müßte reichen. Und jetzt denke ich, daß du besser gehen solltest. Warum verschwindest du nicht ins Hauptquartier und räumst dein Büro leer?«

»Du meinst, ich soll belastende Beweise beiseite schaffen?«

»Ich meine, die Dinge einpacken, die dir etwas bedeuten, weil sie ab Mitternacht kein Morgen mehr haben. Mach dich sofort an die Arbeit, Jim. Wir treffen uns in ungefähr einer Stunde im *Fliegenden Schwan.*« Er blickte der sich rasch entfernenden Gestalt seines Freundes hinterher. »Und mach die Fischgatter auf! Die Lachse haben ein besseres Schicksal verdient, hörst du?«

Die Tür fiel hinter Pooley ins Schloß, und Omally trommelte mit den Fingern auf seinem Arbeitstisch. Unwillkürlich drangen die Worte eines alten Rebellenlieds über seine Lippen.

Fünf Minuten später schlich ein verstohlener Jim Pooley durch das hohe Gras in Richtung der rostenden Umrisse des gar nicht so verlassenen Leichters. Die Luft war kühl geworden, und der Bursche schlug den Kragen hoch, während er über den Pfad trottete, den nur er und Jim kannten. Hoch oben am Himmel schwamm ein aufgeblähter Mond stromaufwärts gegen Bänder aus weißen Wolkenfetzen. Reiher raschelten geheimnisvoll in ihren Nestern in den Bäumen, und eine einzelne Eule in der Ferne war mit privaten Erkundigungen beschäftigt. Plötzlich sprang ein Lachs, und Pooleys Herz geriet vorübergehend aus dem Rhythmus.

Jims Augen leuchteten weiß im Mondlicht. Die verlassene Werft hatte tagsüber durchaus einen gewissen Charme, doch in der Nacht verlor sie jegliche Anziehungskraft. Pooleys überbordende Phantasie sah bereits überall Gespenster. All die Geschichten von geköpften Flußschiffern und grinsenden Schmugglern, die man sich nur im Flüsterton erzählte, kamen ihm plötzlich in Erinnerung. In seiner gegenwärtigen

Lage vergaß er ganz, daß er und John es gewesen waren, die diese Geschichten überhaupt erst in Umlauf gesetzt hatten. Und dann gab es immer noch den Brentforder Vogel Greif. Jim erschauerte. Möglicherweise lauerte das Ungeheuer jetzt in diesem Augenblick irgendwo dort draußen in der Dunkelheit und leckte sich den Schnabel bei der Aussicht, Pooley zu krallen. »Nein!« Jim schüttelte entschieden den Kopf. Das war nur eine Geschichte. Ein Ammenmärchen, das die Burschen im Arts Center erfunden hatten, um sich ein wenig Publicity zu verschaffen. Aber sicher sein konnte man nie.

Der Lachs sprang erneut, und Jim huschte eilig weiter in Richtung des rostigen Leichters.

Als er an Bord war, die Luke hinter sich geschlossen und die Lampen angezündet hatte, schienen die Dinge nicht mehr so schlimm zu sein. Obwohl sie es eigentlich waren. Jim überflog die vertrauten Gegenstände, das Mobiliar, die Kinkerlitzchen, den Tand und den Nippes. All das schien ihm nun fremd, und über allem schwebten große rote Neonbuchstaben, die immer und immer wieder das Wort ›Beweismittel‹ verkündeten.

Pooley ließ sich in den Le Corbussier sinken. Wo sollte er anfangen? Was sollte er einpacken? Was war wichtig? Er seufzte und kratzte sich am Kopf, und seine Augen blieben am Cocktailschrank hängen.

Jim wurde munter. Er schlenderte zu der Flasche Dom Perignon 1807, die im elektrischen Eiskühler auf ihren großen AUGENBLICK wartete. Jim verschwendete wenig Zeit mit dem Gedanken, daß dieser AUGENBLICK nun gekommen war. Die Flasche fühlte sich kalt und schwer an, und es würde viel leichter sein, den Inhalt davonzutragen, wenn er ihn in sich hatte. Es wäre Verschwendung, die Flasche zurückzulassen, und Jim hegte eine tiefe Abscheu gegen jegliche Form von Verschwendung.

Er würde auf das Ende einer Epoche trinken, während er seine Siebensachen zusammensuchte. Weg mit dem Alten und her mit dem Neuen. Erfreut wie immer über die Schlüssigkeit seiner Argumentation, setzte Jim den Daumen an und drückte den Korken ein.

Die Uhr der Memorial-Bücherei schlug zehn, als John Omally den *Fliegenden Schwan* betrat. Der Samstagabend war wie stets eine laute und beengte Angelegenheit. Neville hatte Wimpel und Banner aufgehängt, und große Photographien britischer Olympiahelden schmückten die Wände. Er begrüßte John ohne Begeisterung. Omally bestellte ein Pint vom Allerbesten und schlug den ›Olympischen Toast‹ aus, den Neville als ›ideale Ergänzung‹ anbot.

»Das ist ja alles wirklich aufregend«, sagte John. »Wenn das ein Vorgeschmack auf die Dinge sein soll, die vor uns liegen, dann werden die nächsten Monate bestimmt ziemlich turbulent.«

»Solange die Brauerei sich nicht einmischt«, antwortete Neville, »kann ich vielleicht sogar ein paar Pennies verdienen.«

»Der Speerwurf!« Normans Stimme übertönte das allgemeine Gemurmel und erweckte Omallys Interesse. Er nahm sein Pint entgegen, zahlte und hielt nach dem Eckladenbesitzer Ausschau.

»Ah, John«, sagte Norman. »Der Speerwurf.« Er

vollführte die entsprechenden Bewegungen. Omally nippte geziert an seinem Pint und leerte das Glas dabei um gut ein Drittel. Normans Geschick mit den gefiederten Pfeilen war in der Gegend Legende. Er war Kapitän der Darts-Mannschaft des *Fliegenden Schwans,* einer Mannschaft, die seit zehn Jahren ungeschlagen war. Doch der Gedanke, daß der dickbäuchige Ladenbesitzer sich mit den größten Athleten der Welt messen könnte, erschien vollkommen absurd.

»Also hast du schon angefangen zu trainieren?« erkundigte sich Omally.

Norman grinste wölfisch. »Ich habe alles bereits geplant«, sagte er.

»Aha.« Omally teilte Normans wissendes Grinsen. »Du konstruierst also deinen eigenen Speer?« Die beiden wechselten einen Blick von der Art, wie ihn nur alte und vertraute Freunde wechseln können – oder zumindest zwei Burschen, die beide wissen, was der andere im Schilde führt. »Bravo«, sagte John. »Ich werde Jim überreden, das eine oder andere Pfund auf die Heimmannschaft zu setzen.«

»Besser, ich mache das für ihn«, sagte Norman. »Die Spatzen pfeifen von den Dächern, daß Jim Pooleys Gesicht in Bobs Buchmacherladen gegenwärtig nicht so recht erwünscht ist.«

»Guter Mann.« Omally bestellte eine Runde. »War Jim schon da?« erkundigte er sich bei Neville.

»Hab' ihn heute abend noch nicht gesehen. Möchtest du etwas essen?«

»Nein danke, Neville. Aber ich frage mich, wo Jim abgeblieben ist.«

»Wahrscheinlich sitzt er noch immer beim Bürgermeister und schlägt sich den Bauch voll«, mutmaßte der Barmann und griff nach einem Glas und dem Poliertuch. »Ganz genau wie du bis eben.«

»Ich war nicht dort.«

»Dann mußt du ja am Verhungern sein! Nimm einen Olympischen Toast.«

»Neville«, sagte John, »ich kann nichts für das, was heute Mittag passiert ist!«

»Was ist denn passiert?«

»Ich denke da an den plötzlichen Verlust deiner Kundschaft, die zu einem Überschuß von Lachsschnittchen geführt hat. Eben jenen Schnittchen, die du mir jetzt als Olympischen Toast andrehen möchtest.«

Neville hatte es plötzlich eilig, einen ungeduldigen Gast an der Theke zu bedienen. »Möchte irgend jemand vielleicht ein Sandwich?« übertönte seine Stimme die Unterhaltungen.

»Verrat mir eins, Norman«, sagte Omally, während er dem Ladenbesitzer sein Glas reichte. »Du bist ein Mann der Wissenschaft. Was hältst du von der Geschichte mit diesem Stadion?«

»Wie meinst du das, John?«

»Nun, ist so etwas überhaupt machbar? Du weißt schon, Solarpaneele, Gravitit und so weiter.«

»Machbar schon, John«, antwortete Norman mit einem bitteren Unterton in der Stimme. »Obwohl ich beim besten Willen keine Ahnung habe, *wie* es gemacht wird.«

Omally nickte nachdenklich. »Jedenfalls kommt das alles für meinen Geschmack ziemlich plötzlich.«

»Plötzlich ist nicht das richtige Wort. Wir erfahren heute erst davon, und nächsten Montag fangen die Bauarbeiten an. Diese Schnelligkeit ist übermenschlich! Allein die Entwicklung von Gravitit muß Jahre gedauert haben. Hinter der Geschichte steckt mit Sicherheit viel mehr, als man im ersten Augenblick glauben mag.«

»Und was soll das sein?«

»Computer«, antwortete Norman. »Computer und ein einzelnes geniales Gehirn. Ein Gehirn, das noch um einiges genialer sein muß als das vom alten Albert Einstein persönlich.«

»An wen denkst du dabei?«

»Das weiß nur der liebe Gott allein. Ein wissenschaftlicher Genius von beträchtlichem Vermögen. In der Zeitung steht, er sei ein ›anonymer Menschenfreund, der unerkannt bleiben möchte‹, und falls er das tatsächlich wünscht, dann ist er auch ganz ohne Zweifel dazu in der Lage. Aber warum fragst du, John? Wir werden alle nur davon profitieren. Das Stadion wird errichtet, die Spiele werden stattfinden, und dann wird es wieder verschwinden. Das Leben wird sein wie früher. Warum sollen wir es nicht einfach genießen?«

Omally leerte sein Pint. »Da hast du ohne Zweifel recht«, sagte er. »Wer bestellt die nächste Runde?«

Kapitel 18

Jim Pooley räkelte sich in dem Le Corbussier. Der Dom Perignon räkelte sich in Jim Pooleys Bauch. Merkwürdig, wie sehr das einfache Umfüllen einer Flüssigkeit von einem Behälter in einen anderen viele Dinge verändern kann. Oder wenigstens scheinbar verändern. Der schuldbewußte, besorgte, verängstigte Jim Pooley der letzten Stunde war verschwunden und einem unerschütterlich in der Brandung schwankendem Fels gewichen.

Der Ausbund an Selbstvertrauen fummelte an der Fernbedienung, und der achtziger Bildschirm eines ›vom Laster gefallenen‹ Farbfernsehers füllte sich mit dem klassischen Sergio-Leone-Western *Für eine Handvoll Dollars mehr*. Jim liebte den Film (den er schon unzählige Male auf Video gesehen hatte). Zu gerne hätte er auch die Dialoge gehört, doch seine Virtuosität an der Fernbedienung war nicht weit genug fortgeschritten, um die Lautstärke hochzuregeln, und er fühlte sich gegenwärtig außerstande, aufzustehen und den Regler am Fernseher von Hand zu betätigen.

»Das Leben ist gar nicht schlecht«, sagte er und schob sich die Selbstgedrehte in den Mundwinkel. »Ich verstehe überhaupt nicht, was all die Aufregung soll«, informierte er den schweigenden Fernseher just in dem Augenblick, in dem sich auf dem Schirm der ›Mann ohne Namen‹ mit Red ›Baby‹ Kavanagh schoß und den Banditen in sein zweitausend Dollar teures Grab sandte.

Der Alte Pete erhob sich unsicher und wandte sich an die versammelte Gesellschaft. »Mylords, Ladies und Gentlemen, verehrte Gäste, Freunde, Römer, Landsleute!«

Seine Kameraden klatschten herzlichen Beifall. Jennifer Naylor kaute auf der Unterlippe. Der Bürgermeister schwieg.

»Ich bin es nicht gewöhnt, öffentliche Reden zu halten ...« Unter dem Tisch kaute der junge Hund Chips auf einem Hühnerbein und furzte laut. »... doch ich möchte die Gelegenheit nutzen, ein Wort des Dankes an all diejenigen zu richten, die diesen Abend ermöglicht haben. Und zu sagen, sowohl in meinem eigenen als auch im Namen aller Senioren von Brentford, wir sehr wir dieses Essen genossen haben und uns jetzt auf den Brandy und die Zigarren freuen, die die ganze Angelegenheit zu einem erfolgreichen Abschluß bringen.« Der Alte Pete nahm unter frenetischem geriatrischem Beifall, ein oder zwei zittrigen Schulterklopfern und einer weiteren flatulenten Salve seitens seines Hundes wieder Platz. »Ich danke Ihnen. Danke sehr.«

Jennifer Naylor stand auf, und allein die Bewegung reichte, um zwei Dutzend bis dato vor sich hindämmernde Libidos (oder wie auch immer der Plural heißt; bemühen Sie sich nicht, das finden Sie nicht im Wörterbuch)* in heilloses Chaos zu stürzen und ebensoviele Herzschrittmacher gefährlich nah an den Zusammenbruch zu bringen. Ein Konzert aus pfeifenden Rückkopplungen ertönte, als die Senioren ihre Hörhilfen auf höchste Lautstärke drehten.

* Zumindest nicht in der Sparausgabe, die Herr Merz benutzt (Anm. d. Lektors).

»Sehr geehrter Herr Bürgermeister, sehr geehrte Herren Minister, meine Damen und Herren ...« sie unterbrach sich und nickte den Veteranen des Britischen Expeditionskorps zu. »... Mitglieder des Olympischen Komitees.« Eine Anzahl Schildkrötenhälse reckten sich als Reaktion auf die unerwartete Anhebung ihres Status'. »Heute ist ein Tag, der in den Annalen Brentfords groß geschrieben werden sollte. Denn heute wurde uns die offizielle Bestätigung zuteil, daß Brentford in der Tat Gastgeber der nächsten Olympischen Spiele sein wird.« Sie hob die Hand, um den Applaus zu dämpfen, der sowieso ausgeblieben war. »Mit großem Vergnügen übergebe ich nun das Wort an den Gastgeber, den ehrenwerten Herrn Bürgermeister, der die Dankesrede halten wird.« Sie setzte sich steif.

Der ehrenwerte Gastgeber erhob sich bei der Nennung seiner Ehrenwertigkeit, sortierte einen Stapel Blätter vor sich auf dem Tisch und setzte eine Lesebrille auf. Er lächelte auf die Reihe von Senioren hinab, die seinen Blick alle mit dem gleichen Ausdruck erwiderten. Interesse stand nicht darin zu lesen.

»Meine lieben Freunde«, begann der Bürgermeister. »Meine lieben, lieben Freunde.«

John Vincent Omally leerte sein Pint und blickte auf die alte Guinness-Uhr über der Theke. Es war bald elf. Neville hatte schon die letzte Runde ausgerufen, und Pooley war noch immer nirgends zu sehen.

So hatte John die Dinge nicht geplant. Überhaupt nicht. In einer perfekten Welt wäre Pooley bereits vor einer Stunde eingetrudelt. Sie hätten ihre Drinks unberührt stehengelassen, wären aus dem *Fliegenden Schwan* geschlichen, hätten den Sprengstoff aus der Schrebergartenhütte geholt, die Ladungen auf dem Leichter angebracht und wären rechtzeitig wieder zurück gewesen, um ihre Pints zu leeren und laut über die mögliche Ursache der heftigen Explosion aus der Richtung des Flusses zu sinnieren. Umgeben von Freunden wären sie dann möglicherweise sogar zu einem Erkundungsgang aufgebrochen, um nachzusehen, was die Ursache für den nächtlichen Radau war.

Aber das hier war keine perfekte Welt, und Jim Pooley war nirgendwo zu sehen.

Omally schob sein leeres Glas über den Tresen. Was hatte Jim jetzt schon wieder verbockt? Wo steckte der Kerl? Plötzlich trat ein grimmiger Ausdruck auf das sonst von so fröhlicher Contenance beherrschte Gesicht. Der Mistkerl hatte Fersengeld gegeben!

Jim spulte das Video bis zum entscheidenden Duell am Ende vor, seiner Lieblingsszene. Ohne Ton verlor die Szene allerdings einiges an Spannung und Dramatik.

Jim erhob sich unsicher und wühlte in dem Stapel Videokassetten. Es waren richtige Schätze darunter, kein Zweifel: *Plan neun aus dem Weltraum, Der Mars braucht Frauen, Als die Frauen noch Schwänze hatten.* Jeder für sich war ein Klassiker, den man nicht einfach in die Luft jagen durfte. Nein, es mußte einen anderen Weg geben.

Fast hätte sich Pooley am Kopf gekratzt. Seine Hand tastete trunken in den oberen Regionen nach dem entsprechenden Körperteil. »Vielleicht können wir den Kahn ja wieder flottmachen«, lallte er vor sich hin. »Wir lassen uns ein Stück flußabwärts treiben, fertig.« Er schüttelte den Hals einer Champagnerflasche in einem georgianischen Kühler. Leer.

»Zeit zum Nachschenken«, sagte der Bursche und schwankte zum Cocktailschrank. »Hmmm ... Eene, Meene, Muh ...« Die Auswahl war groß, doch das meiste war von der »Aus-dem-Urlaub-mitgebracht-weil-uns-die-Farbe-so-gut-gefällt«-Sorte, die einem Betrunkenen stets als gute Idee erscheint, aber am nächsten Morgen unausweichlich zu ernsthaften Hirnschäden führt.

»Bananenlikör«, murmelte Jim Pooley. »Eine gute Idee.« Er zog einen Plastikstopfen ab, der wie Carmen Mirandas Hut geformt war, und goß sich einen kräftigen Schluck der gelblichen Flüssigkeit ins Glas. »Anker auswerfen!« murmelte er.

Draußen an Deck erklang ein dumpfer Aufprall. Pooley erstarrte. Das mußte John sein. Jim bekam einen Schluckauf. »Ich brauche noch eine Minute oder so«, kicherte er lallend. »Ich bin noch nicht ganz fertig.« Ein weiterer dumpfer Schlag, gefolgt von dem Geräusch von etwas Metallischem, das über das Deck geschleift wurde.

»Was hat er jetzt schon wieder vor?« fragte sich Jim. »Natürlich. Er bringt die Ladungen an. Ich bin ein Rindvieh. Hmmm. Besser, ich beeile mich.«

Er warf einen hastigen Blick in die Runde. Das meiste war nicht so wichtig, und irgendwie war es sowieso egal. Jim atmete tief und unsicher durch. Bald schon würde er Millionär sein, und wen scherte da noch eine Schiffsladung Diebesgut? Das war ein neuer

Anfang. Ein neuer, ehrlicher Anfang. Jim blieb an einem Bullauge hängen und zog die Vorhänge beiseite.

Er spähte hinaus und ... starrte in das Angesicht des Todes in höchster Person! Es war ein riesiges, aufgequollenes Gesicht, böse und geschwollen, eine Masse aus Falten und Taschen. Die Haut sah weiß und tot aus wie die Haut einer Leiche, doch die Augen waren lebendig, rund und schwarz mit weißen Pupillen.

Jim wich erschrocken zurück, doch dann überkam ihn die Wut. Der Kopf gehörte einer Vogelscheuche oder so etwas. John wollte ihn erschrecken, und das, obwohl er von Jims schwachem Herz und allem wußte. Und dann blinzelten die Augen, und ein bis dahin unter all den Falten unsichtbarer Mund öffnete sich wie eine weit klaffende Wunde. Er öffnete sich, und ein scheußlicher Rachen wurde sichtbar. Eine klaffende schwarze Kaverne ohne Zähne oder Kieferleiste ... Eine Stimme, ein Laut, ein Schrei ...

Jim zog hastig die Vorhänge zu und wich in blindem Entsetzen zurück. Er wandte sich zur Flucht, verfing sich im Kabel des Fernsehers und riß den Stecker aus der improvisierten Steckdose in der Wand. Die Lichter gingen aus, und der Salon war schlagartig in Dunkelheit getaucht. Jim verlor das Gleichgewicht und schlug der Länge nach hin. Er krachte mit dem Kopf gegen den Cocktailschrank und verlor das Bewußtsein.

John Omally kletterte durch den offenen Niedergang unter Deck. Er umklammerte eine ausgebeulte Reisetasche und spähte in die Dunkelheit. Er betätigte den Lichtschalter. »Verdammt. Jim, bist du da drin?«

Alles war still, mit Ausnahme des leisen Plätscherns von Wasser am Rumpf. Selbst die springenden Lachse hatten sich zur Nachtruhe begeben.

»Jim?«

Keine Antwort. Pooley hatte ganz ohne Zweifel Fersengeld gegeben.

»Dieser Angsthase«, murmelte Omally. »Ich werde ihm ein paar Takte erzählen, wenn ich ihn wiedersehe. Macht das Licht kaputt und läßt Tür und Tor sperrangelweit offen.« Omally stand im Durchgang und stellte die Tasche auf dem Boden vor sich ab. Er brauchte kein Licht für die Durchführung seines Plans. Nur ein einfacher Knopf, um die Fünf-Minuten-Eieruhr in Gang zu setzen, das war alles. Die Arbeit eines Augenblicks.

Omally öffnete den Reißverschluß der Tasche, drückte den Knopf, verschloß die Tasche wieder und erhielt einen gewaltigen Schlag an den Kopf, der ihn rückwärts stolpernd in die Dunkelheit des Salons sandte. »Was zur ... Wer ...?«

Omally lag fluchend und spuckend in der Dunkelheit. Er nahm einen tiefen Atemzug und bereitete sich darauf vor, kämpfend aufzuspringen. Das fahle Mondlicht, das durch den Niedergang hereinfiel, wurde momentan von einem dunklen Schatten verdeckt, der ihm unter Deck folgte.

»Wer ist da?« verlangte John zu wissen. »Was ist das für ein Spiel?«

Irgend etwas sprang ihn quer durch den Salon an

und trat mit Macht nach seinen Schienbeinen. Omally brüllte vor Schmerz und nicht wenig Wut, während er zusammenklappte und sich die Beine hielt. Er fiel in einem würdelosen Haufen auf den noch immer bewußtlosen Jim Pooley.

»Aua, autsch, was ist los?« lallte eine verschlafene Stimme.

»Jim, bist du das?«

»John? Geh weg da!« Es war das zweite Mal an einem einzigen Tag, daß Pooley zu sich gekommen war und ein anderer auf ihm lag. »John, bind' mich los! Mein Gott, ich bin blind!«

»Halt den Mund, Mann!«

»Was ist denn los? Du sollst von mir runtergehen, sage ich!«

»Pooley, halt's Maul.« Omally bemühte sich, die Rufe des anderen mit einer Hand zu ersticken, während er mit der anderen hektisch nach seinem Feuerzeug suchte. »Irgend jemand ist hier drin!«

John spürte, wie Pooley erschauerte. Die schreckliche Erinnerung an das, was auch immer er durch das Bullauge gesehen hatte, ernüchterte schlagartig sein benebeltes Gehirn.

»John, da ist irgendein Ding, ein Mons ...«

»Du sollst still sein!« Omally zündete sein Zippo an und hielt es in die Höhe.

Pooley bemühte sich nach Kräften, den trüben Blick zu klären. »Du hast eine blutige Nase«, meinte er schließlich.

»Und meine wird nicht die einzige bleiben!« fluchte der tapfere Sohn Irlands. Er wandte sich an seinen unsichtbaren Gegner. »Komm heraus und kämpfe wie ein Mann!« Die kleine Flamme zitterte und flackerte unstetig. Schatten tanzten umher. Omally half seinem Kumpan auf die Beine und zuckte bei dem Schmerz in seinen eigenen zusammen. »Komm raus, du Feigling, und zeig dich!«

Eine plötzliche Bewegung vor den beiden, und etwas sprang sie an. Omally hielt das Zippo hoch und duckte sich, als die schreckliche Gestalt plötzlich vor ihm aufragte. Unnatürlich und fett. Sie hing kopfüber von der Decke herab!

Pooley stand starr vor Entsetzen. Omally stieß ihn aus dem Weg und sprang selbst in Deckung, und das Ding huschte an der Decke entlang wie ein riesiger schwarzer Käfer. Es verschwand durch den offenen Niedergang, und dann verschwand das fahle Mondlicht, als es die Luke mit einem gewaltigen Krachen zuschlug. John sprang in der Dunkelheit auf die Beine und rannte auf den Niedergang zu.

Über ihm wurde der Riegel vorgeschoben. Das Schloß klickte. Sie saßen in der Falle.

Omally hämmerte gegen die Luke. »Laß uns raus!« gellte er. »Laß uns gefälligst raus!«

Pooleys Stimme erklang in der Dunkelheit. »Hör auf, John! Das Ding ist draußen, und wir sind hier drin. Wir sind in Sicherheit, Gott sei dank!«

»In Sicherheit?« Omallys Stimme schwang sich in Höhen, die Pooley bisher entgangen waren. *»Jim, du bist ein verdammter Esel! Ich habe die Bombe scharfgemacht! Sie ist draußen an Deck! Wir haben vielleicht noch zwei Minuten, bevor ...!«*

»Laß uns raus!« kreischte Jim in noch höheren Tonlagen. *»Laß uns gefälligst raus!«*

»Licht! Wir brauchen Licht!« Omally tastete im Dunkeln herum. »Wo ist die Taschenlampe? Wo ist die verdammte Taschenlampe?« Unsichtbar für Omally und sich selbst fuchtelte Pooley mit den Händen. »Hör auf damit!« warnte ihn Omally. »Wo ist die verdammte Taschenlampe? Wo ist die Taschenlampe, Jim?«

»Am Haken! Am Haken!«

»Wo ist der verdammte Haken?«

»An der Tür!«

»Wo ist die Tür?«

»Dort drüben ... oder nein, ist sie vielleicht dort ...?«

»Hier ist sie.« Omally schaltete die Taschenlampe ein. Sie funktionierte ausnahmsweise tatsächlich. Er leuchtete in das idiotische Gesicht Pooleys.

»Hilfe«, sagte dieser kleinlaut. »Hilfe.«

»Es muß einen Weg nach draußen geben!«

»Wenn die Luke versperrt ist, können wir uns nicht einmal durch ein Bullauge zwängen.«

Das Licht der Taschenlampe erfaßte ein Glaspaneel im Boden. »Die Fischtanks!« sagte Omally.

»Ah, die Fischtanks«, sagte Pooley. »Ich hab' vergessen, sie aufzumachen.«

»Das ist jetzt egal. Sie sind der einzige Weg nach draußen. Komm jetzt.«

»Wir werden ertrinken!«

»Werden wir nicht!« Omally riß den Glasdeckel auf, der die Fischtanks abgedeckt hatte, und sprang ins Wasser hinunter. Es war sehr kalt, sehr schwarz und sehr wenig erfolgversprechend. Zwischen seinen verwundeten Knien bewegte sich ein großer Lachs. »Komm jetzt endlich, Jim! Wir reißen das Drahtnetz auf und schwimmen unter Wasser nach draußen!«

»Wir werden ertrinken!«

»Komm jetzt!« Omally leuchtete mit der Taschenlampe zu seinem Kumpan hinauf, packte ihn am Knöchel und zerrte ihn zu sich ins Wasser.

»Die Fische werden uns fressen!«

»Bewegung jetzt! Wir haben keine Zeit mehr. Nimm einen tiefen Atemzug!«

Jim hatte vielleicht Zeit zu einem halben, bevor Omally seinen Kopf unter Wasser drückte und ihn vorwärts auf das Maschengitter schob, das die Wand des Fischgeheges bildete. Ringsum schossen dicke Lachse durchs Wasser, genauso begierig auf ihre Freiheit wie Omally. Jim war erst wenige Sekunden unter Wasser, doch sein Leben zog nichtsdestotrotz mehrere Male an ihm vorüber. Und dann brach er mit einem mächtigen Atemzug durch die Oberfläche, vielleicht zehn Fuß oder so von dem rostigen Kahn entfernt. Er hustete und spuckte die Themse aus.

Über ihm war eine plötzliche Bewegung, ein Geräusch. Jim richtete den entsetzten Blick auf das Deck des Leichters. Dort raste das Ding, das Monster, unruhig auf und ab. Im Mondlicht war es noch schrecklicher anzusehen, fast wie ein Mensch, auch wenn es auf allen vieren ging. Sein Kopf zuckte herum, und es erblickte Pooley. Aus seiner Kehle entrang sich ein dumpfes Heulen.

Jim zappelte im Wasser. Die Unterströmung war stark, und Pooley war alles andere als ein guter Schwimmer. Schnell wurde er flußabwärts und ganz allgemein nach unten abgetrieben.

»John, hilf mir ... *John!*« Pooleys Stimme verstummte, und die Schwärze des Flusses schloß ihn ein.

Und dann zerriß eine ohrenbetäubende Explosion

die Brentforder Nacht in eine Million Fragmente. Eine gewaltige Stichflamme schoß wie ein Pilz aus dem alten Leichter und in den Himmel hinauf. Ein Hagel brennender Trümmer regnete auf den Fluß und das umgebende Gebiet herab. Und inmitten dieses Malstroms aus Feuer und zerfetzender Gewalt gab etwas Pelziges, das nicht Mensch und nicht Tier war, einen leisen Schrei aus Wut und Trotz von sich und war dann gar nichts mehr.*

Was für die meisten Brentforder eine Nacht zum ausgelassenen Feiern und Trinken gewesen war, verwandelte sich mit einem Mal in ein Chaos aus Krankenwagen, Polizeiautos und Feuerlöschzügen. Sirenen heulten, Alarmglocken schrillten, Blaulichter blitzten. Aus der Stadthalle ergoß sich eine Bande kriegerischer Pensionäre, die Weinflaschen und Gehstöcke schwangen. Neville vergrub das Gesicht in den Händen, als sich seine Salonbar zum zweiten Mal an diesem Tag schlagartig leerte. *Soviel also zu den Lachsschnittchen*, dachte er.

Es dauerte eine Weile, bis die Feuerwehr eine Bresche in den rostigen Eisenzaun geschlagen hatte, die breit genug war, um die Löschwagen durchzulassen, und noch länger, bis das flammende Inferno unter Kontrolle war. Bis zu diesem Zeitpunkt war von dem einstigen stolzen Hauptquartier der P & O Company nichts mehr übrig bis auf eine schwarze, rauchende Hülle. Eine weitere Weile später traf Inspektor Hovis

* Allein aus diesem Grunde kann es sich nicht um A. Merz gehandelt haben, denn der hat den Roman ja noch weiter übersetzt – obwohl die Beschreibung schon zutrifft. (Anm. d. Lektors)

am Ort des Geschehens ein. Er wandte sich mit seiner Befragung an den Anführer der Feuerwehrleute.

»Das weiß Gott«, antwortete der gute Mann. »Chemikalien, schätze ich. Davon liegen hier noch massenweise rum. Das ganze Zeug hätte schon vor Jahren entsorgt werden sollen, aber Sie wissen ja, wie das ist. Vielleicht haben sich Gase gebildet, aber ich kann mich natürlich auch irren. Wir werden uns die Sache ansehen, sobald es hell geworden und das Wrack genügend abgekühlt ist.«

Hovis nahm eine Prise Schnupftabak und stopfte sie bedeutungsvoll in seine Nase.

Kapitel 19

Professor Slocombe schenkte einen großen Scotch in einen Kristalltumbler und schob ihn in die ausgestreckten, bebenden Hände seines nassen Besuchers. »Monster?« fragte er Omally.

»Monster«, bestätigte der zitternde Sohn Irlands dicht an das wärmende Kaminfeuer des Professors gedrängt. Er hatte eine Decke über den Schultern und die Füße in einer wärmenden Schüssel rosenduftenden Wassers. »N-n-nur d-d-das e-e-eine!«

»Was auch vollkommen ausreicht, denke ich.« Der alte Gelehrte ließ die Karaffe in Johns bequemer Reichweite stehen, kehrte zu seinem Schreibtisch zurück und nahm dahinter Platz. »Macht es dir etwas aus, wenn ich dich bitte, die ganze Geschichte noch einmal von vorn zu erzählen?«

Omally drängte sich noch dichter ans Feuer. »Ich hab' Ihnen doch schon alles gesagt, was ich weiß! Es war schnell*, und es war ...« Er krempelte ein Hosenbein hoch und musterte ein schmerzendes, geschwollenes Schienbein. »... hart. Und es sprang an die Decke und lief daran entlang wie eine riesige Spinne.«

»Ein Insekt also?«

»Kein Insekt, Professor. Es war so groß wie ein ausgewachsener Mensch.«

»Vielleicht ein großer Flußvogel? Oder irgendein anderes Tier?«

»Es trug Kleidung, Professor!« Omally leerte seinen Scotch und schenkte sich nach.

* Spricht auch gegen A. Merz. (Anm. d. Lektors)

»Ein Affe aus dem Zirkus?«

Omally schüttelte den Kopf. Seine Zähne klapperten wie Kastagnetten. »Kein Affe, Sir.«

»Denk genau nach«, forderte der alte Mann Omally auf. »Das Ding hat dich also angegriffen, hat mit dir gespielt und ist dann geflohen.«

»Es rannte an der Decke entlang!«

»Tatsächlich? Du warst in einem Schockzustand, als du diese Beobachtung gemacht hast. Du hattest einen Schlag gegen die Stirn erhalten, und du warst verwirrt und orientierungslos.«

»Ja, zugegeben ... aber ...«

»Alles geschah innerhalb weniger Sekunden, und es war beinahe stockdunkel. Was, wenn sich ein Affe an der Decke entlanggehangelt hätte? Möglicherweise an den Lichtleitungen?«

»Nein, Professor.«

Der alte Mann lehnte sich in seinem Stuhl zurück und tippte sich an die lange Gelehrtennase.

»Du hast selbst zugegeben, daß du betrunken warst.«

»Ich war nicht betrunken. Angetrunken vielleicht, aber nicht betrunken.«

»John, du warst im Fluß, du hast aus allernächster Nähe eine Explosion beobachtet, du bist durch ganz Brentford geschlichen, um durch Seitengassen und Vorgärten her zu mir zu kommen. Du trinkst selbst jetzt noch, wo wir uns unterhalten. Welchen Wert soll ich da deiner Aussage beimessen?«

»Wollen Sie damit sagen, daß ich nicht Herr meiner Sinne bin?«

»Ich will lediglich andeuten, daß man unter den gegebenen Umständen durchaus annehmen könnte, daß dein Urteilsvermögen vorübergehend Schaden genommen hat.«

»Ich weiß, was ich gesehen habe. Ich meine, ich weiß eben nicht, was ich gesehen habe.«

»Ich weiß, was du meinst.«

»Und mit meinem Urteilsvermögen hat das überhaupt nichts zu tun.« Verdrießlich und zitternd füllte John sein Glas nach.

»Also schön.« Professor Slocombe erhob sich von seinem Stuhl und trat zu dem zitternden Kelten. »Schließe die Augen, John.«

»Warum denn das?«

»Bitte tu, um was ich dich gebeten habe.«

Omally schloß die Augen.

»Und jetzt sag mir bitte, was ich anhabe.«

»Nichts leichter als das. Ein weißes Hemd, eine blaßblaue Krawatte, einen seidenen Hausanzug, graue Hosen und Pantoffeln.«

»Sehr gut, John«, stellte Professor Slocombe fest. »Mit deinem Erinnerungsvermögen ist jedenfalls alles in bester Ordnung.«

Omally öffnete die Augen wieder. Sein Gastgeber steckte in einem dreiteiligen grünen Donegal-Tweedanzug und trug ein graues Hemd mit einer Fliege sowie braune Halbschuhe. »Jetzt brat mir einer 'nen Storch!« sagte er.

»Willst du es noch einmal versuchen?«

»Muß ich?«

Professor Slocombe neigte seinen alten weißhaarigen Kopf.

»Die Schnelligkeit der Gedanken täuscht manchmal das Auge«, sagte er rätselhaft. Er kehrte zum Schreibtisch zurück, und bevor er in seinem Stuhl saß, steckte er wieder in seinen ursprünglichen Kleidern. Omally sah nicht, wie er es machte. »Eine Illusion, John. Ein Taschenspielertrick, weiter nichts. Ich hoffe, du verstehst, worauf ich hinauswollte.«

»Es war kein Affe!«

»Nun ja. Wenn es in der Explosion verschwand, werden wir es wohl nie erfahren.«

»Da haben Sie vermutlich recht«, sagte Omally. Seine Hand legte sich einmal mehr um den Hals der Karaffe. »Wenigstens etwas.«

»Wenigstens etwas?« Der Professor beugte sich über seinen überfüllten Schreibtisch und fixierte Omally mit glitzernden Augen. »Ich glaube, du begreifst immer noch nicht den Ernst der Situation, John. Die Ungeheuerlichkeit dessen, was du unternommen hast, um deine elende Haut zu retten!«

»Ich glaube nicht, daß ich ...«

»Du hast eine Bombe gebaut und bist damit durch die Straßen von Brentford gelaufen, um die Beweise für deine ungesetzlichen Aktivitäten zu vernichten! Ohne auch nur einen Gedanken daran zu verschwenden, ob du jemanden verletzen oder welchen Schaden du fremdem Besitz zufügen könntest, falls diese Bombe unbeabsichtigt in die Luft geht! Und du hast allerwenigstens ein Tier auf dem Gewissen, das wahrscheinlich einem Schausteller entlaufen ist oder ein geliebtes Haustier war!«

»Aber ...«

»Kein Aber, John! Das Zünden einer Bombe auf einem der olympischen Baugrundstücke stellt einen einzigartigen Akt von internationalem Terrorismus dar! Und als würde das allein nicht reichen, bist du auch noch direkt verantwortlich für den möglichen

Tod deines besten Freundes! Ist das vielleicht das *Wenigstens,* von dem du gesprochen hast?«

Omally vergrub das Gesicht in den Händen.

»Und dann kommst du her zu mir«, fuhr der alte Mann fort, »um mich an unsere langjährige Freundschaft zu erinnern und zum Mitwisser an deinen unglaublichen Verbrechen zu machen! Was hast du zu deiner Verteidigung vorzubringen, bevor ich die Polizei anrufe?«

Omally starrte den Professor mit bitteren Blicken an. Seine Augen glänzten feucht, und seine Lippen bebten. »Ich bin zu Ihnen gekommen, weil Sie der einzige Mensch sind, dem ich vertrauen kann. Der einzige, den ich respektiere. Ich habe Ihnen alles gesagt und nichts verschwiegen.«

»Und was soll ich nun tun? Vielleicht mit einem Zauberstock winken und dich von deinen Verbrechen freisprechen? Drei Ave Marias und ein Vaterunser?«

»Ich brauche Ihren Rat.«

»Den kannst du haben. Geh zur Polizei und stell dich. Erzähl ihnen alles.«

Omally versank in ein klägliches Schluchzen. »Ja«, krächzte er. »Ja. Sie haben recht. Sie haben ja immer recht. Wenn ich Jim umgebracht habe, dann hat mein Leben allen Sinn verloren. Sie haben recht.«

Plötzlich stand die Whiskykaraffe auf dem Schreibtisch des Professors. Er schenkte sich ein und füllte Omallys Glas nach. »Nun, die Entscheidung liegt sicherlich bei dir. Vielleicht willst du auch warten, bis sie Jims Leiche aus der Themse ziehen?«

»Nein«, sagte Omally und stand auf. »Alles, nur nicht das! Ich weiß, was ich getan habe. Ich bin für alle Ewigkeit verdammt!«

»Kein Mensch ist für alle Ewigkeit verdammt.«

»Ich schon. Mein ganzes Leben hat aus nichts als Gier und Eigennutz bestanden. Das ist mir jetzt klargeworden. Ich weiß, was ich getan habe.«

»Und?«

»Ich werde mich stellen. Ich will versuchen, das richtige zu tun.«

»Gut, John. Sehr gut.«

»Ich werde mein altes Leben aufgeben und meine Zeit absitzen«, sagte Omally, »und dann werde ich in ein Kloster gehen und allen Gelüsten des Fleisches abschwören. Ich werde ein bekehrter Sünder.«

»Ein bekehrter Sünder?« Der Professor, dem Falschheit in all ihren Formen vertraut war, starrte den gebrochenen Mann vor sich lange und hart an. Plötzlich schien ihn eine goldene Aura zu umgeben. »Gesegnet seist du«, sagte er schließlich.

»Das Telephon«, sagte John. »Ich will die Polizei anrufen.«

Der Professor streckte die Hand nach dem Telephon aus. Unvermittelt hielt er inne. »Warte«, sagte er und versteifte sich sichtlich. »Horch!«

»Horch? Was denn?«

Die Augen des alten Mannes richteten sich auf die großen Verandatüren. »Irgend etwas ...« Von draußen erklang das Geräusch schlurfender Schritte und ein scheußliches Quatschen wie von einer Riesenschnecke.

»O nein!« ächzte Omally. »Was ist das?«

»Beim Kribbeln in meinen Daumen!« Der Professor griff in seine Schublade und zog ein machtvolles Amulett hervor. Omally erschauerte in seinem heißen Fußbad. Selbst so dicht am Kamin verspürte er den eisigen Hauch, der durch seine Knochen fuhr. Die Schritte kamen näher und näher, ein unnatürliches, entsetzliches Geräusch. Der Professor drückte das Amulett gegen seine Brust. Omallys Augen wurden glasig, und auf seiner Stirn erschien kalter Schweiß. »Professor ...«

Die langsamen Schritte erfüllten seinen Schädel. Näher, immer näher. Und dann waren sie heran und über ihnen. Etwas Dunkles, Furchtbares schlurfte in Sicht. Ein entsetzlicher Gestank erfüllte die Luft, als die Kreatur sich durch die offene Tür schob. Dicker Schleim troff von dem farblosen Gesicht, und das Ungeheuer hob eine tropfende Hand. Der Mund öffnete sich, und aus dem furchtbaren Rachen erklang eine Stimme.

»Hi, John«, sagte sie.

»Jim?« ächzte Omally mit gebrochener Stimme. »Jim, bist du das?«

Die Erscheinung trat in das professorale Arbeitszimmer und nickte mit algenbehangenem Kopf.

»Jim, du bist am Leben!« Omally sprang aus seinem Fußbad und fiel vor Pooley auf die Knie. »Du lebst, Jim!«

»Es war ziemlich knapp.«

»Dann hast du ... hast du?«

»Hab' ich was, John?«

»Hast du den Wettschein gerettet?«

Professor Slocombe vergrub das Gesicht in den Händen und stöhnte erschüttert.

Kapitel 20

Ein dünner, beständiger Nieselregen von der Sorte, die man ganz allgemein mit Bankfeiertagen oder Staatsbesuchen in Verbindung bringt, ging über einer Gemeinde nieder, die an einem akuten Fall des ›Morgen-danach‹-Syndroms litt.

Von der Stätte des nächtlichen Infernos stiegen dünne Nebelschwaden auf, und Inspektor Hovis stocherte hier und da mit seinem Stock auf der Suche nach Indizien in den Trümmern. Mehrere Konstabler standen herum, die Hände tief in den blauen Uniformtaschen vergraben, die Schultern eingezogen, scharrten mit den Füßen und dachten sehnsüchtig an ein Frühstück mit weichgekochten Eiern und eingelegtem Hering.

Hovis stocherte und stocherte. Die vier kurzen Stunden Schlaf, die er hinter sich hatte, waren alles andere als erholsam gewesen. Er hatte sich in seinem Bett gewälzt, während von allen Seiten Träume auf ihn eingestürmt waren. Vor seinem geistigen Auge waren Schlagzeilen entstanden:

TERRORISTEN SABOTIEREN BRENTFORDER OLYMPISCHE SPIELE
POLIZEI SIEHT HILFLOS ZU, WIE SPIELE IM BOMBENHAGEL UNTERGEHEN!
STÜMPERHAFTER INSPEKTOR ENTLASSEN!

Er war erst seit achtundvierzig Stunden in der Gemeinde, und jetzt schon hatte er sich den halben Stadtrat zum Feind gemacht, die Notstandsgesetze zitiert und war in einen Akt von internationalem Terrorismus verwickelt worden. Dieser verschlafene West Londoner Vorort stellte sich als genauso verschlafen heraus wie Beirut, Afghanistan, Libyen oder die Hamburger Hafenstraße zusammengenommen. Und er stand hier mitten in diesem heillosen Durcheinander und bemühte sich verzweifelt, seinen angekratzten Ruf zu wahren und sich in den Augen seiner Vorgesetzten und der beobachtenden Welt zu rehabilitieren! Das war alles viel zu viel. Was für ein verdammter Mist!

Am unteren Ende des stochernden Stocks blinkte plötzlich etwas Buntes. Hovis bückte sich, um es aufzuheben, und wischte die Asche ab. Ein Photo, zwar ein wenig angesengt an den Ecken, doch es war noch einwandfrei zu erkennen. Kodakcolor Gold.

Hovis untersuchte es voller Interesse. Es war ein Urlaubsschnappschuß, kein Zweifel. Ein dümmlich dreinblickender, rotgesichtiger Tourist mit einem Sombrero auf dem Kopf, der aus einer spanischen *pouron* Wein trank.

Die Augen des Inspektors verengten sich sekundenlang zu schmalen Schlitzen. Das war es! Das Indiz! Ein Schuß ins Blaue, ein Wink Gottes! Viele Leute hätten in diesem Photo alles mögliche erkannt (nun ja, vielleicht nicht viele, aber doch einige) – nicht so jedoch Inspektor Hovis. Er sah nur eins: das Gesicht eines geborenen Killers, eines Revolutionärs vom Range eines Pancho Villa. Das Gesicht des Staatsfeindes Nummer eins.

»Inspektor?« Die Stimme gehörte Konstabler Meek. »Was halten Sie davon, Sir?«

Hovis bahnte sich einen Weg durch die durchnäßte Asche und trat zu Meek. »Was haben Sie gefunden?«

»Sehen Sie selbst, Sir.« Der Konstabler deutete auf die Wand eines aufgerissenen Lagerhauses, das seinem Aussehen nach die volle Wucht der Explosion abbekommen hatte. »Sieht aus wie ein Schatten, Sir.«

Hovis legte den Kopf zur Seite und starrte die Mauer hinauf. Auf der verkohlten Betonwand war tatsächlich deutlich ein merkwürdiger Umriß zu sehen. »Was meinen Sie, Sir? Ein kauernder Mensch? Oder vielleicht ein Hund?«

Der Inspektor öffnete den Griff seines Stocks und führte sich eine Prise zu Gemüte. Das Abbild war mißgestaltet, die Proportionen stimmten nicht. Sie wirkten übertrieben. Und noch etwas: Das Bild schien dumpf zu leuchten, und es brachte eine Saite des Wiedererkennens zum Schwingen. Allerdings war Hovis außerstande, dem Wiedererkennen einen Namen zu geben. »Schaffen Sie die Burschen von der Spurensicherung herbei! Sie sollen Photos machen, bevor der Regen alles wegspülen kann! Vielleicht ist es wichtig, vielleicht aber auch nicht.«

»Jawohl, Sir!«

Hovis streckte vorsichtig den Finger aus und fuhr über die Wand, wobei er darauf achtete, die Umrisse nicht zu berühren. Dann betrachtete er interessiert seinen Finger. »Nun, Konstabler?« fragte er. »Wie sieht das in Ihren Augen aus?«

Meek spähte angestrengt auf Inspektor Hovis' Fingerspitze. »Goldfarbe, Sir. Oder auch Blattgold.«

»Oder Goldstaub. Gute Arbeit, Konstabler. Vielleicht ist das die erste heiße Spur.«

Meek streckte die Brust heraus. »Danke sehr, Sir!«

»Und jetzt machen Sie, daß Sie zur Forensischen kommen. Sie sollen die Bilder schießen und mir bis spätestens Mittag auf den Schreibtisch legen.«

Meeks Brust fiel in sich zusammen. *Verdammter Bastard,* dachte er. »Jawohl, Sir.«

Jennifer Naylor neigte die Kaffeekanne in Richtung der teuren chinesischen Porzellantasse und schenkte sich vom Entkoffeinierten ein.

Sie trug die zerbrechliche Tasse ins Wohnzimmer hinüber, wo ein Beistelltisch zufällig genau so stand, daß er sich auf seinen grob gemaserten Wurzelahornbeinen zu allem beistellen ließ. Die Platte glänzte im Licht der goldenen Sonne und trug das Gewicht von sechs verschiedenen Sonntagszeitungen, die ein lässiges Ensemble bildeten. Jennifer überflog die Schlagzeilen und nippte an ihrem Kaffee. Das Projekt hatte bisher ganz erstaunlich wenig Widerstand erfahren. Die Dinge kamen gut voran. Die öffentliche Meinung – jene launische Kreatur, deren Existenz nur von denen bestritten wird, die danach trachten, sie auf ihre Seite zu bringen – war gejagt und eingefangen und saß nun in ihrem eigenen Käfig.

Jennifer war eine der Wächterinnen über diesen Käfig, und ihre wichtigste Aufgabe bestand darin, ihn warm und behaglich und vor allen anderen Dingen sicher verschlossen zu halten. Sie wußte – genau wie alle anderen, die direkt mit dem Projekt befaßt waren – womit sie es zu tun hatte. Humanisierung der

Technik. Technologie als Freund und Diener der Menschheit statt Technologie als furchterregender Tyrann der Unwissenden. Die Erhaltung des Wohlwollens von Regierung und Volkesstimme hatte oberste Priorität. Jeder Aspekt eines jeden Aspektes mußte mit der allergrößten Umsicht gehandhabt werden. Das Stadion würde das Achte Weltwunder werden, das technokratische Monument eines unbekannten Genius, doch trotz all der Ehrfurcht, die es erregte, mußte es *menschlich* bleiben. Das war das Wichtigste und stand über allem: *menschlich.*

Jennifer überflog eine oder zwei Kolumnen und nickte hochzufrieden. Die Fleet Street war bereits voller patriotischer Leidenschaft. Das Desaster von Birmingham war vergessen. Brentford gehörte die Zukunft.

Unter dem Zeitungsstapel lag ein Umschlag aus Metallfolie, der an eben jenem Morgen per Sonderzustellung eingetroffen war. Jennifer setzte ihre Kaffeetasse auf den Sonntagszeitungen ab und öffnete ihn. Darin fand sie einen Stapel Computerausdrucke sowie einen Scheck auf ihren Namen mit einer Summe, die mehr als ausreichte, um ihren gegenwärtigen Bedarf zu decken. Sie musterte interessiert die Unterschrift, doch sie war nicht zu entziffern und erinnerte eher an ein runisches Symbol als an lateinische Schriftzeichen. Der Architekt und Schöpfer des großen Stadions, Erfinder des Gravitits und Finanzier der Olympischen Spiele von Brentford war Jennifer ein genauso großes Rätsel wie allen anderen.

Doch es ging sie auch nichts an. Sie wandte sich den Computerausdrucken zu. Ein Terminkalender, der ihre Verpflichtungen für die kommende Woche enthielt. Anhörungen, die arrangiert werden mußten, Pressekonferenzen, die sie abzuhalten hatte, wer eingeladen war und wann. Die Namen verschiedener Größen aus Kunst, Literatur, Wissenschaft und den Medien tauchten auf. Ihre Unterstützung, die als essentiell für den Gesamterfolg des Projekts galt, war unter allen Umständen sicherzustellen. Auch die Geldbeträge, die dazu im einzelnen erforderlich waren, standen in schmaler Computerschrift daneben.

Da man Schwierigkeiten mit einheimischen Umweltschützern, Traditionalisten, Reaktionären und anderen Spielverderbern befürchtete, hielt man es für klüger, den Beginn der Arbeiten um einen Tag vorzuziehen. Darüber hinaus würden die Arbeiten auf allen fünf Baustellen gleichzeitig beginnen.

Jennifer schüttelte ihren wunderschönen Kopf vor Staunen über die Fähigkeiten des geheimnisvollen Organisators. Das Gespür und die Menschenkenntnis, die sich hier zeigten, faszinierten sie immer wieder aufs neue. Und seit ihrer ersten Berührung mit diesem phantastischen Projekt hatte sie einen dumpfen Schmerz verspürt, einen Drang, einen Hunger, der nur durch eine einzige Sache befriedigt werden konnte: Irgendwie, irgendwo, auf irgendeine Weise *mußte* sie die Person kennenlernen, deren Genius hinter alledem steckte. Irgendwie, irgendwann *mußte* es sich doch einrichten lassen, daß ihre Wege sich kreuzten. Und dann würde man sehen, was man sehen würde.

Ehrfurchtsvoll blätterte sie die erste Seite der Computerausdrucke um und bemerkte zu ihrem weiteren Erstaunen eine Liste mit der Überschrift:

ANDERSDENKENDE:
SICHERHEITSRISIKEN DER KLASSE A.

Und darunter, in Rot eingekreist, lediglich zwei Namen.

Wenngleich zwei Namen, die sie fast so gut kannte wie ihren eigenen: James Arbuthnot Pooley und John Vincent Omally.

Die beiden Andersdenkenden schwelgten in einem herzhaften Frühstück. Sie hatten gebadet, laut schnarchend ausgeschlafen und saßen nun in ihren frisch gereinigten Klamotten im Eßzimmer des Professors vor einer wunderbar reichhaltigen Mahlzeit.

Das ältliche Faktotum des Professors, Gammon, hob die silberne Glocke vom Brotkorb und erkundigte sich, ob alles zur Zufriedenheit der beiden Gentlemen sei.

»O ja, das ist es!« strahlte Pooley. Er wischte sich mit der Serviette über das Kinn und bereitete einen Sturmangriff auf die Croissants vor.

Omally trank Kaffee und beobachtete Professor Slocombe aus den Augenwinkeln. Irgend etwas lag in der Luft, soviel stand fest. All diese unverdiente, unverlangte Gastfreundschaft ... was heckte der alte Gelehrte nur wieder aus?

»Und jetzt, meine Freunde«, begann der Professor, als antworte er auf Omallys ungestellte Frage, »werde ich euch verraten, wie ihr euch für meine Gastfreundschaft revanchieren könnt.« Omally drehte die Kaffeetasse zwischen den Fingern, und Jim aß einfach weiter. »Ihr werdet beide euer bisheriges Leben ändern«, fuhr der Professor fort. »Unehrlichkeit und Falschheit sind ab sofort bedauerliche, aber abgeschlossene Kapitel in euer beider Geschichte. Von heute an heißt euer Motto Nächstenliebe. Gute Taten werden das Maß sein, an dem andere euch messen werden. Ehrliche Arbeit ist von heute an euer Los.«

»Die Unterhaltung mit Ihnen ist wie stets eloquent«, erwiderte John. »Ihr Standpunkt ist klar und deutlich angekommen, und wir werden uns in Zukunft anständig benehmen.«

»Das werdet ihr« sagte der Professor. »Euer Benehmen wird vorbildlich sein.«

»Ganz sicher«, sagte Jim. »Darauf können Sie einen lassen.«

»Gut. Diese Gewißheit beruhigt mich im Grunde meines Herzens. Deswegen wird auch das Ritual, das ich nun vollziehe, nur noch eine rein symbolische Geste.«

»Aha?« machte Pooley. Mit einem Mal ergriffen ihn Zweifel.

»Ja.« Professor Slocombe kramte in seinem Hausmantel und zog Pooleys Tabaksdose hervor.

»Oh, danke sehr«, sagte Pooley und wollte aufstehen.

»Nein, Jim. Ich werde sie behalten.« Pooleys gequälter Gesichtsausdruck entging Omally keineswegs.

»Gehe ich richtig in der Annahme, daß diese Dose mehr als Tabak und Blättchen enthält?«

Jim sank in seinem Stuhl zusammen. »Tabak, Blättchen und einen Wettschein, Sir.«

»Dachte ich's mir.« Professor Slocombe ließ die Dose mehrere Male von einer Hand in die andere gleiten. Keiner seiner beiden Frühstücksgäste sah sie verschwinden, doch plötzlich war sie trotzdem weg.

»Eine symbolische Geste, weiter nichts«, wiederholte der Zauberer. »Der Wettschein wird die wenigen Wochen bis zum Beginn der Olympischen Spiele in meinem Gewahrsam verbleiben. Und während dieser Zeit werde ich aufmerksam beobachten, wie ihr euch aufführt.«

»Sie wollen, daß wir ... *arbeiten*?« Das ganze Ausmaß des Entsetzens hatte Pooley bisher noch nicht getroffen, daher war er imstande, die Frage zu formulieren.

»Ganz genau das wünsche ich, Jim.«

»Derartige Rechtschaffenheit mag lobenswert sein«, sagte Omally, »und ich kann Ihren Prinzipien nur zustimmen. Allerdings geschieht es nicht sehr häufig, daß eine in der Theorie herausragende Idee in der Praxis eine so schlechte ist wie in diesem Fall. Professor, das Streben nach Tugendhaftigkeit und das Umdrehen eines jeden einzelnen ehrlich verdienten Pennies mögen ja schön und gut sein, aber ...«

»Kein Aber, John!«

»Ach, kommen Sie schon!« maulte Omally. »Sie hatten Ihren netten kleinen Scherz auf unsere Kosten, und der Humor ist uns nicht entgangen.« Pooley nickte in matter Zustimmung. »Geben Sie uns den Wettschein wieder. Vertrauen Sie uns, und wir werden Sie nicht enttäuschen.«

»Ich vertraue euch doch, John. Der Wettschein ist bei mir sicher aufgehoben.«

Pooley biß sich auf die Unterlippe.

»Aber Sir! Was geschieht, wenn Sie krank werden, was Gott behüte!«

»Zum Glück erfreue ich mich allerbester Gesundheit, Jim.«

»Aber Sie sind kein junger Hüpfer mehr, Professor!« sagte John.

»Man ist immer so jung, wie man sich fühlt«, erklärte der Alte, »was rein zufällig ein glücklicher Umstand ist, weil nämlich meine Angelegenheiten, die fast alle ein wenig kompliziert sind, noch einige Jahre benötigen, um sie zu regeln, sollte irgendeine Tragödie über mich hereinbrechen. Aber laßt uns nicht über derart deprimierende Themen reden. Wenn man auch nur der Hälfte dessen Glauben schenken will, was die Leute sich erzählen, dann steht Brentford dicht vor einem neuen Goldenen Zeitalter. Und wenn zwei kräftige Burschen wie ihr auf derart reichem und fruchtbarem Boden keine ehrliche Arbeit zu finden imstande sind, dann kann man nur euren eigenen Mangel an Unternehmensgeist dafür verantwortlich machen. Den Rücken hinter den Pflug, die Nase tief über den Mühlstein, die Schultern an das Rad, Jungs!«

»Professor!« protestierte Pooley und hob die Hand.

»Nein, kein Wort mehr«, sagte der Ältere. »Unsere Unterhaltung ist zu Ende. Ich bin zuversichtlich, daß ich mich in jeder Hinsicht deutlich ausgedrückt habe und keine Fragen offen sind. Wiederholung gewinnt nicht, sondern hält lediglich auf.«

»Ich wollte eigentlich nur fragen, ob Sie noch immer nach einem Gärtner Ausschau halten?«

»Du bist eingestellt, Jim.«

Pooley grinste breit. »Meinen besten Dank, Sir. Was ist mit dir, John?«

Omally schmierte Butter auf sein Croissant. »Ich denke noch nach«, erwiderte er verdrießlich.

Kurz nach neun Uhr morgens schwebte ein Helikopter über Brentford. Er umkreiste die Gemeinde mehrere Male, bevor er nach Westen davonflog. Wer den Helikopter sah, bemerkte zwei Dinge: das fortschrittliche Design der Flugmaschine, das entfernt an einen schlanken Silberfisch erinnerte, und die ungewöhnliche Tatsache, daß sie absolut keinerlei Geräusch verursachte.

Kurz nach zehn Uhr begannen die Arbeiten auf den fünf Olympischen Baustellen. Niemand hatte die Ingenieure, Techniker, Vorarbeiter, Arbeiter und Baggerführer kommen sehen. Doch zu diesem Zeitpunkt machte sich noch niemand ernsthaft Gedanken deswegen.

Auf dem Fußballplatz fand ein Wohltätigkeitsspiel zwischen der ruhmreichen Brentforder Ersten Division und der Elf der *Lords Taverners* statt. Wer das Spiel nicht auf dem Platz verfolgte, der lag entweder noch im Bett und schlief, braute sich gerade seinen Tee in der Schrebergartenhütte, oder er steckte sich den sonntäglichen Joint zwischen die Lippen.

Außerdem gab es auf den Baustellen auch nichts großartig Interessantes zu sehen. Innerhalb einer halben Stunde waren große, blickdichte Zäune ringsum aufgerichtet, um die fortschreitenden Arbeiten ohne Störungen vonstatten gehen zu lassen. Und diese Arbeiten, wie auch immer sie aussehen mochten, fanden in absoluter Lautlosigkeit statt.

Kapitel 21

Neville warf die Riegel der Salonbartür ins Schloß, ohne die Luft zu prüfen. Nieselregen deprimierte ihn immer nur. Seine pantinenbewehrten Füße schlippschlappten über den ausgetretenen Axminsterteppich und trugen den Teilzeitbarmann zu dem Whiskymaß und dem großen braunen Umschlag, der an diesem Morgen per Eilboten überstellt worden war.

Neville schenkte sich einen doppelten Scotch aus und kippte ihn in einem Zug. Mit dem rechten Zeigefinger fuhr er über die Prägung des Umschlags und verharrte auf dem Wappen der Brauerei. Ein fauchender Lindwurm über dem Wahlspruch ›Ecce Cerevisia‹ – ›Achte das Bier‹. Neville kaute auf der Unterlippe und schnüffelte nervös. Wer das übersinnliche ›Dritte Auge‹ besaß, würde bemerkt haben, daß die Aura des Brentforder Teilzeitbarmanns von einer kleinen schwarzen Wolke überschattet war, auf der deutlich und in gotischer Schrift die Worte ›Dunkelheit und Verzweiflung‹ zu lesen standen. Neville lebte in ständiger Furcht vor diesen Sendungen, die unausweichlich das Werk des geliebten Söhnchens des Brauereibesitzers waren. Das gesamte Streben dieses Burschen schien nur einem einzigen Ziel gewidmet: dem Teilzeitbarmann das Leben schwer zu machen.

Sendungen der Brauerei, die mit der normalen Post eintrafen, pflegte Neville augenblicklich zu zerstören und jede Kenntnis darüber abzuleugnen, doch der junge Master Robert, wie der kleine Parvenü sich gerne nannte, hatte sich einen schlauen Ausweg einfallen lassen. Seither kamen die Sendungen per Eilboten, und Neville mußte den Empfang quittieren. Neville klopfte auf den Umschlag. Er würde ihn öffnen müssen, daran führte kein Weg vorbei. Mit kläglicher Resignation nahm er die unselige Botschaft hoch und riß den Umschlag auf.

Er leerte den Inhalt auf den Tresen und stocherte verächtlich darin herum: eine Anzahl Skizzen und Pläne, einige grobe Kinderzeichnungen (*Visualisierungen,* wie Master Robert sie zu nennen pflegte), ein paar maschinengeschriebene Seiten, ein paar Materialproben, ein Bierdeckel.

»O mein Gott!« stöhnte Neville der Teilzeitbarmann.

Das sah ganz nach einer Geschichte aus, wie sie der legendäre Busby Berkeley früher als ›mächtig große Nummer‹ bezeichnet hätte. Neville nahm den Bierdeckel zur Hand und drehte ihn hin und her. Auf der einen Seite war das allgegenwärtige Wappen der Brauerei aufgedruckt, die andere zeigte die Olympischen Ringe, in Gold eingefaßt, und darüber die Worte

›PENTATHLON BAR
(ehem. *Fliegender Schwan*)‹!

»O nein!« ächzte Neville. »O nein, o nein, o nein, o nein!«

Eine halbe Stunde später – der schicksalsgeprüfte Teilzeitbarmann ächzte noch immer seine »O neins!« – betraten zwei regendurchnäßte Gestalten den *Fliegenden Schwan*. Pooley und Omally.

»Hallo Neville!« grüßte Jim.

»Gott zum Gruße«, wünschte John.

Neville nickte eine wortlose Erwiderung und zapfte zwei Pints Large.

»Probleme, Neville?« erkundigte sich Omally und nahm dankend sein Glas entgegen.

»Die Brauerei mal wieder.«

»Oje. Diese Typen. Was haben sie sich denn diesmal ausgedacht? Eine weitere Cowboynacht oder noch mehr Captain Laser Alien Attack Maschinen?«*

Neville lachte. Es war ein furchtbares, hohles Lachen, und es erschreckte das glitschige Duo nicht wenig. Neville zeigte ihnen den Bierdeckel.

»Gute Güte!« sagte Jim.

»Gütige Gute!« sagte John.

»Ganz genau«, sagte Neville. »Der kleine Bastard will mein schönes Lokal vollständig umbauen. Am Ende sieht der *Fliegende Schwan* aus wie ein verdammtes Fitneßzentrum oder so was in der Art.«

»Dieser Ikonoklast!« erklärte Omally. »Wir werden die Brauerei stürmen!«

»Wir werden ihn auf dem Scheiterhaufen verbrennen!« bekräftigte Pooley.

»Ein *Auto-da-fé*!« schlug Omally vor.

»Ganz genau«, stimmte Pooley seinem Kumpan zu. »Sein Auto verbrennen wir gleich mit.«

»Das ist es«, sagte Neville. »Wir werden es ihm zeigen, was?«

»Das werden wir«, antwortete Omally. »Wenn auch nicht gleich jetzt, denn Jim und ich haben vorher eine ziemlich dringliche geschäftliche Angelegenheit zu besprechen, wenn du verstehst?«

* Bitte vergleichen Sie dazu die vorhergehenden Bände dieses Zyklus. Ich bin sicher, Sie finden die Titel alleine heraus. (Anm. d. Lektors)

»Ein Mann, der Worten keine Taten folgen läßt«, zitierte der Teilzeitbarmann, »ist nutzlos wie ein Garten voller Unkraut.«

»Daran hege ich nicht den geringsten Zweifel«, stimmte Omally ihm zu und zerrte Pooley mit sich zu einem Nebentisch.

»Und?« fragte Pooley, nachdem beide Platz genommen hatten. »Was jetzt?«

»Ich habe gründlich über diese Geschichte nachgedacht, Jim«, antwortete John, »und ich bin zu der Überzeugung gelangt, daß der Professor dir deinen Wettschein zurückgeben wird, wenn du für diese wenigen Wochen einer geregelten Arbeit nachgehst. Schließlich lautet der Schein ganz allein auf deinen Namen.«

Jim schüttelte den Kopf. »Dieser Gedanke ist dem Professor auch gekommen. Er hat sich an mich gewandt, bevor wir aufgebrochen sind, und erklärt, daß er diesen Schein genau wie du als unser gemeinsames Eigentum betrachtet. Falls nötig, meinte er, würde er mir meine Hälfte allein zurückgeben.«

Omally starrte düster in sein Bierglas. »Bob zahlt zerrissene Scheine nicht aus, das weiß jedes Kind. Ich sehe keinen anderen Ausweg; es gibt nur eine einzige vernünftige Lösung für unser Problem.«

»Also wirst du eine ehrliche Arbeit annehmen?«

Omally bekreuzigte sich. »Um Gottes willen! Wie kannst du von mir erwarten, daß ich arbeite, solange ich verletzt bin?«

»Du bist verletzt, John?«

»Noch nicht. Stell dir einmal vor, ich hätte einen Unfall gehabt. Sagen wir, ich bin auf einen Gartenrechen getreten, den du im Verlauf eines Tages fröhlicher Arbeit beim Professor achtlos hast liegen lassen. Ich müßte vielleicht Wochen, wahrscheinlich sogar Monate, im Krankenhaus liegen. Erinnerst du dich an den *Mann, der zum Dinner kam*?«

»Das war ein wenig vor meiner Zeit, John. Aber man würde den Schwindel entdecken. Du kannst den Professor unmöglich täuschen.«

»Wie soll er es denn herausfinden?«

»Ich würde es ihm erzählen, John, so würde er es herausfinden.«

»Du bist mir ja wirklich ein feiner Freund!« seufzte Omally bitter. »Außerdem war das auch nur so ein Gedanke von mir.«

»Bestimmt keiner von deinen besseren. Sieh mal, John, ein paar Wochen harter Arbeit werden dich nicht umbringen. Denk an das Leben voller Luxus und Vergnügen, das wir genießen werden, sobald wir erst unseren Gewinn in der Tasche haben. Ein paar sportliche Übungen vorher können da nicht schaden.«

Omally trank von seinem Pint. »Vielleicht«, gestand er. »Aber mich beschleicht das unbestimmte Gefühl, hinter der Sache könnte eine Menge mehr stecken, als im ersten Augenblick offensichtlich wird.«

»Wie kommst du darauf?«

»Nun ja, wie du weißt, bin ich ein großer Bewunderer des alten Mannes. Er hat sein gesamtes Leben den höheren Dingen und Wahrheiten gewidmet. Kleinere Dinge oder das völlige Fehlen von Wahrheiten lassen ihn im allgemeinen völlig kalt. Und aus diesem Grunde finde ich sein gegenwärtiges Verhalten mehr als rätselhaft. Meinst du nicht auch?«

»Du meinst unsere ehrliche Arbeit und alles?«

»Mehr noch die Geschichte, die wir auf dem Kahn erlebt haben.«

»Hmmm.« Pooley hatte bisher kaum ein Wort darüber verloren. Es war eine Sache, die er lieber möglichst schnell vergessen wollte. »Jedenfalls war es kein Affe, da bin ich sicher.«

»Ganz bestimmt nicht. Das wissen wir beide, und ich denke, der Professor weiß es auch. Ich denke, er weiß eine ganze Menge mehr, als er uns gegenüber zuzugeben bereit ist.«

»Tut er das nicht immer?« Ein Spitzenstrumpfband aus Bierschaum rutschte verführerisch langsam an Jims Glas herunter.

»Er wußte von Anfang an, daß unsere Geschäfte nicht hundertprozentig ehrlich waren, doch das hat ihm bisher nie etwas ausgemacht. Irgend etwas geht da vor, Jim.«

»Daran hege ich keinen Zweifel. Aber wenn ich dir einen Rat erteilen darf, John: Halt dich aus der Geschichte raus! Such dir eine Arbeit, zieh den Kopf ein, und mach dich unsichtbar. Du weißt schon.«

»Ich werde darüber nachdenken«, versprach John. »Ich werde sogar sehr gründlich darüber nachdenken.«

Pooley schüttelte den Kopf. »Wer ist dran mit der nächsten Runde?« fragte er.

Der Schwan füllte sich nach und nach mit Feiernden, die darauf tranken, daß die Heimmannschaft die Lords Taverners mit einem gnädigen 16:0 hatte davonkommen lassen. Neville hatte hinter dem Tresen alle Hände voll zu tun, doch der grimmige Ausdruck war noch nicht von seinem Gesicht gewichen.

Omally schob sich durch das Gedränge zur Theke.

»Noch zweimal das Gleiche«, bestellte er. Neville nahm die Gläser. Er zapfte ein Pint vom Allerbesten und reichte es John. Omally nahm einen tiefen, nachdenklichen Schluck. »Ich werde das hier vermissen«, sagte er dann.

»Warum, willst du aus Brentford weg?«

»Nein. Aber das Bier wird sicher als erstes unter all den bevorstehenden Veränderungen leiden.«

»Das wird es nicht!« sagte Neville, dessen ganzer Stolz das Bier war.

»Ach, komm schon!« Omally hielt sein Glas in die Höhe und untersuchte den Inhalt. »Würde mich nicht wundern, wenn wir demnächst fremde Gesichter hinter diesem Tresen ertragen müssen.«

»Was?« rief Neville aufgebracht.

»Na ja, wenn die Brauerei den Laden umbauen will, dann wird sie sicherlich auch neues Personal einsetzen, meinst du nicht?«

Neville vergaß, Pooleys Pint fertigzuzapfen. »Bei allen Göttern!« entfuhr es ihm. »Meinst du wirklich?«

»Selbstverständlich. Du hast keinen Ersatz bekommen, seit Croughton verschwunden ist.«

»Verschwunden?« widersprach Neville. »Der Bursche verdient achtzehn Monate! Der Kerl hatte die Hand bis zum Ellbogen in meiner Kasse!«

»Sollte mich nicht wundern, wenn der junge selbstherrliche Master Bob eine oder zwei von seinen Freundinnen in dem neuen Laden unterbringen will«, sagte Omally.

Nevilles Gesicht verzog sich zu einer Fratze des Entsetzens, und die Augen drohten ihm aus den Höhlen zu quellen. Er war zwar von Natur aus kein Weiberhasser, doch er war überzeugt, daß auf der ganzen Welt keine Frau lebte, die ein richtiges Bier zapfen konnte.

»Ich an deiner Stelle würde mir jetzt rasch einen Ersatz suchen«, sagte Omally. »Nur um sicherzugehen, wenn du verstehst.«

»Ja ... ja.« Neville zerrte am Zapfhahn, und Jims Glas füllte sich mit weißem Schaum. »Ja, das muß ich.«

»Irgend jemand aus der Gegend muß sich doch in dem Geschäft auskennen«, fuhr Omally fort. »Irgend jemand, der ganz bestimmt gutes Bier zu schätzen weiß, jemand, der die Gepflogenheiten kennt und in der Lage ist, den hohen Standard dieser Gaststätte zu halten. Jemand, der vertrauenswürdig ist, jemand, der ...«

»Du denkst nicht rein zufällig an dich selbst, John Omally?«

»Ich? Ich?« Omally hob abwehrend die Hände. »Ich? Ich habe noch nie ...«

Neville starrte Omally entschlossen in die Augen. Die beiden Männer sahen sich schweigend an. Entlang der Theke wurden murrende Rufe laut, und unzufriedene Gäste klopften mit leeren Pintgläsern auf den Tresen und äußerten Zweifel an Nevilles Fähigkeiten als Wirt.

»Ich zahle lediglich einen Grundlohn«, sagte Neville. »Falls der Bewerber damit einverstanden ist und ich den Bewerber als geeignet für den Posten einschätze, schön und gut. Falls sich meine Wahl jedoch als Irrtum herausstellt und der Bewerber mich bestiehlt, dann werde ich vor Gericht gegen ihn vorgehen.«

»Ich suche eine ehrliche Arbeit«, antwortete John.

»Die Gründe dafür sind meine eigene Angelegenheit. Ich gebe dir mein Ehrenwort, daß ich dich nicht bestehlen werde. Ich kann morgen anfangen.«

»In Ordnung«, sagte Neville. »Dann bist du also eingestellt. Enttäusche mich nicht, John, wir kennen uns schon ziemlich lange.«

»Ich werde dich nicht enttäuschen«, sagte Omally. »Laß uns diese beiden Pints als Besiegelung des Vertrags betrachten. Ich danke dir.«

»Nein«, widersprach Neville. »Wir betrachten diese beiden Pints als praktische Illustration einer altbekannten Maxime, die du schon bald kennen und lieben lernen wirst, wenn du erst für mich arbeitest. Nämlich daß man vom Leben nur zurückkriegt, was man hineingesteckt hat. Los, raus mit der Kohle.«

Omally rückte raus. Der Mob rückte heran.

»Du warst lange weg«, beobachtete Pooley, als John mit den Pints zurück war. »Der Service ist auch nicht mehr das, was er mal war.«

»Nein«, gab Omally ihm recht. »Aber das wird sich ändern. Ich arbeite jetzt hier.«

Kapitel 22

Die Tage reihten sich zur Woche, und die Arbeit an den fünf Olympischen Pylonen ging zügig und ohne Unterbrechung vonstatten. Die eleganten Chrom- und Glassäulen der »Stadionbeine«, jede gut vierzig Fuß im Durchmesser, stiegen Stunde um Stunde höher in den Himmel. Am Ende ragten sie fünfhundert Fuß über Brentford hinaus, und die Spitzen verloren sich zu schlanken Nadeln. Die Konstruktion der fünf Pylonen war an sich bereits ein Wunder der Ingenieurskunst, und doch war es nichts verglichen mit dem, was noch kommen sollte.

Am frühen Abend des zweiten Mittwochs erschien das erste Luftschiff im dunkler werdenden Himmel. Das sanft brummende Ungetüm kam aus der Richtung der untergehenden Sonne, eine abgeflachte Scheibe, von zahlreichen Lichtern angeleuchtet, und schleppte das erste Segment des gewaltigen Brentforder Olympiastadions hinter sich her. Neugierige versammelten sich in den Straßen und starrten auf das Schauspiel, und *Oooooohhs!* und *Aaaaaaahs!* breiteten sich aus wie bei einem spektakulären Feuerwerk.

Der Alte Pete blieb auf dem Gehweg stehen und spähte mißmutig durch einen ehemaligen Armeefeldstecher. »Das nimmt ein schlimmes Ende«, vertraute er seinem jungen Hund Chips an. Der hündische Begleiter grinste seinem Meister zu, hob das Bein an Marchants Vorderrad und beeilte sich, dem Alten Pete in den *Fliegenden Schwan* zu folgen.

Die Salonbar war bereits gut gefüllt. Presseleute unterhielten sich laut und füllten die Luft mit billigem

Zigarrenqualm, und der Alte Pete war gezwungen, seinen Stock einzusetzen, um sich einen Weg zum Tresen zu bahnen. »Tut mir schrecklich leid, Mister«, entschuldigte er sich bei einem der getroffenen Reporter, während er sich vorbeischob. »Ich hab' Sie hoffentlich nicht verletzt?« Der Pressefritze starrte dem alten Halunken mit mordlüsternen Augen hinterher, während er sich die blessierte Kniescheibe hielt.

»'n Abend, Pete.« Die Stimme gehörte John Vincent Omally, dem sauber rasierten und frisch gekleideten Barmann mit dem angeklipsten Schlips. »Was darf's denn sein?«

»Das ist sehr freundlich von dir, John.«

Omally schüttelte den Kopf und versah ein funkelndes Pint mit einer vollendeten Schaumkrone. »Tut mir leid«, sagte er. »Aber das würde mich den Job kosten.«

Pete brummelte vor sich hin. »Ich werde mich nie daran gewöhnen, daß du jetzt auf der anderen Seite des Tresens stehst«, sagte er. »Ein Helles bitte, aber nicht zu warm, ja?«

»Sehr wohl, Sir.«

Neville beobachtete seinen keltischen Barmann aus den Augenwinkeln. Omallys Verhalten war – bisher jedenfalls – vorbildlich. Sein Benehmen war höflich, sein Geschick am Zapfhahn war eine Freude für das Auge. Neville mußte kaum ein Wort sagen. Omally war stets einen Schritt voraus, füllte ein Whiskymaß nach oder ersetzte ein leergewordenes Faß. Seine Hingabe ging sogar soweit, daß er junge Damen nach Hause begleitete, die zu tief ins Glas geschaut hatten. Omally war fast zu gut, um wahr zu sein, und das bereitete Neville einiges Kopfzerbrechen, denn er war ein Mann, der das Vertrauen in seine Mitmenschen bereits vor langer Zeit verloren hatte.

Doch Omally hatte seine prägenden Lebensjahre als Page im *Clancys* verbracht, und so bereitete ihm die Arbeit nicht wenig Vergnügen. Darüber hinaus hatte er beschlossen, daß er mit seinem Anteil an Pooleys Wettschein ein eigenes Lokal eröffnen würde.

In diesem Augenblick betrat Jim Pooley die Salonbar und schob sich unter Ellbogeneinsatz durch das Gedränge zur Theke.

»Hast du dir die Füße abgeputzt?« begrüßte ihn Omally. Neville kicherte albern und wandte sich seinem Teil der Arbeit zu.

»'n Abend, John, 'n Abend, Pete«, sagte Pooley, indem er dem älteren zunickte und Omallys Bemerkung ignorierte. »Ein Pint Large, bitte.«

»'n harter Tag an der Unkrautvernichtungsfront, eh?« erkundigte sich der Alte Pete, während Omally ein Pint von Jims bevorzugtem Bier zapfte.

»Ich fürchte, der Professor macht sich insgeheim über mich lustig.« Jim zog seinen Tabaksbeutel hervor und drehte sich eine Zigarette. »Jedesmal, wenn ich ein Loch gegraben habe und auch nur einen Augenblick wegsehe, finde ich den Boden unberührt. Jede Gabel Blätter scheint Tonnen zu wiegen.«

Der Alte Pete kicherte. »Seine Hochwürden der Professor will wahrscheinlich einen Mann aus dir machen«, schlug er vor. »Aber er zahlt gut, wie ich wetten möchte. Und im voraus, oder?«

Pooley, der inzwischen gelernt hatte, wenigstens zwei Sätze weiterzudenken, bevor er mit dem Alten redete, überhörte die letzte Bemerkung angelegentlich. »Kaum genug, um meine laufenden Kosten zu decken, und sicher nicht genug, um anderen ein Pint zu spendieren.« Er nahm sein Glas entgegen und schob Omally den exakten Betrag in Pennies und Halfpennies über den Tresen in die hingestreckte Hand. »Großartige Sache, dieses Stadion, eh, Pete?« Er deutete nach draußen und oben. »Brentford wird sicherlich berühmt werden.«

Der Alte Pete setzte ein verdrießliches Gesicht auf. »Schnickschnack«, brummte er. »Versteht mich nicht falsch, ich würde mich ja gerne eurer Meinung anschließen. Aber dieser Blödsinn? Ein Märchenschloß im Himmel, das nicht einmal sein Wasser festhalten kann!«

»Es wird den Regen von Brentford abhalten!«

»Ja, und das Gemüse im Schrebergarten verdorrt.«

»Freier Eintritt für uns alle! Stell dir das vor!«

»Mich bringen keine zehn Pferde da hoch.« Pete fuchtelte mit seinem Stock in der Luft und versetzte die Pressefritzen ringsum in Angst und Schrecken. »Ich werde meine Eintrittskarte verkaufen und ein paar Wochen in Eastburne Urlaub machen, bis die ganze Geschichte vorbei ist.«

Pooley setzte ein nachdenkliches Gesicht auf. »Ich frage mich, was aus dem Stadion wird, wenn die Spiele vorüber sind.«

»Meinetwegen können sie es auf dem Sydenham Hill deponieren, genau wie sie es mit dem Kristallpalast getan haben. Aber bis jetzt ist dieses Ding ja noch nicht einmal aufgebaut.«

»Ich wüßte nicht, was sie aufhalten könnte«, entgegnete Jim.

»So, wüßtest du nicht?« Der Alte Pete zog Pooley näher zu sich heran und senkte die Stimme zu einem konspirativen Flüstern. »Nicht alle sind so begierig darauf wie du, daß dieses Monstrum fertig wird. Es gibt Leute, die betrachten es als ausgesprochenes Teufelswerk. Eine kleine Gruppe mit dem Namen ›Aktionsgruppe informierter Individuen gegen eine eindeutige Gefahr‹ wurde bereits gegründet. Die A.I.I.G.E.E.G.«

»Aha?« machte Jim.

»Jawohl. Und die A.I.I.G.E.E.G. überlegt, ob sie nicht ... sagen wir ...«

»Du meinst doch wohl nicht Sabotage?« Das gefährliche Beben in Jims Stimme blieb dem Alten Pete nicht verborgen. »Was willst du damit sagen?«

Der Alte Pete trank sein Pint leer und spähte in das Glas, als suchte er dort nach einer Antwort.

Pooley kramte in seinen Taschen. »Ein dunkler Rum, Pete?« fragte er resignierend.

»Meinen Dank«, antwortete der Alte Pete. Omally schenkte ihm ein Glas ein, und auf Pooleys Drängen hin blieb er in der Nähe, um mit anzuhören, was weiter gesprochen wurde. »Es sind jedenfalls keine Verrückten aus Brentford«, begann der Alte Pete in verschwörerischem Tonfall. »Diese Verrückten kommen von auswärts. Umweltschützer, alle Arten von Esoterikern, nennt sie, wie ihr wollt. Sie halten einen Hexensabbat ab, und sie denken, daß dieses Stadion eine Art Erdfeld stört, das sich durch die Gemeinde zieht.«

»Was redest du denn da für einen Mist?« erkundigte sich John. Seine Unbesonnenheit kostete ihn einen dunklen Rum, und Neville der Teilzeitbarmann beobachtete – wachsam wie immer –, wie sein neuer

Angestellter das Getränk aus der eigenen Tasche bezahlte.

»Meinen Dank, John. Nun, wie bereits gesagt, diese Burschen von der A.I.I.G.E.E.G. betrachten sich als von Gott gesandt. Sie wollen eine Art magischen Zirkel um jedes der fünf Säulenbeine bilden und irgendeine Art von Exorzismus singen.«

Pooley zuckte die Schultern. »Damit richten sie vermutlich keinen Schaden an.«

»Möglicherweise nicht. Allerdings habe ich sie sagen hören, daß es sich um einen Feuerexorzismus handeln soll.« Der Alte Pete hob sein Glas und kippte seinen Rum. Pooley und Omally wechselten besorgte Blicke.

»Du hast nicht rein zufällig gehört, wann das geschehen soll?« fragte Omally.

Der Alte Pete starrte in sein leeres Glas. »Mein Gedächtnis ist auch nicht mehr das, was es einmal war.«

»Die Unterhaltung mit dir ist zwar nicht gänzlich uninteressant«, sagte John, indem er sich abwandte und einen Gast bediente, »doch sie ist für meinen Teil einfach zu kostspielig. Ich muß wieder an die Arbeit.«

Der Alte Pete zuckte die Schultern und drehte sich zu Pooley um. »Ihr habt mir zwei Rum spendiert, und ich will unsere Freundschaft ganz bestimmt nicht unnötig belasten. Heute nacht soll es stattfinden, genau um Mitternacht, und zwar auf Griffin Island. Zu deiner Information: Es handelt sich um jene Burschen dort drüben.« Der Alte Pete nickte durch die Menge in Richtung einer kleinen Versammlung von Dufflecoats und Wellingtonstiefeln. Sie saßen an einem der Nebentische und unterhielten sich flüsternd über ihren Gläsern mit Gemüsesaft.

»Danke sehr«, sagte Jim. »Ich danke dir, Pete. Wer zahlt die nächste Runde?«

»Du, glaube ich«, antwortete das alte Schlitzohr. »Nein, ich bin ganz sicher. Du bist dran.«

Kapitel 23

Bis zum 84er-Skandal war Griffin Island als Brentforder Eiland bekannt gewesen, ein malerisches kleines Inselchen von vielleicht hundert Yards Länge, das fünfzig Yards vor dem Brentforder Ufer in der Themse lag. Hinter Griffin Island erstreckten sich die berühmten Gärten von Kew, davor das New Arts Center, doch das war Griffin Island ganz offensichtlich gleichgültig.

Vor dem Zweiten Weltkrieg hatte auf der Insel eine der letzten großen Werften der Gegend gestanden. Heutzutage war das Trockendock bis unter das zerbrochene Stahlglasdach mit Gestrüpp überwuchert und bildete eine Art Naturschutzreservat, wo Reiher, Kormorane und Wildgänse ungestört brüteten. Im Herzen der Insel gedieh eine Ansammlung von dreizehn wilden Zedern, wo in vergangenen Zeiten (mehr nach lokalem Aberglauben als nach der Legende) Magier antike Rituale abgehalten hatten.

Heutzutage bildete der Hain einen Hafen für verliebte Paare, die, bewaffnet mit Wellingtonstiefeln und einer Gezeitenkarte, ein Auge immer auf die steigende Flut in der Themse gerichtet, ihre eigenen tantrischen Rituale aufführten.

An diesem besonderen Abend um halb zwölf schob sich ein winziges Fischerboot, konstruiert auf traditionelle Weise aus Weide und Fell und eines von mehreren, die Omally an gut versteckten Plätzen besaß, lautlos von einer verwahrlosten Anlegestelle in den nächtlichen Strom hinaus und trieb flußabwärts. Pooley steuerte das runde Fahrzeug mit dem einzigen Paddel, und Omally saß vorn und starrte in die Dunkelheit hinaus.

Ein Stück voraus, im Fluß vor der Westspitze der Insel, erhob sich eine schlanke Säule aus Chrom und Glas in den Nachthimmel und verlor sich hoch oben in der Dunkelheit. Sterne blinkten und erloschen in unregelmäßigen Abständen, während große Zeppeline ihrem ungewöhnlichen Geschäft nachgingen und Bauteil um Bauteil anlieferten. Das dumpfe Summen der Maschinen besaß eine fast somnambule Qualität, und der leichte Dunst, der über dem Fluß schwebte, verlieh einer Landschaft wie aus einem Traum den letzten Schliff. Die Schönheit und Romantik dieser Szenerie blieben auch unseren beiden Flußfischern nicht verborgen.

»Am nördlichen Ufer ist eine kleine Bucht«, flüsterte Omally. »Dort gehen wir an Land.«

Pooley schwenkte das Paddel, und die Strömung trug das Fischerboot mühelos in die gewünschte Richtung.

Bis jetzt hatten sie noch keinen endgültigen Schlachtplan zusammen. Sie waren lediglich übereingekommen, zu beobachten und zu lauschen und nur dann tatsächlich einzugreifen, wenn es aussah, als drohten die Dinge außer Kontrolle zu geraten. Wie ihr Eingreifen konkret aussehen würde oder wie ›außer Kontrolle geraten‹ definiert war, darüber hatten sie bisher nicht entschieden.

Das kleine Boot landete geräuschlos, und Omally zog es bis zur Flutmarke am Ufer hinauf, wo er es umdrehte und mit einer Leine an einem Baum sicherte. Auf verstohlenen Füßen schlichen die beiden Kumpane durch das Unterholz in Richtung des kleinen Wäldchens. Falls ein Hexensabbat abgehalten werden würde, dann erschien ihnen das Wäldchen als der wahrscheinlichste Ort dafür.

Ein Stück voraus erspähte Pooley durch die Dunkelheit den flackernden Schein eines Feuers. Er legte Omally die Hand auf den Arm und zeigte in die Richtung. Mit einer Ernsthaftigkeit, die den beiden vollkommen ungewohnt war, ließen sie sich auf alle viere nieder und krochen bis zu einer geeigneten Stelle, von wo aus sie das Geschehen überblicken konnten.

Fünf Gestalten saßen in einem engen Kreis um ein Feuer aus Treibholz. Wegen der Dufflecoats war es nicht möglich, die Geschlechter der Sitzenden zu unterscheiden, doch es handelte sich ganz offensichtlich um die gleichen Verschwörer, die sie bereits im *Fliegenden Schwan* gesehen hatten: zwei junge Männer und drei Frauen, alle knapp unter oder über Zwanzig.

Omally entkorkte seinen Flachmann und setzte ihn an die Lippen. Er nahm einen guten Schluck.

»Bis jetzt sieht alles ganz harmlos aus«, flüsterte er.

Jim nahm die gebotene Flasche entgegen und trank seinerseits. »Wenn sie anfangen, Würstchen zu grillen, schlage ich vor, wir gesellen uns zu ihnen.«

In der Ferne kam die Uhr der Memorial-Bücherei ihrer Pflicht nach und schlug die mitternächtliche Stunde. Der letzte Schlag verhallte in der Stille, als die fünf Gestalten sich langsam erhoben und ihre Mäntel auszogen. Das beobachtende Duo starrte gebannt auf die Szenerie. Die Mäntel glitten zu Boden, und es wurde offensichtlich, daß keiner der fünf irgend etwas darunter anhatte. Sie waren splitterfasernackt.

»Sieh dir das an!« entfuhr es Omally.

»Schon dabei.«

Die fünf zogen nun auch noch die Stiefel aus, faßten sich an den Händen und begannen in einer langsamen, kreisförmigen Prozession um das Feuer zu tanzen, wobei sie einen leisen Sprechgesang anstimmten.

»Das also ist es, was Pfadfinder so reizvoll finden«, sagte Jim mit unterdrückter Stimme. »Ich hab' mich immer gefragt, warum du bei ihnen warst.«

Der Rhythmus des Tanzes wurde schneller, der Gesang lauter.

Worte drangen bis zu den beiden Voyeuren, Worte, die keinen Sinn ergaben und die sie nicht verstanden: »SHADDAI EL CHAI ARARITA ADONAI TETRAGRAMMATION, SHADDAI EL CHAI ARARITA ADONAI TETRAGRAMMATION.«

Es waren Worte von hypnotischer Kraft, und bald schon bemerkte Pooley, daß sein Kopf im Rhythmus der nackten Gestalten auf und ab tanzte, die im Schein des Feuers ihre Kreise zogen. Es war fast, als wäre er durch die Zeit zurückgereist und beobachtete nun einen uralten Fruchtbarkeitstanz.

Omally jedoch war aus anderem Stoff gemacht. »Vielleicht sollten wir lieber verschwinden«, krächzte er in Pooleys Ohr.

»Pssst!« entgegnete Jim. »Das ist doch nichts weiter als ein Tanz. Ausgelassene Lebensfreude!«

»Hexerei ist das!« widersprach John. »Die reinste Hexerei!«

»Wirklich?« Jim betrachtete die Szenerie mit neu erwecktem Interesse. »Du meinst vielleicht Orgien?«

»Wir müssen sie aufhalten!«

»Bist du verrückt geworden? So etwas sieht man schließlich nicht alle Tage!«

»Wir müssen sie aufhalten, Jim!« Omally erhob sich und machte Anstalten zu brüllen, doch was immer er hatte sagen wollen, die Worte drangen niemals über seine Lippen.

Mit einem plötzlichen Rauschen stürzte etwas von oben herab. Es war groß, dunkel und furchterregend, und es fiel mit lautem Kreischen direkt in das Feuer, während die Tänzer in alle Richtungen auseinanderstoben.

Die beiden Männer starrten in schreckgebannter Faszination auf das Ding in den Flammen, wie es das Feuer auslöschte.

Mit einem Mal herrschte beinahe völlige Dunkelheit. Pooley und Omally konnten nur noch ahnen, was sich ein Stück weit vor ihnen abspielte. Schreie und Kreischen erfüllten die Luft, und vom Himmel drang ein Brüllen herab wie von einer Dschungelkreatur.

Mächtige Flügel flatterten durch die Luft, und Omally erspähte einen riesigen Kopf, der wie der eines Adlers aussah. Er hackte mit dem gewaltigen Schnabel nach den fünf zuckenden, zurückweichenden Körpern, die sich zu wilder Flucht wandten. Und doch war es kein richtiger Vogel: Das Ding bewegte sich auf vier Füßen und besaß einen langen, schwarzen Stachelschwanz, der unruhig und gefährlich durch die Luft peitschte.

Pooley und Omally waren wie betäubt. Eine nackte junge Frau rannte schreiend an ihnen vorbei in die Dunkelheit, und sie wichen zurück.

Sie sahen, wie ein Mann von den Füßen gerissen wurde und wandten sich ab, um ihr Heil in der Flucht zu suchen.

Das kleine Wäldchen leuchtete im Mondlicht silberweiß, die nackte Frau war nirgendwo zu sehen. In blinder Panik, betäubt von Furcht und Entsetzen, lösten sie die Leine des kleinen Fischerboots, stießen es in die Themse und ruderten davon.

Kapitel 24

Die großen Verandafenster von Professor Slocombes Arbeitszimmer standen wie immer weit offen. John und Jim stolperten ächzend und schnaufend hindurch. Der alte Gelehrte saß an seinem Schreibtisch, vor sich auf einem silbernen Tablett drei Gläser und die unvermeidliche Whiskykaraffe.

Der Professor blickte von seinen Büchern auf und musterte die beiden blassen Gestalten, die ihn aus der Arbeit gerissen hatten, mit eisig blauen Augen. Er legte ein elfenbeingriffenes Vergrößerungsglas beiseite, und sein Blick schweifte von den unangemeldeten Besuchern ab und blieb an der Karaffe hängen.

John benötigte keine verbale Einladung. Er packte die Karaffe am Hals und schüttete hastig Whisky in die bereitstehenden Gläser. »Das war kein Affe, Professor!« ächzte er. »Das war mit Sicherheit kein Affe!«

»Nein«, sagte der Weise. »Offensichtlich nicht. Beruhigt euch ein wenig, und dann berichtet mir bitte, was ihr gesehen habt.«

Mit den Gläsern in den weißen Knöcheln setzten die beiden sich an das Kaminfeuer und sprudelten ihre Horrorgeschichte heraus.

Schließlich hob der Professor einen schlanken Zeigefinger. »Diesmal muß ich wirklich die Polizei informieren«, sagte er. »Ihr habt euch nichts zuschulden kommen lassen und nichts zu verbergen, deswegen müßt ihr keine Furcht hegen. Wenn dort auf der Insel Menschen ihr Leben verloren haben, dann ist das eine Sache für die Behörden. Ich werde augenblicklich die Polizei benachrichtigen.«

Pooley und Omally wechselten mißtrauische Blicke, beugten sich über ihre Drinks und schweigen. Der Professor erledigte seinen Anruf. »Gibt es sonst noch etwas, das ihr mir erzählen wollt?« fragte er, nachdem er den Hörer wieder aufgelegt hatte.

»Nichts«, antwortete Jim. »Wir haben nichts Falsches getan, Professor. Wir haben uns an unsere Abmachung mit Ihnen gehalten, ganz ehrlich.«

»Ich kann keinen Makel in eurem Verhalten entdecken, Jim.«

»Aber was war das für ein Wesen?« erkundigte sich Omally. »Und sagen Sie nicht wieder, ein dressierter Affe.«

Der Professor legte beide Daumen und Zeigefinger zusammen und dachte nach. »Nach außen hin sieht es ganz nach Hexerei aus, genau wie ihr angenommen habt. Wer es wagt, die verbotenen Künste zu praktizieren, muß mit dem Risiko der Konsequenzen leben.«

»Aber ich dachte, es hätte sich um ›weiße‹ Hexerei gehandelt?«

»Die Trennlinie zwischen schwarzer und weißer Magie verläuft schwankend. Erinnert ihr euch vielleicht an die Worte, die sie gesungen haben?«

John kratzte sich den lockigen Kopf. »Adonai«, sagte er schließlich. »Und Tetra-irgendwas. Grammophon oder so, glaube ich.«

»Grammaton«, sagte der Professor. »Tetragrammaton. Die vier Silben, die den unaussprechlichen Namen des judäischen Gottes repräsentieren. Der machtvollste aller mächtigen Namen. Diese Kinder waren, wie du es genannt hast, in der Tat ›weiß‹.«

»Aber was hat sie angegriffen?« Omallys Stimme war fast unhörbar leise. »Und getötet?«

»Sie haben versucht, einen Kegel aus Macht zu errichten, aus Schutz, wenn ihr so wollt. Aber um das zu erreichen, muß man psychisch gut gewappnet und versiert sein in diesen Dingen. Das erfordert Jahre der Übung. Diese jungen Leute hatten nicht die Fähigkeiten, die dazu erforderlich sind. Der Mensch, der es wagt, die Toten zu belästigen, erwartet, die Wahrheit zu erfahren. Wer es wagt, die Götter anzurufen, ist noch tollkühner, und er benötigt einen mächtigen Schutz.«

»Wovor denn?«

»Naturgewalten. Elementen. Böses, das zwar heraufbeschworen, aber kaum unter Kontrolle gehalten werden kann. Das, was man sucht, ist aller Erfahrung nach nicht immer das, was man findet.«

»Es war der Griffin«, flüsterte Jim. »Sie haben den Brentforder Greif gefunden.«

»Um es kurz zu machen: Jawohl, das haben sie. Ob der Griffin ein Wesen aus Fleisch und Blut ist, mag dahingestellt sein, aber in okkulten Begriffen, in der Erinnerung der einfachen Menschen und im subjektiven, allgemeinen Bewußtsein, wo Imagination das Herz aller Magie bildet, dort existiert der Griffin. Und er wurde in die objektive Existenz beschworen. Er ist urtümlich und nicht kontrollierbar.« Plötzlich erhob sich der Professor zu seiner vollen Größe. »Und aller Wahrscheinlichkeit nach ist er noch immer irgendwo dort draußen!«

»Ach du meine Güte!« sagte Jim und vergrub das Gesicht in den Händen.

»Wir müssen auf der Stelle zu der Insel!« sagte Professor Slocombe.

»Sprechen Sie bitte nur für sich alleine, Sir!« Pooley

versuchte sich hinter seinem Whiskyglas unsichtbar zu machen.

Die gesamte Insel war in grelles Scheinwerferlicht getaucht. Mehrere Motorboote der Wasser- und Schiffahrtspolizei hatten an der Brentforder Seite Anker geworfen oder festgemacht, und überall blinkten Schwimmbojen. Gruppen von Konstablern und Beamten suchten mit Taschenlampen und Magnesiumfackeln das schmale Eiland ab.

Der Professor traf im professoralen Skiff ein, in seiner Begleitung zwei höchst mißbilligende Mißbilliger des gesamten Geschehens. Die drei wurden von Inspektor Hovis in Empfang genommen, der dem alten Gelehrten aus dem Ruderboot half und die Hand schüttelte.

»Professor«, sagte Hovis. »Ich habe sofort die Einsatzhundertschaft alarmiert. Ich fürchte, das wird eine böse Geschichte.«

Professor Slocombe begrüßte den Inspektor wie einen alten Freund, was Pooley und Omally nicht im geringsten überraschte. John sicherte das schlanke Skiff mit einer Leine an einem Ast. »Ich bin ein wenig eingeschnappt, weil Sie mich bei Ihrer Ankunft in Brentford nicht als erstes besucht haben, mein lieber Sherringford.«

Sherringford? dachte Pooley.

»Berufsstolz«, entschuldigte sich der berühmte Inspektor. »Selbstverständlich verspüre ich den dringenden Wunsch, unsere langjährige Bekanntschaft zu erneuern, allerdings unter glücklicheren Umständen als denen, in denen ich mich gegenwärtig befinde.«

»Also hat man Sie zur Lösung eines Falles nach Brentford geschickt?«

»Des wichtigsten meiner gesamten Karriere. Weshalb ich auch keinerlei Sehnsucht nach Ablenkungen wie diesen hier verspüre.«

»Und was haben Sie herausgefunden?« Professor Slocombe schlenderte Arm in Arm mit Inspektor Hovis vom Ufer weg, und Pooley und Omally konnten die Konversation der beiden nicht mehr länger belauschen.

»Ich bin der Meinung, Brentford war auch so sicher genug.« John klopfte seine Taschen auf der Suche nach Tabak ab. »Aber von einer derartigen Streitmacht der Englischen Garde umgeben zu sein ... ich fühle mich, ehrlich gesagt, alles andere als sicher.«

Jim hatte wenigstens eine Unze Optimismus zurückbehalten, und das tat er nun kund: »Sieh es mal von der angenehmen Seite, John. Der Professor hat es ganz richtig erkannt. Wir haben uns keinerlei Vergehen zuschulden kommen lassen.«

John schüttelte zweifelnd den Kopf. »Wenn ich doch nur dein blindes Vertrauen teilen könnte, Jim. Darf ich auch mal?«

Pooley reichte Omally seine Tabaksdose, und der Sohn Irlands drehte sich eine ganz fette Zigarette. »Ich schätze, wir sollten den beiden lieber folgen«, sagte er und steckte Jims Dose ein.

Ohne jede Begeisterung trotteten die beiden Männer hinter Professor Slocombe und einem gewissen Inspektor Hovis namens Sherringford her. Omally schleppte sich mit einer schweren Kalbsledertasche ab, die der Professor eigens für diese Gelegenheit gepackt hatte.

In der Nähe des kleinen Wäldchens machten sie Halt. Die Stelle, an der sich alles zugetragen hatte, war in grelles Licht getaucht und wimmelte vor Aktivität. Gestalten in weißen Kitteln schossen Photos, vermaßen alles und fertigten Notizen an. Konstabler sahen mit leeren Gesichtern verständnislos zu, rauchten unerlaubterweise Zigaretten und redeten in Neandertalersprache.

Inspektor Sherringford Hovis führte den alten Gelehrten in das Wäldchen. »Ich kann mit relativer Sicherheit rekonstruieren, was sich zugetragen hat, obwohl es natürlich große graue Bereiche gibt.«

»Und was hat sich zugetragen?«

»Es hat eine Art Tanz stattgefunden. Nach den umliegenden Kleidungsstücken zu urteilen waren die Tanzenden nackt.«

»Wie viele?«

»Fünf. Zwei Männer, drei Frauen. Jung und vital. Es gab einen Angriff. Wir fanden Blut, aber keine Leichen.«

»Ich verstehe. Haben Sie oder einer Ihrer Beamten in der näheren Umgebung irgendwelche merkwürdigen Dinge beobachtet?«

»An was denken Sie?«

»Na gut, egal. Wer oder was hat Ihrer Meinung nach die jungen Leute angegriffen?«

»Das ist eines der Rätsel, Professor. Was auch immer es war, es kam von oben herab ... Wir fanden ...« Hovis zögerte.

»Sie fanden ...?« erkundigte sich der Professor.

»Wir fanden weitere Fußabdrücke. Sehr groß und nicht menschlich. Ich lasse gerade Abgüsse anfertigen.«

»Ich würde gerne einen Satz davon haben, falls sich das einrichten ließe ...? Ich beschäftige mich derzeit nämlich mit einem Forschungsgebiet, das zu durchaus interessanten Ergebnissen führen könnte.«

Hovis strich sich über das Kinn. »Nun ... falls Sie bereit wären, Ihre Ergebnisse mit uns zu teilen?«

»Selbstverständlich, obwohl das sonst überhaupt nicht meine Art ist. Und jetzt würde ich Sie gerne um einen sehr großen Gefallen bitten, mein lieber Sherringford. Ich möchte Sie bitten, Ihre Leute zu allergrößter Eile anzutreiben und Ihre Arbeiten zu beenden, damit die Insel so schnell wie möglich wieder geräumt werden kann.«

»Das ist völlig unmöglich, Professor.«

»Sherringford, ich kann Ihnen nur ganz dringend raten, zu tun, um was ich Sie gebeten habe.«

Inspektor Hovis starrte den alten Gelehrten lange wortlos an. Lange genug, damit Professor Slocombe ihm das Konzept der augenblicklichen Räumung fest ins Bewußtsein pflanzen konnte.

»Wir räumen die Insel augenblicklich!« sagte Sherringford Hovis. »Ich werde mich am späten Vormittag mit Ihnen in Verbindung setzen, Professor, und ich würde mich sehr freuen, wenn Sie mir die eine oder andere Antwort liefern könnten.«

»So soll es sein.«

Inspektor Hovis drückte Professor Slocombe die Hand zu einem Gruß, der zwar unkonventionell, dafür aber um so signifikanter war.

John und Jim teilten sich den restlichen Inhalt des Flachmanns und eine einzelne Zigarette. Sie beobachteten nicht wenig verwundert, wie sich die Burschen der Garde auf eine bloße Bitte des Professors hin eiligst von der Insel zurückzogen, in ihre Boote stiegen und in die Dunkelheit davonfuhren.

»Solch eine Macht!« staunte John respektvoll. »Und er verschwendet sie mit ehrlichen Dingen ...«

»Das habe ich gehört«, sagte Professor Slocombe. »Meine Tasche, John, wenn du so freundlich wärst?«

Pooleys Blicke glitten über die nun verlassen daliegende Insel. »Professor«, sagte er, »ich glaube, ich sollte nun nach Hause, damit ich mich gleich morgen früh um Ihr Rosenbeet kümmern kann. Ein wenig Pflege zur rechten Zeit ist nur von Vorteil.«

»Die Flut steht hoch, Jim. Ich denke, es ist besser, wenn du bleibst.«

»Aber meine Arbeit, Professor! Das lange Aufbleiben bekommt mir nicht.«

»Du bist für morgen entschuldigt. John, meine Tasche bitte.«

Omally hob das Behältnis. »Wohin wollen Sie sie haben?« erkundigte er sich.

»Genau hier, wo das Feuer gebrannt hat.«

»Schon erledigt«, sagte Omally.

»Dann sei bitte so freundlich und pack alles aus«, bat der alte Gelehrte.

Omally machte sich an den Schlössern zu schaffen, doch sie ließen sich nicht öffnen.

»Oh, ich vergaß. Entschuldige bitte.« Der Professor zeichnete mit den Fingern eine triviale Figur in die Luft. Die Schnappschlösser sprangen auf.

»Ich denke«, sagte Omally, »Jim und ich sollten jetzt besser von hier verschwinden. Damit Sie ungestört arbeiten können, meine ich.«

Professor Slocombe verzichtete darauf, sich zu einer Antwort herabzulassen. Er klappte die Seiten seiner

Tasche auf, und eine ganze Reihe mysteriöser Dinge kam zum Vorschein. Flaschen, Kolben, Kristalle, fremdartige, undefinierbare Objekte. Der alte Gelehrte pustete auf seine Fingerspitzen und nahm etwas zur Hand, das wie ein gefaltetes Tischtuch aussah. Er schüttelte es vor sich aus. Das Tuch war von dunkler Farbe und zeigte einen Kreis, der ein Pentagramm umschloß. Das Ganze war voll von kabalistischen Symbolen.

Der Professor breitete das Tuch vor sich aus, strich die Falten glatt und murmelte geheimnisvolle Worte und Phrasen.

Dann trat er in den Kreis, der gerade groß genug war, um ihn einzuschließen.

»Reich mir die Tasche, John«, verlangte er, »und achte darauf, den Kreis nicht zu übertreten.«

Omally tat wie geheißen.

»Und jetzt zieht euch ein Stück zurück.«

Pooley und Omally folgten seiner Bitte mit Höchstgeschwindigkeit. Sie zogen sich bis zu einer Stelle zurück, die sie als sichere Entfernung betrachteten, und duckten sich zwischen die Büsche. Eine Eule fragte: »Wer da?«, doch Jim verzichtete auf eine Antwort.

»Und jetzt ...« Professor Slocombe griff in seine Tasche und breitete rings um sich eine merkwürdige Ansammlung von Objekten aus: eine Lampe, die er auch sogleich anzündete, einen bunten Stein aus einem unbekannten Material, eine silberne Schale, in die er eine dunkle Flüssigkeit füllte, die im Augenblick der Berührung erstarrte, eine Smaragdkugel und verschiedene kleine Kästchen, die zu beben schienen, als lebten sie oder als enthielten sie etwas Lebendiges.

John zog Jim weiter in die Dunkelheit zurück. Dort drüben war machtvolle Zauberei am Werk.

»Ich ertrage das nicht!« flüsterte Jim. »Das alles ist höchst unfair!«

Dann erhob sich der Professor in seinem Kreis und breitete die Arme in alle vier Himmelsrichtungen aus, und zum zweiten Mal im Verlauf einer einzigen Nacht vernahmen die beiden Kumpane die machtvollen Worte: »SHADDAI EL CHAI ARARITA ADONAI TETRAGRAMMATON.«

Irgend etwas schien das Licht der Laterne festzuhalten, die der Gelehrte neben sich gestellt hatte. Es reichte nicht mehr über die Grenzen des Kreises hinaus, und ringsum war alles in tiefe Dunkelheit getaucht.

Omally bekreuzigte sich und betete leise ein Ave Maria.

Jim kreuzte Zeige- und Mittelfinger und sagte: »Das ist Sinn-Feinitisch!«

Der große Zauberer ermahnte die alten Götter, die eins waren mit den Elementen. Worte strömten in schneller, geübter Präzision über seine Lippen, ohne daß er ein einziges Mal ins Stocken geraten wäre, und jedes davon fiel auf das vorhergehende als Teil eines Großen, Ganzen und Bewußten.

Es war eine uralte Magie, erprobt und bewährt und erhaben über alle Zweifel und alle Unsicherheit, und die beiden Männer, die voller Verwunderung auf das Geschehen blickten, ahnten mit einem Mal, daß der Professor genau wußte, was er tat, und daß er in einer Welt lebte, die nicht ihre eigene war.

Viele Dinge entziehen sich dem Verstehen, und wirkliches Wissen ist nur wenigen beschert.

»OMNE AUM AMEN AMOUN.« Professor Slocombe sank in seinem magischen Kreis in sich zusammen. Mit einem Mal sah er sehr alt, sehr erschöpft und unendlich müde aus.

John und Jim sprangen augenblicklich vor, um ihm zu Hilfe zu kommen. John wiegte das alte, weißhaarige Haupt und drückte dem Gelehrten seinen Flachmann an die ausgetrockneten Lippen.

»Professor«, fragte er ängstlich, »ist alles in Ordnung? Sagen Sie etwas, Sir! So sagen Sie doch etwas!«

Die alten Augen öffneten sich, die Lippen bebten, und John nahm den Flachmann an sich und trank selbst den letzten Schluck.

»Es ist nicht mehr da«, sagte der Professor schließlich leise wie aus großer Entfernung. »Nichts. Es ist weg, verschwunden. Wir sind in Sicherheit.«

Kapitel 25

»Ich habe dieses Treffen einberufen«, erklärte Jennifer Naylor, »um Vorgehensweisen zu besprechen, Zweifel auszuräumen und die Koordination neu festzulegen.« Die Mitglieder des Stadtrats vernahmen ihre Worte, doch sie lösten keine Begeisterung aus. Wie immer hatte jeder seine eigene Meinung über »die Fakten«, und wie immer sah jeder nur das, was er sehen wollte. »Gerüchte verbreiten sich rasch, und stets ist die Wahrheit ihr erstes Opfer«, schloß Jennifer.

»Wie schön gesagt«, höhnte Mavis Peake. »Allerdings herrschen einige Bedenken betreffend des Bombenanschlags auf eine der Baustellen und des Geredes von Massenmord auf einer anderen.«

»Ah, Massenmord!« lachte Jennifer Naylor. »Da ist wohl Ihre Phantasie ein wenig mit Ihnen durchgegangen, meine Liebe.«

»Machen Sie sich nicht über mich lustig!« Mavis glättete ihre flache Bluse. »Mein Bruder ist Konstabler bei der Brentforder Polizei. Er hat mir verraten, daß er die halbe Nacht auf Griffin Island zugebracht hat. Ein Blutbad, hat er erzählt.«

Jennifer Naylor schrieb eine Notiz in ihren Filofax. »Und Ihr Bruder ist bereit, das vor Gericht unter Eid auszusagen?«

»Dazu wird er wohl keine Gelegenheit erhalten ... Irgend jemand versucht, die Geschichte zu vertuschen. Eine Konspiration des Schweigens. Dieser neue Inspektor ...«

»Eine Konspiration!« lachte Jennifer. »Die Freimaurer! Oder stecken vielleicht die Illuminaten dahinter?«

»Hören Sie auf, mich lächerlich zu machen! Ich weiß, was ich weiß!«

»Sie wissen überhaupt nichts. Alles nur Gerüchte, nichts als Gerüchte. Es gab ein kleines Feuer auf der Baustelle vor Cider Island. Alte Chemikalien. Und was den Massenmord angeht – wo sind die Opfer? Wo sind ihre Leichen?«

Mavis setzte sich wieder. Die Wut hatte ihr die Sprache verschlagen.

Bürgermeister MacFadeyen kam ihr zu Hilfe. Er richtete sich in seinem Sitz auf. »Madam«, sagte er, »die Einzelheiten zu diesem Fall werden ganz offensichtlich zurückgehalten, aber glauben Sie ja nicht, Sie könnten uns zum Narren halten. Brentford ist eine kleine Gemeinde. Wenn nur ein Mann niest, kriegen wir alle eine Erkältung.«

»Wie farbenfroh Sie das geschildert haben!« bewunderte ihn Jennifer Naylor.

»Seit diese ... diese Geschichte angefangen hat«, schäumte der Bürgermeister, »befinden Sie, Madam, sich im Besitz von Fakten, die uns vorenthalten werden! Hier gehen merkwürdige Dinge vor, und bei Gott, ich werde ihnen auf den Grund gehen!« Er fiel in seinen Sitz zurück, und sein EKG schlug in den roten Bereich aus.

»Hat irgend jemand in dieser Versammlung irgend etwas Faktisches zu berichten?« erkundigte sich Jennifer Naylor gelassen. »Gerüchte und Ammenmärchen haben sich bisher noch niemals als verläßliche Basis zur Meinungsbildung erweisen können.«

Paul Geronimo hob die »Howgh!«-Hand. »Squaw sprechen tapfere Worte, aber Tapferkeit allein nicht reichen aus, um gewinnen Schlacht, wenn großes Überzahl von Feind.«

Barry nickte zustimmend. »Buffalo Billshit nicht immer stellen Gehirn vor Rätsel«, sagte er.

»Sie mögen sich vielleicht über Gerüchte und Spekulation lustig machen«, meldete sich Philip Cameron zu Wort, »nichtsdestotrotz existieren sie. Bereits jetzt bilden sich Gruppierungen, und die Herrschaft des Pöbels wird zur konkreten Gefahr. Allerorten werden Zweifel laut. Wenn Sie schon die unseren nicht zufriedenstellend aus der Welt schaffen können, welche Chance haben Sie dann draußen beim Pöbel?«

»Das ist genau der Grund, aus dem ich dieses Treffen einberufen habe. Wir wollen nicht, daß sich eine Opposition bildet und in den Straßen Aufruhr und Gewalt herrschen. Man hat uns die Chance gegeben, Gastgeber für die nächsten Olympischen Spiele zu sein! Verstehen Sie denn nicht, welche Verantwortung wir tragen? Wie wichtig das alles für Brentford ist?«

»Schön und gut«, gestand Philip. »Wir alle sind uns wohl bewußt, was das für Brentford bedeutet. Doch es hat Zwischenfälle gegeben! Wenn Sie uns nicht einweihen, dann tragen Sie allein die volle Verantwortung für alles, was geschehen ist und noch geschehen wird.«

Jennifer Naylor bedachte Cameron mit einem vernichtenden Blick, doch zum ersten Mal vernichtete dieser Blick auch nicht das allerkleinste Etwas.

»Hören Sie zu«, fuhr Philip Cameron unberührt fort, »Sie glauben felsenfest an dieses Projekt. Wir würden uns gerne anschließen, doch es sind unerwartete Dinge eingetreten. Wenn Sie uns ausreichend informieren, können wir Ihren Optimismus möglicherweise teilen.«

Jennifer nahm Platz. »Ich werde alle Fragen beantworten, die ich beantworten kann.«

Philip blickte seine Stadtratskollegen der Reihe nach an, und in ihren Gesichtern las er die Aufforderung weiterzumachen. »Also schön«, sagte er. »Fangen wir an. Erstens: Wer finanziert die Spiele?«

Jennifer Naylor schüttelte den Kopf. »Das weiß ich nicht, ganz ehrlich.«

»Damit steht für mich fest, daß Sie nicht bereit sind, irgendwelche Antworten zu geben. Ich habe keine weiteren Fragen.«

»Ich stelle fest, daß diese Versammlung in ein heilloses Durcheinander ausartet«, stellte Bürgermeister MacFadeyen fest. »Aus diesem Grunde bringe ich hiermit den Vorschlag ein, eine außerordentliche Versammlung zur Neuwahl der Vertreter und zur Einsetzung eines respektablen Kolloquiums anzuberaumen.«

»Ich schließe mich diesem Vorschlag an!« sagte Mavis Peake.

»Gentlemen! Lady!« rief Jennifer Naylor. »Das führt doch zu nichts! Als Ratsmitglied lehne ich den Vorschlag ab! Ich habe im Gegenzug mehrere andere Vorschläge zu machen, über die ich abzustimmen wünsche. Falls man mich überstimmt, dann erkläre ich dieses Treffen für gescheitert und sehe mich möglicherweise sogar gezwungen, jedes einzelne Mitglied vor einen Ausschuß zu zitieren, wo dann festgestellt werden wird, ob Sie noch imstande sind, Ihre Amtsgeschäfte zu führen, oder ob Austausch geraten erscheint.« Ein allgemeiner Aufschrei der Entrüstung brach sich Bahn, doch Jennifer hob die Hand. »Wer der Meinung ist, daß ich meine Kompetenzen überschreite, sollte sich mit der Satzung des Stadtparlaments vertraut machen. Abschnitt fünf, Unterabschnitt fünfzehn, Paragraph sieben. Dort steht: Der Vorsitzende einer Versammlung ist unter bestimmten Umständen berechtigt, die Neuwahl eines jeden Ratsmitglieds zu verlangen, das sich eines Verhaltens verdächtig macht, welches öffentlichen Interessen zuwiderläuft. Insofern gilt die ...«

Philip Cameron schüttelte die Faust. »Wollen Sie damit vielleicht allen Ernstes andeuten, daß Sie uns rausschmeißen und jemand anderen an unsere Stelle setzen werden, falls wir nicht mit dem einverstanden sind, was Sie vorzuschlagen haben?«

»Ich zitiere lediglich aus der Satzung unserer Stadt. Ich hoffe doch, daß ich nicht gezwungen werde, diese Maßnahmen zu ergreifen.«

»Wissen Sie was, ich erspare Ihnen den Papierkram. Ich ziehe mich zurück.«

»Ich auch«, sagte Mavis. »Ich habe die Nase voll. Gott sei Dank!«

Die Brüder Geronimo wechselten vielsagende Blicke.

»Tapferer wo sehen Büffel auf Wiese scheren sich nicht um Büffelgefühle, nur um Anzahl Kochtöpfe wo Büffel füllen«, stellte Paul fest. »Weiße Squaw scheren sich nur um eigenen Bauch, gleich ob Büffel oder anderes Tapferes sterben müssen.«

Profund, dachte sein Bruder, *mein Gott, wie unglaublich profund!* Laut fragte er: »Bedeuten Worte meines Bruders auch wir schmeißen Kram vor weiße Füße?«

»Genau das«, antwortete Paul. »Wenn Wasserloch

trocken, machen keinen Sinn beschweren bei Wüste. Besser suchen anderswo Fluß.«

»Ihr seid vollkommen verrückt!« fauchte Bürgermeister MacFadeyen. »Ich überlasse es Ihnen, Madam, aber wir sprechen uns noch.« Mit dieser Abschiedsdrohung schob er sich die Krücken unter die Achselhöhlen und humpelte aus dem Sitzungssaal.

Jennifer Naylors Blicke schweiften mit deutlich erkennbarer Befriedigung durch den nun leeren Raum, bevor sie ihre Aufmerksamkeit auf die Computerausdrucke richtete, die vor ihr auf dem Tisch lagen. Alles war ganz genau so abgelaufen, wie man es ihr gesagt hatte. Sie wandte den wunderschönen Kopf in Richtung Tür und lächelte zuckersüß. Dann ging auch sie.

Kapitel 26

Inspektor Sherringford Hovis ging im Arbeitszimmer von Professor Slocombe unruhig auf und ab. »Nein!« sagte er und schüttelte heftig den Kopf. »Nein und nochmals nein! Ich glaube das einfach nicht!«

Professor Slocombe bedachte den großen Detektiv mit einem abwartenden Lächeln. »Nichtsdestotrotz hege ich keinerlei Zweifel, daß sich die Ereignisse so oder so ähnlich abgespielt haben.«

Hovis sank in einen Kaminsessel und streckte die langen Beine aus. »Sie wollen also andeuten, daß diese jungen Leute eine Art Geist heraufbeschworen haben? In Gestalt des legendären Greifen, womöglich sogar des Brentforder Griffin, und daß dieser Geist sich anschließend gegen sie gewandt hat?«

»Nicht ganz. In Wirklichkeit ist es noch weitaus komplizierter.«

»Noch komplizierter? Allein die Vorstellung übersteigt mein Vermögen!«

»Haben Sie vielleicht eine andere Theorie?«

Hovis schüttelte einmal mehr den Kopf. »Keine, die ich so mir nichts, dir nichts aus dem Ärmel schütteln könnte. Aber meine Vorgesetzten werden die ›Greifengeschichte‹ nicht glauben, Professor. Sie haben wenig Geduld, was Übernatürliches angeht, und noch weniger, was mich angeht. Im Augenblick jedenfalls.«

»Sie besitzen die Gipsabdrücke, mein Lieber. Sie besitzen die Blutproben. Ich biete Ihnen eine Erklärung, weiter nichts. Machen Sie daraus, was Sie wollen.«

Hovis erhob sich aus dem Sessel und ging wieder

auf und ab. »Aber das ist unglaublich!« Er machte sich am Knoten seiner Krawatte zu schaffen und fummelte nervös mit den Händen an Knöpfen und Taschenklappen. »Ich kann daraus unmöglich einen Fall machen, Sir. Meine Vorgesetzten werden sich auf mich stürzen wie die Geier. Und was wird aus den Olympischen Spielen? GEHEIMNISVOLLE BESTIE SCHLEICHT UM DAS STADION. BISHER NICHT WENIGER ALS FÜNF TOTE. Das geht einfach nicht! Es wäre eine Katastrophe, das können Sie drehen und wenden, wie Sie wollen.«

»Sie haben immerhin zwei Augenzeugen«, erinnerte ihn der Professor.

»Ah! Zwei Augenzeugen, wie? Sie meinen die beiden nächtlichen ›Vogelkundler‹, die rein zufällig auf der Insel waren?«

Professor Slocombe zuckte innerlich zusammen; selbstverständlich hatte sich Omally eine Notlüge einfallen lassen, um mit einer anderen Erklärung als der Wahrheit für seine Anwesenheit aufwarten zu können. »Nun, sie können jedenfalls beschwören, was sie gesehen haben. Die beiden haben nichts zu verbergen.«

»Ach ja?« Hovis zog eine Maroquinbrieftasche hervor und entnahm dieser eine versengte Photographie. »Und was sagen Sie dazu, Professor?«

Der Gelehrte untersuchte das Bild. »Sieht mir nach einem betrunkenen Touristen mit einem dämlichen Hut auf dem Kopf aus«, sagte er.

»Sieht mir eher nach Ihrem Mister Pooley aus«, sagte Inspektor Sherringford Hovis. Er steckte die Photographie wieder ein. »Also?«

Professor Slocombe zuckte die Schultern. »Ich weiß nicht, worauf Sie hinauswollen.«

»Ich entdeckte dieses Bild zwischen den Überresten der Explosion auf Cider Island. Ein merkwürdiger Zufall, finden Sie nicht?«

»Die Wissenschaft des Zufalls steckt noch immer in den Kinderschuhen. Sie ist weder völlig verstanden noch in Formeln ausdrückbar. Ich persönlich unterziehe mich seit inzwischen einigen Jahren der Mühe eines Studiums, und selbst meine Ergebnisse sind noch offen für persönliche Interpretation.«

»Das mag sein, wie es will. Ich kann das Gefühl nicht verdrängen, daß eine tiefgründige Unterhaltung mit diesem Mister Pooley auf dem Revier einige interessante Einzelheiten ans Licht fördern würde.«

»Das wäre ein wenig herzlos, meinen Sie nicht? Schließlich kam er freiwillig zu Ihnen, um diesen Zwischenfall zu melden.«

»*Sie* haben mich angerufen, Professor, wenn ich mich recht entsinne.«

»Auf seine Bitte hin.«

»Hmmm.« Hovis nahm eine Prise Schnupftabak aus dem Griff seines Gehstocks. »Wenn dieser Pooley nichts zu verbergen hat, dann muß er auch keine Furcht hegen.«

»Hmmm«, sagte Professor Slocombe seinerseits. »Die Geschichte lehrt uns, daß dies nicht immer der Fall sein muß, mein lieber Sherringford. Noch etwas Sherry?«

»Ja, sehr gerne.« Hovis suchte sein abgestelltes Glas, und der Professor füllte es nach. »Irgend etwas sehr Merkwürdiges geht hier in Brentford vor, das spüre ich ganz deutlich«, sagte er. »Und *ich* werde der Mann sein, der den Dingen auf den Grund geht.«

»Daran hege ich nicht den leisesten Zweifel. Aber sagen Sie mir, mein lieber Sherringford, was genau führt Sie eigentlich in unsere Gemeinde?«

»Ermittlungen, Professor. Ermittlungen.«

»Ja, natürlich. Was sonst. Macht es Ihnen etwas aus, deutlicher zu werden?«

Hovis schloß leise die großen Verandafenster und lehnte sich von innen dagegen. Er sah sich im Arbeitszimmer des Professors um, musterte die schweren Bücherwände, die ausgestopften Tiere, die thaumaturgischen Objekte, die Wachsfrüchte und das antike Mobiliar.

»Es ist eine ziemlich schräge Geschichte, Professor«, begann er schließlich, »und darüber hinaus eine, die mich in nicht geringe Verlegenheit gestürzt hat.«

»Ich möchte Sie nicht drängen, Sherringford.«

»Das weiß ich, Sir. Keine Sorge, es macht mir nichts. Gold hat mich hergeführt. Der große Goldbarrenraub vom Flughafen.«

»Ja, ich habe darüber gelesen. Eine merkwürdige Geschichte, in der Tat. Ich hatte keine Ahnung, daß Sie persönlich darin verwickelt sind.«

»Mein Name ist bisher Gott sei Dank nicht in den Zeitungen aufgetaucht. Ich war verantwortlich für die Sicherheit der gesamten Operation. Ich hatte die Aufsicht über das Verladen des Goldes vor der Bank von England und das Entladen am Flughafen.«

»Und was ging schief?«

»Genau das ist das Eigenartige, Professor. Die Barren wurden eingeladen, das habe ich mit eigenen Augen gesehen. Unauffällige Lastwagen schafften sie zum Flughafen. Sie waren für die Nacht im Hochsicherheitstrakt untergebracht. Als wir sie am nächsten Morgen öffneten, wieder unter meiner persönlichen Aufsicht, waren sie leer.«

»Ah«, machte der Professor. »Ah. Natürlich kommen einem in so einem Augenblick Tausende von Fragen in den Sinn, nicht wahr?«

»Und nicht ohne Grund, wie ich Ihnen versichern kann. Mein Kopf ist in Gefahr. Man sucht einen Sündenbock, und ich bin der augenfällige Kandidat. Falls es mir nicht gelingt, das Gold wieder herbeizuschaffen, dann heißt es für Inspektor Hovis, seinen Abschied zu nehmen. Dann kann ich nur noch hoffen, der *Sunday Times* meine Memoiren zu verkaufen und mich mit dem Erlös irgendwo unten in Sussex als Bienenzüchter niederzulassen.«

»Es wäre nicht das erste Mal, daß so etwas geschieht, wenngleich es nichtsdestotrotz ein unrühmliches Ende für eine großartige Karriere wäre. Verraten Sie mir eins, mein lieber Sherringford, was genau führt Sie nun nach Brentford?«

»Logik, Professor, was sonst? Das Gold wurde auf die Wagen geladen, und es war nicht mehr da, als wir sie wieder öffneten. Ich habe sämtliche Möglichkeiten in Betracht gezogen. Das Gold kann nicht verschwunden sein, während die Wagen im Flughafentrakt standen. Der notwendige Aufwand verbietet das. Es wäre unmöglich, die Sicherheitssperren zu durchbrechen, die Barren umzuladen und damit ungeschoren zu entkommen.«

»Nicht unmöglich, mein lieber Sherringford, aber ich verstehe Ihre Schlußfolgerung.«

»Dann folgen Sie mir auch mit zum logischen Ende. Falls das Gold nicht am Flughafen gestohlen wurde, dann muß es irgendwann auf dem Weg dorthin geschehen sein.«

»Der Gedanke ist mir ebenfalls bereits gekommen. Haben die Lastwagen einen unplanmäßigen Stop entlang der Route eingelegt?«

»Das haben sie«, gestand Hovis. »Und zwar genau hier, in Brentford. Ich möchte Sie nicht mit Einzelheiten langweilen, doch jemand hat mächtigen Mist gebaut. Die Wagen blieben für mehr als eine Stunde unbeaufsichtigt.«

»Ach du meine Güte!« entfuhr es dem alten Gelehrten. »Aber selbst dann gibt es keinen Grund, anzunehmen, daß das Gold noch in Brentford ist. Es könnte längst überall hingeschafft worden sein!«

»Oh, es ist noch hier, Professor. Ich weiß es.«

»Und woher wollen Sie das wissen? Intuition? Die Verläßlichkeit dieser Lehre, falls es eine solche gibt, hat sich noch nicht beweisen lassen.«

»Ich höre das Gras flüstern.« Inspektor Hovis tippte sich auf signifikante Weise an die Nase. »Das Gold ist noch hier in Brentford. Die gesamte unglaubliche Aktion wurde von hier aus gesteuert, und der Kopf der Bande befindet sich hier. Alle Wege führen nach Brentford, und ich werde die Ganoven finden.«

»Zweifellos bleibt Ihnen gar keine andere Wahl. Ich nehme an, Sie lassen Ihre Konstabler Tag und Nacht die gesamte Gegend absuchen?«

Hovis schüttelte den Kopf. »I wo. Kein Gedanke, Professor. In Brentford herrscht bereits genügend Aufregung. Ich will die Dinge nicht noch weiter verkomplizieren. Eine Horde plattfüßiger Bobbies, die jede einzelne Mietgarage auf den Kopf stellt und dem einheimischen Pater den Schlaf raubt ist das letzte, was ich gebrauchen kann. Nein, ich habe sie alle auf Verkehrsstreife geschickt. Ich kümmere mich ganz allein um den Fall.«

»Aber Sie kommen nicht von hier!« gab Professor Slocombe zu bedenken. »Ich meine, nun, Sie werden feststellen, daß das gar nicht so leicht ist.«

»Ich habe mich der Hilfe verschiedener Einheimischer vergewissert, die mir ... lassen Sie mich es so ausdrücken, einen Gefallen oder zwei schulden. Ich stehe also nicht ganz alleine da. Trotzdem bedaure ich, daß der Vorfall von gestern abend fürs erste in den Akten schimmeln muß. Sollten weitere Beweise, beispielsweise in der Form von Leichen, auftauchen, werden wir uns der Sache annehmen. Ansonsten verspüre ich nicht den Drang, dieser Angelegenheit weiter nachzugehen.« Hovis hielt dem Professor die offenen Handflächen hin. Im Gesicht des alten Gelehrten spiegelte sich Entrüstung. »Es tut mir leid, Professor, aber so stehen die Dinge nun einmal. Ich habe im Vertrauen zu Ihnen gesprochen, und ich hoffe sehr, daß Sie das respektieren. Die Angelegenheit geht fürs erste zu den Akten. Ich werde kein weiteres Wort darüber verlieren. Habe ich mich klar und deutlich ausgedrückt?«

»Sie begehen einen schwerwiegenden Fehler, mein lieber Sherringford.«

»Das mag sein, wie es will. Ich folge einer Spur, und ich muß meinen Ruf reinwaschen. Ich muß jetzt gehen. Leben Sie wohl.«

»Leben Sie wohl, Sherringford«, sagte der Professor. »Und viel Glück, denn Sie werden es dringend benötigen.«

Kapitel 27

Weitere Tage vergingen, wie Tage eben so vergehen. Nach und nach reihten sie sich zu Wochen, die ebenfalls vergingen. Sozusagen.

Die Medien lagen in Lauerstellung. Regelmäßig erschienen Berichte über die Fortschritte beim Bau des Stadions, und gewiß machten allein der riesige Maßstab der Operation und die einzigartige Natur des Projekts alles Neue einer Schlagzeile würdig – doch das Debakel von Birmingham, gepaart mit der Exzentrizität des Brentforder Baus, veranlaßten die Nachrichtenleute zu eher mißtrauischer Vorsicht.

Die Arbeit fand hauptsächlich in der Nacht statt. Mehr und mehr vorgefertigte Bauteile wurden an die dafür vorgesehenen Stellen geschafft, doch das größte Wunder von allen war, daß am nächsten Morgen nie irgend etwas von einem Stadion zu sehen war. Eine dünne, verschwommene Linie markierte die stets weiter nach außen drängenden Ränder, doch die Solarpaneele und das geniale System von unter dem Bauwerk aufgehängten Emittern projizierten helles Tageslicht auf die darunterliegende Gemeinde und tarnten das Gebäude vollkommen.

Die Augen der Welt ruhten auf dem wenigen, was zu sehen war.

Reporter durchstreiften die Gemeinde auf der Suche nach der kleinsten Kleinigkeit, die eine Nachricht oder einen Exklusivbericht wert sein konnte, doch sie fanden nur wenig im Vergleich zu den Mühen, die sie dafür auf sich nahmen. Sowohl Jennifer Naylor als auch Scotland Yards Inspektor Hovis trugen – wenngleich aus völlig verschiedenen Gründen – dafür Sorge.

An einem gewissen Dienstag morgen kurz vor halb elf schlenderte John Vincent Omally in den *Fliegenden Schwan*. Das Entsetzen der Nacht auf Griffin Island war längst weit in den Hintergrund seines wechselhaften Verstandes gerückt, und seine Gedanken galten nun wieder – wie immer – der Suche nach der Großen Chance. Und deswegen stand John vollkommen unvorbereitet dem Entsetzen gegenüber, das sich nun seinem Blick darbot.

Am Ende des Tresens stand Neville mit funkelnden Augen, die Hände zu Fäusten geballt, die Zähne zusammengebissen, und die Ursache für seine Aufregung war nur allzu offensichtlich. In der Mitte des Schankraums saß verkehrt herum auf einem Stuhl – der junge Master Robert, die dämonische Brut des Brauereimeisters. Und ringsum bewegten sich seine bösen Handlanger und rissen mit kalten, effizienten Bewegungen das lebende Herz aus dem berühmten altehrwürdigen Lokal.

Omally verschlug es den Atem. In seinem Kopf verschwamm alles, und seine Augen drohten aus ihren Höhlen zu quellen. Er hatte in seinem Leben viele Schrecken kennengelernt und gar manches Trauma überlebt, doch das hier, das war die reinste Seelenfolter. Ein Realität gewordener Alptraum!

»Weg damit!« befahl der junge Master und deutete mit träger Hand auf die Reihe antiker Britannia-Tische, die, wie die Stammgäste früher vermutet hatten, bloß der längst überfällige atomare Holocaust zu verrücken imstande gewesen wäre. »Hinaus mit dem alten Mist, und herein mit dem Neuen!« Ein Lakai zerrte eines der antiken Möbel in Richtung Tür, und darunter wurden vier helle Teppichflecken sichtbar, die das Tageslicht seit wenigstens hundert Jahren nicht erblickt hatten. »Auf den Müll, auf den Müll damit! Den Müll, den Müll, den Müll!« sang das Knabenwunder in einer schrecklichen Parodie von Heintjes berühmtem Schlager.

Omally stolperte zu Neville. Der Teilzeitbarmann starrte durch ihn hindurch, und sein Auge zuckte verdächtig. »Neville!« ächzte Omally, »Neville, so unternimm doch etwas!«

Das Auge des Teilzeitbarmanns erkannte endlich, wer da mit ihm sprach. »John«, flüsterte er. »John, unternimm doch etwas!«

»Weg mit den Stühlen!« krähte der junge Master Robert und entfaltete eine Reihe gewaltiger Pläne auf den knochigen Knien. »Dort drüben soll eine Reihe verchromter Hocker hin. Wo sind die Videomaschinen?«

»Videomaschinen?« Neville mußte sich am Tresen festhalten, sonst wäre er gestürzt. Er näherte sich mit Riesenschritten einem Zustand absoluter ›Besinnungslosigkeit‹.

Omally starrte voller Verzweiflung um sich, während er sein Gehirn nach einer Lösung durchforstete. *Töte sie alle!* empfahl sein Cerebellum. *Verschone weder ihre Kinder noch ihre Frauen, und rotte das Übel an der Wurzel aus.* »Die Schrotflinte!« befahl Omally. »Wo ist der Schießprügel, Neville?«

»Keine Waffen!« stotterte der leidgeprüfte Barmann. »Kein Morden in meinem Lokal, John. Alles, nur das nicht, und unternimm endlich was! Ganz egal was!«

»Das Dartsbrett!« krähte der junge Idiot. »Weg mit dem Dartsbrett! In den Müll, in den Müll!«

»Töte sie alle!« schrie Neville mit einem Mal. *»Verschone weder ihre Kinder noch ihre Frauen, und rotte das Übel an der Wurzel aus!«*

Sie waren zu fünft. Fünf Handlanger der Brauerei, kräftige Burschen für einen einzelnen Mann. John überlegte, daß er wenigstens zwei von ihnen packen könnte, möglicherweise auch drei, wenn das Glück ihm hold war, doch als langfristige Lösung für irgendeine Form von Problem hatte Gewalt noch nie getaugt. Es mußte einen anderen Weg geben, und zwar einen, der weder Leib noch Leben in Gefahr brachte. »Überlaß das nur mir«, sagte Omally und straffte die herabhängenden Schultern.

»Was hast du vor?«

Omally starrte Neville lange und hart in die Augen. Es war ein Gesicht, das er seit inzwischen gut zwanzig Jahren kannte, das Gesicht eines Burschen, mit dem er lang und breit durch dick und dünn gegangen war, doch es hatte noch nie ausgesehen wie heute. Das Gesicht des Teilzeitbarmanns spiegelte eine vollkommene Niederlage. »Verloren«, sagte es.

John klopfte dem armen Kerl auf die Schulter. »Kopf hoch«, sagte er. »Überlaß alles mir, ich kümmere mich darum.«

Nevilles Mund sagte: »Danke«, doch kein Laut war zu hören.

Omally straffte die Schultern und stapfte durch den Schankraum auf den jungen Master Robert zu. Er war Neville etwas schuldig. Jeder einzelne verdammte Stammgast des *Fliegenden Schwans* war Neville etwas schuldig. Neville war in ganz Brentford respektiert und auf eine gewisse Weise sogar beliebt. Niemand, ganz gleich aus welchem Grund, hatte das Recht, so mit ihm umzuspringen.

Omally stapfte durch den Schankraum wie ein Titan. Wie ein Racheengel, ein Tempelritter.

Er hatte nicht die leiseste Idee, wie er es anstellen sollte.

»Was wollen Sie?« fragte der junge Master Robert ungeduldig, als Omally nahe genug herangekommen war.

»Ich ... ich ... äh, was wird das hier?« fragte Omally.

»Ich denke, das ist doch wohl deutlich genug zu sehen.«

John blickte sich um, als sähe er die Verwüstung zum ersten Mal. »Oh«, sagte er. »Sie bauen um, was?«

Der junge Master Robert ignorierte Omally und wandte sich wieder seinem Plan zu. *Trottel,* dachte er.

»Vielleicht kann ich Ihnen helfen?« erkundigte sich Omally und hielt eine Ecke des großen Plans hoch. »Sie halten ihn verkehrt herum«, fügte er hilfsbereit hinzu.

»Ich weiß, was ich tue. Seien Sie so gut und verschwinden Sie, ja?«

John schob seine unerwünschten Hände tief in die Hosentaschen. »Ein brillantes Konzept, wissen Sie das?« sagte er nachdenklich.

Der junge Master Robert musterte ihn über den Plan hinweg. »Er gefällt Ihnen also?« erkundigte er sich mißtrauisch.

»O ja!« log Omally und schielte mit Kennerblick und überzeugendem Enthusiasmus auf den Plan hinunter. »Wie ich sehe, teilt die Sprossenwand die Salonbar von der Sitzecke ab. Wo werden Sie die Nautilusmaschine aufstellen, wenn ich fragen darf?«

»Direkt hier.« Der junge Master Robert zeigte auf die entsprechende Stelle und beobachtete Omallys Reaktion.

»Vor den Eingang zum Herrenklo also«, sagte Omally. »Genial. Absolut genial!«

»Meinen Sie?«

»Selbstverständlich, jawohl. Die Trinker müssen sich an den Maschinen vorbeiarbeiten, um zum Klo zu gelangen. Sich neuen Durst antrainieren, sozusagen. Genial!«

»Genau das habe ich mir dabei gedacht«, erklärte der junge Master Robert, der sich in Wirklichkeit gar nichts gedacht hatte.

»Diese Art von Bar ist definitiv die Bar von Morgen«, fuhr John tief beeindruckt fort. »Ich hab' mich erst vor ein paar Tagen mit Lukas darüber unterhalten.«

»Lukas?« erkundigte sich Master Robert.

»Lukas Mucus, Sir«, erwiderte John. »Von Membrane, Mucus, Willoby, Wendehals und so weiter. Covent Garden.« John tippte sich an die Nase. »Einer von den großen Fünf. Muß ich noch mehr sagen?«

»Oh! *Dieser* Lukas . . .«

»Welcher sonst? Kennen Sie ihn?«

»Entfernt«, gestand der junge Master. »Sie kennen ihn gut?«

»Wie einen Bruder. Wir haben an visuellem Design gearbeitet, im Marketing Management, in der fortgeschrittenen Konzeptrealisation, sowohl audibel als auch televisuell . . .«

»Oh, selbstverständlich.« Roberts Kopf hatte mit dümmlichen Nickbewegungen angefangen.

»... konsumentenorientierte Akzeptanzobjektivität und massenmediale interinduktionale Transmogrifikation im Slade ...« Omally suchte im Gesicht des jungen Parvenüs nach Anzeichen, daß er ihn überrumpelt hatte.

»Erzählen Sie weiter«, sagte der kleine Trottel tief beeindruckt.

John erzählte weiter, und seine Zuversicht wuchs. »Das alles hier trägt ganz eindeutig die Handschrift von Lukas' Arbeit«, stellte er mit einer weit ausholenden Geste fest.

»Nein, nein! Das war ganz allein meine Idee!«

»Brillant!« sagte John. »Ich bin tief beeindruckt! Wie sind Sie denn dahintergekommen? Ein wenig Industriespionage, was?« Er zupfte in einer vertraulichen Geste an seinem unteren Augenlid.

»Verzeihung?« fragte der junge Master. »Ich kann Ihnen, glaube ich, nicht folgen.«

Omally stieß dem Riesenblödmann vertraulich den Ellbogen in die Rippen. »Nun kommen Sie schon«, sagte er. »Geben Sie's ruhig zu! Sie wollen mir doch wohl nicht weismachen, das hier wäre reiner Zufall?«

»Zufall? Wovon reden Sie da?«

John starrte auf seine Schuhspitzen. Ohne daß der junge Master etwas gesagt hätte, waren die Arbeiten im *Fliegenden Schwan* zum Erliegen gekommen, und die fünf Handlanger standen herum wie abgelaufene Aufziehspielzeuge.

So weit, so gut, dachte John Vincent Omally.

»Heraus damit!« forderte der junge Master. »Wovon reden Sie, Mann?«

Omally winkte den Trottel vertraulich näher zu sich heran und legte ihm den Arm über die runden Schultern. »All das hier«, sagte er. »Sie schlauer Hund, Sie! Sie haben Wind von der Sache bekommen, wie?« Mit der freien Hand tippte er sich an die Nase.

»Wind? Sache?«

»Selbstverständlich. Sie haben Wind davon bekommen, daß die Konkurrenzbrauereien all ihre Lokale zu ähnlich stilisierten Bars umbauen wollen.«

»Sie wollen was?«

Der junge Master kippte rückwärts von seinem Stuhl. Omally überlegte einen Sekundenbruchteil, ihn aufzufangen, doch der Gedanke verflüchtigte sich mit der gleichen Geschwindigkeit, wie er gekommen war. Er half dem jungen Trottel vom Boden auf.

»Jetzt spielen Sie aber nicht den Unschuldigen«, sagte er. »Lukas hat mir erzählt, daß seine Company beauftragt worden ist, die *Vier Reitersmänner*, den *Nordstern*, den *Fröhlichen Alchimisten*, die *Gesellen von Orloff*, den *Schrumpfkopf* ...«

»Ich ... ich ... Halt! Hören Sie auf!« Der junge Master fuchtelte mit den Händen in Richtung der herumstehenden Handlanger, die sowieso nicht mehr arbeiteten. »Alle anderen Lokale?« erkundigte er sich. »Restlos alle?«

»Restlos alle«, bestätigte Omally und legte die Hand aufs Herz, in der Hoffnung, daß er nicht an seinen eigenen Lügen erstickte.

»Scheiße!« fluchte der junge Trottel. »Scheiße, Scheiße, Scheiße!«

»Nein, überhaupt nicht«, widersprach Omally und tippte sich an die Stirn. »Jetzt wird mir endlich alles klar!«

»Alles klar? Alles klar?«

»Selbstverständlich. Was war ich doch für ein Trottel!«

»Waren Sie?«

»War ich«, gestand Omally, der alles andere war. »Die andern haben *Ihnen* die Idee gestohlen. Na klar, jetzt ergibt alles einen Sinn! Einer von diesen Burschen war erst vor ein paar Abenden hier zu Gast. Neville muß die Katze aus dem Sack gelassen haben!«

»Bastard!« Der Junge drehte sich zu dem Teilzeitbarmann um, der einsam und in schweigendem Gebet versunken stand, wo Omally ihn zurückgelassen hatte.

»Verzeihung?« fragte Neville. »Was?«

»Nein, nein!« beschwichtigte John. »Es ist nicht seine Schuld! Er hat lediglich die Fahne der Brauerei hochgehalten! Sie haben ihm nie gesagt, daß es ein Geheimnis sei! Und sein professioneller Stolz hat ihn mitgerissen. Dieser Mann betet Sie an!«

Master Robert blickte von Omally zu Neville und von Neville zu Omally.

Einen entsetzlichen Augenblick lang befürchtete John ernsthaft, das Spiel sei aus. »Dieser Mann tut was?«

»Er verehrt Sie. Neville ist niemand, der seine Gefühle zeigt«, beeilte sich Omally hinzuzufügen. »Aber es gibt einen Ausweg aus dieser Situation, ich bin ganz sicher, daß es einen gibt.«

»Denken Sie nach, Mann! Denken Sie nach!«

Omally suchte zwischen den Flecken an der nikotinverfärbten Decke des *Fliegenden Schwans* nach Inspiration.

»Ich hätte da eine Idee«, sagte er schließlich unvermittelt. »Ein uralter Trick, aber vielleicht funktioniert er ja?«

»Reden Sie, Mann! Reden Sie!«

Eine halbe Stunde später stand Neville allein im *Fliegenden Schwan*. Alles war so, wie es immer gewesen war. Derselbe abgetretene Teppich, dieselben alten Tische, dasselbe Dartsbrett, alles dasselbe wie immer.

Omally stand im Eingang und winkte zum Abschied. »Keine Ursache«, rief er. »Gern geschehen.«

Die Tür schloß sich zum Geräusch des davonrauschenden BMWs mit dem jungen Brauereibesitzersohn hinter dem Steuer.

»Wie?« fragte der Teilzeitbarmann. »Wie hast du das gemacht?«

Omally wandte sich zu seinem hochgeschätzten Arbeitgeber um. Der Ausdruck auf Nevilles Gesicht war einer, den Omally bis an sein Lebensende in Erinnerung behalten würde.

»Psychologie«, erwiderte der große Sohn Irlands. »Und die eine oder andere kleine Notlüge.«

»Ich möchte dir einen Drink spendieren«, sagte Neville und wollte zum Whiskymaß gehen. »Oder zwei oder drei, wenn du magst.«

»Nicht während der Arbeit, Sir«, widersprach John in gespieltem Ernst.

Neville schenkte zwei Mehrstöckige aus. »Setz dich, und erzähl mir, was du gemacht hast«, sagte er. »Ich will jede Einzelheit wissen.«

»Wirklich nichts Besonderes«, antwortete John und nippte an seinem Scotch. »Ich hab' ihm lediglich erzählt, daß meines Wissens die Konkurrenz plant, all ihre Kneipen in Olympische Bars umzubauen, und wenn er sich wirklich von ihnen unterscheiden wolle, wäre es das Beste, die ›Altenglische‹ Atmosphäre des *Fliegenden Schwans* aufrechtzuerhalten. Eine Insel unbefleckten Englands inmitten all der pseudo-amerikanischen Bars, das waren meine Worte. Ein guter Vergleich, wie ich denke. Und es hat bestens funktioniert.«

»Du bist ein Genie!« sagte Neville. »Aber was, wenn er herausfindet, daß alles Lügen sind? Wenn die anderen Bars gar nicht umbauen?«

»Ich nahm mir die Freiheit, anzudeuten, daß die anderen Kneipen erst am letzten Tag vor den Spielen umgebaut werden. Wenn er es herausfindet, ist es zu spät.«

Neville blickte nachdenklich drein. »Aber wenn er es herausfindet ...« Er verstummte.

»Wenn er es herausfindet, erzähle ich ihm, daß noch mehr Industriespionage im Spiel war. Daß die konkurrierenden Brauereien alle seinem Beispiel gefolgt sind. Aber es ist natürlich zu spät für sie, weil unser neues Schild bereits an der Tür hängen wird.«

»Unser neues Schild? Was denn für ein neues Schild?«

Omally nahm all seinen Mut zusammen. »Unser neues Namensschild«, sagte er flüsternd.

»Was?« brüllte Neville. »*Was?* Soll der *Fliegende Schwan* immer noch umgetauft werden?«

»Nein, nein!« beschwichtigte ihn John und schüttelte den Kopf. »Ich habe den jungen Trottel überzeugen können, daß lediglich ein oder zwei belanglose Änderungen vorgenommen werden müssen.«

»Aha. Und welche?«

»Nun«, Omally zögerte noch immer. Er wich ein wenig vor dem Teilzeitbarmann zurück. »Auf dem neuen Schild wird stehen: *»Inn Zum Fliegenden Schwan,* ältestes und originalgetreu erhaltenes Bierhaus von Brentford. Wir grüßen unsere amerikanischen Verwandten.«

»Inn Zum Fliegenden Schwan«, murmelte Neville. »Ihr Götter!«

Kapitel 28

Gegen vier Uhr nachmittags war Omally unsicheren Rades auf dem Cagliostro Crescent unterwegs. Zusammen mit Neville hatte er noch mehrere »Verdauungsschnäpse« der dreifachen Sorte genommen, um Johns siegreiche Verteidigung des *Fliegenden Schwans* vor einem Schicksal zu feiern, das, wenn nicht schlimmer als der Tod, dem doch so ziemlich nahe kam. Neville war sentimental geworden, was häufig der Fall war, wenn er zuviel getrunken hatte, und hatte sich überschwenglich bedankt.

»Du hast dem *Fliegenden Schwan* einen Dienst von derartiger Größe erwiesen«, hatte er dem grinsenden Iren gesagt, »daß keinerlei finanzielle Belohnung auch nur einigermaßen angemessen sein kann. Allein der Gedanke, dir eine solche anzubieten, wäre geschmacklos und ungehörig. Statt dessen versichere ich dich meines nicht enden wollenden Danks, meines tiefsten Respekts und verspreche dir meine ewige gute Freundschaft. Du bist sicher der gleichen Meinung wie ich, daß Dinge wie diese unschätzbar sind.«

John hatte nicht geantwortet, obwohl ihm mehrere Gegenargumente auf der Zunge lagen, doch er war über alle Maßen erfreut, daß Neville wieder ganz der Alte war. Er hatte dankend eine angebotene Flasche Scotch aus dem privaten Lager des Teilzeitbarmanns angenommen und als – wenn auch kleine – Anerkennung für seine noble Tat den Abend frei bekommen.

Omally bog nach rechts in die Moby Dick Terrace ab und brachte Marchant zu einem unvermittelten, seitens des treuen Rades unerwarteten und reifenerschütternden Halt. Vor Omallys Haus stand eine lange, schwarze Limousine fortschrittlichsten Designs und unbekannter Herkunft. »Die Garde!« sagte John und steuerte Marchant hastig den Bordstein hinauf und in eine Seitengasse. Einige Meter weiter stieg er ab, lehnte seinen Gefährten gegen eine Mauer und schielte um die Ecke, um zu sehen, was dort vor sich ging.

Eine Gestalt trat aus seiner Tür. Es war kein Konstabler, wie John gefürchtet hatte, sondern ein Zwerg in Chauffeurslivrée. Die Kreatur hoppelte um den Wagen herum zur Fahrertür und stieg in das Fahrzeug ein, das sich unverzüglich und lautlos in Bewegung setzte.

John wich in die Gasse zurück, als es vorbeifuhr. Er strengte sich an, um einen genaueren Blick auf die Insassen zu erhaschen, doch die Fenster waren dunkel, und er sah nichts außer seinem Spiegelbild.

»Eigenartig«, sagte er, während er aus seinem Versteck schlich und Marchant am Lenker nach Hause führte. »Mrs. King pflegt in letzter Zeit wirklich einen sehr merkwürdigen Umgang.«

Er wollte gerade den Schlüssel ins Schloß seiner Haustür stecken, als sie sich wie von Geisterhand öffnete und seine Vermieterin dahinter sichtbar wurde. Sie war zum Ausgehen angezogen: ein Kaschmirmantel, Damenhut und Einkaufsnetz.

»Oh, Sie sind's«, sagte sie, was die meisten Menschen vergeblich nach einer Antwort hätte suchen lassen.

»Ihr Diener, Madam«, antwortete der geistesgegenwärtige Omally.

»Da war Besuch für Sie.«

»Hat er Bargeld oder einen Scheck dagelassen?« erkundigte sich Omally. »Ich erwarte im Verlauf der Woche noch mehrere Besucher dieser Art.«

»Und daran tun Sie auch gut, Mister Omally. Schließlich schulden Sie mir für einen ganzen Monat Miete.«

»Wo hat er das Geld hingelegt? Ich werde Sie sofort bezahlen.«

»Soweit ich weiß, hat er gar kein Geld dagelassen. Nur ein Paket, weiter nichts.«

»Ah, ein Paket also?« Omally konnte sich nicht erinnern, irgend etwas bestellt zu haben.

»Er meinte, Sie und Jim Pooley hätten einen Preis gewonnen. Er war nicht im Besitz der Adresse Ihres Freundes, deswegen habe ich sie ihm gegeben.«

»Ein Preis also, eh? Nun, wir haben bei einem Preisausschreiben mitgemacht, in der Hoffnung, einen Mikrowellenherd zu gewinnen. Vielleicht ist es das.« Omally war immer wieder selbst erstaunt, wie leicht Worte der Unwahrheit über seine Lippen gingen. »Haben Sie Lust, das Paket gemeinsam mit mir zu öffnen?«

»Ich habe keine Zeit, Mister Omally. Ich muß noch einkaufen, bevor die Geschäfte schließen. Das Paket steht auf Ihrem Küchentisch. In einer Küche, die dringend gereinigt werden muß, wie ich hinzufügen darf. Diese Küche ist ein Gesundheitsrisiko!«

»Genau aus diesem Grund bin ich heute früher nach Hause gekommen.« Omally schob sich an der wollbehuteten Schreckschraube vorbei.

»Sehen Sie zu.« Die Eingangstür fiel krachend hinter ihr ins Schloß, und Omally atmete erleichtert auf.

Er meisterte die dreiundzwanzig Stufen zu seinen

Zimmern in Rekordzeit und stieß die Tür auf. Alles war genauso, wie er es verlassen hatte; keine gute Fee war aus dem Märchenreich herabgestiegen und hatte während seiner Abwesenheit aufgeräumt und saubergemacht oder auch nur den überfüllten Mülleimer nach unten getragen. John war zwar ein glühender Verfechter persönlicher Hygiene, doch seine Räumlichkeiten ließen einiges zu wünschen übrig. Er war zu faul.

Omally zog seine Jacke aus und warf sie auf das ungemachte Bett. Er krempelte die Ärmel seines Hemdes hoch und betrat die kleine Junggesellenküche, um das Paket zu untersuchen, das auf dem mit einem Wachstischtuch bedeckten Tisch ruhte.

Es war ein helles, freundliches Paket, eingebunden mit Kordel und auf seltsam altmodische Weise mit Siegelwachs verschlossen. Es gab keinerlei Begleitschreiben, keine Karte, die Glückwünsche zum Ausdruck brachte oder zu einem falschen Geburtstag gratulierte.

»Wie eigenartig«, murmelte der Sohn Irlands.

Er hob das Paket auf und wog es in den Händen. Es maß vielleicht zwölf Zoll im Quadrat und war nicht außergewöhnlich schwer. Omally schüttelte es, und im Innern hörte er ein Rappeln. Also stellte er es wieder auf der Tischplatte ab, um den Inhalt nicht versehentlich zu beschädigen. »Jedenfalls ist es kein Mikrowellenherd«, murmelte er und machte sich auf die Suche nach einem sauberen Messer, mit dem er die Kordel durchtrennen konnte. Da aber kein sauberes Messer in Reichweite war, ging er zurück zu seiner Jacke, wo er sein Schweizer Armeemesser aufbewahrte. Er kehrte zum Küchentisch zurück und wählte eine Klinge, die der Aufgabe gewachsen schien.

Als er das Paket wieder ansah, bemerkte er ein eigenartiges Phänomen. Es schien ein wenig größer als noch Augenblicke zuvor. John hob es hoch. Schwerer war es auch geworden. John schüttelte den lockigen Kopf. Nevilles Privatbestände besaßen offensichtlich einige ganz besondere, verborgene Qualitäten. Er würde die geschenkte Flasche für eine spezielle Gelegenheit aufbewahren.

John schnitt die Kordeln durch und schlug das Packpapier beiseite, das den Inhalt in üppigen Lagen umgab. Er griff in die Mitte, um seine Beute herauszuheben, und fand sich zu seiner Überraschung und einem nicht geringen Anflug von Ärger mit einer weiteren Lage Verpackungsmaterial konfrontiert. John warf die erste Verpackung achtlos zu Boden und untersuchte die zweite. Sie war nicht länger quadratisch, sondern mehr tetraedrisch. Und ... das Paket war größer!

Omally kratzte sich am Kopf. Das war einmal ein guter Trick!

Er hob das Paket an. Es war schon wieder schwerer geworden. Wirklich ein verdammt guter Trick!

Mit erneuter Vehemenz fiel er über die Verpackung her, durchschnitt Kordeln, riß Papier ab. Die Packung ließ sich bereitwillig öffnen, ja sie schien fast abzuspringen!

Und darunter kam ein weiteres gut verpacktes Paket zum Vorschein, diesmal deutlich erkennbar *pyramidal*, sorgsam eingewickelt und verschnürt und wenigstens doppelt so groß wie das ursprüngliche Paket.

Allmählich kam John ins Schwitzen. Er klappte die Klinge seines Armeemessers ein und riß mit bloßen Händen an der Verpackung. Große Mengen Papier segelten raschelnd durch die Luft und bedeckten bald den gesamten Küchenboden.

Der ausgepackte Zylinder war fast so groß wie der gesamte Küchentisch, und Omally stand knietief in Papier. Und das Paket war inzwischen so schwer, daß er es nicht mehr heben konnte.

»Vielleicht ist es ein AGA?« mutmaßte er und wischte sich den Schweiß aus den Augen. »Na ja, wir werden ja sehen.«

Wie ein Besessener riß er Packpapier weg, enthüllte Form auf Form, jede größer und schwerer als die vorhergehende. Plötzlich gab der Küchentisch unter gewaltigem Krachen nach. Die wurmstichigen Beine hatten das Gewicht nicht mehr tragen können. Omally stolperte zur Seite und versank in einem Berg von Papier, und das gewaltige Paket prallte mit einem Donnerschlag zu Boden.

Etwa um diese Zeit verspürte er ein erstes leises Zweifeln an der Weisheit seines Tuns. Das gewaltige Paket blockierte wirkungsvoll die Küchentür. John erhob sich aus seinem bunten Papiernest und bemühte sich, wieder halbwegs zu Atem zu kommen. Er machte sich daran, das Paket von der Tür wegzuschieben – ohne Erfolg. Das einzige Ergebnis waren weitere Lagen abgerissenes Papier.

Das Paket platzte unter dem Geräusch lauten Reißens auseinander, und inzwischen konnte man deutlich sehen, wie es wuchs.

John drückte sich an eine Wand. Er saß in der Falle, und nicht nur das, er schwebte in ernster Gefahr. Die

Tür war vollständig blockiert, das Küchenfenster viel zu eng, um sich nach draußen zu quetschen, und eine weitere Reihe reißender Geräusche informierte ihn, daß das Paket mit seiner ungehörigen Sucht nach Expansion noch lange nicht an einem Ende angelangt war.

Mit einem Peitschenknall platzte das stabile Seil, das die gegenwärtige Kiste der Pandora verschlossen gehalten hatte, und streifte Omally schmerzhaft im Gesicht.

Der unermüdliche Sohn der grünen Insel spuckte Blut und wandte sich zur Flucht. John verspürte nicht mehr den leisesten Wunsch, die ›Kiste‹ weiter auszupacken.

Das Paket wölbte sich in den unteren Regionen bedrohlich aus, und ein gewaltiges Tentakel kam zum Vorschein. Es zertrümmerte die Überreste des eingebrochenen Küchentischs, und Splitter prasselten gegen die Wände. Omally sprang auf das Paket und klammerte sich angstvoll fest. Aus den Regalen purzelte Geschirr, das alte Porzellan fiel von seiner Unterlage und verschwand in einer Wolke weißer Splitter. John kletterte über das schäumende Paket, das sich weiter ungehemmt in alle erdenklichen Richtungen ausbreitete. Das Ding pulsierte vor Leben, und John spürte eine grauenhafte Kraft, die sich unter ihm aufbäumte.

Plötzlich war er von Dunkelheit umgeben.

Das Fenster war nun ebenfalls blockiert, und langsam, aber sicher wurde er in Richtung der Decke gehoben. Das würde alles andere als angenehm werden. Omally lag auf dem Rücken auf der mordlüsternen Masse und stemmte sich mit aller Kraft gegen die polystyrolgetäfelte Decke, die er gehaßt hatte, seit er hier eingezogen war.

Der Gestank einer ganzen Generation von Nikotin, das meiste davon sein eigenes, erfüllte seine Nüstern. In seinen Ohren knackte es vom Druck, und sein Atem ging in kurzen, gepreßten Stößen. Er war so gut wie erledigt.

Das unaufhörlich wachsende, entsetzliche Todespaket polterte und rumpelte unter ihm und zerstörte alles, was ihm in den Weg geriet. Es pulverisierte Mobiliar und Einrichtung.

Omallys Nase rückte der Decke immer näher. Er kämpfte darum, sein Messer zu erreichen, doch seine Hände waren inzwischen an seinen Seiten gefangen, und er besaß keine Kraft mehr, der unwiderstehlichen, rücksichtslosen Gewalt unter ihm zu trotzen.

»Heilige Maria Mutter Gottes!« sagte John Vincent Omally. »Bitte leg ganz schnell ein gutes Wort für deinen unwürdigen Sohn ein, ja?«

Ein knochensplitterndes Krachen, und Omally war nicht mehr.

Jedenfalls nicht mehr in der Küche.

Er war jetzt oben auf dem Speicher.

John schlug die Augen auf. Falls das hier der Himmel sein sollte, dann sah er jedenfalls nicht so aus, wie er sich das vorgestellt hatte. Staub, Dreck und Taubenmist waren nichts, was einem Freude am Leben nach dem Tod zu bescheren vermochte. Vielleicht war er ja an den ›anderen Ort‹ gekommen. Also war die Hölle allem Anschein nach ein unendlich großer Speicher voller Taubenscheiße.

Mit einem Satz war John auf den Beinen und suchte

sein Heil in der Flucht, bevor er gegen die Isolation gedrückt werden konnte.

Welch eine Todesfolter!

Er stieß mit dem Kopf gegen einen Dachbalken und spähte in dem spärlichen Licht umher, das die wenigen fehlenden Dachschindeln hindurchließen. Er war noch am Leben, soviel stand fest – jedenfalls dachte er das.

Er war am ganzen Körper verschrammt und hatte zahlreiche Schnitte und Prellungen davongetragen, doch er kletterte über die Deckenträger und suchte nach der Luke, die sich irgendwo über dem Treppenhaus befinden mußte. Unter ihm erklang das Geräusch ächzender Balken und krachenden Mauerwerks, und es war nicht gerade Musik in seinen Ohren.

Das unaufhaltsam anschwellende Paket füllte das gesamte Haus aus! Es war allerhöchste Zeit zu verschwinden. Jetzt oder nie.

John bahnte sich seinen Weg um die Wassertanks herum und grub die Fingernägel in das weiche Holz der Dachluke.

Er riß sie auf, und ohne einen Gedanken an seine Sicherheit zu verschwenden, sprang er nach unten und landete auf allen vieren.

Die Außenwand seines Zimmers zeigte bereits die ersten Risse.

Fenster splitterten, Möbel brachen. John ignorierte den Schmerz in den Knöcheln und rannte Hals über Kopf die Treppe hinunter. Er riß die Haustür auf und stolperte auf die Straße, rappelte sich wieder auf die Beine, stützte die Hände auf die Knie und stand vornübergebeugt da, eine schreckliche, von oben bis unten mit Taubenmist, Putz, Ruß und Blut beschmutzte erbärmliche Gestalt. Kein schöner Anblick. Wirklich nicht.

»Hallo John«, sagte der Alte Pete. »Bist du am Renovieren? Das ist eine Arbeit für einen Profi, wenn du mich fragst.«

John mühte sich gequält auf seinen Drahtesel, stemmte die Füße in die Pedale und radelte mit Höchstgeschwindigkeit von dannen.

Der Alte Pete starrte ihm verwundert hinterher, bevor er sein Hörgerät in Richtung der zerstörerischen Geräusche ausrichtete, die aus Omallys Haus zu kommen schienen. »Er will anscheinend das ganze Haus umbauen«, verriet der alte Idiot seinem jungen Hund Chips. »Hoffentlich hat er vorher eine Baugenehmigung eingeholt.«

Der junge Hund Chips bellte unverbindlich – wie immer, wenn er sich nicht ganz der Meinung seines alten Herrn anzuschließen vermochte – und wandte anschließend seine nasale Aufmerksamkeit einem nahebei stehenden Laternenpfahl zu.

Jim Pooley stand in sein Badetuch geschlungen in der Küche und musterte das in helle, freundliche Farben eingeschlagene Paket, das auf einer ähnlich häßlichen Wachstischdecke ruhte wie zuvor das von Omally. Der Professor hatte ihm an diesem Tag früher freigegeben, und Jim hatte eben das Badewasser eingelassen, als das Paket eingetroffen war.

»Ich kann mich gar nicht erinnern, an einem Preisausschreiben teilgenommen zu haben«, brummte er und klappte sein Taschenmesser aus. »Trotzdem. Man soll einem geschenkten Paket ruhig hinters Packpapier schauen.«

Omally bog nach rechts in die Abbadon Street ein und dann gegen Marchants Widerstand nach links in die Mafeking Avenue.

»Wir müssen ganz schnell zu Jim«, entschuldigte sich Omally bei seinem mißgelaunten Drahtesel. »Er schwebt in großer Gefahr, weißt du? Ich mach's später wieder gut, ich versprech's dir.«

Jim setzte sich vor sein unerwartetes Geschenk und drehte das Messer zwischen den Fingern. »Immer schön langsam«, sagte er. »Wir wollen den Inhalt schließlich nicht beschädigen.«

Omally steuerte Marchant über den Randstein auf den Bürgersteig und ratterte über das unregelmäßige Pflaster weiter.

Jim setzte die Klinge an die sichernde Kordel. Es gab einen mächtigen Knall, und er warf sich erschrocken in einem würdelosen Haufen zu Boden.

»*Nicht!*« Omally stand im Eingang. Pooleys Tür hing noch einen Augenblick unentschlossen in den Angeln, bevor sie sich vornüberneigte, zu Boden krachte und einen weiteren lauten Knall verursachte.

»*Nicht, Jim! Um Gottes willen!*«

Pooley blickte furchtsam von seiner Deckung unter dem Tisch auf die verschmutzte, blutende Gestalt, die zitternd auf unsicheren Beinen in seinem Eingang stand.

»Hallo, John«, sagte er mit nicht wenig Überraschung in der Stimme. »Meinst du nicht, das geht ein wenig zu weit? Ist meine Klingel kaputt, oder was ist los?«

Kapitel 29

Professor Slocombe musterte das bunte Paket, das vor ihm auf seinem Schreibtisch lag.

»Machen Sie um Gottes willen nicht auf!« sagte John Omally. »Denken Sie nicht einmal daran!«

Jim, inzwischen hastig wieder angekleidet, nickte bekräftigend. »John hat auch eins bekommen«, erklärte er, »und nach allem, was er erzählt, hat es sein Haus zum Einsturz gebracht.«

Der Professor legte Pooleys Paket vorsichtig zur Seite. »Also ist es sicher, solange man es nicht öffnet?« erkundigte er sich.

»Das glaube ich zumindest.« Omally deutete auf das knisternde Feuer im Kamin. »Das ist wahrscheinlich der beste Platz für dieses Ding. Wir haben es nur zu Ihnen gebracht, damit Sie ...«

»Es mit eigenen Augen sehen? Als Beweis? Das war genau richtig. Ihr seid in eine schreckliche Geschichte verwickelt, die ihr allerdings nicht alleine zu verantworten habt.«

»Irgend jemand will uns töten«, sagte John, »soviel steht fest. Was das Wer und das Warum angeht, bin ich im Augenblick um eine Antwort verlegen.«

»Bestimmt steckt Bob der Buchmacher dahinter«, brummte Pooley. »Das zahle ich ihm heim, darauf könnt ihr euch verlassen.«

»Nein«, widersprach der Professor. »Das ist nicht der Buchmacher, obwohl ich durchaus vermute, daß die ganze Angelegenheit in einem gewissen Zusammenhang mit diesem Burschen steht.«

Pooley suchte in brütendem Schweigen Zuflucht.

»Dieser Bastard«, waren die letzten Worte, die er zum Thema zu sagen hatte.

»Was geht denn überhaupt vor?« fragte Omally. »Wir haben nicht verdient, daß Sie uns im unklaren lassen!«

Professor Slocombe füllte die Gläser seiner Besucher nach. »Ihr kostet mich ein kleines Vermögen an Whisky, wißt ihr das eigentlich?« brummte er. »Aber egal. Ihr seid wohlauf und lebendig, und das ist ein Grund zum Feiern. Um deine Frage zu beantworten, John, ich fürchte, daß etwas sehr Schlimmes in Brentford vor sich geht. Etwas Tödliches. Ich besitze noch keinen endgültigen Beweis, und ich verabscheue Spekulationen, doch ich schätze, die Ursache für diesen Anschlag auf euer Leben liegt darin begründet, daß irgend jemand zu der Überzeugung gelangt ist, ihr hättet zuviel gesehen.«

»Auf der Insel?« flüsterte Pooley.

»Auf der Insel und auf eurem Kahn.«

»Sie meinen den Affen?« erkundigte sich John voller Sarkasmus.

»Das war kein Affe«, erwiderte der Professor. »Davon bin ich inzwischen überzeugt.«

»Was dann?«

Der alte Gelehrte hob seine runzligen Hände und drehte sie nach außen. »Das kann ich nicht mit Sicherheit sagen. Bisher habe ich lediglich einen Verdacht.«

»In den Sie uns ganz offensichtlich nicht einweihen wollen.«

»Alles zu seiner Zeit, John. Ich muß erst sicher sein.«

»Und das dort?« fragte Pooley und deutete auf das Paket. »Läßt das etwa Raum zu Spekulationen?«

»Mir ja«, sagte Omally. »Schließlich ist das kein alltäglicher Mordversuch, oder? Ich meine, Pistolen kann ich ja verstehen, oder so ein dämliches Messer, wenn man sich auf dem Bürgersteig bückt, um einen losen Schnürsenkel festzuzurren, aber Pakete, die nach dem Öffnen immer größer werden und schließlich das ganze Haus zum Einsturz bringen? Das ist doch mal was Neues, oder nicht?«

»Ja«, stimmte Jim seinem Kumpan zu. »Vielleicht können Sie uns wenigstens das erklären, Professor?«

Der Gelehrte blickte nachdenklich drein. »Aus dem, was ihr mir berichtet habt«, sagte er nach einer Weile, »schließe ich, daß es sich um eine Art multizellulares Polysilikat mit einer instabilen atomaren Basis handeln könnte, die bei Kontakt mit Luft unter dem Einfluß von Körperwärme unkontrollierbar zu expandieren beginnt.«

»Ah, das also«, sagte Jim. »Dann ist ja alles klar. Vielen Dank, Professor.«

Omally hegte noch immer Zweifel, aber um sich den Anblick eines in der Luft umherfuchtelnden, im Kreis tanzenden Pooley zu ersparen, sagte er lediglich: »Chemische Kriegsführung also. Ein ausgeklügelter Mechanismus zur Erledigung weicher Ziele, Jim.«

»Jedenfalls etwas in der Art«, sagte der Professor. »Ich vermute weiterhin, daß die Expansion nach Erreichen eines Optimums nicht nur aufhört, sondern daß das gesamte Polysilikat sich einfach in Luft auflöst und keine Spuren seiner Existenz zurückbleiben. Eine teuflische Waffe und das Produkt eines dunklen, satanischen Humors.«

»Den Humor dahinter verstehe ich nicht«, sagte

Omally mit angewiderter Stimme. »Aber ich muß meistens nicht lachen, wenn jemand versucht mich umzubringen.«

»Grausame Ironie, John. Deine Neugier sollte dein eigener Untergang werden.«

»Ihr Verständnis derartiger Vorgänge zeigt, daß Sie ein hochgelehrter Mann sind«, sagte John, »aber die Art und Weise, wie Sie Ihre Erkenntnisse mitteilen, grenzt manchmal ans Unmenschliche.«

»Tatsächlich? Entschuldige bitte.«

»Wir sollten mit diesem Ding zur Polizei gehen«, schlug Pooley vor.

Professor Slocombe und John schüttelten gleichzeitig vehement die Köpfe. »Ich bin sicher, das macht die Angelegenheit noch komplizierter, als sie ohnehin bereits ist«, sagte der Professor. »Inspektor Hovis brennt jetzt schon darauf, dich zu verhören, Jim, deswegen würde ich eher das Gegenteil vorschlagen.«

»Ah«, sagte Jim. »Ah. Nun, in diesem Fall, und wenn Ironie der Name des Spiels ist, sollten wir das Paket vielleicht an den Absender zurückschicken.«

»Der Gedanke entbehrt nicht eines gewissen Charmes. Allerdings wissen wir noch gar nicht, wer der Absender ist. John, was weißt du über den Sponsor, der das Geld für die Olympischen Spiele zur Verfügung gestellt hat?«

»Genausoviel wie Sie, Professor. Wahrscheinlich eher weniger. Er ist ein wissenschaftliches Genie mit Geld wie Heu und dem Wunsch nach Anonymität. Oh, jetzt verstehe ich ... Sie glauben ...?«

»Ich weiß es nicht, aber ich würde es zu gerne herausfinden. Die Ereignisse legen eine Verbindung nahe; beide Zwischenfälle geschahen in unmittelbarer Nachbarschaft der olympischen Baustellen.«

»Der Gedanke ist mir auch schon gekommen.«

»Also meinst du, du könntest ein paar Nachforschungen anstellen und deine Seidenzunge einsetzen? Unauffällig selbstverständlich.«

»Selbstverständlich.« Omally klopfte sich weißen Putz aus der schwarzen Mütze. »Es könnte schwierig werden, aber unmöglich ist es nicht.«

»Gut, John. Dann schlage ich vor, daß ihr beide für eine Weile bei mir einzieht ... selbstredend zu einem Mietzins, der uns alle zufriedenstellt. Ich verfüge über mehrere freie Schlafzimmer, und ich bin sicher, daß ihr mit der Unterbringung zufrieden sein werdet. Geht euren täglichen Geschäften nach wie immer, aber haltet Augen und Ohren offen und bindet die Schnürsenkel immer fest zu. Na, was haltet ihr davon?« Pooley nickte nachdenklich. Ganz ohne jeden Zweifel handelte es sich um eine sehr ernste Angelegenheit.

»Und was ist mit Mrs. King?« erkundigte sich Omally. »Sie hat ganz bestimmt die Polizei gerufen, als sie herausgefunden hat, was aus dieser Wanzenbude geworden ist, die sie Gästepension nennt.«

»Um diese Sache werde ich mich höchstpersönlich kümmern«, sagte der Professor lächelnd. »Ihr beide könnt eure Schulden später bei mir bezahlen, wenn ihr euren Wettschein eingelöst habt.« Pooley griff nach der Whiskykaraffe. »Und erinnert mich daran, daß ich in Zukunft auf meine Selbstkosten kommen will, was den Whisky anbelangt. Ich muß eine Preistafel drucken lassen«, sagte der Professor und grinste seine beiden Besucher zuckersüß an.

Kapitel 30

Weitere Tage vergingen, und allmählich näherte sich das Stadion seiner Vollendung. Tief unten veränderte sich die Gemeinde Brentford. Das Licht, das nun darauf fiel, war unnatürlich und tauchte die vertraute Landschaft in eigenartige Farben. Die von der Zeit gerundeten Kanten der alten Gebäude schienen mit einem Mal wieder schärfer, und die Perspektiven wurden deutlicher. Was jedoch noch mehr verblüffte, das war das plötzliche Eintreten der Dunkelheit. Verschwunden waren die langen, verträumten Sommerabende, an denen die Gäste des *Fliegenden Schwans* ihr Bier in der warmen Nachtluft getrunken hatten. Jetzt wurden die Solarpaneele bei Anbruch der Dunkelheit in den oberen Teil des Stadions eingezogen, und für einen kurzen Augenblick, bevor tiefe Nacht herrschte, war der riesige Schirm des Stadions deutlich am Himmel zu sehen.

Mißmutig brummend, schlugen die Gäste des *Fliegenden Schwans* ihre Kragen hoch und schlurften zurück in die Behaglichkeit der Salonbar. Der Alte Pete hob einen Finger zu einem Effenberg, und der junge Hund Chips pinkelte trotzig in den Himmel.

Pooley stützte sich auf den Spaten des Professors und wischte sich die Stirn mit einem überdimensionierten roten Gingan-Taschentuch ab. Die letzten Ereignisse hatten ihn gründlich geschafft. Wäre nicht der tröstliche Gedanke an seinen bevorstehenden Reichtum und die Vereinbarung mit dem Professor gewesen, hätte er sich ganz ohne Zweifel für einen unbestimmten Zeitraum in sein Bett zurückgezogen.

Norman arbeitete bis tief in die Nächte an einem Projekt, das er sich selbst ausgedacht hatte; abgesehen von den gelegentlichen Explosionen und/oder vorübergehenden Stromausfällen in der Nachbarschaft, hatte niemand Grund, sich zu beschweren, und so ließ man den Eckladenbesitzer ungestört.

Jennifer Naylor erhielt inzwischen täglich neue Instruktionen, die sie befolgte, so gut sie konnte. Ihre Neugier betreffend die Identität des geheimnisvollen Sponsors wurde mit jedem Tag größer und wuchs nach und nach zu einer richtiggehenden Besessenheit heran.

Omally saß vor seiner Schrebergartenhütte. Die Schrebergartenkolonie lag am Rand der Gemeinde und kam deswegen weiterhin in den Genuß einer natürlichen Sonne und einer sanft leuchtenden Abenddämmerung. So kam es, daß vor allen anderen Hütten ebenfalls Brentforder Bürger saßen, Pfeife schmauchten und selbstgebrautes Bräu tranken. Das war ein malerischer Anblick, der sich dort den sanften Hang vom Rand der Gemeinde bis hin zur Themse zog!

Omally kratzte mit seinem Setzholz im Staub und sann über sein Schicksal nach. Er hatte seinen ganz beträchtlichen Intellekt bis zu den Grenzen strapaziert, in dem Versuch, dem rätselhaften Organisator der Olympischen Spiele auf die Spur zu kommen, der möglicherweise, möglicherweise aber auch nicht, hinter dem Mordanschlag auf John und Jim steckte, und er hatte wenig bis gar nichts herausgefunden. Er hatte die Beamten der Stadtverwaltung so lange beschwatzt, bis sie ihn das Einwohnermelderegister hatten durchforsten lassen. Er hatte das Grundbuch konsultiert, um herauszufinden, wer der Käufer der fünf ehemals städtischen olympischen Grundstücke war. Und er war immer wieder auf die gleiche dämliche Antwort gestoßen: Die Käufer waren Strohleute, die das Land im Auftrag eines unbekannten Dritten erworben hatten, und sie waren mehr als fürstlich für ihre Zeit und Mühe entlohnt worden. Mit einer Raffinesse, die ihn selbst überraschte und die er bisher nicht bei sich vermutet hatte, war es ihm gelungen, den Namen des Dritten aus den Käufern herauszulocken. Es war stets der gleiche: die KALETON-ORGANISATION.

Er hatte die Lösung vor Augen gesehen und war zur Handelskammer gerannt – ohne Ergebnis. Die KALETON-ORGANISATION war nicht registriert. Sie war weder eine Forschungseinrichtung noch eine gemeinnützige Institution, sie war keine Handelsgesellschaft irgendeiner Art, sie war in keinerlei Verzeichnis eingetragen, weder öffentlich noch privat. Sie besaß ein Bankkonto, und das war alles. John war in eine Sackgasse gerannt.

Er drehte sein Setzholz im Boden. Jeder mit ein wenig Phantasie hätte alles herausfinden können, was er bisher herausgefunden hatte, nämlich so gut wie nichts.

Fast war er bereit, das Handtuch zu werfen, als ihm plötzlich ein Gedanke kam. Es war ein angenehmer Gedanke und so voller erfreulicher Möglichkeiten, daß er sich selbst mental in den Hintern trat, weil er nicht schon früher darauf gekommen war.

Mit einem wilden Schrei der Begeisterung auf den Lippen sprang er hoch, was bei den benachbarten Schrebergärtnern erhobene Augenbrauen und mißbilligendes Stirnrunzeln hervorrief. Er stieg auf seinen getreuen Marchant und radelte in großer Eile davon.

Er kam bei Alison's Floralen Kinkerlitzchen an, als die hochgewachsene junge Frau gerade für den Abend schließen wollte, und beschwatzte sie so lange, bis sie ihm noch einen bunten Strauß Tageslilien überließ. Kurz nach sieben, mittlerweile im Marmorbad des Professors gebadet und in eine Wolke sauberer Düfte gehüllt, in Pooleys bestem Anzug und glattrasiert wie ein Babypopo, machte er sich einmal mehr auf den Weg und steuerte Marchant durch eine Serie von Rechtskurven in Richtung Jennifer Naylors Haus.

Während John vor sich hinradelte, summte er eine leise und beschwingte Melodie, voll von Pathos über die harten Zeiten im alten Irland. John hatte die harten Zeiten niemals selbst erlebt. Er war in Dublin geboren und in Brentford aufgewachsen, doch das spielte überhaupt keine Rolle. Wenn nämlich die Seele des Gälen zum Singen gerührt ist, dann ist das Lied ganz zwangsläufig ein Klagegesang, schwer von Gefühl und Erinnerungen an die tragische Geschichte der Grünen Insel und die bittersüßen Zeiten, die einst dort geherrscht hatten. Sozusagen. ›Die Nacht, in der O'Raffertys Hausschwein davonrannte‹, war das Lied auf John Vincent Omallys Lippen. Er bog nach rechts in die Aiwass Avenue ein und warf unvermittelt den Anker.

Marchant geriet heftig ins Rutschen. Lilien purzelten aus der Satteltasche. Leise murmelnd, zerrte John seinen Gefährten hinter einem geparkten Wagen in Deckung und sammelte hastig die heruntergefallenen Blumen wieder ein, bevor auch er außer Sicht verschwand.

Vor Jennifers Doppelhaushälfte stand eine große schwarze Limousine fortschrittlichen Designs und unbestimmter Herkunft. Die gleiche Limousine, die das tödliche Paket bei Johns Vermieterin abgeliefert hatte.

Was hatte das nun wieder zu bedeuten?

Omallys Gehirn überschlug sich. Stand Jennifer auch auf der Liste dieser Burschen, und wenn ja, warum? Falls die Limousine der Kaleton-Organisation gehörte, falls die Kaleton-Organisation die Spiele veranstaltete und falls und wenn und überhaupt ...

In diesem Augenblick tauchte der livrierte Zwerg in Jennifers Eingang auf und kehrte in seine lange schwarze Limousine zurück. John biß sich auf die Knöchel. Jetzt war der richtige Zeitpunkt, um das Geheimnis des mysteriösen Mister X zu lösen, doch wie sollte er es anstellen? Falls Jennifer ein Paket erhalten hatte, mußte John sie unbedingt warnen.

Omally zögerte. Die Limousine setzte sich in Bewegung und fuhr langsam davon. *Denk nach, Mann! Denk!*

Doch die Entscheidung wurde ihm abgenommen, als Jennifers Garagentor aufglitt und der Porsche auf die Straße hinaus- und hinter der sich entfernenden schwarzen Limousine herfuhr.

»Also schön«, sagte John, und ganz in der Art des alten, legendären »Die Würfel sind gefallen« stieg er auf Marchant und machte sich an die Verfolgung. Der schiere Unsinn der Idee, einen Porsche mit einem alten heruntergekommenen Fahrrad einholen zu wollen, wurde ihm nicht eine Sekunde lang bewußt. John trat in die Pedale und radelte, was das Zeug hielt.

Am Ende der Aiwass Avenue bog Jennifer nach

rechts ab. John folgte ihr. Er sah die lange schwarze Limousine in mittlerer Entfernung nach links in Richtung des Fußballfeldes abbiegen und murmelte beschwörende, honigsüße Worte zu Marchant. Das Versprechen eines neuen Rücklichts und einer neuen Luftpumpe wurde abgegeben. Das Fahrrad war's allem Anschein nach zufrieden, denn als der Porsche ebenfalls nach links abbog, gestattete es John ohne jedes Murren, ihm zu folgen. Als Geste der Mißbilligung ließ es John jedoch die ganze Arbeit allein erledigen, und als sie am Griffin Park vorbeiradelten, schwitzte der Sohn Irlands bereits wie nichts Gutes.

Quer durch Brentford fuhr der kleine Konvoi, immer gefolgt von einem heftig strampelnden Omally. An der Verkehrsampel links, die Kew Road hinauf und in Richtung des Chiswicker Kreisels. Während John so vor sich hinstrampelte, nutzte der Gedanke, daß das Hauptquartier der Kaleton-Organisation durchaus im Londoner Osten liegen konnte, in Penge oder irgendeinem anderen weitläufigen Außenposten der Zivilisation, die Gelegenheit, durch den irischen Kopf zu gehen. Doch über derartige Unannehmlichkeiten wollte John lieber nicht nachdenken, und so strampelte er verbissen weiter.

Die schwarze Limousine bog ein weiteres Mal nach links ab und fuhr nun durch die Neubaugegend hinter dem antiken Gasometer. Omally radelte bis zur Kreuzung vor, dann machte er Halt und gönnte sich eine Zigarettenpause. Seines Wissens war die Straße eine Sackgasse. Wo wollte die schwarze Limousine hin? Noch eine Bombe abliefern?

In der Ferne schlug die Uhr der Memorial-Bücherei die halbe Stunde. Hoch oben am Himmel kündete

Motorengebrumm vom Eintreffen weiterer Sektionen des nahezu vollendeten Sternstadions.

Omally nahm einen letzten Zug an seiner Zigarette und schnippte den Stummel weg. Er hatte zwei Möglichkeiten: Entweder er blieb, wo er war, oder er radelte hinterher und sah sich die Sache an. Er starrte auf Marchants Pedale; am anderen Ende der Geschehnisse herumzuhängen, war noch nie sein Ding gewesen. Also weiter.

John radelte in die Straße. Er wußte nicht viel über das Neubaugebiet, obwohl er als Junge hier zu Hause gewesen war. Die viktorianischen Häuser, die früher hier gestanden hatten, waren den Weg alles Vergänglichen gegangen und unter den Bulldozern eingeebnet worden. An ihrer Stelle standen nun schmucklose Mietskasernen, errichtet von Leuten, denen Tradition nichts bedeutete, und bewohnt von Fremden, denen das alles noch gleichgültiger war. Die ganze Gegend war öde. Mietskasernen, häßlich, wenig durchdacht und mangelhaft ausgeführt. Einige der Gebäude fingen jetzt schon an, abzusacken und zu bröckeln. Die Gemeindeverwaltung befürchtete beinahe täglich ein Desaster von den Ausmaßen der babelschen Turmkatastrophe.

Omally strampelte sich ab und radelte in die Zone des Zwielichts. Die Gegend war zweifelhaft, stechmückenverseucht und trostlos. Jede Wand war bis zum Rand mit Graffiti aus nicht entzifferbaren Hieroglyphen vollgeschmiert, Autowracks standen aufgebockt und räderlos auf Ziegelsteinen, und im dämmrigen Schein der einzigen funktionierenden Straßenlaterne drängte sich eine Bande von Taugenichtsen in Post-Holocaust-Chic und beäugte Omally mit offensichtlicher Feindseligkeit. Der tapfere Sohn Irlands zog die Schultern ein, erschauerte kurz und radelte rasch weiter. Er war bedrückt und deprimiert. Das hier war nicht Brentford. Es war so anders, daß er genausogut auf dem Mond hätte sein können.

Johns Gedanken richteten sich nun einzig auf das Wohlergehen von Jennifer Naylor. Was war aus ihr geworden? Er radelte im Uhrzeigersinn um die Mietblocks, zwischen Wracks und Abfall hindurch, doch nirgendwo war ein Zeichen von Jennifers Porsche zu entdecken. Genausowenig wie von der langen schwarzen Limousine, die vor Jennifer in dieses Hinterland städtischen Elends eingebogen war.

John machte an dem hohen Maschendrahtzaun Halt, der das Gelände des Gasometers umgab. Als nächstes würde er die Tiefgaragen absuchen müssen, und der Gedanke gefiel ihm ganz und gar nicht. Selbst dem berühmten Mad Max höchstpersönlich wären hier am Ende der Welt Zweifel gekommen.

Unvermittelt drang ein Schrei an Johns Ohr. Ein Frauenschrei? Er stellte alarmiert die Lauscher hoch. Ein weiterer Schrei, und er kam eindeutig von hinter dem Zaun, irgendwo ganz in der Nähe des großen Gasometers. Omally sprang von seinem Fahrrad und lehnte es gegen den Maschendraht, in dem Gedanken, auf die Stange zu klettern und von dort über den Zaun.

Ein Knistern, begleitet von blauen Funken, und John fand sich am Boden und in sein Fahrrad verwickelt wieder. Er löste sich von Marchant und mühte sich auf die Beine, während er fluchte und spuckte und sich die verbrannten Fingerspitzen hielt. In seinen Ohren klingelte es, und in seinen Schläfen pochte laut das Blut. Im Mund breitete sich ein metallischer Geschmack aus. Der Zaun stand unter Strom.

John blies sich auf die Finger, stieg in den Sattel und radelte auf der Suche nach einem Eingang am Zaun entlang. Er war noch keine hundert Yards weit gekommen, als er Jennifers Porsche erspähte. Er stand geparkt im Schatten des Gasometers hinter dem Zaun. Die Fahrertür stand weit offen, und von Jennifer war keine Spur zu sehen.

Omally geriet in Hektik. Er strampelte wie wild, weiter und weiter. Der Zaun schien kein Ende zu nehmen. Nirgendwo war ein Eingang zu sehen. Innerhalb weniger Minuten war Omally wieder an der Stelle angelangt, wo er angefangen hatte.

»Das ist eigenartig«, brummte er atemlos. »Ich kann nicht sagen, daß es mir auch nur eine Spur gefällt.«

Er spitzte die Ohren, doch die Nacht ringsum war still, schwarz und dunkel. Logik und Vernunft traten ihm vereint entgegen: *Wenn der Porsche hineingekommen ist, dann muß es auch einen Eingang geben.* Das war jedoch auch schon alles, was sich Logik und Vernunft zu dieser Sache beizutragen bereit fanden.

»Verdammt!« fluchte John. »Verdammt und zugenäht!«

Nun gibt es meist mehrere Wege, einer Katze das Fell über die Ohren zu ziehen – nicht, daß John je irgendeine einigermaßen befriedigende Technik gesehen hätte –, doch aus dieser Erfahrung folgte auch, daß es mehr als eine Möglichkeit gab, einen fünfzehn Fuß hohen elektrischen Zaun zu überwinden. Omally machte sich auf der Stelle an die Formulierung und Ausführung eines Plans, der so vollkommen undurchführbar und unwahrscheinlich klang, daß allein die Schilderung die Glaubwürdigkeit des Autors bis an die Grenzen strapaziert hätte. Und so muß Omallys Plan, wie er den elektrischen Zaun überwand, mit Rücksicht auf die Nerven des Lesers, Übersetzers und Lektors ungeschildert bleiben.*

Auf der anderen Seite des Zauns ließ er sich fallen und steckte die Fahrradpumpe wieder weg. Sodann huschte er in der Art der vielgepriesenen SAS oder GSG 9 oder was weiß ich nicht alles von Deckung zu Deckung und von Aussichtspunkt zu Aussichtspunkt vor. Er kroch hinter Jennifers Porsche und spähte hinein. Der Wagen war leer. Omally schlich um die Gebäude, peilte in Fenster und durch Schlüssellöcher. Nichts. Nirgendwo. Auf tauben Beinen näherte er sich schließlich dem Gasometer. Vor ihm ragte der weite Zylinder aus viktorianischem Gußeisen in die Höhe, das berühmteste Wahrzeichen Brentfords.

John war dem Gasometer noch nie so nah gewesen, und ihm war niemals bewußt geworden, wie groß er tatsächlich war. Das Ding war gewaltig. Eine eiserne Treppe führte an der Seite zu Laufstegen und Galerien hinauf, die den gesamten Gasometer umrundeten.

John fiel nichts anderes ein, als hinaufzuklettern und einen Blick in die Umgebung zu werfen. Vielleicht fand sich alles andere danach. Er packte das Geländer und erfuhr fast im gleichen Augenblick die Irrungen seines Tuns. Wenn der Zaun heiß gewesen war, dann war das Geländer kalt. So unwahrscheinlich kalt, daß er fast kleben geblieben wäre.

Omally zuckte schmerzerfüllt zurück und blies warme Luft auf die schockgefrosteten Finger. Er

* Schade!

wußte, daß sich ausdehnende Gase kalt wurden, aber das hier war unglaublich. Irgend etwas ganz, ganz Merkwürdiges war hier im Gange, und er steckte bis zum Hals darin.

John schätzte, daß seine patentierten Doctor-Martens-Luftsohlen die Kälte für einige Zeit abhalten würden, und so steckte er die Hände in die Taschen und trat vorsichtig auf die unterste Stufe.

Er erreichte die erste Galerie und huschte flink weiter, während er die Gegend unten am Boden absuchte und die Augen angesichts möglicher Schwierigkeiten offenhielt. Alles lag still, dunkel und unergründlich unter ihm. Schwer atmend näherte er sich der zweiten Treppe. Plötzlich und ohne jede Vorwarnung (aber ist das nicht immer so?) erklang unter ihm ein polterndes Geräusch, das Knirschen von Zahnrädern und das Kreischen von Eisen auf Eisen.

Omally drückte sich eng gegen die eiserne Wand und fluchte lästerlich, als er mit den Händen das arktische Metall berührte. Unter ihm glitt ein großer Ausschnitt des Gasometers beiseite. Grelles weißes Licht drang aus dem Innern nach draußen. Omally beugte sich vor, um einen Blick auf das Geschehen zu werfen, und trennte sich unfreiwillig von einem Büschel angefrorener Haare, die wie eine indianische Trophäe an der Gasometerwand zurückblieben. Unten verließ eine einzelne Gestalt die eiserne Festung und stapfte nach vorn in Johns Blickwinkel. Es war niemand anderes als Jennifer Naylor.

Omally beobachtete, wie sie zu ihrem Wagen ging, eine große, stolze, wunderschöne Frau. Sie setzte sich hinters Steuer, zog die Tür zu, startete den Motor und raste davon. Vor ihr löste sich ein Abschnitt des elektrischen Zauns vorübergehend einfach auf, der Wagen schoß hindurch, und der Zaun schloß sich wieder. Zahnräder knarrten, Eisen kreischte auf Eisen, und das Licht verlosch wieder. Zitternd blieb John in der Dunkelheit zurück.

Er hatte genug gesehen. Mehr als genug. Ohne Zögern rannte er über den Laufsteg zurück, hastete die Treppe hinunter, rannte quer über das Gelände und verließ das Grundstück auf die gleiche unwahrscheinliche Art und Weise, wie er es betreten hatte.

Kapitel 31

In einem weißen Zimmer mit weißen Vorhängen standen ein Stuhl, ein Tisch und ein Bett, die alle drei so gewöhnlich waren, daß sie keinerlei weiterer Erwähnung bedürfen. An einer weißen Wand jedoch hing eine große Karte, und vor dieser Karte stand Inspektor Sherringford Hovis.

Die Karte war eine komplizierte Angelegenheit, die auf den ersten Blick an den Streckenplan einer U-Bahn erinnerte, allerdings von einem Kleinkind gemalt.* Auf den zweiten Blick sah sie nicht viel anders aus.

Insgesamt erinnerte sie an eine Pyramide, der die Spitze fehlte. Der untere Rand der Karte hing voll mit Zeitungsausschnitten, Photographien, mysteriösen ›Proben‹ in Plastiktüten, Zahlenkolonnen auf Kassenbons und so weiter und so weiter. Zahlreiche rote Linien verliefen in einem komplizierten Netzwerk von diesen ›Hinweisen‹ aus und trafen sich gelegentlich an einem Punkt auf der Karte. Zwei Drittel der Pyramide waren von diesen Linien überzogen. Die Spitze war frei mit Ausnahme von ein paar Bleistiftstrichen und einem großen Fragezeichen, das die ganze Angelegenheit krönte.

* Und nicht unähnlich den Skizzen, die der Lektor als Vorlage für den Titelbildillustrator dieser Romane zeichnet. (Anm. d. Titelbildillustrators)**

** Ach Gott, jetzt mischt sich Arndt auch noch ein! (Anm. d. Lektors)***

*** Ach Gott, jetzt mischt sich Arndt auch noch ein! (Anm. d. Übersetzers)****

**** Ach Gott, jetzt mischt sich Arndt auch noch ein! (Anm. d. Autors)

Inspektor Hovis stützte den linken Ellenbogen in die rechte Hand und bohrte mit dem linken Zeigefinger im rechten Nasenloch. Er atmete zwischen den Zähnen hindurch ein, zog den bohrenden Finger wieder zurück und tippte auf die rätselhafte Wanddekoration. Das Objekt seiner gegenwärtigen besonderen Aufmerksamkeit war eine einzelne versengte Photographie, auf der sich eine ganze Anzahl roter Linien vereinigte, was ihr das Aussehen eines Bahnhofs oder Knotenpunkts in dem verrückten U-Bahn-System verlieh.

Inspektor Sherringford Hovis lehnte sich vor und starrte trüben Blickes in das photographische Auge von James Arbuthnot Pooley, der sein Starren ungerührt erwiderte.

»Ich krieg' dich, Bursche«, sagte er und versetzte dem roten Gesicht einen kurzen Klaps auf die Wange. Und indem er diese Worte aussprach und das Bild klapste, richtete er seine Aufmerksamkeit auf eine Verzweigung und verfolgte eine einzelne Linie bis zu einem weiteren Punkt. Einem Punkt, an dem sich mehrere Verbrecherphotos unter der Karte tummelten. Auf diesen waren die Profile und Frontalansichten zweier Gestalten mit geflochtenen Zöpfen und gefurchten Stirnen zu erkennen. Unter diesen Verbrecherphotos standen zwei Namen: Paul und Barry Geronimo.

Inspektor Sherringford Hovis hakte einen Finger in seine Uhrenkette und zog seine Regal Chimer hervor, genau die Taschenuhr, die Jim Pooley in seinem Lieblingswestern immer wieder zu bewundern nicht müde wurde. Allerdings dachte der große Detektiv nicht an Duelle und Showdowns, als er die Zeiger musterte und ein einziges Wort von sich gab: »Verspätet.«

Wie zur Antwort ertönte an der Zimmertür ein rhythmisches Klopfen. Hovis warf hastig ein Bettlaken über das Kunstwerk an der Wand. »Heroin!« sagte er.*

Die beiden Tapferen traten oin.** »Wir Grüße überbringen von Stämmen des Nordens«, überbrachten sie Grüße von den Stämmen des Nordens. »Rotes Brüder reisen mit Höchstgeschwindigkeit über Prärie, um Ruf von weißes Bruder zu folgen«, sagte Paul.

»Sein ganzes Mokkassin heißes«, bekräftigte Barry. »Nix Jux.«

»Recht so, meine Herren. Nehmen Sie doch bitte Platz.«

Nach einem Blick auf den einzigen, nicht weiter erwähnenswerten Stuhl im Raum (bis auf die Tatsache, daß nun Inspektor Sherringford Hovis darauf saß), ließen sich Paul und Barry auf das Linoleum nieder und kreuzten die Beine im legendären Schneidersitz.

»Rotes Brüder rauchen vieles Pfeife, reden manches Palaver«, sagte Paul erwartungsvoll. »Haben reichlich viel Feuerwasser in Medizinbeutel.« Er klopfte auf seine Designeraktentasche mit den Wollfransen.

Inspektor Hovis schüttelte entschieden den Kopf. »Rauchen könnt ihr meinetwegen später. Zuerst will ich wissen, was es Neues gibt?«

* Verzeihung. »Herein!« muß es selbstverständlich heißen. Wo kämen wir da hin? Schließlich ist Inspektor Hovis ein Beamter der Polizei.

** Schon wieder! Muß wohl am Tastaturtreiber von Windows 95 liegen …

»Vieles Neues.« Paul vollführte eine umfassende Handbewegung. »Vieles Wunder in Himmel und in Land von Weißaugen. In Chiswick, sagen Kunde, weißes Squaw gebären Kind in Fischgestalt. In Alabama fallen Sterne auf Erde, über Kentucky leuchten blauer Mond, Name von berühmtes TV-Moderator in Schwulenskandal verwickelt. Erst Abend gestriges Bruder Barry sehen viel merkwürdiges Dinge in weiße Fernsehshow. Alle Vorzeichen zeigen Zeit von großes Kummer und Sorge voraus. Old Tatterhand sagen ...«

»Jaja«, unterbrach Inspektor Sherringford Hovis. »Solche Neuigkeiten bereiten großem weißem Bruder« – an dieser Stelle klopfte er sich an die Brust – »viel Sorge. Aber steht nicht geschrieben, daß der Tapfere, der auf den Kaktus haut und über das Polizeiauge Büffelhaut ziehen will, in der Zelle endet und viel Zeit zum Nachdenken über die Irrungen seiner Wege erhält?«

»Rotes Bruder haben verstanden«, sagte Paul.

»Also? Welche Neuigkeiten gibt's?«

»Vieles Neuigkeiten«, sprudelte Paul hervor. »Wagen, nach denen weißes Bruder fragen, eine Stunde lang von Verkehrsstau aufgehalten. Verkehrsstau verursacht von Baustelle in Hauptstraße. Bauarbeiter zerbrechen Gasleitung, alles müssen evakuiert werden wegen Furcht vor Explosion. Autos auch.«

»Ja«, sagte Inspektor Hovis. »Das weiß ich bereits alles.«

»Ah«, sagte Paul. »Aber wissen großes weißes Bruder auch, daß nicht Gasgesellschaft gekommen, um zu reparieren Loch in Leitung?«

Hovis nickte nachdenklich. »Erzählt mehr.«

»Wagen sehen aus wie von Gasgesellschaft«, erzählte Paul mehr, »Ausweis von Fahrer sehen aus wie echt. Fahrer lange palavern mit Konstabler, der bei Baustelle Dienst machen, während andere Gasmänner Reparaturen durchführen. Später Gaswerke streiten ab Kenntnis über Leck in Leitung oder Notruf.«

Hovis nickte einmal mehr. »Sehr schlau eingefädelt«, sagte er. »Wirklich sehr schlau.«

»Kriminelle schlau wie Wüstendingo, aber nicht schlau genug für tapferes Rotes Brüder.«

»Weiter im Text.«

»Und wie!« textete Paul weiter. »Jetzt kommen Kabinettstück, das Roten Brüdern abnötigen großes Respekt. Rotes Brüder halten an Methode von großes Weißes Bruder und machen Pow-Wow mit Konstabler, wo Dienst bei Baustelle. Sagen ihm er vielleicht machen großes Fehler und berühmtes Inspektor Hovis ihn aufhängen an Eiern wenn herausfinden. Konstabler begierig zu reden und erzählen tapferes Rotes Brüdern alles, was wissen.«

»Weiter, los, redet!«

Paul grinste. »Konstabler erzählen eskortieren Wagen von Gaswerke durch Verkehrsstau auf Fahrrad seines. Sehen Wagen fahren auf Gelände von großes Gasometer, Fahrer spendieren Konstabler sogar Geld für Drink wegen Mühe seines.«

Die Gesichtszüge des Inspektors drohten zu entgleisen. »Dann war der Wagen tatsächlich von den Gaswerken!« brüllte er.

Paul Geronimo schüttelte den Kopf und grinste womöglich noch breiter. »Nichts dergleichen«, sagte er. »Tapferes Brüder denken Dinge merkwürdig und fragen noch einmal bei Gaswerke nach. Gaswerke verraten tapferes Rotes Brüder, sie nicht besitzen Gasometer von Brentford und streiten alles Kenntnis ab. Sagen, haben nie besessen Brentforder Gasometer, sagen, geben gar kein Gasometer in Brentford.«

»Was? *Was?* WAS?« Inspektor Hovis' Stimme drohte sich zu überschlagen. Er kratzte sich ein paar Schuppen aus den Haaren. »Aber der Gasometer steht hier, und alle Welt kann ihn sehen!«

»Möglich sein alle Welt sehen Gasometer, aber sein kein verdammtes Gasometer, soviel sein jedenfalls sicher«, erwiderte Paul.

»Aber was dann?«

»Tapferes Rotes Brüder glauben, sein Hauptquartier für Gangsterbande internationales.«

Inspektor Sherringford Hovis wischte sich den Schweiß von der edlen Stirn, der sich zwischenzeitlich reichlich angesammelt hatte.

»Also schön. Dann kommen wir jetzt zu eurem Feuerwasser«, sagte er.

Kapitel 32

Omally befand sich in einem Zustand nahe der völligen Erschöpfung, sowohl mental als auch physisch. Er lehnte Marchant gegen den Gartenzaun von Jennifer Naylors Haus und bemühte sich, die Krawatte zurechtzurücken und das wirre Haar über der kahlen Stelle am Hinterkopf zu glätten.

Er schüttelte die Falten aus seiner Hose und sammelte auf, was an halbwegs brauchbaren Lilien noch übrig war, um sie in einem hübschen Strauß zusammenzuraffen. Mit wenig überzeugender Nonchalance stieß er das Gartentor auf und ging über den kurzen Kiesweg zur Tür, um zu klopfen. Alles sah ganz genauso aus wie immer.

Der Porsche stand in der Garage, die Lichter im Erdgeschoß brannten. Bald nach seinem Klopfen ertönten im Innern Geräusche, Schritte näherten sich über Parkettboden, und Riegel wurden zurückgeschoben.

Die Eingangstür öffnete sich mit vorgelegter Sicherheitskette, und Jennifer blickte kühl, gepflegt und gefaßt auf ihren Besucher.

»John Omally«, sagte sie mit tonloser Stimme. »Ich habe dich bereits erwartet. Komm herein.«

Ach, tatsächlich, dachte Omally, während sie die Kette löste und die Tür ganz öffnete. »Ich habe dir ein paar Blumen mitgebracht.«

Jennifer nahm die Lilien und blickte sie voller Mitleid an.

»Sie sterben«, sagte sie. »Wie traurig.«

Das war eine völlig unerwartete weibliche Reaktion auf ein Blumengeschenk und außerdem eine, die für Omallys reichen Schatz an Erfahrung völlig neu war.

Omally trat ein, und sie schloß hinter ihm die Tür. »Du siehst aus, als könntest du einen Drink vertragen«, sagte sie. Sie legte die Blumen vorsichtig auf den kleinen Tisch in der Diele und führte John ins Wohnzimmer.

Er folgte ihr mit einem Gefühl der Beklommenheit und musterte aufmerksam seine Umgebung. Als er keines der mörderischen Pakete entdecken konnte, atmete er innerlich auf.

Doch er fand keine Ruhe. Irgend etwas war ganz und gar falsch, obwohl John nicht sagen konnte, was es war.

»Setz dich.«

Omally nahm Platz. Er beobachtete Jennifer aus den Augenwinkeln. Sie schien einige Schwierigkeiten zu haben, ihre Hausbar zu finden. Sie öffnete die Türen des Fernsehschranks und schüttelte ihren wunderschönen Kopf.

»Alles in Ordnung?« erkundigte sich Omally. »Kann ich dir vielleicht helfen?«

Jennifer wirbelte unnatürlich schnell zu ihm herum. »Schon gut, alles ist genau so, wie es sein sollte«, sagte sie mit eisiger Stimme.

»Du scheinst ein wenig, nun, verwirrt zu sein.«

Jennifer Naylor lächelte breit, doch es war ein Lächeln ohne jede Wärme.

»Ich bin nur ein wenig müde, vielleicht würdest du dich selbst bedienen . . .?«

»Aber selbstverständlich. Wie unhöflich von mir!«

Omally stand auf und ging zum Barschrank. Langsam und zielgerichtet nahm er eine Flasche Whisky und zwei Gläser heraus. Jennifer stand wie eine Statue mitten im Zimmer und starrte ins Leere. John gefiel es nicht, wie sie aussah.

Sie befand sich in einem Schockzustand, das war mehr als wahrscheinlich. Was immer sie im Gasometer gesehen hatte, es hatte ihren brillanten Verstand aus der Fassung gebracht. Er würde sehr behutsam zu Werke gehen müssen.

John schenkte zwei doppelte Gläser Scotch aus und fügte Eis hinzu. »Hier, bitte sehr«, sagte er und näherte sich ihr vorsichtig. »Ein Goldener on the Rocks.«

Jennifer nahm ihr Glas und starrte hinein. Sie klapperte mit den Eiswürfeln. »Was willst du hier?« erkundigte sie sich.

»Ein Freundschaftsbesuch, weiter nichts«, log John. »Es ist schon eine Weile her, daß wir uns das letzte Mal gesehen haben. Komm, setz dich zu mir auf das Sofa.«

Er nahm sie sanft beim Arm, doch sie entzog sich seinem Griff und blieb stehen, wo sie war.

»Na schön, wie du meinst.«

John setzte sich vor ihr in einen Sessel und nippte an seinem Drink.

»Glaubst du an Gott?« fragte Jennifer unvermittelt.

Omally starrte sie über sein Glas hinweg an. Ihre smaragdfarbenen Augen hielten seinen Blick gefangen. »Ich bin von Geburt Katholik«, sagte er langsam.

»Du bist von Geburt aus gar nichts, außer Mensch. Bitte beantworte meine Frage.«

John nippte erneut an seinem Glas.

»Warum willst du das wissen?«

»Weil ich es wissen will.«

»Dann muß ich in aller Offenheit gestehen, daß ich es nicht genau weiß.«

»Was weißt du nicht? Ob es einen göttlichen Schöpfer gibt?«

»Es gibt viele Religionen, und jede von ihnen nimmt für sich in Anspruch, die einzig wahre zu sein. Ich wurde im Geiste einer dieser Religionen aufgezogen, ihr zu folgen, ohne Fragen zu stellen. Aber ich stellte Fragen, und niemand war imstande, mir befriedigende Antworten zu liefern. Ich weiß es nicht.«

»Dir mangelt es an Wissen.«

»Wie uns allen, fürchte ich. Ich existiere, dessen bin ich mir relativ sicher. Du existierst ebenfalls, denn all meine Sinne informieren mich über diese Tatsache. Was darüber hinausgeht, daran sind größere Geister als der meine gescheitert.«

»Geister von Menschen«, sagte Jennifer verächtlich. »Beschränkte, erbarmungswürdige Geister.«

»Unser Geist ist alles, was wir besitzen. Wir können lediglich versuchen, das Beste daraus zu machen.«

»Dann hattest du noch nie den Wunsch, nach Höheren Wahrheiten zu suchen?«

Omally leerte seinen Drink. Nach seiner Erfahrung führten Diskussionen wie diese selten zu einem befriedigenden Ergebnis, und wenn man sie mit attraktiven Frauen führte, so gut wie niemals in Richtung ihres Schlafzimmers.

»Ich besitze keinerlei Beweise, daß eine solche Höhere Wahrheit existieren könnte«, sagte er und erhob sich, um sein Glas nachzufüllen. »Nach meinen persönlichen Erfahrungen denke ich, es ist besser, sich mit dem zufriedenzugeben, was man hat, als vergeblich nach etwas zu suchen, das man niemals finden wird.«

Nachdem diese Banalität aus dem Weg geräumt war, goß er sich weiteren Scotch ins Glas.

»Und das ist deine Lebensphilosophie?«

John seufzte innerlich. So kam er nicht weiter.

»Es tut mir leid, daß ich dir keine befriedigenderen Antworten liefern kann«, sagte er nach einer Weile. »Aber wenn du eine tiefgründige theologische Diskussion führen möchtest, dann schlage ich vor, daß du dich mit Professor Slocombe unterhältst. Er ist ein Mann, der sein gesamtes Leben der Suche nach Höheren Dingen gewidmet hat. Wenn dir so danach ist, können wir meinetwegen gleich gehen und ihm einen Besuch abstatten. Ich bin sicher, er wäre sehr erfreut, dich kennenzulernen.«

»Nein!« fuhr Jennifer auf. »Ich verspüre nicht den geringsten Wunsch, ihn zu sehen!«

»Das tut mir leid«, erwiderte John. »Ich jedenfalls kann dir nicht verraten, was du ganz offensichtlich wissen möchtest.«

»Nein, kannst du nicht«, sagte Jennifer. Und mit diesen Worten hob sie ihr Glas an die Lippen und kippte zu Omallys sprachlosem Erstaunen den gesamten Inhalt samt Eiswürfeln in einem Zug hinunter.

»He, langsam!« krächzte er. »Sonst wird dir am Ende noch schlecht!«

»Omally«, fragte Jennifer, »wozu genau bist du eigentlich gut?«

John grinste ein wenig schief. »Ich hätte nicht gedacht, daß du diese Frage stellen mußt.«

Einmal mehr breitete sich das schreckliche Grinsen auf Jennifers Gesicht aus. »Hast du vielleicht Lust auf hemmungslosen Sex?« fragte sie.

»Nun, ich ... äh ... Also wenn du mich so fragst ...«

Kapitel 33

Das Grundstück, auf dem Professor Slocombes Haus stand, war seit vielen, vielen Jahren durch einen alten magischen Spruch geschützt, der den Gelehrten stets gewarnt hatte, wenn ein Besucher kam. An diesem Abend saß er – wie an zahllosen anderen Abenden zuvor – an seinem Schreibtisch und war tief in seiner Arbeit versunken. Vor ihm auf dem Tisch lag die ausgebreitete topographische Karte der Gemarkung Brentford Nummer TQ 17 E, und auf dieser Karte waren mit roter Tinte die Grenzen des Brentforder Dreiecks eingezeichnet sowie mit grüner Tinte die Umrisse des Sternstadions. Der Professor arbeitete unermüdlich mit Kompaß und Winkelmesser, als draußen auf der Straße eine lange schwarze Limousine fortschrittlichen Designs und unbekannter Herkunft lautlos vorfuhr. Ein zwergwüchsiger livrierter Chauffeur sprang heraus und öffnete die Tür des Fonds, wobei er sich ein Taschentuch vor die Nase gepreßt hielt.

Professor Slocombe streckte die Hand nach dem Barwagen aus und schenkte sich einen kleinen trockenen Sherry ein. Ein leichtes Kitzeln am Hals ärgerte ihn flüchtig, doch er schüttelte es ab und wandte sich wieder seiner Arbeit zu. Der unerträgliche Gestank, der kurz darauf seine Nüstern füllte, sowie das kalte Frösteln, das an seiner Wirbelsäule entlangkroch, ließen ihn ein weiteres Mal innehalten. Er richtete sich kerzengerade in seinem Stuhl auf.

»Professor Slocombe«, ertönte ein rauhes Flüstern. »Wollen Sie mich denn nicht hereinbitten?« Der alte

Mann schwang mit einem überraschten Ächzen herum. »Habe ich Sie erschreckt?« fuhr die Stimme fort, deren Besitzer nun in der Verandatür stand.

Professor Slocombe hatte einige Mühe, die Fassung wiederzuerlangen. Die Tatsache, daß es jemandem gelungen war, unerkannt seine Verteidigung zu durchbrechen, reichte völlig aus, um ihn in seiner Zuversicht zu erschüttern, doch der Anblick seines ungebetenen Besuchers erweckte blankes Entsetzen.

Der Fremde war von durchschnittlicher Größe und trug einen Anzug aus dunklem Material, doch das, was von seiner Physiognomie zu sehen war, wirkte alles andere als normal. Der obere Teil des Kopfes war von etwas bedeckt, das nach Plastikfolie aussah. Die Folie lag eng um eine unförmige Masse aus Falten und Beulen. Die Augen waren von einem komischen Apparat verdeckt, der offensichtlich als Sehhilfe diente. Künstliche Lider öffneten und schlossen sich in regelmäßigen Abständen. Der Mund des Fremden war unter einer gewaltigen formlosen Nase kaum zu sehen.

»Nun beruhigen Sie sich wieder, Professor«, flüsterte die Gestalt heiser. »Bitte entschuldigen Sie mein Eindringen und meine Erscheinung. Ich bin kein angenehmer Anblick, das ist mir durchaus bewußt. Dürfte ich mich vielleicht setzen? Mein Körper verfügt nur über geringe Kräfte.«

Professor Slocombe nickte. »Bitte sehr. Darf ich Ihnen etwas anbieten?«

»Nein, nein! Bitte machen Sie sich keine Mühe! Ich habe gelernt, mit ... mit meiner Gebrechlichkeit zu leben.« Der Eindringling bewegte sich schwerfällig. Die Gelenke in seinen Beinen bogen sich irgendwie an den falschen Stellen, tief unten, an den Knöcheln, und hoch oben an den mißgestalteten Oberschenkeln. Was immer sich unter diesem dunklen Anzug verbarg, es war irrsinnig mißgestaltet und hatte jegliche menschliche Form verloren.

Professor Slocombe zuckte zusammen, als der Krüppel sich in einen Kaminsessel sinken ließ; jede einzelne Bewegung schien ihm unerträgliche Schmerzen zu bereiten.

»Sie leiden offensichtlich an starken Beschwerden«, sagte der Professor. »Darf ich fragen, an welcher Krankheit Sie laborieren? Ich rühme mich einiger Kunstfertigkeit auf medizinischem Gebiet.«

»Nein, nein.« Der Fremde hob eine behandschuhte Hand. »Sie finden meine Krankheit in keiner *Encyclopedia pharmacia* und auch in keinem Ihrer außergewöhnlichen Bücher.« Er machte eine umfassende Bewegung in Richtung der umfangreichen Sammlung thaumaturgischer Werke, die die Regale des Professors füllte. »Ich bin Wissenschaftler und ein Opfer meiner eigenen Experimente.«

Professor Slocombe hob eine Augenbraue; der Invalide sah ganz wie jemand aus, der sich mit okkulten Kräften befaßt hatte und Opfer des Gesetzes der dreifachen Wiederkehr geworden war, das besagte, daß eine böse Beschwörung mit dreifacher Kraft auf den Magier zurückfiel. »Das ist nicht der Fall, wie ich Ihnen versichern kann«, flüsterte der Eindringling, indem er die Gedanken seines unfreiwilligen Gastgebers las.

Professor Slocombe senkte seinen mentalen Schild und beobachtete fasziniert, wie ein Schauer den Körper des Fremden durchlief.

»Wie Sie inzwischen zweifellos bemerkt haben, hat meine Gebrechlichkeit auch ihre guten Seiten. Man sagt, daß ein verlorener Sinn durch eine Schärfung der restlichen kompensiert wird. Ich für meinen Teil habe fast sämtliche meiner Sinne eingebüßt. Ich besitze heute andere, weitaus mächtigere Sinne, die den meisten Menschen völlig unbegreiflich wären.«

»Sie sind ein äußerst ungewöhnlicher Mann, um noch das geringste zu sagen.«

»Das gleiche könnte ich über Sie sagen, Professor Slocombe.«

Der Professor legte die Fingerspitzen in einer merkwürdigen Figur gegeneinander. »Und nun, nachdem wir genug Höflichkeiten ausgetauscht haben, schlage ich vor, daß Sie mir den Zweck Ihres Besuchs nennen.«

»Recht so, Professor. Doch ich vermute, daß Sie im Verlauf unserer kurzfristigen Bekanntschaft bereits erraten haben, wer ich bin und aus welchem Grund ich zu Ihnen gekommen bin.«

»Ich vermute, Sie sind der geheimnisvolle Sponsor der Olympischen Spiele, der Konstrukteur des Stadions und der Erfinder des unglaublichen Gravitits.«

»Entdecke ich da so etwas wie Verdruß in Ihrer Betonung des Wortes ›Gravitit‹?«

»Wer sind Sie, und was wollen Sie?«

»Mein Name spielt keine Rolle. Aus wirtschaftlichen Gründen nennt man mich Kaleton. Verschwenden Sie nicht Ihre Zeit, indem Sie diesen Namen zu interpretieren versuchen, er wurde rein zufällig ausgewählt. Ich bin auf einer, nennen wir es diplomatischen Mission zu Ihnen gekommen, um über eine friedliche Koexistenz zu verhandeln.«

»›Wie ein Dieb in der Nacht‹«, zitierte Professor Slocombe die Heilige Schrift.

Kaleton ignorierte seine Bemerkung und sagte einfach: »Ich sterbe.«

»Sie suchen meine Hilfe?«

»Ganz im Gegenteil, Professor. Ich möchte, daß Sie mir nicht in die Quere kommen.«

»Beim Sterben?«

Kaletons Mund formte ein vollendetes »O«, und ein Schwall übler Luft entwich daraus.

Professor Slocombe, der seinen Geruchssinn gleich bei Kaletons Eintreten deaktiviert hatte, lehnte sich aus Furcht vor ansteckenden Krankheiten in seinem Stuhl zurück.

»Die Spiele«, sagte Kaleton. »Das Stadion und die Olympischen Spiele sollen mein Epitaph werden. Ich werde vielleicht nicht lange genug leben, um sie zu sehen, doch durch sie werde ich unsterblich sein.«

»Posthumer Ruhm für jemanden, der seine Identität nicht der Öffentlichkeit preisgeben will? Wie stellen Sie sich das vor?«

»›Ihr werdet Sie an ihren Taten erkennen.‹«

»Aber zu welchem Preis?«

»Preis?«

»Es hat bereits Tote gegeben! Ich denke, Sie sind dafür verantwortlich.«

Aus Kaletons Mund kamen Geräusche, die der Professor mit Müh und Not als spöttisches Gelächter identifizierte. »Niemand ist gestorben, Professor«, krächzte er. »Sind Sie tatsächlich so leicht hinters Licht zu führen?«

»Nicht so leicht, wie Sie vielleicht glauben.«

»Holographische Bilder als Sicherheitssystem.

Wachhunde ohne Zähne und Substanz, heraufbeschworen aus dem Unterbewußtsein der unbefugten Eindringlinge. Sehr wirkungsvoll, meinen Sie nicht auch?«

»Die Chimäre auf dem Kahn und der Greif von Griffin Island?«

»Fortgeschrittene optische Täuschungen, weiter nichts.«

»Das kaufe ich Ihnen nicht ab, Kaleton.« Professor Slocombe griff unter seinen Schreibtisch und brachte Pooleys Paket zum Vorschein. »Was ist das hier?«

»Also schön«, gestand Kaleton. »Der Bau des Stadions ist zu wichtig, als daß ich eine Unterbrechung durch sich einmischende Taugenichtse dulden könnte.«

»So einfach ist das also? Sie sind bereit zu töten, um Ihre Interessen durchzusetzen. Um Ihre Unsterblichkeit zu gewährleisten.«

»Jeden Tag sterben Menschen. Menschen ohne Visionen, Menschen ohne jeden Wert. Mein Genius wird Generationen befruchten.«

»Größenwahn. Sie sind nicht nur körperlich krank, sondern auch im Kopf.«

»Wenn Sie nicht für mich sind, sind Sie gegen mich!«

»Dann bin ich eben gegen Sie, mit Geist und Körper. Ich verstehe ihre wirklichen Motive nicht ganz, doch ich vermute, daß sie alles andere als ein Segen für die Menschheit sein werden. Ich möchte Sie bitten, mein Haus auf der Stelle zu verlassen.«

Kaleton erhob sich mühsam aus dem Kaminsessel und stellte sich mit dem Rücken zu Professor Slocombe.

»Sie sind ein Ärgernis, weiter nichts«, sagte er. »Ich denke, daß ich Sie besser gleich erledigen sollte.«

»Das könnte schwieriger sein, als Sie im Augenblick vielleicht glauben.«

»Das sagen Sie, nachdem Sie erfahren mußten, wie leicht ich den schützenden Zauber überwunden habe, der Ihr Haus umgibt?«

»Das wird Ihnen in Zukunft nicht noch einmal gelingen, das kann ich Ihnen versichern.«

Kaletons Kopf drehte sich langsam auf den mißgestalteten Schultern, bis er genau nach hinten und auf Professor Slocombe sah.

»Sie haben keine Zukunft«, sagte er mit einer Stimme, die wie ein Chor aus vielen Stimmen klang. »Sie sind erledigt, alter Mann.«

»Bitte gehen Sie jetzt, solange Sie noch dazu imstande sind.«

»Das denke ich nicht, Professor.« Kaletons Mund weitete sich, wurde zu einem klaffenden Schlund, in dem weder eine Zunge noch Kiefer zu sehen waren. Ein eisiger Sturm brach daraus hervor, erfaßte den Professor in seinem Stuhl und fegte ihn gegen die Wand. Doch der Effekt war augenblicklich wieder vorüber, denn der Gelehrte erhob sich und starrte seinen Angreifer herausfordernd an, während über seine Lippen die Worte einer uralten Formel drangen.

Über dem Arbeitszimmer entspannte sich Jim Pooley in rosenduftendem Badewasser.

Nicht weit entfernt in einem anderen Haus räkelte sich John Vincent Omally auf seidenen Bettlaken mit nichts als seinen Boxershorts am Leib. Vor ihm schälte sich Jennifer Naylor leise summend aus ihren Kleidern.

Kaleton hob eine verkrüppelte Hand, um die Lanze aus Feuer abzuwehren, die auf ihn zuschoß. Die Flammen erstarrten zu glasigen Splittern, die wirkungslos auf den persischen Teppich purzelten und sich in Nichts auflösten. Auf Professor Slocombes Gesicht breitete sich Verblüffung aus, und der alte Gelehrte nahm Zuflucht zu Mächten, die durch größere Worte heraufbeschworen wurden.

Kaleton vollführte eine einzelne Bewegung, und Professor Slocombes Arbeitszimmer und die Welt ringsum verschwanden, wichen einer dunklen Kugel, in der es nur noch ihn selbst und den Magus gab.

»Es gibt keine Zukunft«, krächzte der verkrüppelte Mann, »weder für Sie noch für irgendeinen Ihrer Helfer.«

Jennifer Naylors Büstenhalter glitt zu Boden und entblößte ein Paar Brüste, von denen die meisten Männer nur träumen konnten. Omally spürte, wie sich seine Männlichkeit erwartungsvoll regte, als die unglaubliche Schönheit die Daumen hinter das Gummiband ihres seidenen Schlüpfers hakte und ihn langsam nach unten streifte.

»Nur Sie und ich allein«, sagte Kaleton.

»Nur du und ich allein«, echote Jennifer Naylor.

Professor Slocombe vollführte mit alten gebrechlichen Händen eine Reihe blitzschneller Bewegungen. Vor ihm wuchs eine Wand aus weißem Chitin in die Höhe, und hinter der Wand kehrte das Licht durch eine kleine Öffnung zurück. Eilig wich der Professor ein paar Schritte nach hinten. Er stand erneut an seinem Schreibtisch, doch der schützende Wall brach rasch wieder zusammen. Aus dem Innern der dunklen Kugel tauchte das Bild Kaletons auf, und sein schwarzer Schlund war riesengroß und verschluckte alles, was vor ihm lag.

»Und nun wirst du sterben!« ertönte ein Chor aus tausend Stimmen, die alle die seine waren.

»Und jetzt wirst du sterben«, sagte Jennifer Naylor. Ihre linke Hand glitt nach oben zum Hals und hinter den Rücken, wo sie etwas packte, das ein Reißverschluß hätte sein können. Sie zog es über die gesamte Länge ihres nackten Rückens hinunter.

Kaletons Bild wuchs und wuchs, und der Mund war ein gigantischer schwarzer und unersättlicher Schlund. Ein bodenloses Loch, in das am Ende die ganze Welt fallen mußte. Der Professor verschränkte die Arme vor der Brust und stieß die Silben seines letzten und mächtigsten Spruches aus.

Eine gewaltige Schockwelle ging durch das kollektive Bewußtsein der gesamten Menschheit.

Die äußere Hülle, die Haut der falschen Jennifer Naylor, fiel zu Boden wie eine vertrocknete Hülse. Vor Omally stand eine Gruppe aus elementaren Schrecken, die sich einer über dem anderen in einer zuckenden, sich windenden Masse auftürmten und noch für einen Augenblick Jennifers Umrisse besaßen, bevor sie sich auf den Burschen in den Boxershorts stürzten.

»Höllenzähne!« kreischte John Vincent Omally und kam der Sache damit recht nahe.

Die Kreaturen kamen in einer wogenden, kreischenden Kakophonie über ihn wie gewaltige, aufgeblähte Maden mit Babyköpfen und stachelbewehrten Insektenkörpern.

Augenlos und mit Reihen von untereinander sitzenden Mäulern.

Ein gewaltiger Gestank nach Verwesung breitete sich aus und nahm John nicht nur den Atem, sondern brannte in den Augen wie Schwaden von Säure. Omally wich bis zum Kopfende des Bettes zurück und drückte sich an die Wand, und der kreischende, wirbelnde, zuckende Alptraum kam über ihn und hüllte ihn ein.

»Auf und davon!« Professor Slocombe hob die Arme, vollführte die letzte Bewegung und stieß die letzte Silbe seines finalen, mächtigsten Spruches hervor. Das schwarze Bild wankte und verlor an Intensität, dann fiel es in einer ohrenbetäubenden Explosion in sich zusammen, um sich gleich darauf zu einem Haufen wirbelnder Fragmente zu verdichten und schließlich nach oben zur Decke und durch sie hindurch zu fliegen, ein eisiger Strom entweichender unheiliger Energien.

»Aaaaaagh!« heulte Jim Pooley in seiner Badewanne schmerzerfüllt auf, als das Wasser zu einem soliden Eisblock erstarrte.

In einem Raum von unbeschreiblicher Schwärze brach Professor Slocombe bewußtlos zusammen und stürzte zu Boden.

Im Schlafzimmer eines nicht weit entfernten Hauses tropfte dicker grüner Schleim über ein seidenes Bettlaken und sammelte sich am Boden in einer großen Pfütze zusammen mit menschlichem Blut.

»Hilfe, zu Hilfe!« heulte ein lebender Eisberg in einer Marmorbadewanne. »O verdammt, o zur Hölle, o Hilfe! *Hiiiiilllllfffeeeee!*«

Kapitel 34

Der Polizeikordon riß auseinander, und der Wagen des Inspektors raste durch die Lücke. Mitten in einem Chaos aus Polizeifahrzeugen, Krankenwagen und Feuerlöschzügen kam er mit quietschenden Reifen zum Halten. Hovis sprang aus dem Wagen und folgte einem wild gestikulierenden Konstabler zum Haus von Professor Slocombe. Auf dem Rücksitz des Wagens beugte sich Paul Geronimo zur Seite und flüsterte seinem Bruder ins Ohr: »Noch mehr großes Scheiß kommen hier runter. Besser Rotes Brüder jetzt verschwinden, und zwar pronto.«

Und mit dem zähen Überlebenswillen der vierfüßigen Zibetkatze öffneten die beiden Tapferen die abgewandte hintere Wagentür und verschmolzen mit der Nacht.

»Gehen Sie zur Seite, bitte!« Inspektor Hovis bahnte sich unter Einsatz der Ellenbogen einen Weg durch das Gedränge vor dem Gartentor des Professors und von dort in den magischen Garten. »Lebt er noch?« erkundigte sich der große Detektiv.

Der Kopf des Konstablers vollführte eifrig nickende Bewegungen. »Aber nur so gerade, Sir. Konstabler Meek war in dieser Gegend auf Streife, als alles in die Luft flog. Er zerrte den alten Mann aus den Trümmern und gab ihm Mund-zu-Mund-Beatmung. Er war fast tot. Im Augenblick behandeln sie ihn im Krankenwagen, Sir. Sir, er hat ganz schreckliche Erfrierungen!«

»Wo steckt Meek?«

»Auch im Wagen, Sir. Meek hat auch Erfrierungen, Sir, und das mitten im Hochsommer!«

»Schaffen Sie alle raus, und zwar auf der Stelle, Konstabler.«

»Jawohl, Sir.«

Hovis stapfte über den Kiesweg und durch die zerschmetterten Verandafenster, die aus den Angeln gerissen worden waren. »Mein Gott, was ist das für ein schrecklicher Gestank? Liegt hier irgendeine Leiche versteckt oder was?«

»Kann schon sein, Sir. Das Haus ist in einem schrecklichen Zustand.«

Im Arbeitszimmer waren die Jungs von der Spurensicherung zugange. Blitzlichtgewitter zuckten, Fingerabdrücke wurden genommen, wohlbedachte Mutmaßungen angestellt und Kaffee aus Thermoskannen getrunken. Mehrere Konstabler, deren einzige Aufgabe scheinbar darin bestand, jedermann im Weg zu stehen, gingen dieser Aufgabe mit großem Eifer nach. Das Zimmer war verwüstet, die kostbaren Folianten lagen zerfetzt am Boden, die antiken Möbel waren umgestürzt, und unbezahlbare Artefakte vollkommen zerstört.

»Mein Gott!« sagte Hovis. »Und das hat der Professor überlebt?«

»Nur ganz knapp, Sir.«

Hovis drehte sich zu den gaffenden Im-Weg-Stehern um. »Raus!« befahl er. »Verschwinden Sie aus diesem Raum! Wo steckt Meek?«

Der Konstabler legte neues Holz auf das Kaminfeuer, neben dem Jim Pooley in einem Ohrensessel saß. Er war in dicke Lagen von Decken und Tüchern gehüllt und ganz blau im Gesicht, und er blickte sehr bitter drein.

»Hier, Sir!« meldete sich Meek zur Stelle.

Hovis funkelte den knienden Konstabler an. »Das hier ist eine Sauerei allerersten Grades, Konstabler!« brüllte er los. »Was verdammt haben Sie zu Ihrer Verteidigung vorzubringen?«

»Sir?«

»Meek, ich hatte angeordnet, dieses Haus rund um die Uhr zu bewachen! Wo haben Sie gesteckt, als das hier geschehen ist?«

»Direkt hier, Sir.«

»Was? Was ist passiert? Wer ist für diese Schweinerei verantwortlich?«

»Nun, Sir ...« Der Konstabler senkte den Kopf. »Ich kann mich nicht mehr genau erinnern, Sir. Da war diese Limousine ...«

»Eine Limousine, sagen Sie?«

»Ein langer schwarzer Wagen. Ich habe noch nie einen Wagen wie diesen gesehen, Sir.«

Ein lautes, klagendes Stöhnen erklang aus dem Mund des in Decken gehüllten Mannes am Kamin.

»Ah«, sagte Hovis und hob eine nachdenkliche Augenbraue. »Und was haben wir hier?«

»Der Bursche war ein Stockwerk höher im Badezimmer, Sir. Eingefroren in einen Eisblock. Die Feuerwehrleute mußten ihn mit der Axt befreien.« Meek unterdrückte ein Kichern. »Sie hätten hören sollen, wie er geheult und getobt hat.«

Jim starrte den jungen Konstabler mordlüstern an, und Inspektor Hovis starrte Jim an. »Mister Pooley, wenn ich mich nicht irre?«

Jim drängte sich dichter an das Feuer und klapperte weltmeisterlich mit den Zähnen. »James Arbuthnot Pooley. Geboren am 27. Juli 1949 in der Parsons Green Entbindungsklinik. Keine Vorstrafen.«

»Keine Vorstrafen, eh?« erkundigte sich der berühmte Inspektor. »Und welche Rolle haben Sie bei dieser Geschichte gespielt?«

»Die des unschuldig Hineingezogenen, überrascht von einem kosmischen Kreuzfeuer«, erklärte Jim. »In der einen Minute saß ich noch in meiner warmen Badewanne, und in der nächsten – *Peng!* war ich ein verdammtes Fischstäbchen.«

»Ich schätze, wir bringen Sie möglichst rasch in unser hübsches warmes Verhörzimmer, bevor Ihnen noch weitere Mißgeschicke widerfahren«, sagte der Inspektor.

»Nicht nötig, danke sehr«, entgegnete Jim. »Mir geht es großartig.«

»Meek, seien Sie so gut und bringen Sie Mister Pooley hier aufs Revier, ja? Ich möchte mich nachher mit Ihnen beiden unterhalten.«

»Das können Sie nicht mit mir machen!« beschwerte sich Jim. »Ich habe nichts getan! Das ist ein verdammtes Komplott, das Sie gegen mich schmieden! Es gibt keine Gerechtigkeit mehr auf der Welt!«

Konstabler Meek packte Jim kräftig am Ellbogen.

»Das ist Willkür! Ich bin unschuldig«, kreischte der gepackte Unschuldige. »Ich werde mich beschweren, Sie werden schon sehen! Ich bin ein einflußreicher Mann!«

»Nehmen Sie ihn mit, Konstabler.«

Und unter weiterem heftigen Protest, lauten Unschuldsbeteuerungen, Flehen um Gnade und entrüstetem Brüllen wurde das erhitzte Fischstäbchen namens Pooley abgeführt. Auf dem Weg zur Grünen Minna machte sich ein Gedanke in ihm breiter und breiter: Märtyrertum. »Kosaken!« kreischte er, als die Wagentür hinter ihm zugeworfen wurde. »Prügelt mich nur, ihr Gummiknüppelschläger, und steckt mir die Elektroden so tief in den Hintern, wie ihr wollt! Ich werde kein Wort sagen! Ich werde niemals reden! Die Pooleys von heute lassen sich nicht unterkriegen!«

Hovis' Blicke glitten über das Zimmer, in dem die Tragödie stattgefunden hatte. »Ich frage mich«, fragte er sich.

»Und was fragen Sie sich, Sherringford?«

Auf dem Gesicht des Inspektors breitete sich ein Lächeln aus.

»Ich frage mich, wie Sie das gemacht haben, Professor«, sagte er und drehte sich nach eben diesem Mann um, der mit dem Rücken zu dem inzwischen hell lodernden Kaminfeuer stand.

»Eine äußerst komplizierte Transperambulation«, antwortete der Magier erklärenderweise. »Ich möchte sie niemals wiederholen müssen, genausowenig, wie ich ihre Feinheiten erläutern möchte. Frei heraus gesagt, ich bin rechtschaffen erledigt.« Er blickte sich in seinem Arbeitszimmer um. »Ach du lieber Gott!« entfuhr es ihm. »Das ist ja vielleicht ein Chaos! Erlauben Sie mir, daß ich rasch aufräume!«

Hovis hob die Hand zum Einwand. »Bevor Sie schon wieder Unmögliches demonstrieren, würde ich gerne ein paar Worte mit Ihnen wechseln.«

»Ganz wie Sie meinen.« Der Professor durchquerte das Zimmer, wobei er sorgfältig darauf achtete, nicht auf die Trümmer zu treten, wischte die Papiere von seinem Sessel am Schreibtisch und nahm darauf Platz.

Hovis kratzte sich am Kopf und überlegte, wie er anfangen sollte.

»Fangen Sie doch einfach am Anfang an«, schlug der alte Gelehrte vor.

»Also schön, Professor. Was ist hier geschehen?«

»Ich hatte unerwarteten Besuch.«

»Das ist offensichtlich. Aber von wem?«

»Von wem? Oder vielleicht von was?« erwiderte der Professor.

»Ich verstehe bereits kein Wort mehr.«

Professor Slocombe wühlte in dem Chaos auf seinem Schreibtisch und brachte die Sherrykaraffe sowie zwei Gläser zum Vorschein. »Ich bin nicht ganz sicher, ob ich von einem ›Wem‹ Besuch hatte, mein lieber Sherringford. Ich verbrachte zwanzig Jahre in der Potala in Tibet und habe beim Dalai Lama studiert. Ich kann die Aura von Menschen lesen, was, wie ich zu gestehen bereit bin, mir in mancherlei Hinsicht einen gewissen Vorteil verschafft. Ich weiß häufig bereits im voraus, welche Fragen jemand stellen oder welche Züge er als nächstes unternehmen wird. Mein ›Besucher‹, lieber Sherringford, besaß keinerlei Aura. Nichts. Das kann nur eines von zwei Dingen bedeuten: Entweder er war tot, was ich jedoch als unwahrscheinlich betrachte, oder er war kein Mensch.« Er schenkte die beiden Gläser mit Sherry voll und reichte eines davon dem verblüfften Inspektor.

»Kein Mensch?« fragte Hovis. »Bitte fahren Sie fort.«

»Mein ›Besuch‹ verfügte jedenfalls über gewaltige Kräfte, sicherlich mehr, als ein gewöhnlicher Mensch zu beherrschen imstande ist. Es war eine gewaltige Raserei, etwas Urtümliches, Atavistisches, Übermenschliches, Unmenschliches, Protomenschliches ... Nennen Sie es, wie Sie wollen.«

»Und Sie wollen mir erzählen, daß dieses Ding nun frei in den Straßen von Brentford herumläuft?«

»Wie bereits seit einigen Wochen.«

»Und Sie haben dieses Ding zerstört, was auch immer es gewesen sein mag?«

»Ich fürchte nein, mein Lieber. Ich habe es vorübergehend außer Gefecht gesetzt, und auch das nur vielleicht. Ich bin seinem Angriff mit dem Spruch der ›Disassoziation‹, der Verwirrung, begegnet. Ich war auf das gefaßt, was geschehen würde, und beschwor eine ›Tulpa‹, einen Doppelgänger von mir herauf, auf den mein ›Besucher‹ seine gesamte Energie konzentrieren konnte. Auf diese Weise erhielt ich Gelegenheit zum Gegenschlag.«

»Dann ist der Professor Slocombe im Krankenwagen nicht Sie? Oder ist ...?«

»Ich war während des Angriffs in Penge, doch lassen wir das. Es würde Sie nur weiter verwirren. Penge ist übrigens sehr schön, wußten Sie das?«*

»Meinen Dank«, sagte Hovis. »Für Ihre Rücksichtnahme. Aber jetzt verraten Sie mir doch, was für eine Kreatur war das? Ein Teufel? Irgendein Monster aus dem Weltraum? Nun kommen Sie schon, Professor, Sie wissen es doch sicher ganz genau!«

»Nicht aus dem Weltraum, mein lieber Sherringford. Dieses Ding war unglaublich stark. Fast, als hätte es seine Kräfte aus dem Planeten selbst gezogen, mitten aus der guten alten Erde.«

»Hat es etwas mit der Geschichte auf Griffin Island zu tun?«

* Vergleichen Sie dazu: ›Der Antipapst‹, Bastei-Lübbe, Band 24246 und ›Die Akte Brentford‹, Band 24247.

»Diese Frage kann ich mit beinahe hundertprozentiger Sicherheit bejahen. Wobei mir einfällt, daß Sie mir bis heute nicht die Gipsabdrücke haben zukommen lassen.«

Hovis blickte schuldbewußt drein. »Eine weitere üble Geschichte«, gestand er. »Die Abdrücke wurden auf geheimnisvolle Weise unbrauchbar gemacht. Bis meine Leute wieder auf der Insel waren, um neue anzufertigen, hatte der Regen sämtliche Spuren weggewaschen.«

»Ich verstehe«, sagte der Professor in einem Tonfall, der keinen Zweifel daran ließ, daß er tatsächlich verstand. »Und was macht Ihre große Suche?«

»Meine große Suche?«

»Nach dem Gold.«

»Ah, die«, ahte der Inspektor. »Die beliebte Floskel lautet, glaube ich, daß die Polizei mit einer baldigen Verhaftung rechnet.«

»Bravo. Dann haben Sie ganz zweifellos Fortschritte gemacht?«

»Ich glaube zu wissen, wo die Beute versteckt ist. Wir werden schon bald eine Nacht- und Nebelaktion durchführen.«

»Dann ist der Fall also gelöst?«

»So gut wie«, erklärte Hovis stolz.

»Gut. Ich wäre Ihnen dankbar, wenn Sie meinen Gärtner unverzüglich auf freien Fuß setzen könnten.«

»Ah«, ahte der Inspektor ein zweites Mal. »Der Freizeitkünstler.«

»Genau der, Sherringford. Ziemlich unsportlich von Ihnen, wie ich finde. Sie können mein Telephon benutzen, wenn Sie möchten.«

»Das möchte ich zwar lieber nicht, doch ich

schätze ...« Hovis wurde von zwei weißgesichtigen Sanitätern unterbrochen, die plötzlich hereinplatzten.

»Er ... er ... er ist verschwunden!« stotterte der eine von ihnen.

»Das geht schon in Ordnung«, erwiderte der Inspektor. »Er ist hier bei mir.« Er wandte sich zum Schreibtisch um und stellte zu seiner Überraschung fest, daß der alte Gelehrte verschwunden war.

»Der Professor ist ein Mann mit vielen Begabungen«, entschuldigte sich Hovis bei den beiden Sanitätern, »von denen ich nicht das geringste verstehe.«

Kapitel 35

Ein strahlendes Gesicht strahlte hinaus auf die Nation. »Wir berichten jetzt von den Londoner Olympischen Spielen.«

»Londoner Spiele?« brummte Neville. »Was ist aus den Brentforder Spielen geworden?«

»Pssst!« machten die Gäste, die sich um den großen TV-Schirm drängten, der von der Brauerei zur Verfügung gestellt und »aus Sicherheitsgründen« auf der Theke festgeschraubt worden war.

»Ein Wunder modernster Technologie, ein wahres Weltwunder, so schwebt das gewaltige Sternstadion über einem kleinen, weitgehend unbekannten West Londoner Stadtteil.«

»Ich schätze, ich schalte den Apparat jetzt aus«, sagte Neville.

»Pssst!« machten die Gäste.

Die Kamera glitt in geringer Höhe über das Stadion hinweg. Es war ein atemberaubender Anblick. Sie schwenkte herum, glitt über die Tartanbahnen, die Sprunggruben, die Weitwurfflächen und dann hinunter in die Welt unter der Arena. Hier fanden sich die Squashplätze, die Schießstände, die Schwimmbecken und unzählige weitere Wettkampfstätten. Dann glitt sie wieder hinaus und auf die fünf Spitzen des Sterns zu, auf denen sich die Olympischen Dörfer in den Himmel reckten, ein jedes luxuriös wie ein Fünf-Sterne-Hotel. »Die Welt von Morgen ist heute Wirklichkeit geworden.« Während der wundersamen Reise der Kamera lieferte der Kommentator in einem nicht enden wollenden Strom weitere Einzelheiten wie Ausmaße, Anzahl der Sitzplätze, Wunder, Wunder, Wunder.

»Oooooooh!« und »Aaaaaah!« machten die Gäste des *Fliegenden Schwan* tief beeindruckt.

Der Alte Pete betrat das Lokal, das inzwischen seinen neuen, von Omally vorgeschlagenen Namen trug.

»Das ganze verdammte Ding wird uns auf die Köpfe fallen, denkt an meine Worte!« murmelte der alte Halunke und schlurfte zum Tresen. Sein junger Hund Chips folgte ihm wie immer dicht auf den heruntergekommenen Hacken. Neville nickte in tiefempfundener Zustimmung und schenkte der verwandten Seele einen doppelten Rum ein.

»Auf dein ganz spezielles Wohl«, sagte der Alte. »Wie ich sehe, ist das idiotische neue Schild draußen vor der Tür angebracht worden, aber das ist vermutlich ein kleiner Preis im Vergleich zu dem, was sonst geschehen wäre. Keinerlei Hanteln, Gymnastikwände und Turngeräte hier drin, welch ein erfreulicher Anblick.«

Neville glättete die Falten seiner Schürze und straffte seine Krawatte. »Das ist ein für alle Mal erledigt, wie ich hoffe. Obwohl ich mich allmählich frage, wo Omally nur steckt.«

»Wahrscheinlich in seinem Bett und schläft seinen letzten Rausch aus ...?«

Neville setzte ein nachdenkliches Gesicht auf. »Wenn er bis zwölf Uhr noch nicht angetreten ist, sehe ich mich gezwungen, ihn ›gehen zu lassen‹, wenn du diesen Euphemismus entschuldigen magst.«

»Ich entschuldige fast alles bei einem Mann, der mir einen Drink spendiert. Und die religiösen Überzeugungen anderer gehen mich nichts an.«

Neville glättete sein pomadenglänzendes Haupthaar. Er benötigte eine Zeitlang, um die letzte Bemerkung zu verstehen. Wo steckte Omally nur? Bisher hatte sich der Ire makellos geschlagen. Neville hatte jeden Trick aus dem Repertoire seiner Stammgäste ausprobiert, doch Omally stand weit über den Dingen.

Seine Pünktlichkeit war tadellos, seine Hilfsbereitschaft legendär, seine Freundlichkeit angesichts betrunkener Beleidigungen eine weitere Legende, seine Ehrlichkeit schon beinahe furchterregend. Und warum um alles in der Welt mußte er das jetzt zerstören, indem er nicht zur Arbeit erschien und sich noch nicht einmal telephonisch entschuldigte, wie fadenscheinig auch immer? Wirklich sehr seltsam.

Plötzlich kam Neville ein schrecklicher Gedanke: Vielleicht hatte Omally einen Unfall gehabt? Vielleicht lag er krank in seinem Bett? Der Teilzeitbarmann fühlte sich plötzlich miserabel. Wie oberflächlich er doch war, wie erbärmlich oberflächlich, und er nannte sich einen Menschenkenner und Psychologen! Was wußte er schon wirklich über die menschliche Natur? Nichts, nur Unsinn, Mist und noch einmal Mist, das wußte er. Neville ließ den Kopf hängen. Er würde zu Omally gehen und nach ihm sehen, nachdem er den Laden geschlossen hatte.

»Manchmal denke ich, diese Arbeit hier verdirbt den Charakter«, verriet er dem Alten Pete. »Ich bin zu einem kompromißlosen, mißtrauischen, engstirnigen Pädagogen geworden.«

»Das ist doch nicht so schlimm«, tröstete ihn der Alte. »Viele meiner besten Freunde haben im Krieg ein Bein oder mehr verloren. Ein Mann mit einem

Bein kann genausogut hüpfen wie ein Mann mit zweien.«

»Und der Löwe brüllt nicht, bevor er nicht satt ist«, warf Norman ein und joggte zur Theke. »Was ist denn los, Pete?«

»Neville ist einem religiösen Orden beigetreten und will sich ein Bein amputieren lassen«, erwiderte der alte Idiot. »Aber wie siehst *du* denn aus, Norman?«

»Gut, was?« sagte der Eckladenbesitzer und drehte sich einmal um die eigene Achse. »Hab' ich selbst entworfen. Ziemlich schick, nicht wahr?«

Der Alte Pete musterte den Ladenbesitzer von oben bis unten, und Neville lehnte sich über den Tresen, um bessere Sicht zu haben.

Norman sah sportiv aus, denn das war definitiv das richtige Wort. Er steckte in einer Garderobe, die, selbst wenn man seinen Hang zur Exzentrizität bedachte, äußerst extrem war – um noch das mindeste zu sagen. Alte Stoffturnschuhe, leuchtend orange gefärbt, Fußballstutzen in den Farben Brentfords, knielange Shorts aus Matratzendrillich und ein weites T-Shirt mit aufgedruckten Olympischen Ringen und dem legendären »Hartnell greift nach Gold« in Filzstift quer über die Brust gemalt. Ein pinkfarbenes Schweißband in der Stirn und dazu passende Handgelenksmanschetten komplettierten das Ensemble zu einem höchst schrillen Ganzen. »Die Offizielle Brentforder Olympiamontur«, stellte Norman seine Schöpfung voller Stolz vor. »Ich habe sie entworfen, und Vater Moity stattet die gesamte Mannschaft damit aus.«

»Die gesamte Mannschaft?« erkundigte sich Neville.

»Geheime Trainingseinheiten.« Der Eckladenbesitzer tippte sich wissend an die Nase. »Scheint doch nur angebracht, daß die Heimmannschaft die meisten Goldmedaillen erringt, oder nicht?«

»Norman«, sagte Neville, »ganz bestimmt gibt es ein britisches Team. Ich meine, mich an Namen wie Sebastian Coe und Daley Thompson und was weiß ich zu erinnern.«

»Sie lassen euch sowieso nicht rein«, sagte der Alte Pete verächtlich. »Das sind die Olympischen Spiele, nicht irgendeine blöde Narrensitzung in Notting Hill!«

Chips unterdrückte ein Kichern.

»Der Prophet gilt nichts im eigenen Land, jaja«, zitierte Norman. »Wartet's nur ab, ihr werdet schon sehen.«

»Und bei welcher Sportart machst du mit?« fragte der Alte Pete weiter. »Oder bist du nur das alberne Maskottchen?«

»Speerwerfen.« Norman mimte einen gewaltigen Speerwurf. »Höher und weiter. Norman Hartnell wird den Weltrekord brechen.«

»Pssst!« machten die anderen Gäste vor dem großen Fernsehschirm.

»Ein Pint Large bitte, Neville«, bestellte Norman.

»Aber doch nicht während du im Training bist?« fragte Neville ungläubig.

»Meine ... äh, Technik erfordert nur eine minimale physische Anstrengung. Ein Pint geht voll und ganz in Ordnung.«

»Er will also betrügen«, sagte der Alte Pete. »Irgendein elektrischer Hokuspokus, wie immer. Würde mich nicht wundern.«

»Pssst!« machte Norman. »Was ist denn daran verkehrt, sich einen Vorteil gegen diese Ausländer zu verschaffen? War das bei uns Briten nicht immer so?«

Neville zapfte dem Goldmedaillengewinner in Spe ein Pint Large. »Und wie willst du es anstellen?« fragte er.

Norman nahm sein Pint entgegen, tippte sich einmal mehr an die Nase und zog die beiden aufmerksamen Zuhörer dicht zu sich heran. »Gravitit«, flüsterte er bedeutungsvoll.

»Gravitit? Du meinst, du hast ein Stück gestohlen?«

»Nichts dergleichen. Ich gebe ja zu, daß es nicht meine eigene Idee war, doch ich habe die Formel ohne fremde Hilfe perfektioniert. Ich benötigte fast zwei Wochen, um dahinter zu kommen. Meine Kenntnisse in Chemie sind nicht so gut, versteht ihr, außerdem hatte ich kein Kupfersulfat mehr und kein rotes Lackmuspapier.«

»Und du bist sicher, daß es funktioniert?«

»Paß auf.« Aus einer Tasche seiner weiten Hosen zog Norman einen einzelnen Dartspfeil. Er legte ihn auf die Handfläche und nahm vor dem Dartsbrett Aufstellung, aber gut zwanzig Fuß weit weg. Und dann schickte er den Pfeil mit einem beinahe lässigen Schnippen seines rechten Zeigefingers auf die Reise. Er schlug mit laut vernehmlichem Krachen in die doppelte Zwanzig.

»Double Top«, sagte Norman und grinste stolz.

Neville schüttelte verwundert den Kopf. »Hätte ich einen Hut, würde ich ihn nun in die Luft werfen!« sagte er. »Das Pint geht aufs Haus. Darf ich deine Goldmedaille hier hinter der Theke aufhängen, damit die ganze Welt sie sehen kann?«

»Meine und auch die der anderen. Die Anwendungen sind unbeschränkt, Stabhochsprungstäbe, Turnschuhe für den Hochsprung, Kugelstoßkugeln und noch ein oder zwei andere Asse, die ich für den Augenblick im Ärmel behalte.* ›Wenn die Gravitation dir macht bang, nimm Gravitit vom guten Norman.‹ Ich arbeite bereits an einer Werbekampagne. Aber ich warte noch damit, bis die Medaillen ausgehändigt worden sind, denke ich.«

»Das ist verdammt unsportlich«, knurrte der Alte Pete. »Betrüger kommen nie weit.« Norman und Neville starrten den alten Halunken voller Unglauben an. »Tut mir leid«, sagte dieser. »Ich weiß gar nicht, was gerade über mich gekommen ist. Muß mir wohl so über die Lippen gerutscht sein.«

»Das will ich in deinem Interesse hoffen«, sagte Neville. »Betrüger kommen nämlich tatsächlich niemals weit.«

»Nun ja, wenigstens ist es für den einen oder anderen Lacher gut«, sagte Norman. »Was auch immer. Wenn ich mir die Gesichter der Amis vorstelle, das allein ist die Sache schon wert.«

»Das ist sie ganz sicher«, stimmte Neville ihm zu. »Geschieht diesen Mistkerlen recht. Eine unbekannte Brentforder Mannschaft besiegt die gesamte Weltelite, was für ein Spaß! Ein inspirierter Plan, der noch ein Pint auf das Haus verdient hat.«

»Danke sehr«, sagte Norman erfreut. »Ich bin noch nicht einmal mit diesem hier fertig.«

Der Alte Pete betrachtete den nackten Boden seines

* Der ansonsten eher schwächliche Herr Merz profitiert, wie bereits angedeutet, ebenfalls davon, und zwar auf unserem Titelbild. (Anm. d. Illustrators)++

** Der schon wieder! (Anm. d. Lektors, des Übersetzers [schwächlich] und des Autors) eigenen Glases. »Wird schon nicht schiefgehen, solange niemand vorher von der Sache Wind bekommt«, sagte er bedeutungsvoll.

»Noch einen für dich, Pete?« fragte Neville sogleich. »Als alter Brentforder möchtest du doch ganz ohne Zweifel auf Normans Plan anstoßen, unserer Gemeinde Ruhm und Ehre zu verschaffen?«

»In der Tat«, brummte der Alte Pete. »Nichts weniger als ein Doppelter reicht dazu aus, meinst du nicht auch, Neville?«

»Mehr wirst du auch nicht kriegen.«

»Meine Lippen sind versiegelt«, gab sich der Alte Pete zufrieden. »Auf die Ehre unserer geliebten Gemeinde!«

»Auf Ruhm und Ehre.«

»Pssst!« machten die anderen Gäste.

»Ach, kriegt euch wieder ein!« erwiderte Neville der Teilzeitbarmann.

Kapitel 36

Paul und Barry Geronimo saßen mit überkreuzten Beinen in ihrem Tipi am Rand des Gartens und teilten sich eine lange Pfeife.

»Zeit rücken näher«, sagte Paul feierlich. »Wenn großer Manitou über die Wasser nahen, werden sich Himmel verdunkeln und Vögel fliegen auf dem Rücken. Und Grillen sprechen werden mit den Zungen von Menschen.«

Barry nuckelte an der Pfeife. Für ihn war das Rauchen von Dope eine der angenehmeren Seiten des indianischen Alltags. Widerwillig reichte er seinem Bruder die Pfeife zurück.

»Das sein guter Dope«, sagte er und grinste schief. »Dealer haben Rotes Bruderherz diesmal ausnahmsweise nicht übers Ohr gehauen.«

»Werden eins mit Manitou«, sagte das Rote Bruderherz, »verstehen Wege von Elch oder fliegen mit Adler, fühlen Puls und universelles Note von allen Dingen, aller Materie, allen Menschen sein nur Teile von Ganzes. Alles einzeln Teile, aber immer ein und dasselbe. Um vollbringen, müssen hin und wieder kleines Pfeife schmauchen. Wenn Rotes Bruderherz verstehen, was ich meine.«

»Nicht so ganz«, entgegnete Barry. »Zu viele Infinitive. Aber ich glaube, ich weiß ungefähr, worauf mein Rotes Bruderherz hinauswill.«

»Barry«, sagte Paul, »geschätzter Bruder Barry, als menschliches Wesen du sein gutes Stück Fehlschlag.«

»Oh, danke sehr. Wenn ich mich recht entsinne, bekleckerst du dich auch nicht eben mit Ruhm.«

»Das meine ich nicht.«

»Aber ich meine das.«

»Barry, als ich dir damals, vor vielen, vielen Monden, von meiner Erleuchtung berichtet habe, war dein Herz betrübt. Du hattest keinen Glauben mehr. Habe ich dich nicht die Wege unserer Väter gelehrt, dich in den Künsten von Bogen und Tomahawk unterwiesen, dir das Wissen unserer Roten Brüder vermittelt? Und jetzt ...«

»Und jetzt sind wir beide ziemlich angeschmiert«, beendete sein Bruder den Satz und riß die Pfeife wieder an sich. »Ein schönes Rotes Zwillingspaar geben wir ab, alle beide.«

»Du bist kein ›richtiger Mensch‹, Bruder, du bist immer noch ein Weißer Mann.«

»Wir sind beide rein zufällig Weiße Männer, wenn ich dich erinnern darf.«

»Nein, Barry. Ich erkenne den Großen Sinn, die letztendliche Bedeutung aller Dinge. Unsere Mühen waren nicht vergeblich. Ich stehe über dem Spott und der Verachtung, die man uns entgegengebracht hat. Ich stehe über all diesen Dingen; ich sehe das Goldene Licht.«

»Du bist ja extrabreit! Ich behalte die Pfeife jetzt für mich!«

»Barry, jetzt kommt die Zeit des großen Erwachens. Die Erde wird sich bewegen und erzittern. Sie ist der Wege des Menschen überdrüssig geworden. Die wenigen, die verstehen, werden vielleicht überleben, indem sie eins werden mit der Natur und so, wie zu den alten Zeiten. Und wem es an Weisheit fehlt, der wird inmitten der hochschlagenden Flammen untergehen. So steht es geschrieben, und so wird es sein!«

Barry nuckelte kläglich an seiner Pfeife. »Du glaubst das alles wirklich, nicht wahr?«

Sein Bruder nickte gewichtig. »Ich besitze zahlreiche Abschlüsse und einen akademischen Ehrengrad. Meinst du, ich würde so handeln, wenn ich nicht von dem überzeugt wäre, was ich tue?«

»Du könntest dich irren.«

»Barry, die Seele des großen Manitou wohnt in mir, genau wie in dir. Das hebt uns von anderen Menschen ab! Ich meide sie alle. Ich lasse mich einzig und allein von meinem Stern und dem glorreichen goldenen Licht führen.«

»Und was sollen wir nun deiner Meinung nach tun, weiser Roter Bruder?«

»Wir werden tun, was der Geist von uns verlangt. Wir sind offen für seine Lehren, rauchen viele Pfeifen und reden über alles.« Er öffnete eine Tasche mit Peyote. »Hier«, sagte er. »Kau ein paar davon, und ich werde dir von den Träumen berichten, die mir widerfahren sind. Und dann werden wir gemeinsam handeln wie ein einziger Mann.«

»Meinetwegen«, sagte Barry. »Her mit dem Zeug.«

»Auf den Feldern des Weißen Mannes treibt sich ein großes Übel um. Es überschattet uns und verdunkelt den Himmel. Ich kann es spüren, und ich fühle deutlich, daß wir es bekämpfen müssen.«

»Also gut«, sagte Barry. »Fürs erste halte ich mich an die Pfeife, schätze ich. Für den Fall, daß diese magischen Pilze sich als das Billigzeug herausstellen, das man bei Tesco's für zehn Schilling pro Pfund kaufen kann.«

Inspektor Hovis ging im Besprechungsraum auf und ab. Er war nicht allein. Die versammelte Brentforder Konstablerei beobachtete schweigend ihren Chef.

»Einhundert Millionen Pfund in Goldbarren«, echote seine Stimme durch den großen Raum, »und sie sind hier in Brentford versteckt.«

Die niedergeschlagenen Bobbies richteten sich kerzengerade in ihren Sitzen auf. Ihre Erfahrungen mit Kriminalität erstreckten sich auf wenig mehr als das gelegentliche Zücken eines Schlagstocks und eine nette Keilerei. In den Reihen wurde Gemurmel laut.

»Einhundert Millionen«, wiederholte Hovis. »Genau hier, und ich will sie zurückhaben!« Er musterte das Meer von Gesichtern auf der Suche nach einem winzigen Eiland der Intelligenz. »Sie scheinen nicht begeistert, Gentlemen? Sie meinen, das wäre ein wenig zu hoch für Sie, nicht wahr?«

Konstabler Meek hob eine zittrige Hand. »Sir?«

»Meek?«

»Ist das vielleicht die Beute aus dem Heathrow-Raub, Sir?«

»Sehr gut beobachtet, Meek. Sie haben Aktenzeichen XY gesehen, was? Guter Junge.« Meek grinste dümmlich. »Selbstverständlich handelt es sich um die Beute aus der Heathrow-Geschichte!« brüllte Hovis. »Was meinen Sie denn, wie viele hundert Millionen Pfund in Goldbarren in England herumliegen?«

Meek öffnete den Mund zu einer Antwort.

»Die Frage war rhetorisch«, unterbrach ihn Hovis. »Falls Sie eine Antwort wissen, will ich sie jedenfalls nicht hören.«

»Aber, Sir ... Das Gold ist wirklich hier in Brentford, Sir?«

»Genau hier.«

»Meine Güte, Sir!«

»Konstabler!« Inspektor Hovis gestikulierte in Richtung eines Beamten, der zu seiner Linken vor einer zugedeckten Tafel stand.

Der Konstabler zog schwungvoll die Decke weg, und ein Chor aus »Ohs!« und »Aaahs!« erfüllte den Besprechungsraum.

Vor den Augen der starrenden Massen war nichts Geringeres zu sehen als die gute alte TQ 17 NE, die topographische Karte der Gemarkung Brentford. Und genau wie auf der Karte des Professors waren die Grenzen des Brentforder Dreiecks in Blau eingezeichnet und das Sternstadion in Rot darüber. Im Gegensatz zur Karte des Professors jedoch gab es hier noch einen dicken schwarzen Ring im unteren rechten Teil. Einen Ring, der um die Stelle gezeichnet war, wo der Gasometer stand.

»Wer von Ihnen meint, das hier sei eine Geometriestunde, den muß ich leider enttäuschen«, sagte Hovis. »Hier geht es nicht um das Quadrat über der Hypotenuse oder irgendeinen anderen pythagoräischen Zungenbrecher. Hier ...«, er tippte mit dem Stock auf die blaue Markierung, »... haben wir das Brentforder Dreieck. Dort ...«, ein weiteres Tippen, »... das Sternstadion. Und dort ...«, ein entschlossenes, heftiges Tippen auf den schwarzen Kreis und ein harter Blick in Richtung der versammelten Konstabler, »... den Brentforder Gasometer mitsamt den – es sei denn, ich bin vollkommen auf dem Holzweg – verschwundenen einhundert Millionen Pfund in Goldbarren.«

Ein Augenblick des Schweigens, in dem viele vielsagende Blicke ausgetauscht wurden.

»Im Gasometer, Sir?« Welche Nuancen von Sarkasmus Meeks Stimme auch beherrschen mochte, er verbarg sie mit meisterlichem Geschick.

»Das gerissenste Versteck, das mir während meiner Laufbahn untergekommen ist.«

»Und wer erwartet uns dort, Sir? Doktor No oder Goldfinger?«

»Wer hat das gesagt?« Schweigen war die Antwort. Hovis musterte die Versammlung. »Es handelt sich um das Hauptquartier einer internationalen Verbrecherorganisation, und wir, Gentlemen, das heißt, jeder einzelne von uns ohne Ausnahme, werden die Burschen hochgehen lassen. Jeglicher Urlaub ist gestrichen, sämtliche anderen Ermittlungen ruhen. Ich werde Ihnen nun die Einzelheiten unseres Vorgehens erläutern, und bei Gott, diesmal wird niemand von Ihnen Mist bauen. Habe ich mich verständlich ausgedrückt?«

Ein ganzer Raum voller heftig nickender Köpfe.

»Das, meine Herren, ist der Tag, auf den wir alle gewartet haben.«

»Ich werd' verrückt«, sagte Konstabler Meek.

Gammon brachte dem Professor ein leichtes Frühstück, bestehend aus tropischen Früchten, ein paar Nüssen und Rosinen sowie einem Glas Wasser. »Wie Sie es gewünscht haben, Sir.«

Professor Slocombe lächelte seinem ältlichen Faktotum zu. »Danke sehr, Gammon. Stell es bitte dort auf den Tisch.«

»Selbstverständlich, Sir.«

»Was macht Mister Pooley, Gammon?«

»Er erholt sich, Sir. Ich habe ihm eben neue Wärmflaschen gebracht.«

»Und Mister Omally?«

»Noch immer keine Nachricht, Sir. Ich bin den wenigen Spuren gefolgt, die wir haben, und ich fürchte, wir müssen uns auf das Schlimmste gefaßt machen, Sir.«

»Das fürchte ich auch, Gammon. Ich denke, wir können Mister Omally nicht mehr helfen.«

»Das ist sehr traurig, Sir. Soll ich vielleicht Mister Pooley informieren?«

»Nein, Gammon, das mache ich selbst. Alles zu seiner Zeit.«

»Wie Sie wünschen, Sir.«

»Danke sehr, Gammon.«

»Ich danke Ihnen, Sir.«

Kapitel 37

Es war ein denkwürdiger Tag, der eine Inschrift im schönsten Kupferstich auf einer hübschen, sauberen weißen Seite in den Brentforder Annalen verdient gehabt hätte. Die Ankunft der Athleten aus allen vier Ecken der Welt, die offizielle Einweihung und Eröffnung des Stadions. Blaskapellen würden blasen, Tanzgruppen tanzen, und die größte Parade aller Zeiten würde durch die Gemeinde ziehen. Banner und Wimpel, Ballons und Reifen, Blumen und Kinkerlitzchen. Eine phantastische und unvergleichliche Schau.

Die Handlanger der Stadtverwaltung hatten Überstunden eingelegt und die halbe Nacht gearbeitet, um Laternenmasten mit Wimpeln und Blumengirlanden zu schmücken. Pfadfinder und Mädchengruppen hatten seit Wochen für den Umzug geprobt. Überall standen Hot-Dog-Verkäufer, Souvenirprogrammstände, und Eiswagen bereit. Die Einwohner Brentfords hatten den Tag zu einem inoffiziellen Feiertag erklärt und versammelten sich an den Straßenrändern. Die Limousine des Bürgermeisters stand poliert vor dem Rathaus und wartete. Auf der glänzenden Kühlerhaube flatterte das Wappen Brentfords in der leichten Brise. Die Olympische Abordnung der Gemeinde beugte im Memorial Park zu den aufpeitschenden Rufen Vater Moitys die Knie, und die Sonne schien tapfer aus einem wolkenlosen, intensiv blauen Himmel. Das war der Große Tag, der größte Tag, den Brentford je erlebt hatte.

Jim Pooley saß, komfortabel auf mehrere Kissen gestützt, in seinem Bett und überflog die neuesten

Urlaubsprospekte, die mit der morgendlichen Post eingetroffen waren. Gammon räumte die letzten mageren Überreste von Jims reichhaltigem Frühstück ab.

»Mögen Sir vielleicht noch etwas Kaffee?« erkundigte sich das Faktotum.

»Selbstverständlich«, antwortete Jim. »Mit Zucker und Milch.«

»Dann wissen Sir ja wohl, wo sich Kanne und Zuckerdose befinden und können sich selbst bedienen«, sagte das Faktotum und hob das Tablett auf. »Und bevor Sir nun etwas einzuwenden haben, schlägt der Professor vor, daß Sir sich daran machen, den Rasen zu mähen.«

»Aber …«, wandte Jim ein, »… aber … aber …«

»Der Professor meint, Sir überspanne den Bogen«, fuhr Gammon fort. »Er meint, er stelle meine Zeit mit zehn Pfund die Minute in Rechnung, und bittet zu erfahren, ob Sir meine Dienste für den Rest des Tages noch einmal zu beanspruchen wünschen.«

»Nun komm schon, Gammon, alter Kumpel«, krächzte Jim heiser. »Ich kann jetzt noch nicht arbeiten. Ich befinde mich immer noch in einem Schockzustand.«

Gammon zog seine Taschenuhr aus der Hose und beobachtete den Sekundenzeiger.

»Wünschen Sir sonst noch etwas? Zeit ist Geld, wie Sir sicher wissen.«

»Selbstverständlich nicht, Gammon. Du bist entlassen, beeil dich bitte. Ich möchte dich auf gar keinen Fall von deiner Arbeit abhalten.«

»Sehr wohl, Sir.« Gammon wandte sich ab und ging, ohne sich die Mühe zu machen, die Schlafzimmertür hinter sich zu schließen. Sein unverhohlenes Kichern hallte noch einige Zeit durch den Flur.

»Den Rasen mähen!« stöhnte Jim. »So ein verdammter Mist!« Er warf die Urlaubsprospekte beiseite und kletterte behutsam aus seinem behaglichen Bett. Er war nur noch ein paar Tage von einem Leben als Millionär entfernt, und trotzdem erwartete man von ihm, Rasen zu mähen! Das war überhaupt nicht fair. Der Professor machte sich allem Anschein nach über ihn lustig. Ganz ohne Zweifel trug Omally die Schuld daran.

Jim suchte in dem unordentlichen Kleiderhaufen neben dem Bett nach seinem Hemd. Das war wieder einmal typisch Omally, ihn mit der ganzen Arbeit im Stich zu lassen. Der verdammte Ire würde über alle Backen grinsend antanzen und hunderttausend Entschuldigungen vorbringen, sobald Jim erst seinen Gewinn abgeholt hatte, das stand fest.

Aber das, so überlegte Jim, war nun einmal das Los des Millionärs. Es gab immer irgendeinen Trittbrettfahrer, der sich einen Teil der Beute sichern wollte. Die Welt war voller Habsucht. Traurige Zeiten, wo alle immer nur hinter Geld her waren. Diese kosmische Wahrheit brachte das Gehirn des Burschen auf Hochtouren. Genaugenommen *bezahlte* der Professor ihn, damit Jim die Gärtnerarbeiten erledigte, also konnte man vielleicht einen Handel abschließen. Ein oder zwei Tausender aus dem Gewinn würden das Bankkonto nicht schmerzhaft aus dem Gleichgewicht bringen. Jim könnte einen Schuldschein ausstellen und die Füße hochlegen. Eine steuerfreie Nebeneinnahme für den alten Gelehrten und ein geruhsames Leben für Jim. Gammon war als Diener recht kostspielig, also würde Jim sich einen eigenen Butler zulegen. Vielleicht auch ein Au-pair-Mädchen oder eine von diesen philippinischen Schönheiten, von denen man immer las. Oder zwei.

Jim grinste und pfiff zugleich, während er nach seiner Hose kramte und sie über den Schlafanzug streifte.

»Überflüssig, die ganze morgendliche Prozedur zu veranstalten«, sagte er zu sich selbst. »Falls der Professor meinem Angebot zustimmt, kann ich in zehn Minuten wieder im Bett liegen.«

Professor Slocombe saß an seinem Schreibtisch und arbeitete. Er blickte nicht auf, als Jim das Studierzimmer betrat.

»Schön, dich wieder gesund und putzmunter zu sehen«, sagte er, als Jim durch die Tür getänzelt kam. »Allerdings schätze ich, daß dir in der Pyjamahose bei der Arbeit ziemlich heiß werden wird.«

Jim kaute auf der Unterlippe. »Ich habe nachgedacht«, sagte er.

»Sehr gut, dann war deine Zeit also nicht vollkommen verschwendet«, entgegnete der Professor. »Ich vertraue darauf, daß die Schlußfolgerungen, zu denen du während deiner Kontemplation gelangt bist, von praktischem Nutzen für meinen Garten sind?«

»Könnte ich vielleicht eine Tasse Kaffee haben?« erkundigte sich Jim, als er die türkische Kanne erspähte, die am Kamin vor sich hin dampfte.

»Selbstverständlich, Jim. Wenn du so freundlich wärst, mir auch eine auszuschenken?«

Pooley tat es. »Um noch einmal auf diese Rasengeschichte zu kommen«, sagte er, während er dem Professor die Tasse auf den Schreibtisch stellte, »unter den gegebenen Umständen denke ich, daß wir sie vielleicht vergessen sollten.«

»Genau das gleiche denke ich auch«, sagte der Professor sehr zu Jims Überraschung und vorübergehender Erleichterung. »Unter den gegebenen Umständen.«

»Oh, sehr gut! Das ist Musik in meinen Ohren.«

»Ja, wir müssen das Rasenmähen ganz hinten anstellen und die Prioritäten ändern.«

»Genau die«, sagte Jim.

»Und jedes Quäntchen unserer Energie und unserer Kräfte einer Angelegenheit von weitaus größerer Bedeutung und dringlicherer Natur zuwenden.«

»Müssen wir?« Der Tonfall des Professors gefiel Jim nicht im geringsten.

»Müssen wir. Setz dich doch, Jim. Es wird dir nicht gefallen, was ich dir zu sagen habe.«

Indem er den Professor wie immer beim Wort nahm, machte Jim es sich in einem der Sessel am Kamin gemütlich.

»Was siehst du hier, Jim?« Der Professor hatte sich erhoben und zeigte Pooley seine Karte der Gemeinde Brentford. Jim überflog sie mit weniger als flüchtigem Interesse.

»Sollte ich auf etwas Bestimmtes achten?« erkundigte er sich.

»Das hier.« Der Gelehrte deutete auf die Umrisse des großen Stadions.

»Das große Stadion?«

»Ja. Was siehst du dort?«

Jim reagierte wie immer verwirrt.

»Einen großen Stern, was sonst?«

»Einen fünfeckigen Stern.«

»Ja, natürlich. Einen fünfeckigen Stern.«

Der Professor nahm seinen Federkiel zur Hand und verband die fünf Spitzen des Sterns. »Und was siehst du nun?«

»Ein Dingsbums, ein fünfeckiges Dingsbums.«

»Pentagramm, Jim. Ein invertiertes Pentagramm.«

»Ah!« machte Pooley. Er hatte keine Ahnung von okkulten Dingen, aber was ein Pentagramm war, das verstand jedes Kind. »Das ist nicht gut, oder?«

»Nein, Jim, das ist alles andere als gut. Das invertierte Pentagramm ist das Symbol des Diabolischen, der negativen Energien und unnatürlichen Kräfte. Das Symbol von allem Bösen.«

Jim war wenig beeindruckt. »Sie sehen ein invertiertes Pentagramm, Professor, wo der Rest der Welt ein Olympisches Stadion sieht.«

»Meiner Meinung nach steckt eine Menge mehr dahinter als das.«

»Nein«, widersprach Jim. »Schlagen Sie sich diese dunklen Gedanken ruhig aus dem Kopf. Das Ding ist eine geniale Meisterleistung. Das achte Weltwunder. Heute treffen die Athleten ein, und um ehrlich zu sein, dachte ich, daß ich vielleicht selbst hingehen und den Feierlichkeiten beiwohnen könnte. Warum kommen Sie nicht mit?«

»Kommt dir denn an diesem Stadion nichts merkwürdig vor, Jim?«

Pooley blies die Backen auf.

»Nun, natürlich gibt es da die eine oder andere Sache ... aber die Welt steckt voller Merkwürdigkeiten, was bedeutet da schon eine mehr oder weniger?

Wir leben in ungewöhnlichen Zeiten, alles, was recht ist.«

Professor Slocombe rollte die Karte zusammen und warf sie auf den Schreibtisch. »Das Stadion in Birmingham ist vom Pech verfolgt und wird am Ende durch ein Feuer vollständig zerstört. Und innerhalb eines einzigen Tages – denk nur, Jim, eines einzigen Tages! – wird ein Ersatzstadion hier in Brentford vorgeschlagen. Es wird augenblicklich akzeptiert, und die Konstruktion beginnt fast noch am gleichen Tag. Ein paar Wochen später ist es fertiggestellt, und die Athleten treffen ein. Was sagt dir das?«

»Schnelles Handeln?« schlug Pooley vor. »So funktioniert die Welt eben heutzutage.«

»Unmöglich schnell, Jim. Die ganze Geschichte ist vom Anfang bis zum bitteren Ende unmöglich. Wäre das Stadion mit normalen Mittel vorgefertigt worden, hätte das immer noch die Arbeit von Jahren bedeutet. Aber es entsteht vor unseren Augen innerhalb weniger Tage. Wo wurden die Teile gefertigt? Wie kommt es, daß der Bau genau zu dem Zeitpunkt begonnen werden kann, zu dem er erforderlich ist? Wie kommt es, daß die Grundstücke, auf denen die Pfeiler stehen, genau zum richtigen Zeitpunkt den Besitzer gewechselt haben? Woher stammt das Geld? Wie kann ein so gewaltiges Projekt in derartiger Verschwiegenheit vorbereitet werden? Wie wurde das alles angestellt, Jim?«

»Das sind gute Fragen, Professor, aber irgendwie wird man es gemacht haben. Sie können es schließlich mit eigenen Augen sehen.«

»Ich habe durch bittere Erfahrung gelernt, mich nicht auf meine Augen allein zu verlassen.«

»Oh, jetzt bleiben Sie aber fair, Professor! Sie sind ein Mann der alten Schule, und Ihr Wissen ist das hier.« Pooley deutete auf die antike Bibliothek und wurde sich zum ersten Mal der Tatsache bewußt, daß das Arbeitszimmer vollständig wiederhergestellt worden war, als hätte niemals eine Zerstörung stattgefunden. »Dieser ganze, äh, alte Kram hier«, fuhr er fort. »Aber die Welt hat sich geändert. Heute arbeiten alle mit Computern und Mikrochips und Silizium, Sie wissen schon. Wer will schon sagen, wie sie es gemacht haben? Ich weiß es zum Beispiel wirklich nicht. Sie interpretieren zuviel Mystizismus in alles.«

»Und das ist deine wohlüberlegte Meinung?«

»Nun ja, so ähnlich. Ich gebe gerne zu, daß ich nur das weiß, was man in den Zeitungen lesen kann oder im Fernsehen zu sehen kriegt. Aber das ist alles an Informationen, was den meisten von uns zugänglich ist. Falls diese Informationen verfälscht oder sogar dreiste Lügen sind, woher sollen wir das wissen? Wir können nur glauben, was man uns sagt. Und irgend etwas müssen wir schließlich glauben, Professor.«

»Warum, Jim? Warum sollen wir glauben, was man uns sagt?«

»Nun ja. Das ist es, was man uns von Kindesbeinen an beibringt. Irgend jemand erzählt dir, daß eins und eins zwei ergibt, und du glaubst es. Und es ergibt doch zwei, oder vielleicht nicht?«

»Die meiste Zeit über, ja.«

»Sehen Sie?«

»Ich sehe. Und du hast mir bereits die meisten Argumente selbst geliefert. Wenn ich dir sage, daß irgend etwas geschieht, das ganz und gar nicht zu dem paßt, was dir an Informationen zugänglich ist, was schließt du daraus?«

»Gar nichts. Sie haben mir nichts erzählt, Sie haben mir nur Fragen gestellt, die ich nicht beantworten kann.«

»Dann will ich dir nun etwas verraten. Das Stadion ist nicht einfach nur ein Stadion. Es wurde von einem Mann errichtet, der nicht einfach nur ein Mann ist. Wenn er überhaupt ein Mensch ist, was ich ernsthaft bezweifle. Und dieser Mann, der kein Mensch ist, hat ...« Der Professor unterbrach sich und starrte Pooley mit einem Ausdruck tiefsten Mitleids an.

»Ja?« fragte Pooley langsam. »Was hat er?«

»Dieser Mann hat deinen besten Freund ermordet.«

Jims Kinnlade klappte herunter. »Er hat was?« fragte er mit beinahe unhörbarer Stimme. »Er hat John ermordet? Was reden Sie da?«

»Ich bedaure, das sagen zu müssen. Ich hätte alles in der Welt darum gegeben, diese Worte nicht aussprechen zu müssen, doch ja, Jim: John Omally ist tot.«

Jim sprang auf. Tränen standen in seinen Augen. »*Nein!*« rief er. »John ist nicht tot! Wäre er tot, würde ich das irgendwie spüren. Es kann nicht sein. John ist nicht tot! Warum sagen Sie das?«

»Jim, hinter diesem Stadion verbirgt sich eine dunkle Macht, eine Macht, die wir zerstören müssen! Ich habe ihr hier in meinem Arbeitszimmer von Angesicht zu Angesicht gegenübergestanden. Du hast ihr Werk auf Griffin Island und auf eurem Leichter beobachten können. Sie hat dich in deiner Badewanne eingefroren, und sie ist auch verantwortlich für den Tod deines engsten Freundes.«

»John«, sagte Pooley mit tonloser, betäubter Stimme. »Mein Gott, ich liebe diesen Burschen wie mich selbst. Wir sind Freunde seit ... wir waren schon immer Freunde. Nein, das kann nicht sein!«

»Es kann, und es ist. Das ist der Grund, aus dem du mir helfen mußt.«

»Ich verstehe nicht, was hier vor sich geht, Professor. Das ist doch nur ein blödes Stadion, weiter nichts. Wer hat John umgebracht und warum? Warum?«

»Weil ihr beide Dinge gesehen habt, die nicht für eure Augen bestimmt waren. Ihr wart eine Bedrohung. Deswegen auch die Pakete.«

»Bomben. Das war Bob der Buchmacher. Bob hat John umgebracht.«

»Nein. Nein, Jim, nun reiß dich bitte zusammen. Die Welt, wie wir sie kennen, steht vielleicht kurz vor dem Ende, wenn wir nicht schnellstmöglich etwas dagegen unternehmen.«

»Dann soll sie doch. Wenn John tot ist, kümmert mich der Rest auch nicht mehr. Ich nehme mein Geld und trauere woanders und gebe es im Gedenken an John aus. Scheiß Brentford, scheiß Stadion, und Sie können mir auch gestohlen bleiben.«

»Dann geh halt«, erwiderte Professor Slocombe. »Geh, wenn du kannst.« Er nahm die Tabaksdose mit dem Wettschein und drückte sie Pooley in die Hand. »Mach, daß du verschwindest. Geh dein Geld holen, wenn du die Gelegenheit hast, und verlaß das sinkende Schiff. Aber wenn es soweit ist, gibt es keinen Ort, an den du rennen kannst.«

»Was meinen Sie damit?«

»Ich meine, verschwinde, wenn du kannst.«

»Das werde ich auch.« Jim setzte sich in Richtung

der Verandatüren in Bewegung. »Ich weiß nicht, was das alles zu bedeuten hat«, sagte er und wandte sich noch einmal um. »Ich habe es nie gewußt. Wenn Sie mehr wissen als ich, dann hätten Sie John besser retten sollen. Ich bin hier fertig. Ich verschwinde.«

Er drehte sich wieder in Richtung der Welt vor den Fenstern um und prallte heftig gegen eine unsichtbare Barriere, die das Arbeitszimmer des Professors hermetisch versiegelte.

»Lassen Sie mich raus!« heulte er, während er sich die Nase hielt und mühsam wieder auf die Beine rappelte. »Lassen Sie mich gefälligst raus!«

»Das kann ich nicht«, antwortete Professor Slocombe. »Das ist der Grund, aus dem wir das Rasenmähen verschieben mußten.«

Draußen auf den Straßen versammelten sich die Massen. Der *Fliegende Schwan* hatte ein wenig früher als gesetzlich erlaubt die Pforten geöffnet, und die Gäste drängten sich auf dem Bürgersteig. Croughton der schmerbäuchige Küchenhelfer, der irgendwo weit weg die Irrungen seiner Wege begriffen hatte, war von einem verzweifelten Neville wieder eingestellt worden, nachdem Omally weiterhin spurlos verschwunden geblieben war. Jetzt servierte er die Drinks und war dabei viel zu beschäftigt, um sich die Taschen zu füllen.

»Wo bleiben sie nur?« fragte der Alte Pete, während die Kapellen spielten, die Pfadfinder ihre Märsche vorführten, die Moriskentänzer tanzten und die Akkordeonspieler und Blechbläser ihr Bestes gaben, einen Beitrag zum allgemeinen Chaos zu leisten.

»Der Bürgermeister kommt!« rief jemand, und die Menge teilte sich vor einer großen, glänzenden Limousine. Der Bürgermeister in voller Amtstracht entstieg dem Wagen. »Wo bleiben sie nur?« fragte er den Alten Pete.

»Ich will verdammt sein, wenn ich das wüßte, Euer Bürgermeisterlichkeit«, erwiderte der Alte, während sein junger Hund das Bein hob und den bürgermeisterlichen Kotflügel mit einer wohlgezielten Duftmarke verzierte.

»Hot dogs! Holen Sie sich Ihre Olympischen Hot dogs, solange sie heiß sind!« schallten allenthalben Rufe durch das fröhliche Gedränge, während Blicke auf Armbanduhren hängenblieben und erste Zweifel laut wurden. Vielleicht würden die Athleten nicht kommen. Vielleicht stand man an der falschen Straße. Vielleicht, vielleicht.

Der junge Master Robert betrat den *Fliegenden Schwan* und näherte sich dem Tresen.

»Wo steckt dieser irische Barkeeper?« verlangte er zu wissen.

Nevilles Gehirn schaltete in den sechsten Gang. »Den hab' ich rausgeschmissen«, sagte er. »Ein Spion von einer der Konkurrenzbrauereien war er, aber ich habe ihn rasch durchschaut. Warum fragen Sie?«

»Schnell!« ertönte ein Chor von Stimmen. »Sie kommen!«

Neville legte die Poliertücher beiseite. »Wir reden später«, beschied er dem wütenden Sohn des Brauereibesitzers.

Ein dumpfes Dröhnen erfüllte die Luft über Brentford: das Schlagen von Helikopterrotoren und das Surren von Propellern. Aus Richtung Heathrow näherte sich eine ganze Armada von Hubschraubern und Luftschiffen.

Laute Jubelrufe ertönten von der versammelten Masse, ein Jubel, der fast genauso rasch verklang, wie er eingesetzt hatte. Schweigend beobachtete die Menge, wie die Maschinen näher kamen, über ihren Köpfen vorbeiflogen und anscheinend im Nichts verschwanden, als sie hoch oben im Stadion zur Landung niedergingen.

»Sie sind durch die Luft gekommen«, stellte jemand fest, und die Festtagsstimmung von Brentford war mit einem Schlag zu Ende. Kein goldener Triumphzug, kein großer Vorbeimarsch, kein Willkommen, kein Gelage, kein verdammtes Garnichts. Sie waren durch die Luft gekommen. Die Gemeinde war um ihr Fest betrogen worden.

Die Menge stand in verlegenem Schweigen und löste sich dann auf, als hätte es sie nie gegeben. Die Durstigen zogen sich in ihre Stammkneipen zurück, die Frauen in ihre altmodischen Küchen, und die Kinder, die wenigstens einen schulfreien Tag erhalten hatten, zu fröhlichen Spielen auf der Straße. Der Bürgermeister stieg in seine glänzende Limousine und winkte dem Chauffeur, nach Hause zu fahren.

Der Kupferstecher, der über den Brentforder Annalen saß, steckte seinen Stift wieder ein, schrieb mit einem Kugelschreiber die Rechnung für seine Wartezeit aus und machte sich auf den Heimweg. Die Fahnen und Wimpel hingen schlaff und bedeutungslos von den Laternenmasten, Hot-dog-Verkäufer und ihresgleichen schlurften mürrisch davon, und dann war der ganze Spuk vorüber.

Kapitel 38

»Laßt mich raus!« schrie Jim Pooley mit neu erwachter Energie.

Draußen im magischen Garten des Professors summten Bienen zwischen den schweren Blüten, und Libellen schwebten reglos in der Luft mit Flügeln, die verschwommen in Regenbogenfarben schimmerten. Hinter dem Gartentor trotteten mehrere Mitglieder der Brentforder Olympiaabordnung mit grimmigen Gesichtern vorüber. Sie ließen alle die Köpfe hängen.

»Ich glaube, es gibt allmählich nach«, ächzte Jim. »Helfen Sie mir doch bitte kurz.«

»Jim, es wird nicht nachgeben. Du wirst dir nur Blasen an den Händen holen.«

Pooley stellte sein fruchtloses Hämmern gegen die unsichtbare Barriere ein und musterte seine abgeschürften Fäuste.

»So unternehmen Sie doch irgend etwas!« flehte er. »Sie sind schließlich der Zauberer!«

»Setz dich und beruhige dich erst einmal ein wenig«, entgegnete der Professor. »Wir haben noch genügend Zeit zu reagieren.«

Jim schlich zu einem der Sessel am Kamin hinüber und ließ sich mutlos hineinsinken. »Das gefällt mir ganz und gar nicht, Professor. Ganz und gar nicht, das können Sie mir glauben.«

»Ich habe einen Plan«, sagte der alte Mann. »Falls du interessiert bist, ihn zu hören ...«

Pooley musterte den Gelehrten mit nicht wenig Bitterkeit im Blick. »Mir scheint, ich habe heute ohnehin nicht viel anderes zu tun.«

»Er wird dir nicht gefallen.«

»Das ist aber mal eine Überraschung. Bisher habe ich jede Minute aus vollen Zügen genossen.«

»Jim, ich kann nicht mehr für dich tun, als dir mein tiefstes Beileid für deinen Verlust auszudrücken. Ich erwarte nicht, daß du so bald darüber hinwegkommen wirst, wenn überhaupt jemals. Aber wenn du wenigstens dein eigenes Leben retten willst, dann schlage ich vor, du arbeitest mit mir zusammen anstatt gegen mich.«

»Mein eigenes Leben retten? Wovor? Ich weiß ja noch nicht einmal, gegen was wir eigentlich ankämpfen.«

»Ich werde dir alles erzählen, was ich weiß. Und heute abend werden wir die fehlenden Steine des Puzzles zusammensetzen.«

»Heute abend? Wir?« fragte Jim voller Zweifel.

»Heute abend werde ich eine Beschwörung vollführen. Es wird eine komplizierte Angelegenheit, und ich benötige dabei deine Hilfe. Ich plane, unseren Feind in unsere Sphäre zu beschwören, ihn sichtbar zu machen und mit Hilfe von Magie so lange festzuhalten, bis wir ihn dazu gebracht haben, uns zu verraten, wie und womit wir ihn zerstören können.«

»Einfach so, wie?«

»Alles andere als einfach so, Jim. Es wird äußerst gefährlich werden. Ich bezweifle stark, daß er bereit ist, freiwillig mit uns zusammenzuarbeiten. Und allein werde ich vielleicht nicht imstande sein, ihn festzuhalten. Wirst du mir helfen oder nicht?«

»Bleibt mir eine Wahl?«

»Nicht wirklich.«

»Dann also schön, mit Freuden. Und bis dahin, was

halten Sie von der Idee, ein paar meiner starken Freunde anzurufen, damit sie uns ein Loch in die Wand schlagen? Es würde schließlich nicht schaden, ein wenig frische Luft zu genießen, was meinen Sie?« Jim erhob sich, um das Telephon zu nehmen, doch der Professor zog es hastig aus seiner Reichweite.

»Soweit ich weiß, ist der heutige Tag inoffiziell zum Feiertag erklärt worden«, sagte er. »Es könnte schwierig werden, so kurzfristig jemanden zu erreichen.«

»Ich kenne jede Menge Leute, die das erledigen können«, sagte Jim gutgelaunt. »Außerdem habe ich nichts anderes zu tun. Geben Sie mir den Apparat, es dauert nur ein paar Minuten.«

»Ich denke nicht, Jim. Dies hier ist ein denkmalgeschütztes Haus. Wir dürfen nicht einfach Löcher in die Wände schlagen, oder?«

»Hmmm«, sagte Jim. »Aber es handelt sich doch um einen Notfall, Professor. Vielleicht sollte ich die Polizei oder die Feuerwehr rufen?«

Professor Slocombe schüttelte den Kopf. »Ganz definitiv nicht, Jim«, sagte er. »Das ist das letzte auf der Welt, was wir wollen. Ehrlich gesagt habe ich lange und breit nachgedacht und bin zu dem Schluß gekommen, daß wir besser nicht von Inspektor Hovis und seinen Jungs in Blau belästigt werden sollten.«

»Aha?« fragte Jim ohne Begeisterung. »Und wie sind Sie zu diesem Schluß gekommen?«

»Durch einen gewissen schachspielenden Freund meinerseits. Einen Mister Rune.«

»Oh«, sagte Jim und blickte sich suchend um. »Ich liebe das Schachspiel. Ich wußte gar nicht, daß Sie ein Brett besitzen.«

»Ich besitze auch gar kein Brett.«

»Dann spielen Sie also bei Ihrem Freund zu Hause?«

»Nein.« Der Professor tippte sich an die Stirn. »Mentales Schach, Jim. Telepathisch.«

»Ach so. Klar, selbstverständlich«, sagte Pooley. »Wie dumm von mir. Aber was ist jetzt mit dem Telephon?«

»Nein«, sagte Professor Slocombe.

Die Konstabler hatten im Besprechungsraum Platz genommen. Sie hatten einen schlechten Tag voller Enttäuschungen hinter sich, und als wäre das nicht bereits genug, hatte Inspektor Hovis eine weitere Besprechung einberufen. Aus der letzten waren sie alle mit einem einzigen Gedanken im Kopf geschlichen: wie sie jede weitere Verwicklung in die Geschichte vermeiden konnten.

Weil sie nämlich – und nicht ganz ohne guten Grund – fürchteten, daß in Situationen wie der Verhaftung von Goldräubern wahrscheinlich Schießeisen geschwenkt werden und die schießwütigen Zeigefinger an den Auslösern irgendwelchen Polizeioffizieren gehören würden.

Vor ihnen pflanzte sich Inspektor Hovis auf den Tisch wie ein hagerer Raubvogel. »Sitzen wir alle bequem?« erkundigte er sich. »Dann kann ich ja anfangen.«

»Sir?« fragte Konstabler Meek.

»Ja, Mister Meek?«

»Sir, wegen dieser Gasometergeschichte ... die Kollegen und ich haben uns gefragt ...«

»Ja, Meek?«

»Wie kommen wir hinein, Sir? In den Gasometer, meine ich.«

Hovis zog seine Regal-Taschenalarmuhr hervor und klappte den Deckel auf. »Ich erwarte noch einen Gast«, sagte er, »der Ihnen sämtliche Einzelheiten darlegen wird. Er müßte jeden Augenblick eintreffen.«

Wie auf ein Stichwort schwang die Tür des Besprechungsraums auf und gab den Blick auf einen merkwürdig aussehenden Mann frei. Er war gut über sechs Fuß groß, kahlköpfig, mit buschigen Augenbrauen, massigem Doppelkinn und einem wilden Blick in den Augen. Seine mächtige Gestalt war in eine weit fließende Robe gehüllt, die über dem gewaltigen Bauch von einem purpurnen Kummerbund gehalten wurde.

»Meine Herren, erlauben Sie mir, Ihnen Mister Hugo Rune vorzustellen.«

Der selbsternannte Vollkommene Meister und Logos des Äons verbeugte sich in Richtung seiner zweifelnden Audienz.

Konstabler Meek sprang wie von der Tarantel gestochen auf. »Hugo Rune, ich verhafte Sie im Namen des Gesetzes. Sie können die Aussage verweigern, aber falls Sie aussagen, wird alles, was Sie sagen, protokolliert und kann vor Gericht gegen Sie verwendet werden.«

»Nicht jetzt, Meek«, sagte Hovis.

»Aber Sir! Dieser Mann wird im Zusammenhang mit zahlreichen Verstößen gegen die Betrugsgesetze, die Hexengesetze von 1307, die ... die ...«

»Nicht jetzt, Meek.«

»Sir, es ist meine Pflicht, diesen Mann zu verhaften. Er ist ein Scharlatan und Trickbetrüger!«

»Nicht jetzt.«

»Sir, wir haben eine Akte über diesen Kerl, die einen Yard dick ist.«

»Meek, setzen Sie sich!«

»Aber Sir!«

»Setzen Sie sich! Mister Rune hat sich bereit erklärt, uns in dieser höchst delikaten Angelegenheit behilflich zu sein. Ich habe ihm als Gegenleistung Schutz vor Strafverfolgung zugesichert.«

»Ein Superspitzel!« sagte Meek. »Also das ist er nun, nicht wahr, Sir?«

»Setzen Sie sich endlich, und halten Sie die Klappe, Meek.«

»Aber Sir . . .!«

Rune trat einen Schritt vor und baute sich drohend vor dem jungen Konstabler auf. »Ich kann Ihren Mund mit einem einzigen Wort verschließen«, sagte er. »Dann können Sie Ihren Tee durch die Nasenlöcher schlürfen.«

»Bedrohung von Amtspersonen! Das werde ich zu den übrigen Anklagepunkten hinzufügen!«

»So setzen Sie sich doch endlich, Meek! Mister Rune hier wird uns bei unseren Ermittlungen behilflich sein, und während dieses Zeitraums befindet er sich unter meinem Schutz.«

»Und danach?«

Hovis wechselte einen Blick mit Rune. »Das werden wir dann sehen.«

»Oh, werden wir das?« fragte Rune. »Vergessen Sie nicht, daß ich der einzige Mensch bin, der den Weg in den Gasometer kennt.«

»Das werden wir noch sehen.«

Hugo Rune richtete sich zu seiner ganzen unglaublichen Größe auf. »Ich bin Rune«, sprach er, »Rune, dessen Augen Dunkelheit sind, Rune, dessen Gehirn die unmöglichsten Rätsel ergründet, Rune, dessen Seele nach dem Licht unendlichen Wissens strebt.«*

»Auch das werden wir sehen.«

»Dann sei es, wie es will. Ich werde nun gehen und meine Chancen nutzen, wie sie kommen. Leben Sie wohl.« Rune machte auf dem Absatz kehrt.

»Nicht so schnell. Falls Sie Erfolg haben, werde ich auf weitere Anklagen verzichten.«

»Aber Sir!«

»Halten Sie jetzt endlich die Klappe, Meek! Rune, berichten Sie uns doch freundlicherweise, was Sie über die Sache wissen.«

»*Mister* Rune«, sagte Rune.

»Meinetwegen, *Mister* Rune. Wenn es unbedingt sein muß.«

»Nun gut. Sie werden möglicherweise Schwierigkeiten haben, meinen Ausführungen zu folgen, aber ich werde mich bemühen, so leicht verständlich wie möglich zu sprechen.«

Hovis schnitt eine ungeduldige Grimasse. »Dann seien Sie doch so freundlich und fangen Sie endlich an. Wir haben wenig Zeit.«

»So sei es.« Rune klatschte die gewaltigen Hände zusammen, und ein kahlgeschorener Akolyth in einer abgerissenen safrangelben Robe betrat den Raum. Er

* Hört sich nach einem Saarländer an. (Anm. d. Übersetzers)**

** »Hallo, hier spricht Michael Jäger. Ich bin bei Bastei-Lübbe im Außendienst tätig. Ich bin Pfälzer und bereise den Südwesten, und ich kann bestätigen, daß Saarländer ...«
Robert, Stefan, Axel, Arndt (im Chor laut): **»SCHNAUZE!«**
M. Jäger: »Tschuldigung«

war gebeugt von der Last mehrerer antiker Wälzer. Auf seine Stirn war ein kleines rotes ›R‹ tätowiert.

»Meister!« sagte er.

»Lege sie auf den Tisch, Rizla.«

»Jawohl, Meister.« Rizla tat, wie ihm geheißen, und zog sich anschließend unter tiefen Verbeugungen zurück.

»Mein Neophyt Rizla«, erklärte Rune den Anwesenden. »So, und nun zu den Fakten in diesem Fall.«

Hovis verscheuchte einen Konstabler von seinem Sitz in der ersten Reihe und nahm selbst darauf Platz. Er hatte sich offensichtlich mit der Lächerlichkeit des Ganzen abgefunden. »Dann schießen Sie mal los«, sagte er.

»Danke sehr, Inspektor.« Rune blätterte durch einen ledergebundenen Band, bis er die gesuchte Seite gefunden hatte. »Der große Gasometer, oder der Gastank. Nennen Sie das Ding, wie Sie wollen. Nach den Aufzeichnungen der Gemeinde wurde er 1885 von der West Londoner Kohle und Gas Company errichtet. Die umgebenden Tanks wurden 1962 abgerissen, und auf dem Grundstück befindet sich heute das Arts Center, diese Bastion ethnischer Unterhaltung und staatlicher Verschwendung.«

»Immer schön langsam mit den Vorurteilen, ja?« sagte Inspektor Hovis. »Uns allen ist wohlbekannt, daß das Direktorium Ihre wiederholten Forderungen abgelehnt hat, zum residierenden Magus berufen zu werden.«

»Ganz recht, aber das mag sein, wie es will. Der Gasometer. Ein markanter Orientierungspunkt, den die RAF Northolt während der Luftschlacht um England als Bodenmarkierung benutzt hat. Ein Symbol der Gemeinde Brentford. Allerdings ist es kein Gasometer, war nie einer und wird niemals einer sein. Dieses Ding ist etwas vollkommen anderes.«

Unter den Konstablern wurde Gemurmel laut.

»Das wissen wir«, sagte Hovis. »Das ist keine Enthüllung, Rune. Was verbirgt sich dahinter?«

»Ich will Sie nicht mit den Feinheiten meiner Forschung, den aufgetretenen Schwierigkeiten und den zahllosen Stunden fruchtbarer Meditation langweilen.«

»Sehr gut. Fahren Sie fort.«

»Lassen Sie mich eines sagen. Dieser Gasometer existiert seit wenigstens achthundert Jahren niedergeschriebener Geschichte. Die einheimischen Legenden berichten von den zwei Königen von Brentford, Kriegsherren aus der Zeit König Arthus', von denen einer in einem Turm aus Steinen und der andere in einem aus Eisen wohnte. Ich weiß nicht, was aus dem Steinturm geworden ist, vielleicht ist er längst zu Staub zerfallen, doch der eiserne Turm steht noch immer für alle sichtbar da. Der Gasometer. Vielleicht hat er nicht immer so ausgesehen wie heute, doch die Täuschung, hinter der er sich verbirgt, hat in der einen oder anderen Form all die Jahrhunderte bestanden.«

»Ohhh!« und »Ahhh!« machten die Konstabler.

»Fahren Sie fort«, sagte Inspektor Hovis.

»Ich zitiere die Worte Samuel Johnsons auf seiner Reise zum Brentforder Viehmarkt: ›Ich betrat die Stadt Brentford durch die Flußstraße, kam unter einem alten eisernen Turm hindurch, einer Festung hohen Alters, die von Efeu und Ranken überwuchert bis zum heutigen Tag unbeschadet überstanden hat.‹

Johnson besuchte den Markt und hat tatsächlich einen lebendigen Greif im Boot eines Schaustellers zu Gesicht bekommen. Steht alles hier in seinen Memoiren, falls jemand nachlesen möchte.«

»Merkwürdig«, sagte Hovis. »Aber bitte, fahren Sie doch fort.«

»Eine Aufzeichnung des Grundbuchs aus dem Jahr 1472 berichtet, daß ein gewisser ›Able John Rimmer Land im Norden und Westen des Eisernen Turms bestellt. Sein Land erstreckt sich von der nördlichen Straße nach Ealing bis hin zum *Fliegenden Schwan Inn* und grenzt an das Tal von Chiswick, wo die Weidegründe unseres Herrn des Königs beginnen.‹ Ich bin sogar noch weiter zurückgegangen, doch es ist immer das gleiche. Der Gasometer ist älter, als jede Erinnerung zurückreicht. Und wo Erinnerung und Niedergeschriebenes zu Mythen und Legenden verschmelzen, da findet er sich immer noch. Vielleicht steht er schon länger als tausend Jahre dort.«

»Und jetzt ist er ein Nest für Diebe und Räuber!« sagte Hovis.

»Das sind keine gewöhnlichen Diebe, Inspektor«, warnte Rune. »Ich kann Ihnen beliebig viele Stellen in der Literatur benennen, aus denen eindeutig hervorgeht, daß Sie sich hier mit einem Vermächtnis des Bösen schlagen, das unbeobachtet tausende Jahre überdauern konnte.«

Die Konstabler rutschten unruhig in ihren Sitzen hin und her. Das alles klang mehr und mehr zweifelhaft.

»So«, sagte Hovis, »können Sie uns denn hineinführen, damit wir den Löwen in seiner eigenen schlimmen Höhle zu packen kriegen?«

»Selbstverständlich«, sagte Hugo Rune. »Bin ich nicht Rune der Allwissende, Rune der Kosmische Krieger, Rune der ...«

»Ja, ja. Das wissen wir doch schon alles.«

»Ach ja? Nun gut. Es wird jedenfalls kein einfaches Unterfangen«, sagte Hugo Rune.

»Das, was leicht gelingt, wird ohne rechte Überzeugung getan.«

Rune hob eine Augenbraue. »Bitte ersparen Sie mir die Anzüglichkeiten. Ich verlange Bezahlung für meine Dienste, soviel ist sicher.«

»Was? Ich biete Ihnen Straffreiheit für Ihre Verbrechen, und Sie verlangen auch noch Bezahlung?«

»Die Belohnung für die Wiederbeschaffung des Goldes beträgt ein Prozent der Beute. Als Hüter des Gesetzes werden Sie wohl meinen Anspruch respektieren? Unter den gegebenen Umständen betrachte ich die Summe ohnehin kaum als ausreichend. Nichtsdestotrotz ...«

»Nichtsdestotrotz kriegen Sie Ihre Belohnung nur über meine Leiche!«

»Inspektor, Sie können murren und stöhnen, so lange Sie wollen, aber ohne mich werden Sie dieses Rattenloch niemals ausräuchern.«

»Dann rufe ich eben die SAS.«

Rune schloß den Folianten mit einem dumpfen Schlag.

»Wenn Sie meine Dienste nicht länger in Anspruch nehmen mögen, gehe ich jetzt. Ich habe mich an meinen Teil der Abmachung gehalten, und unser Konto ist nun ausgeglichen. Ich gehe mit weißer Weste.«

»Halt, Augenblick mal, Rune! Warum sind Sie so

sicher, daß wir nicht ohne Ihre Hilfe in das Gasometer gelangen können?«

»Weil es von einer Wand aus Energie umgeben ist. Es ist eine machtvolle Energie, die nicht mit normalen Mitteln zu durchbrechen ist. Falls Sie Gewalt anwenden, werden Sie Männer verlieren. Tod ist der Lohn derer, die unvorsichtig sind.«

Die Konstabler schrumpften sichtlich in ihren Sitzen.

»Lassen Sie ihn ausreden«, rief einer.

»Wir leben im Zeitalter der Logik und der Vernunft«, erklärte Rune. »Des Fortschritts und der Wissenschaften. Halten Sie das, was ich Ihnen sage, für abergläubischen Unsinn, wenn Sie wollen, aber dann werden Sie für Ihren Mangel an Einsicht bezahlen. Hier geht es um etwas Uraltes, Böses, das nicht mit den Mitteln bekämpft werden kann, die Sie verstehen. Das ist mein Gebiet, nicht das Ihre, Inspektor. Ohne mich werden Sie nicht in den Eisernen Turm gelangen.«

Hovis kaute nachdenklich auf der Unterlippe und tippte mit seinem Stock auf den Boden. Die Konstabler wurden immer unruhiger. »Wenn ich Sie hineinführe«, fuhr Rune fort, »dann verlange ich die Belohnung. Wenn nicht, machen Sie meinetwegen, was Sie wollen. Von mir aus können Sie mich zum Staatsfeind Nummer eins erklären.«

»Woher soll ich wissen, daß ich Ihnen vertrauen kann?«

»Was haben Sie zu verlieren?«

»Also gut«, sagte Hovis schließlich. »Wir gehen heute nacht hinein.«

»Also gut«, sagte Rune. »Das machen wir.«

»Hipp hipp hurra!« riefen die Konstabler, und dann wunderten sie sich, warum.

Kurz nach drei Uhr hatte Neville die Kasse fertig. Trotz des Debakels hatte das *Fliegende Schwan Inn* ein höchst profitables Mittagsgeschäft hinter sich. Wenn Croughtons Hände in die Kasse gewandert waren, hatte Neville jedenfalls nichts bemerkt. Jetzt saß der Teilzeitbarmann in einem Stuhl, nippte an seinem Scotch und sann über die Eigentümlichkeiten der gegenwärtigen Zeiten nach. Der Kurs in Psychologie, den er als Gasthörer an der Universität belegt hatte, lieferte ihm keine Antworten auf seine Fragen. Aber was wußten Psychologen schon vom Leben? Ungefähr überhaupt nichts. Psychologie war das, was Geschichte für Henry Ford gewesen war: Quatsch.

Der Barmann nippte an seinem Scotch und dachte an all die Dinge, an die betrunkene Männer nun einmal denken. Warum Kriege, warum Geldgier, warum Religion, warum Rassendiskriminierung und noch eine ganze Menge weiterer Warums. Die Menschheit war ein einziges großes Rätsel, ein undurchschaubares Mysterium, und trotz aller Fragen würde niemand je die Antworten erfahren.

Nevilles Blicke wanderten über die Grenzen seiner kleinen Welt. Er war nun schon seit gut zwanzig Jahren im *Fliegenden Schwan Inn*. Er war Wirt, Vertrauter, Guru, Rausschmeißer und stets fröhlicher Gastgeber für eine Kundschaft, die er weder kannte noch verstand. Nacht für Nacht beobachtete er, wie sie sich von freundlichen, netten Persönlichkeiten in unfreundliche, abstoßende Betrunkene verwandelten, aber er kannte sie nicht. Sie waren im Grunde genommen nicht verkehrt, vielleicht ein wenig fehlgeleitet, aber wer war das in diesen Tagen nicht? Wer sollte sie auch führen? Vielleicht die von sich selbst besessenen Politiker, Medienmogule, Zeitungsmagnaten oder halb verrückten Kleriker? Wer außer Lektoren war heutzutage noch imstande, vernünftig zu argumentieren, bei all den falschen Informationen zu den falschen Themen? Neville sank tief in seinen Stuhl. Er war von oben bis unten angewidert.

Und diese Geschichte heute? Die Olympischen Spiele? Es war ganz offensichtlich, daß die Einwohner Brentfords nicht Teil davon waren. Die versprochenen Freikarten waren immer noch nicht da. Die Brentforder waren eben unwichtig. Sie spielten keine Rolle.

Es wurde zunehmend schwierig, das alles zu überdenken. Neville nahm einen kräftigen Schluck Scotch. Lag die Wahrheit vielleicht im Wein? Oder im Scotch? Die Erfahrung hatte ihn gelehrt, daran zu zweifeln. Lag überhaupt in irgend etwas Wahrheit? Einmal mehr sah sich der Teilzeitbarmann gezwungen zuzugeben, daß er es einfach nicht wußte.

Wohin waren sie alle verschwunden, die großartigen Gedanken seiner Jugend? Verkommen und zu etwas Banalem geworden durch ein lückenhaftes Gedächtnis und die Verantwortung der Gegenwart, und so ging es ihnen allen. Er erinnerte sich an die großen Träume Pooleys und Omallys. Er hatte zugesehen, wie sie zusammengeschmolzen waren, ihren Biß verloren hatten, und doch bewunderte Neville die beiden immer noch, weil sie frei waren.

Ungefähr der einzige Gast, der sich in all den Jahren

nicht verändert hatte, war der Alte Pete. Aber der Alte Pete konnte wohl kaum als Vorbild dienen.

»Wo sind die guten Zeiten hin?« fragte sich Neville bitter. »Hätten wir sie mit derartiger Gleichgültigkeit hingenommen, wenn wir gewußt hätten, wie zerbrechlich sie sind?«

Er leerte sein Glas und schenkte sich ein weiteres aus. Das Leben ging weiter. Er mußte am Abend wieder öffnen, und die Karten mußten ausgespielt werden. Neville hatte nicht die geringste Ahnung, wohin das alles führte. Die Welt veränderte sich, und man hatte sich mit ihr zu verändern, oder man blieb zurück. Und die Tatsache, daß der gesamte Planet in Nevilles Augen den Gully hinunterging, bedeutete noch lange nicht, daß es in Wirklichkeit so war. Schließlich gab es immer noch die Jungen, und solange es die Jungen gab, gab es Hoffnung für die Zukunft.

Neville drehte das Glas in den Fingern und begann zu pfeifen. »Ich denke, ich sehe mir mal die alten Platten an«, sagte er zu sich. »Leonard Cohen wäre jetzt genau das richtige, um auf andere Gedanken zu kommen.«

In ihrem Tipi schwankten Paul und Barry Geronimo hin und her und sangen dabei leise vor sich hin. Im Arbeitszimmer des Professors ging Pooley ebenfalls schwankend auf und ab, ein Glas mit Scotch in der Hand. Im Besprechungszimmer stand Hugo Rune schwankend vor einer Karte der Gemeinde Brentford und deutete auf verschiedene Punkte, während Konstabler eifrig Notizen in ihre dienstlichen Notizbücher kritzelten. Und hoch oben über der Gemeinde, im Olympischen Stadion, trainierten Athleten in einer hermetisch abgeschlossenen, klimatisierten Atmosphäre. Und tief unten, im Innern des großen Gasometers, wütete eine Macht und hämmerte gegen die eisernen Wände, eine Macht, die weit über jedes menschliche Verständnis hinausging.

Kapitel 39

In der Nähe schlug die Uhr der Memorial-Bücherei zwölf Mal. Mitternacht.

Im Arbeitszimmer von Professor Slocombe schlug Jim Pooley den schweren persischen Teppich beiseite und legte die massiven Eichendielen des Bodens frei.

»Und was nun?« fragte er.

»Und nun fangen wir an«, erwiderte der Professor. Der alte Gelehrte war in eine makellos weiße Robe gehüllt, die bis zu seinen nackten Füßen reichte. Um den Hals trug er einen kleinen Lederbeutel, in der rechten Hand ein Stück Kreide. Er stand im Zentrum des Raums und verneigte sich in die vier Himmelsrichtungen. »Jetzt werde ich den Kreis ziehen, der das Gute mit dem Guten und das Böse mit dem Bösen fesselt.« Er kniete nieder und zeichnete einen perfekten weißen Kreidekreis auf den Boden. »Tritt hinein, Jim. Draußen würde es dir schlecht ergehen.«

Pooley trat mit der Whiskykaraffe in der einen und einem Glas in der anderen Hand in den Kreidekreis. »Das sieht alles sehr ernst aus, Professor.«

Der alte Gelehrte musterte Pooleys Bewaffnung. »Ein klarer Kopf ist dringend angeraten«, stellte er mißbilligend fest.

»Ich muß mir Mut antrinken«, erwiderte Pooley. »Ich bin nicht so furchtlos wie Sie.«

»Ich würde dir ja sagen, daß du nichts außer deiner Furcht zu fürchten brauchst, doch das wäre eine glatte Lüge.«

In jeder Ecke des Zimmers stand ein Rauchfaß aus Messing auf einem schmiedeeisernen Fuß. Der Professor deutete nacheinander auf jedes der Fässer, und gehorsam entzündete sich in jedem ein kleines Feuer. Innerhalb weniger Minuten war die Luft im gesamten Raum schwer von Weihrauch. Der alte Mann bückte sich erneut und bekritzelte den Boden mit Pentagrammen, kabalistischen Symbolen und geheimnisvollen Worten der Macht. Adonai, Balberith, Tetragrammaton und so weiter. Aleph, die Zahl, die immer eins ergibt, und all die anderen, die mit den Elementen und den sieben machtvollsten Planeten korrespondieren.

Pooley kippte sich derweil Scotch in den Hals und betrachtete sein Bild in dem großen gewölbten Spiegel, den der Professor auf seinem Schreibtisch aufgebaut hatte.

Es sah überhaupt nicht zuversichtlich aus.

»Und jetzt, Jim«, sagte der alte Mann und erhob sich wieder, »wirst du alles tun, was ich dir sage, und zwar augenblicklich und ohne Fragen. Ich muß dir wohl nicht verraten, wie wichtig das hier ist.«

»Nein, müssen Sie nicht«, antwortete Jim.

»Gut. Dann können wir ja anfangen.« Der Professor legte die Hände auf die Brust und gesellte sich zu Pooley in den Kreis. »Die Beschwörung wurde von einem gewissen John Dee formuliert. Er hat sie aus enochischen, gotischen, gnostischen und tantrischen Quellen abgeleitet. Die Macht der Worte liegt bis zu einem gewissen Grad in ihrer Unergründlichkeit, denn sie verursachen eine Erweiterung und Befreiung des Bewußtseins, das dem Magier gestattet, sein ›Ka‹ zu benutzen. Kannst du mir noch folgen, Jim?«

»Jawohl, Professor. Unzweifelhaft haben Sie recht.«

»ZODACARE, ECA, OD ZODOMERANU! ODO

KIKALE QAA! ZODORJE, LAPE ZODIREPO NOCO MADA, HOATHATE IAIDA!«

Pooley erschauerte und schlug seinen Kragen hoch. Der Raum war mit einem Mal von einer unglaublichen Kälte erfüllt. Das Feuer im Kamin erstarb, und der Professor schwankte auf den Hacken, während er blicklos in die Ferne starrte.

»ZODACARE, ECA, OD ZODOMERANU! ODO KIKALE QAA! ZODORJE, LAPE ZODIREPO NOCO MADA, HOATHATE IAIDA!«

Pooleys Finger wurden definitiv taub.

»Es widersteht uns«, sagte der Professor. »Aber das habe ich erwartet. Wir werden es trotzdem kriegen.«

Er wandte sich einmal mehr seiner Beschwörung zu, wiederholte die Worte immer und immer wieder und ein jedes Mal mit größerem Nachdruck. Sie schienen in seinem Mund zu wachsen und wie lebendige Dinge in den Ether des Raums zu fliegen, wo sie sich ausdehnten und immer lebendiger und energetischer wurden.

Die Luft waberte, erzitterte und wurde trübe. Das Atmen fiel zunehmend schwerer, und der Weihrauch hing wie eine schwere, undurchdringliche Wolke im Raum. Pooley hatte das Gefühl, als würde er ertrinken. Er umklammerte seine Kehle.

»Luft!« ächzte er.

Der Professor duckte sich, warf die Hände in die Höhe und ahmte den Konus der Macht nach. Plötzlich war wieder frische Luft im Zimmer. »Es kommt ... es nähert sich ...«

Das Zimmer begann zu beben und zu vibrieren. Bücher fielen aus den Regalen, Ornamente kippten um. Eines der Rauchfässer polterte zu Boden und verstreute schwelenden Weihrauch in alle Richtungen, doch nichts davon fiel in den geweihten Kreis. Pooley duckte sich auf der Suche nach Deckung.

»Verlaß unter keinen Umständen den Kreis!« befahl der Professor. »Wenn dir dein Leben lieb ist, bleib!«

Pooley erstarrte mit einem Fuß in der Luft.

Die Wände verzerrten sich, bogen sich, waberten. Ein Gesicht erschien, formte sich im Putz der Mauer. Es war ein großes, grinsendes Gesicht. Das Gesicht Kaletons. Jim Pooley bekannte sich augenblicklich wieder zum Christentum.

Unbehindert durch seine Verbände und künstlichen Augen, grinste das Gesicht von der Wand herab. Es war das Gesicht eines urzeitlichen Gottes, einer paganischen Wesenheit. Der Mund öffnete sich, und eine schwarze Zunge rollte hervor, von der fauliger Speichel troff. Die wimpernlosen Augenlider öffneten sich, und leere weiße Augäpfel wurden sichtbar.

»Du!« Die Stimme war die eines ganzen Chors, tausend verschiedene Stimmen, die wie eine einzige sprachen. »Du wagst es, mich an diesen Ort zu beschwören?«

»Ich beschwöre dich mit einem einzigen Namen und in einer einzigen Gestalt. Du bist gefangen und hast mir zu gehorchen.«

Der Mund verzerrte sich zu einem breiten Grinsen, und Salven spöttischen Gelächters erklangen. Pooley hielt sich die Nase zu und kniff die Beine zusammen. Dinge wie diese waren überhaupt nichts für ihn und seine schwächliche Konstitution.

»Im Namen der Macht, die den Elementen innewohnt«, der Professor zeichnete Runen in die Luft, »bei SETH, bei SHU, bei ARUAMOTH, bei THOUM-

AESH-NEITH, hiermit binde ich dich, bis daß du meine Fragen beantwortet hast.«

Der Mund schloß sich, die Augenlider blinzelten und zeigten nur schreckliches Weiß.

»Brut der Dunkelheit!« schrie Professor Slocombe, »welche Art von Dämon bist du?«

»Dämon?« Die Augen blitzten feurig, und im Mund wurden schwarze Zähne sichtbar. »Ich bin kein Dämon. Ich bin alles andere als ein Dämon.«

»Dann was? Ein Engel vielleicht? Das glaube ich kaum.«

»Du weißt, wer ich bin. Du weißt, was ich bin.«

Professor Slocombe wirbelte herum. Er war plötzlich abgelenkt. Pooley warf einen Blick über die Schulter und spürte, wie ihm das Herz in die Hose zu rutschen drohte. Zwei große, nackte Kreaturen näherten sich von hinten. Ihre Haut war tiefschwarz und matt. Die Körper waren geschmeidig und muskulös, die Köpfe gesichtslose Ovale aus Ebenholz.

Professor Slocombe stieß ein einzelnes, unaussprechliches Wort hervor, und Flammen entsprangen seinen Fingerspitzen. Sie berührten die Kreaturen und lösten sie in Nichts auf.

»Genug von diesen Spielchen!« Der Professor drehte sich wieder nach dem Gesicht um, doch es war verschwunden. »Wie ermüdend!« sagte der alte Mann zu seinem Begleiter, der sich zwischenzeitlich in die Hose gemacht hatte. »Diese ganze Sache wird offensichtlich viel langwieriger, als ich ursprünglich gehofft habe. Wir müssen wieder ganz von vorn anfangen.«

Ein Konvoi aus Polizeifahrzeugen bewegte sich durch die Kew Road auf den alten Gasometer zu. Im vordersten Wagen saß Inspektor Hovis in einer Kampfmontur. Er hatte das Gesicht mit Ruß geschwärzt. Über den Knien lag eine Maschinenpistole.

Konstabler Meek kauerte über dem Lenkrad. »Sind Sie ganz sicher, daß das hier der richtige Weg ist?« erkundigte er sich.

»Vorwärts, Konstabler!« befahl Hovis. »Vielleicht verdienen Sie sich ja heute nacht eine Beförderung, wer weiß? Weg von der Fußstreife und in den Wagen, wie klingt das in Ihren Ohren?«

»Nun, Sir . . .« Meek rümpfte die Stupsnase.

»Nun Sir was, Meek?«

»Er, Sir. Können wir ihm trauen?« Der Konstabler nickte über die Schulter in Richtung des Fondsitzes, wo Rune es sich bequem gemacht hatte. Seine fetten Beine waren zu einem vollendeten Lotussitz gefaltet, die Augen zur Meditation geschlossen.

»Ich kenne einen Spruch«, sagte der Logos des Äons, »der wirklich sehr komische Auswirkungen besitzt. Er vertauscht das Geruchsorgan mit dem Organ der Reproduktion. Möchten Sie vielleicht, daß ich den Spruch an Ihnen ausprobiere?«

»O nein, bitte nicht.« Meek bekreuzigte sich mit der freien Hand.

»Fahren Sie dort rechts ran, Konstabler«, befahl Inspektor Hovis. Er studierte die Straßenkarte. »Ich erwarte einen Bulldozer.«

»Einen Bulldozer?« platzte Rune hervor. »Bei Crom!«

Hovis warf einen Blick auf seine Uhr und nahm das Walkie-talkie zur Hand. »Auf die Positionen, Männer!

Und von jetzt an Funkstille, bis Sie wieder etwas von mir hören!«

Im Arbeitszimmer des Professors wischte sich der Gelehrte den Schweiß von der Stirn und setzte sich in dem Kreidekreis auf den Fußboden.

»Und was jetzt?« erkundigte sich der naßhosige Jim, indem er die Gelegenheit nutzte, sein Glas nachzufüllen.

»Wir fangen wieder von vorn an. Die Beschwörung ist langwierig, wie ich zu meinem Bedauern feststellen muß, aber es gibt keine andere Möglichkeit.«

»Er scheint über eine schreckliche Zerstörungskraft zu verfügen, wenn ich mir diese Bemerkung erlauben darf.«

Der Professor nickte in düsterer Zustimmung. »Diesmal werden wir dafür Sorge tragen, daß er in einer etwas besser zu handhabenden Form materialisiert.« Er blätterte durch sein Buch der Sprüche. »Ah, da haben wir sie. Eine Formel, die von den Magiern des alten Atlantis verwendet wurde, um Gefangene zu hypnotisieren und sie in Zeiten des Hungers in Vieh zu verwandeln.«

»Sie wollen ihn in eine Kuh verwandeln?«

»Wohl kaum, Jim. Das Abbild eines Menschen wird völlig ausreichend sein. Aber jetzt möchte ich, daß du etwas für mich tust. Nimm diese Phiole.« Er reichte Jim einen silbernen Flakon, der mit eingravierten runischen Symbolen übersät und mit einem Korkstopfen verschlossen war. »Nein, öffne sie jetzt noch nicht! Erst wenn ich dir das Stichwort gebe, und dann so schnell du kannst. Hast du mich verstanden?«

Pooley nickte. »Falls mein Verstand so lange durchhält, was ich bezweifle.«

»Du bist ein tapferer Bursche, Jim. Also schön, fangen wir an.«

Der Bulldozer rumpelte auf den Polizeikonvoi zu. *Das soll wohl eine Art Überraschungsangriff werden,* dachte Konstabler Meek. Hovis sprang aus dem Wagen, ein Megaphon in der einen und die Maschinenpistole in der anderen Hand.

Dschungeljohn, ein obdachloser einheimischer Bauarbeiter, der sich einen guten Namen im Abrißgeschäft erworben hatte, stieß seinen behaarten Bruder in die Rippen, der wie immer neben ihm saß, Sandwiches in sich stopfte und mit Bier nachspülte. »Sieh dir das an, Dave«, sagte er. »Das sind Sergeant Rock und seine heulenden Hunde.«

Langhaardave spähte auf den sich nähernden Inspektor hinunter. »Er hat eine verdammte Maschinenpistole!« beobachtete er.

»Also schön, Männer!« rief Hovis durch das Megaphon zu den beiden hinauf. »Zeit ist alles. Reißt den verdammten Zaun ein!«

»Das ist Besitz der Gaswerke!« widersprach John. »Das können wir nicht!«

Hovis entsicherte die Maschinenpistole. »Los jetzt!« befahl er.

John wechselte einen Blick mit seinem Bruder. »Der Kerl ist ein Irrer!«

Dave machte sich ganz klein auf seinem Sitz. »Laß uns den Zaun niederwalzen, und dann nichts wie nach Hause.«

»Wie du meinst.« John legte die Hand auf den Steuerknüppel, gab Gas, drehte den Bulldozer auf der Stelle und setzte das schwere Gefährt in Richtung des hohen Drahtzauns in Bewegung, der das gesamte Grundstück mit dem Gasometer darauf umgab.

»Horrido!« rief er.

Der Professor hob die Arme. »Im Namen der Macht, bei Yetzirah, Briah, Atziluth und Assiah! RAPHAEL, GABRIEL, MICHAEL, AURIEL! Ich beschwöre euch in eurer eigenen Gestalt!«

Ein Schmerzensruf ertönte, ein entsetzliches Stöhnen, als würde jemand Todesqualen erleiden. Die menschlichen Umrisse Kaletons nahmen auf einem der Sessel am Kamin Gestalt an. Er schwankte, und seine behandschuhten Hände umklammerten die Knie.

»Du verletzt mich!« stöhnte er und richtete sein verzerrtes Gesicht auf seinen Folterknecht.

»Ich werde dich noch weiter verletzen, wenn du meine Fragen nicht beantwortest.«

Pooley starrte die Kreatur an. Falls das der Mann war, das Ding, das seinen Freund umgebracht hatte, dann tat der Professor besser daran, ihn auf der Stelle zu vernichten, anstatt Zeit mit Fragen zu verschwenden.

»Dein Durst nach Wissen wird dich in den Untergang führen! Deine Neugier ...«

»Beantworte meine Fragen!« donnerte der Professor. »Oder ich werde dir den Hals langziehen!«

Kaletons Atem ging rasselnd, und seine Stimme klang rauh. Seine Brust hob und senkte sich in unregelmäßigen Abständen. »Kennst du denn keinerlei Erbarmen?« krächzte er.

»Warum sollte ich? Du kennst ebenfalls keines.«

»Aber ich habe das Recht dazu!« flüsterte Kaleton. »In mir ist der Schmerz von Jahrhunderten. Meine Vergeltung ist recht!«

»Erkläre dich!«

Kaleton erhob sich mühsam und wandte das Gesicht dem Professor zu. »Du weißt also immer noch nicht, wer ich bin? Trotz all deiner Bücher und all deinem Wissen? Sicher hast du mich schon lange erwartet!«

Pooley warf einen Blick auf den Professor. Der alte Mann sah mit einem Mal unglaublich gebrechlich aus. Die Konfrontation kostete ihn sämtliche Energie, über die er noch verfügte.

»Ich dich lange erwartet? Was willst du damit sagen?« fragte der Professor.

»Und ich habe dich für einen Mann des Wissens gehalten, wenn dieses Wort überhaupt auf einen Menschen angewendet werden darf.«

»Sprich nun, oder ich ziehe dir die Haut ab!«

»Genau! Weiter so!« drängte Pooley.

Kaleton hob den Kopf und funkelte seine Gegner an.

Er bebte am ganzen Körper. »Ich bin der Eine und die Vielen zugleich«, ächzte er. »Ich bin die Geschichte dieses Planeten, ausgebeutet und besudelt von der Menschheit. Deine Rasse hat nichts als Tod und Zerstörung im Sinn. Ihr habt die Atmosphäre vergiftet, die Flüsse verschmutzt und die Meere. Ihr habt die weiten Ebenen in Steppen verwandelt. Jetzt ist die Zeit der Heimkehr, die Zeit der Rache. Wer ich bin,

Professor? Ich bin der ›Spiritus Mundus‹, die Seele der Welt, der fleischgewordene Geist der Erde!«

»Nein!« sagte Professor Slocombe. »Nein, das kann nicht sein! Du lügst!«

»Warum sollte ich das? Die Menschheit ist am Ende. Ihr habt nicht die Macht zu widerstehen, ihr habt nicht die Kraft, einen Plan zu verhindern, der Jahrhunderte zu seiner Entwicklung bedurfte. Über euch füllt ein dunkler Stern den Himmel, zwei Füße im Wasser und drei auf dem Land. Die Prophezeiungen erfüllen sich. Die Zeit der Vergeltung ist gekommen. Die Zeit der Großen Versammlung.«

Der Professor zitterte merklich. »Warum? Warum tust du das?«

Kaleton lachte, und es klang ganz und gar nicht nach Engelsglocken. »Warum? Die Geschichte der Menschen war kurz, doch die Zerstörung, die unglaubliche Verschwendung, das sinnlose Entsetzen ... Der Planet duldet das nicht länger. Die Welt selbst wendet sich gegen euch. Ein neuer Anfang, Professor, eine freie Welt. Eine Welt, die frei ist von Menschen.«

»Wahnsinn! Wie kannst du nur glauben, daß dir das gelingt?«

»Ihr Menschen habt selbst fleißig bei eurer eigenen Zerstörung mitgeholfen. In all den Jahrhunderten habt ihr gewaltige Tempel und Kathedralen errichtet, Bibliotheken und Lehrstühle, und alle nach einer höheren Formel. Nach *meiner* Formel. Es sind die Steine, Professor. Die Macht liegt in den Steinen, angefangen bei Stonehenge bis hin zum Stadion. Die Macht ist auf unserer Seite, auf meiner Seite. Und auf das Signal hin werden die großen alten Bauwerke zum Leben erwachen. Das Stadion wird von Energie überflutet werden. Es wird über die Erde marschieren und alles vernichten.«

Die Augen des Professors glitzerten. »Signal? Was für ein Signal?«

»Du wirst es wissen, wenn es soweit ist. Ein gewaltiger Schrei wird durch das gesamte Universum hallen. Die Erde wird beben, und das Stadion wird zum Leben erwachen. All die alten großartigen Bauwerke werden leben. Sie werden sich erheben und die Menschen zerschmettern. Sie werden die Menschheit vom Angesicht der Erde fegen und sie wegwischen wie lästige Insekten, denn in Wirklichkeit seid ihr nicht viel mehr. Wir werden euch niederwalzen!« Kaleton hob die verkrümmten Hände hoch über den Kopf. »*Niederwalzen werden wir euch!*«

»*Walzt ihn nieder!*« brüllte Inspektor Hovis in sein Megaphon, während der Bulldozer sich gegen den Drahtzaun stemmte. Die Ketten rutschten über das Pflaster und rissen die Bordsteine weg, doch sie fanden keinen Halt.

Dschungeljohn saß über die Steuerknüppel gebeugt. »Das ist verdammt merkwürdig«, sagte er zwischen zusammengebissenen Zähnen hindurch. »Irgend etwas scheint uns festzuhalten.«

»Gib mehr Gas!« kreischte sein Bruder Langhaardave. »Gib mehr Gas!«

»Das tu' ich doch schon die ganze Zeit! Das tu' ich doch schon! Was geht hier vor?«

Hugo Rune legte eine mächtige Hand auf die Schulter des Inspektors.

»Auf diese Weise erreichen Sie gar nichts, das habe ich Ihnen doch schon gesagt.«

»Überlassen Sie den Zaun ruhig mir!« fauchte Hovis und schüttelte die dicken Wurstfinger ab. »Ich bringe uns auf das Grundstück, und Sie verschaffen uns Zutritt in den Gasometer.«

»Meinetwegen. Viel Spaß dann noch.«

Der Bulldozer krachte einmal mehr wuchtig gegen den Zaun, und diesmal ging ein Funkenschauer aus Elektrizität durch das Vehikel, zerschmolz das Zündsystem und setzte die Haarpracht des Fahrers in hell leuchtende Flammen. Das einstmalige Abrißteam sprang, heulend und wild auf die Flammen einschlagend, aus der Kabine. Der Bulldozer fing an, sich im Kreis zu drehen, und die Baggerschaufel hob und senkte sich unablässig.

Meek kurbelte das Fenster herunter. »Zurück!« rief er den schutzbrillenbewehrten Polizisten im Konvoi hinter sich zu. »Zurück!«

Selbstverständlich gingen seinen Worte im Aufheulen der mächtigen Bulldozermaschine unter. Der Bagger fuhr über die Motorhaube des vordersten Wagens. Meek warf sich aus der Tür, als das schwarze Fahrzeug über das Dach kletterte und sich daran machte, den nächsten Wagen unter seinen Ketten zu zermalmen. Hovis hüpfte wie ein Springteufel umher, brüllte Befehle in das Megaphon und schwang die Maschinenpistole. Meek beobachtete voller Entsetzen, wie der Bulldozer die gesamte Reihe von Einsatzfahrzeugen in unkenntlichen Schrott verwandelte.

Rune wandte sich auf dem Absatz um und schlenderte pfeifend durch die Straße davon, auf den Lippen eine Melodie eigener Komposition.

»Jetzt, Jim!« rief Professor Slocombe. Jim fummelte am Stopfen des Flakons und ließ ihn fallen. Er polterte aus dem Ring heraus.

»Dieses kleine Ablenkungsmanöver hat nicht gefruchtet. Leb wohl, Professor!« rief Kaleton, die Seele der Welt.

Jim warf sich auf den silbernen Flakon. Als er den Kreis verließ, wurde er von Dunkelheit umschlossen, und die Welt hörte auf zu existieren.

Pooley kam taumelnd auf die Beine und wischte die abgerissenen Halme von langem, rauhem Gras von seiner Kleidung. Das Land ringsum erstreckte sich endlos in alle Richtungen, eine flache Tundra, deren Eintönigkeit von den spärlich verstreuten knorrigen schwarzen Bäumen noch verstärkt wurde. Irgendwo in der Nähe verlief ein Fluß, doch Jim konnte ihn nirgends erspähen. Er schirmte die Augen gegen das merkwürdige purpurne Schimmern des Himmels ab und suchte nach einer Ortschaft oder vielleicht sogar einem Gasthof, doch vergeblich. Es gab nichts. Oder doch, es gab etwas.

Herangetragen von einem Wind, der so leicht war, daß er kaum das Gras wiegte, vernahm Jim die schwachen Geräusche von Gesang. Und dann das Klingeln von Glocken, das Rasseln von Geschirren, das Hufgeklapper schwerer Pferde und das Knarren von Holzrädern. Eine Prozession wand sich in seine Richtung, und die Menschen neben den Wagen schwangen Rauchfässer und intonierten den Gesang. Ihre Kleidung bestand aus einfachem braunem Sackleinen, verschmutzt von den Mühen einer langen

Reise, ihre Füße waren nackt, die Gesichter ernst. Diese Männer und Frauen waren erschöpft. Sie waren viele, viele Meilen ohne Rast gewandert, und sie stolperten und taumelten, doch sie marschierten unermüdlich weiter.

Pooley beobachtete sie traurig, während sie an ihm vorüberkamen. Die mächtigen Pferde ließen die Köpfe hängen, und ihre Flanken waren naß. Die Wagenräder drehten sich in unrunden Kreisen. Die ungleichen Speichen waren mit den Zeichen der Tierkreise bemalt. Jims Blick fiel auf die Personen, die hoch oben auf den hochbordigen Wagen saßen: hexengesichtige Frauen mit Kinnbärten und tätowierter Stirn. Und er erhaschte einen Blick auf die Schätze, die sie bewachten und mit sich führten: Auf Heubetten lagen Kinder, Neugeborene, doch bis ins Groteske angeschwollen, groß wie Ochsen und mit grauer, stumpfer Haut. Die Kinder des Großen Volkes. Die Letzten ihrer Linie. Sie kreischten und weinten, und in ihren Augen stand kein Glanz. Hinter ihnen, in weiter Entfernung, brach ein Gewitter los. Donnergrollen wurde hörbar. Der Himmel schäumte und tobte und stieß wütende Drohungen aus.

Pooley verstand den Ruf, obwohl er die Sprache niemals zuvor vernommen hatte. »Vorwärts! Vorwärts, zum Eisernen Turm! Macht schnell, in den Zufluchtsort!«

Die Hexen trieben die erschöpften Tiere unbarmherzig an, und die Sänger rechts und links der Wagen marschierten auf hölzernen Beinen weiter. Und Jim humpelte ihnen über die endlose Ebene hinterher, während der Wind immer stärker wurde und ihn heulend vorantrieb. »Weiter! Weiter! König Bran kommt!«

Und dann brachen Blitze aus dem Herzen der dunklen, wogenden Wolken und versengten das Land, und der Donner klang laut wie die Hufe einer heranstürmenden Armee.

»Beeilt euch! Zum Zufluchtsort!«

Mit einem Mal ragte der Turm vor ihnen in den Himmel, und eine Zugbrücke fiel herab wie eine segensreiche Hand.

Die Marschierenden nahmen ihre letzten Kräfte zusammen und rannten los. Eines der Pferde taumelte und brach tot an der Deichsel des führenden Wagens zusammen. Männer und Frauen zerrten es aus dem Weg, rollten den Kadaver beiseite und schoben den Wagen in Richtung der Zugbrücke. »Beeilung, um aller Götter willen, Beeilung!«

Jim humpelte hinter ihnen her. Ein Wagen kippte um und verstreute seine schreckliche Fracht. Die Hexenfrauen ließen alles zurück und rannten schreiend weiter. Die Reiter rückten näher. Die Reiter des Königs Bran.

Jim rannte los, als sei der Teufel persönlich hinter ihm her. Plötzlich hörte er, wie jemand seinen Namen rief. Ein Mann und eine Frau stemmten sich gegen den tosenden Sturm und schrien aus Leibeskräften: »Beeilung, Jim, hier entlang!«

Pooley schirmte die Augen ab. »John!« ächzte er. »Jennifer! Ich komme!«

Dann packten ihn Hände, zogen ihn zurück, weg von der Zugbrücke und dem Zugang, der Sicherheit versprach. »Halt, geh nicht hinein! Du darfst nicht dort hinein!«

»Nimm den Flakon!« brüllte Paul Geronimo. »Öffne den Korken!«

»Jetzt, rasch!« drängte sein Bruder Barry. »Nur du kannst es tun!«

Jims Gehirn überschlug sich. Er war von Zweifeln zerrissen; Furcht und Unentschlossenheit schnürten ihm den Hals zu.

Paul schob ihm den silbernen Flakon in die Hand. »Für den Professor! Mach es! Mach es jetzt! Öffne den verdammten Flakon!«

Pooley starrte auf Omally, der in diesem Augenblick rückwärts im Eisernen Turm verschwand. Nur ein einziger Wagen hatte es geschafft; die anderen standen verlassen herum. Menschen schrien, alles floh, und der Wind nahm immer noch an Gewalt zu. Und dann waren die Reiter des Königs Bran über ihm. Die Zugbrücke wurde hochgezogen. Pooley riß den Korken vom Flakon.

Kapitel 40

Ein Gesicht strahlte auf die Nation herab. »Wir berichten von den Londoner Olympischen Spielen.«

Der Alte Pete schaltete den Fernseher ab. »Das ist nicht mehr das gleiche ohne Anne Diamond«, murrte er enttäuscht. Das Geräusch der knarrenden ledernen Briefkastenklappe erweckte seine Aufmerksamkeit. »Hallo«, sagte der Alte Pete. »Heute ist doch noch gar nicht Zahltag.« Auf der abstoßenden Fußmatte lag ein Umschlag aus silberner Folie.

IHRE PERSÖNLICHE EINLADUNG
ZU DEN OLYMPISCHEN SPIELEN
VON BRENTFORD.

»Goldstaub!« jubilierte der Alte Pete und preßte den Umschlag an die Lippen. »Reiner, dreißigkarätiger Goldstaub.«

»Goldstaub«, sagte Inspektor Hovis. »Überall bei den Säulen, wo es Zwischenfälle gab. Letzte Nacht hing er sogar in der Luft. Ich habe ihn überall auf meinen Kleidern.«

Rune saß über einer Schale tibetanischen Müslis. Die Kantine des Brentforder Kittchens war überfüllt mit bandagierten Konstablern, die über ihr Frühstück gebeugt saßen.

»Die alte Suche der Alchimisten«, bemerkte Rune. »Reines Gold. Ein sehr machtvolles Instrument in jedermanns Händen.«

»Wer auch immer hinter dieser Geschichte steckt, macht sich über mich lustig«, sagte Inspektor Hovis und wandte sich seinen Cornflakes zu. »Und das nehme ich sehr persönlich.«

»Ich sage nicht gerne, daß ich Sie gleich gewarnt habe«, erwiderte Rune. »Nun ja, genaugenommen doch. Hab' ich ja schließlich auch.«

»Ein Bulldozer!« platzte es aus Hovis heraus, was dazu führte, daß der Magier mit halb verdauten Flakes aus goldenem Corn überschüttet wurde. »Ein Bulldozer, der es nicht schafft, durch einen einfachen Maschendrahtzaun zu brechen! Sechs Einsatzfahrzeuge, die nur noch Schrott sind, ein Dutzend Konstabler im Krankenhaus, und mein Ruf, als wäre er nicht schon geschädigt genug, liegt in Scherben. Und jetzt steht sogar mein Job auf dem Spiel!«

»Sie haben Ihre Gelegenheit ungenutzt verstreichen lassen«, sagte Rune. »Mein Mitleid oder mein Verständnis anzubieten wäre genauso vergeblich wie falsch.« Rune wischte sich Cornflakes von den Schultern. »Ihr Mann war nicht bei der Sache, das habe ich deutlich gespürt. Beim nächsten Mal wird es noch schwieriger.«

»Wagen Sie nicht, Ihre Belohnung zu verlangen«, entgegnete Hovis.

»Sie müssen es schon auf meine Weise machen, Inspektor. Es wird ein paar Tage dauern. Lassen Sie den Gasometer rund um die Uhr beobachten und verhaften Sie jeden, der versucht, ihn zu verlassen. Ansonsten vertreiben Sie sich irgendwie die Zeit und warten Sie, bis ich Ihnen das Stichwort gebe.«

Hovis schob seine Cornflakesschale beiseite und machte sich über den Inhalt seines Spazierstockgriffes her, indem er eine gute Prise vom marokkanischen Schwarzen, verschnitten mit Kokain, im linken Nasenloch applizierte. »Wenn Sie mich aufs Kreuz legen, Rune«, sagte er, »dann mache ich Manschetten aus Ihren Eiern.«

»Ich bin Hugo Rune«, sagte selbiger. »Lord der Sieben Sphären, Meister des kosmischen Bewußtseins, Laird von Cockpen und rechtmäßiger Erbe der Großmeisterschaft von der Goldenen Dämmerung! Ich denke, also habe ich recht.«

»Das sollten Sie auch besser!« Hovis blickte auf, doch der Stuhl ihm gegenüber war leer. Hugo Rune war verschwunden.

Professor Slocombe stieß den Schläfer auf seiner Chaiselongue mit einem hausschuhbewehrten Zeh an. »Aufwachen, Jim. Ich möchte, daß du dir etwas ansiehst.«

Pooley rieb sich die Augen und setzte sich mühsam auf. »Ich erinnere mich gar nicht, eingeschlafen zu sein«, brummte er, streckte die Arme und gähnte herzhaft. Plötzlich war er hellwach. »Verdammt!« ächzte er. »Gestern nacht! Diese Geschichte!« Er sah sich im Arbeitszimmer des Professors um. Alles sah aus wie immer: ein wenig verwirrend, aber im großen und ganzen aufgeräumt. »Habe ich geträumt, oder ist das alles passiert?«

»Du hast uns das Leben gerettet, Jim.«

»Tatsächlich? Aber ich war doch gar nicht da! Irgend etwas ist geschehen. Ich war woanders.«

»Ich weiß, Jim. Und jetzt beginne ich auch endlich zu verstehen.«

»Ist er verschwunden?« Jim blickte sich furchtsam um. »Ist er ... ist er tot?«

»Noch nicht. Bedauerlicherweise.«

»O Gott!« stöhnte Pooley. »Dann müssen wir also noch mal durch die Prozedur?«

»Oder Schlimmeres, wie ich fürchte. Doch jetzt komm, ich möchte dir etwas zeigen.«

Der Professor führte Jim zu seinem Schreibtisch, wo ein wunderschön gearbeitetes Messingmikroskop aus viktorianischer Zeit aufgebaut stand.

»Wirf doch bitte einmal einen Blick dort hinein«, sagte Professor Slocombe und deutete auf das Okular.

Jim riskierte einen Blick. »Meine Güte!« fluchte er und zuckte heftig zurück. »Das ist ja alles lebendig da drin!«

»In der Tat, ganz recht beobachtet. Und was hast du gesehen?«

»Kleine Dinger, die wie verrückt umherflitzen. Sie sahen ...«

»Ja?«

»Wütend«, sagte Jim. »Sie sahen sehr wütend aus.«

»Und genau das sind sie auch. Sie sind der Stoff, aus dem unser Freund Kaleton gemacht ist.«

»Freund?«

»Verzeihung. Das Wort ist wirklich äußerst unpassend. Diese kleinen Dinger sind tatsächlich ein Teil von Kaleton. Der silberne Flakon hat einen Teil seiner Substanz eingesogen. Kaleton flüchtete Hals über Kopf, bevor der Flakon noch mehr aufsaugen konnte, doch das, was wir jetzt haben, reicht mehr als aus.«

»Und was hat das nun zu bedeuten?«

»Es bedeutet, daß der Nicht-Mensch Kaleton ein ›Grex‹ ist. Ein Wesen aus vielen kleinen Organismen, die sich gruppieren und zu etwas organisieren können, das anders aussieht, entweder zur Tarnung oder zur Verteidigung. Bestimmte Bakterien besitzen diese Fähigkeit, wenn sie zu verhungern drohen. Sie schicken eine Art Botschaft durch eine Reihe einzelner Zellen und verschmelzen dann zu einer größeren Form, die anders funktioniert. Sie verlieren ihre Individualität, weil es ums Überleben aller geht.«

»Ich glaube, ich bin noch nicht ganz wach«, sagte Jim.

»Betrachte es als eine Art Mikrokosmos der menschlichen Gesellschaft. Ein einzelnes, nacktes Individuum kann nicht überleben, aber gemeinsam mit den anderen, ernährt und geschützt durch das Ganze, ist es befähigt zu existieren und zu funktionieren. Verwandtschaft, Harmonie, Teamgeist, das sind so etwa die Prinzipien, wie die Gesellschaft ihr Gleichgewicht aufrechterhält. Wie ein einziger großer Organismus.«

»Hmmm«, sagte Jim. »Das ist aber nicht das Gleiche. Wir mögen vielleicht ein Teil der großen Masse sein, aber wir sind trotzdem allesamt Individuen und kein großer, homogener Klumpen. Das paßt nicht.«

»O doch, das tut es sogar sehr gut. Es mag vielleicht unmöglich sein, vorherzusagen, was ein einzelnes Individuum tun wird, doch man kann mit absoluter Genauigkeit vorhersagen, was zum Beispiel eine Million Menschen zu einer gegebenen Zeit tun oder wie sie sich verhalten werden. Sie stehen um eine bestimmte Uhrzeit auf, gehen um eine bestimmte

Uhrzeit zur Arbeit und essen um eine bestimmte Uhrzeit zu Mittag.«

»Ja, so langsam verstehe ich«, sagte Jim. »Obwohl mir die Vorstellung nicht behagt. Jeder Mensch ist eine Insel. Ich bin keine Nummer, ich bin ein freier Mann. Und so weiter und so fort.«

»Niemand würde je auf den Gedanken kommen, daran zu zweifeln, daß *du* ein Individuum bist, Jim.«

Pooley bemühte sich, die Worte des Professors zu verdauen.

Vielleicht bedeuteten sie ein Kompliment, und wenn das der Fall war, dann beabsichtigte er, es zu genießen. Schließlich bekam er nicht häufig Komplimente zu hören.

»Was hat es mit dieser *Seele der Welt* auf sich, Professor?« fragte er schließlich.

»Ein alter Glaube«, antwortete Professor Slocombe, »so universell wie die Legende von der Sintflut. Die Buddhisten glauben an Rigdenjyepo, den König der Welt, der genau im Zentrum des Planeten in Shamballa lebt, der Hauptstadt der Erde. Sämtliche Religionen, seien sie vergangen oder gegenwärtig, kennen einen einzelnen göttlichen Schöpfer, den Gott aller Götter. Kaleton behauptet nicht, diese universelle Gottheit zu sein, doch er nimmt für sich in Anspruch, daß er die Seele dieses Planeten ist. Die fleischgewordene Seele der Welt also.«

»Und Sie glauben seinen Worten?«

»Nein«, erwiderte der Professor. »Das kann ich nicht. Das wage ich nicht. Seine Argumente mögen fundiert und zutreffend sein, doch es gibt zu viele Widersprüche. Um einen alten schachspielenden Kameraden von mir zu zitieren: ›Wenn die Erde die

Menschheit loswerden will, muß sie lediglich einmal furzen.‹ Ein wenig grob, doch im Grunde genommen treffend.«

»Nun ja. Was oder wer dieser Kaleton auch immer ist, er macht uns ganz schön zu schaffen.«

»Kopf hoch, Jim, wir sind noch lange nicht geschlagen.«

Pooley strich sich über das Kinn. »Er hat etwas gesagt, das eine Saite in mir zum Klingen gebracht hat. Ich versuche die ganze Zeit, mich zu erinnern, was es war.« Professor Slocombe kitzelte Jims Hirnzellen mit einem stummen telepathischen Befehl. »Ah ja«, sagte Jim. »Jetzt fällt's mir wieder ein! Es ging um das Stadion. Zwei Beine im Wasser und drei auf dem Land.«

»Ja?«

»Der alte Vers. Die Ballade von den beiden Königen Brentfords, erinnern Sie sich?«

»Erzähl sie mir.«

»›*Einst lebten in Brentford zwei Könige,*
Auf dem gleichen Throne wolten sie sein.
Einer wohnte in einem Eisernen Turm,
der andre in einem aus Stein.‹«

»Fahr fort, Jim.«

»Dann gibt es noch eine Strophe, die lautet:

›*Und ein schwarzer Stern erhob sich über ihnen,*
Ein Schwert in jeder Hand,
Zwei Beine im Wasser
Und drei auf dem Land.‹«

»Das habe ich gemeint, Professor.«

»Das ist aber nicht alles, Jim. Kannst du dich an den Rest erinnern?«

»Nein, den Rest habe ich vergessen. Irgendwas von einer letzten Schlacht und einem ›Herz aus brennendem Gold‹, aber ich weiß nicht mehr, wie die Strophe geht.«

»Macht nichts, Jim. Das war sehr gut. Zwei Beine im Wasser und drei auf dem Land, der schwarze Stern, das ist deutlich genug.«

»Ich bin am Verhungern«, sagte Jim.

»Dann lasse ich jetzt das Frühstück bringen.«

»Geht es auf Rechnung oder aufs Haus?« erkundigte sich Pooley, der trotz zahlreicher gegenteiliger Indizien keiner war, der sich leicht zum Narren halten ließ.

»Auf das Haus«, antwortete der Professor. »Du hast es dir reichlich verdient.« Der alte Gelehrte läutete eine kleine Messingglocke, und Gammon betrat das Zimmer fast noch im gleichen Augenblick. Er hielt ein großes Tablett in den Händen. »Du weißt, was das bedeutet?« fragte der Professor, während Pooley sich über die morgendliche Stärkung hermachte.

»Nein, aber schießen Sie los«, antwortete er kauend.

»Es bedeutet, daß wir in das Stadion müssen. Es geht alles von dort oben aus.«

»Das wird ein weiter und beschwerlicher Aufstieg.«

»Ein unmöglicher Aufstieg. Sollte mich nicht wundern, wenn jeder Zoll verteidigt wird, aber ich bin sicher, du findest einen Weg.«

»*Ich?*« Pooley verschluckte sich fast an seinem Toast.

»Selbstverständlich, Jim«, erwiderte der Professor. »Ich bin zuversichtlich, daß dir etwas einfallen wird.«

Dann bist du ein alter Trottel, dachte Pooley.

»O nein, das bin ich ganz bestimmt nicht, Jim«, antwortete der Professor.

Kapitel 41

Kurz nach elf Uhr morgens stand Pooley im Garten des Professors, atmete in tiefen Zügen die frische Luft und ignorierte demonstrativ das Unkraut, das sich auf dem Rasen auf der Westseite ausbreitete. Die unsichtbare Barriere war verschwunden, was Jim als ein Hoffnungsschimmer erschien, und der Himmel war blau. Wenigstens nahm Jim an, daß er blau war, denn als er nach oben blickte, fiel ihm wieder ein, daß er genaugenommen auf ein Bild starrte, das auf die Unterseite des Sternstadions projiziert wurde. Des schwarzen Sterns, der drohend über ihnen im Himmel hing.

Jim schüttelte den Schauer ab, der ihm über den Rücken kriechen wollte, und setzte sich in Bewegung. Sein Ziel war der *Fliegende Schwan*, und das Motto lautete: ein erfrischendes Pint für die Todgeweihten.

Zu Jims Überraschung herrschte in der Salonbar bereits reger Betrieb. Jemand spielte am Piano, und Neville hatte hinter den Zapfhähnen alle Hände voll zu tun. Der Teilzeitbarmann bemerkte Jims Kommen, genau wie ein heruntergekommen aussehender Bursche mit einem schmierigen braunen Klapprandhut, der sich hinter einer großen Zeitung versteckte.

»So so«, sagte Neville. »Der Verlorene Sohn kehrt also heim.«

»Hallo, Neville«, antwortete Jim niedergeschlagen. »Ein Pint Large bitte sehr.«

»Und wo steckt dein Kumpan?« wollte Neville wissen, während er das Bier zapfte.

Pooleys Blick glitt zu seinen ungeputzten Schuhspitzen. »Ich habe nicht die geringste Ahnung«, sagte er leise. »War er denn zwischenzeitlich nicht hier?«

»Nein«, erwiderte Neville. »Er hat sich einfach aus dem Staub gemacht.« Der Barmann stellte das perfekt gezapfte Pint vor seinem Stammgast auf den Tresen. »Jim, ist alles in Ordnung?«

Pooley schüttelte den Kopf. »Alles andere als das. Ich weiß nicht, was John zugestoßen ist, aber der Professor meint ...«

»Noch drei Pints bitte, Herr Wirt!« Die Stimme gehörte Norman dem Eckladenbesitzer.

»Entschuldige mich, Jim. Ich bin gleich wieder bei dir.« Neville kratzte die Pennies zusammen, die Pooley auf den Tresen geworfen hatte, und ging, um den Eckladenbesitzer zu bedienen.

»Der Kerl wirft mit Geld um sich, als gäbe es kein Morgen«, brummte der Alte Pete neben Pooley. »Ich würde ihm jetzt guten Tag sagen, wenn ich du wäre.«

»Gute Idee. Was hat Norman denn zu feiern?« fragte Jim ohne sonderliches Interesse.

»Diese Gravitit-Geschichte. Du weißt schon, dieses Wunderzeugs, aus dem das Stadion gebaut ist. Norman hat eine eigene Formel entwickelt, und rate mal was?«

»Er hat den Nobelpreis gewonnen?«

»Noch nicht. Aber er ist mit seiner Formel zum Patentamt gegangen und hat dort herausgefunden, daß es kein Patent gibt! Der andere Penner hat offensichtlich vollkommen vergessen, sein Zeug schützen zu lassen. Norman sitzt auf einer Goldmine.«

»Mein lieber Herr Gesangsverein!« sagte Pooley. »Gut gemacht, Norman.«

»Genau mein Gedanke.«

»Hallo, Norman!« rief Pooley am Tresen entlang. »Wie geht's denn so?«

»Noch nie besser!« krähte der halb betrunkene Ladenbesitzer. »Ein Pint für meinen guten Freund Jim, Neville!«

»Prost, Norman!« sagte der Alte Pete. »Gut gemacht, alter Freund!«

»Und noch einen für den alten Burschen am Ende der Theke!«

»Eigentlich hab' ich mir nie was aus dem Kerl gemacht«, vertraute der Alte Pete Jim an. »Er ist mir irgendwie nicht geheuer.«

Jim nippte nachdenklich an seinem Pint. »Norman ist schon in Ordnung«, sagte er. »Er ist eben ein hoffnungsloser Individualist.«

»Er ist ein hoffnungsloser Irrer! Aber wo steckt überhaupt dein Freund John? Arbeitsscheu wie immer, will mir scheinen.«

»Ich weiß es nicht. Ich bin nicht sicher.«

»Ich dachte, er würde versuchen, ein wenig Geld mit dem hier zu machen.« Der Alte Pete zog seinen silbernen Umschlag hervor. »Hast du deine auch schon?«

»Was ist das?«

»Die Freikarten für die Spiele. Jeder in Brentford hat eine gekriegt.«

Pooley hob die Augenbrauen und sein Glas. »Jeder in ganz Brentford?«

»Ganz genau. Am Ende ist doch noch etwas Gutes bei der Sache herausgekommen.«

»Ich würde nicht hingehen, wenn ich du wäre«, riet Jim dem Alten. »Ehrlich gesagt, ich würde sogar einen weiten Bogen um das gesamte Stadion schlagen.«

»Schon wieder ganz genau mein Gedanke, ehrlich«, erwiderte der Alte. »Ich habe meine Karte in der *Times* annonciert. Mit dem Geld, das ich damit verdiene, kann ich mir in Eastbourne einen kleinen Bungalow leisten. Ich biete dir einen Fünfer für deine Karte, wenn du willst. Komm, schlag ein.«

Pooley saß tief über sein Pintglas gebeugt, zu dem sich inzwischen Normans Freibier gesellt hatte. »Meine Karte scheint Verspätung zu haben. Wenn du willst, kannst du mir den Fünfer jetzt schon geben, ich laß' dir die Karte dann zukommen, wenn es soweit ist.«

»Sehe ich vielleicht aus wie ein Volltrottel?« erkundigte sich der Alte Pete. »Mach dich auf dein Fahrrad, Pooley. Viel Glück, Norman.« Er hob sein Glas in Richtung des betrunkenen Eckladenbesitzers. »Auf dein ganz spezielles Wohl.«

»So, Jim«, sagte Neville, als er mit dem Zapfen fertig war, »was willst du nun unternehmen?«

Pooley schüttelte den Kopf. Wie sollte er Neville erklären, was in Brentford vor sich ging? Im kalten Licht des Tages schien alles so unsinnig. Und er war sich selbst nicht einmal sicher, daß er tatsächlich gesehen hatte, was er gesehen zu haben meinte. Je länger er darüber nachdachte, desto stärker wuchs in ihm die Überzeugung, daß er in einem Drogenrausch gefangen gewesen war, ausgelöst durch Weihrauch und Whisky. Was allerdings überhaupt nichts an der Tatsache änderte, daß John tot war.

»Mir geht es nicht gut«, verriet er Neville. »Vielleicht habe ich etwas Schlechtes gegessen oder so. Was John betrifft, ich weiß es nicht. Wirklich nicht.«

»Tut mir leid, wenn du dich nicht auf der Höhe

fühlst, Jim. Du hast irgend etwas vom Professor erzählt, bevor wir unterbrochen wurden.«

»Ach, nichts.« Ohne Omally fühlte sich Pooley erbärmlich alleine, irgendwie unvollständig. »Überhaupt nichts. Es spielt keine Rolle.«

»Wie du meinst«, erwiderte der Barmann. »Aber hör mal, wenn du John zufällig treffen solltest, dann sag ihm, daß er seinen Job hier jederzeit wieder haben kann. Er war ein guter Mann und hat mich nicht übers Ohr gehauen. Ich bin ihm eine Menge schuldig.«

»Das sind wir alle.« Pooley hob das Glas. »Du bist ein guter Bursche, Neville. Solange es Menschen wie dich gibt, ist nicht alles verloren.«

»Nun, äh ... danke, Jim. Ich weiß es zu schätzen.«

»Du bist aber wirklich in einer verdammt miesen Stimmung«, sagte der Alte Pete. »Dir sind die Augen übergelaufen, oder was?«

»Irgend etwas in der Art, ja. Halt die Klappe, du alter Bastard.«

»Wenn du meinst.«

Plötzlich gab es mitten im Schankraum einen Tumult. »Seht her!« rief der angetrunkene Norman und schuf einen freien Raum in der Menge. »Seht genau her!«

Die Neugierigen und falschen Freunde, die seine Runden ohne zu zögern angenommen hatten, zogen sich augenblicklich in eine respektvolle Distanz zurück und beobachteten den Eckladenbesitzer mißtrauisch. »Was soll das geben?« fragten sie.

»Eine Demonstration der fliegenden Norman-Hartnell-Mark-Eins-Jacke. Voilà.« Norman öffnete seinen Mantel. Um den Leib hatte er einen breiten Gürtel mit Bleigewichten und anderen schweren Gegenständen geschlungen. »Das Wunder namens Normanit.« Norman öffnete die Gürtelschnalle, und die Gewichte polterten unter lautem Getöse zu Boden. »Auf und davon!«

Und zum Erstaunen der gaffenden Massen schwebte er vom Boden auf und zur Decke. »Er überspringt gewaltige Bauwerke mit einem einzigen Satz!« rief der Ladenbesitzer zu seiner sprachlosen Zuschauerschaft hinab.

»So ein verdammter Idiot«, brummte der Alte Pete leise. »Mein Glas ist schon wieder leer.«

»Nun laß Norman mal in Ruhe!« sagte Neville der Teilzeitbarmann. »Schließlich kriegt man so eine Schau nicht alle Tage zu sehen.«

Norman schwebte unter der Decke entlang und kicherte albern. Hinter Pooley rollte der Bursche in der abgerissenen braunen Kleidung mit dem Klapprandhut seine Zeitung zu einem engen Rohr zusammen, schob etwas Eigenartiges in das eine Ende und setzte es an seinen Mund.

»Hoch soll er leben!« grölte die Menge. »Und wehe, jemand sagt etwas anderes.«

»Wenn er mir auf den Teppichboden kotzt, muß er die Reinigung bezahlen!« sagte Neville. »Pooley, paß auf!«

Jim duckte sich instinktiv.

Irgend etwas zischte an seinem Ohr vorbei und schlug mit dumpfem Aufprall in das Hinterteil eines spanischen Souvenirstiers, der auf dem Regal über der Bar stand.

»Haltet diesen Kerl auf!« brüllte Neville, doch die Menge war zu sehr von Normans Kunststücken in den Bann geschlagen. Der heruntergekommen aussehende Bursche floh unbehelligt aus dem *Fliegenden Schwan*.

»Das ist ein Blasrohrpfeil«, sagte der Teilzeitbarmann, als er den punktierten Stier untersucht hatte. »Bei allen Göttern!«

»Dieser verdammte Bastard Bob gibt einfach nicht auf!« Pooley mühte sich wieder auf die Beine. »Danke sehr, Neville.«

Der Teilzeitbarmann schnüffelte an der Pfeilspitze. »Curare!« sagte er. »Dieser Mistkerl wollte dich umbringen, Jim, und das in meinem Laden!«

Der Alte Pete kicherte, doch Pooley schwieg.

»Curare«, wiederholte Neville. »Ein Gift aus der amazonischen Pflanze *Cameracio Apolidorus*. Die Eingeborenen kochen die Knollen und die Wurzeln aus, weißt du? Das Gift behält seine Wirkung über Jahre hinweg. Ein winziger Stich, und dir bleibt weniger als eine Minute, um dein letztes Gebet aufzusagen. Es greift das Zentrale Nervensystem an.«

»Danke sehr«, sagte Jim. »Ich wußte gar nicht, daß du dich so sehr für Toxikologie interessierst.«

»Ich habe einen Abendkurs im Arts Center besucht«, antwortete der Teilzeitbarmann. »Bei dem ansässigen Giftmischer. Es ist schon eigenartig, an was man sich so erinnert.«

»O ja, unglaublich witzig. Und was sagst du zu Antigravitation? Dein Norman scheint im Augenblick einige Schwierigkeiten zu haben.«

Und tatsächlich, der fliegende Eckladenbesitzer zeigte Anzeichen von größtem Unbehagen. Er wurde flach gegen die Decke gedrückt und war inzwischen ganz rot im Gesicht. »Hilfe! O Hilfe«, heulte er. »Helft mir runter, um Himmels willen!«

Neville seufzte ergeben und kletterte mit dem disziplinierenden Knüppel in der Hand auf den Tresen. »Halt dich daran fest!« rief er.

Norman packte das Ende des Knüppels, und die Umstehenden packten den Teilzeitbarmann an den Knöcheln. Unter lautem Ächzen und Stöhnen und nicht wenig Fluchen wurde der Null-G-Eckladenbesitzer auf festen Boden zurückgezerrt und hastig der Bleigürtel um seinen Leib geschlungen.

»Trotzdem ist das Zeug praktisch«, ächzte Norman, als er wieder zu Atem gekommen war. »Ich habe es in meine Jacke eingenäht, versteht ihr?«

Die Zuschauer verstanden. »Schlau!« sagten sie und fragten sich besorgt, ob die sprudelnde Freibierquelle nach dem Zwischenfall wohl versiegt wäre. »Du bist wirklich ein Genie, Norman!«

»Einen großen Brandy auf mich für unseren Mister Einstein hier!« bestellte Pooley und bahnte sich einen Weg durch die Menge.

»Meinen Dank, Jim.« Norman überprüfte den Sitz seines Gürtels. »Vielleicht habe ich im Eifer des Gefechts zuviel von diesem Zeug eingenäht. Ich werde auf dem Heimweg aufpassen müssen, sonst ende ich noch im Orbit.«

»Norman«, sagte Jim, »könnte ich vielleicht kurz unter vier Augen mit dir reden?«

»Solange du willst, Jim. Was gibt es denn?«

Pooley zog sich mit dem Ladenbesitzer in eine stille Ecke zurück.

Die Zuschauer starrten den beiden mißgestimmt hinterher und erstanden nun ihre eigenen Drinks. »Es dauert wirklich nicht lange«, sagte Pooley.

»Warum auch nicht?« fragte Norman und tippte

sich an die Nase. »Ein Wort unter Millionären. Von einem zum anderen.«

»Ah, du hast von meiner Wette erfahren?«

»Hier in Brentford bleibt nicht viel geheim. Schließlich wohne ich mit Bob Tür an Tür.«

»Stimmt. Aber das ist es nicht. Mir geht es um deine Erfindung, dieses Normanit. Ein Mann mit einer solchen fliegenden Jacke könnte doch vermutlich bis zum Stadion hinaufschweben, oder irre ich mich?«

Norman schien seine Zweifel zu haben. »Falls der Wind günstig steht. Ich denke nicht, daß ich das Risiko eingehen würde. Man könnte sich unversehens verdammt weit oben wiederfinden, wenn du weißt, was ich meine.«

Jim nickte nachdenklich. »Ein wenig gefährlich ist es, zugegeben. Eine Schande.«

»Was hast du vor, Jim?«

»Nicht ich«, erwiderte Pooley. »Der Professor. Er will einen Blick auf das Stadion werfen, bevor es eröffnet wird. Muß irgendwas mit öffentlicher Sicherheit zu tun haben, glaube ich.«

»Der Professor hat doch seine Freikarte, oder vielleicht nicht?«

»Wenn ich ihn richtig verstanden habe, möchte er dem Stadion einen privaten Besuch abstatten.«

»Professor Slocombe ist ein Mann mit viel Einfluß. Kann er sich nicht mit den Ausrichtern arrangieren?«

»Ich denke nicht, daß die Ausrichter mit seinem Plan einverstanden wären. Die ganze Angelegenheit soll nämlich geheim bleiben.«

»Oh!« Norman legte einen Finger auf die Lippen. »Vorsicht ist die Mutter und so weiter, wie? Nun, vielleicht würde ich mich breitschlagen lassen ...« Norman setzte ein nachdenkliches Gesicht auf.

»Wozu breitschlagen lassen, Norman?«

»Den Professor nach oben zu bringen.«

»Was?«

»Eins meiner kleinen streng geheimen Projekte, Jim.« Norman war in genau jenen konspirativen Flüsterton verfallen, den konspirative Flüsterer so an sich zu haben pflegen. »Ich habe meinen alten Morris Minor ein wenig umgebaut. Aus dem einstigen Hartnell Harrier ist nun der Hartnell Luftwagen geworden.«

Pooley schüttelte den Kopf. Dieser Bursche war ein echtes Genie.

»Der Luftwagen ist eine Revolution auf dem Gebiet des Individualverkehrs mit einem fast grenzenlosen Potential, was Zuladung, Beweglichkeit, Stadtverkehr und so weiter und so fort angeht. Eine der zahlreichen hochaktuellen Entwicklungen von Hartnell International.«

»Und er funktioniert?«

»Und er funktioniert? Wie kannst du es wagen? Die Ausstattung ist zum gegenwärtigen Zeitpunkt vielleicht noch ein wenig spartanisch, schließlich handelt es sich um einen Prototypen, doch wenn die Serienproduktion erst begonnen hat, wird er ein paar großartige Verbesserungen aufzuweisen haben.« Norman steigerte sich in grenzenlose Begeisterung. »Beispielsweise ein kleiner winziger Schalter, mit dem man diese ärgerlichen roten Lampen auf dem Armaturenbrett abschalten kann, die immer dann aufleuchten, wenn man schon halb auf der Autobahn ist. Oder Fernscheinwerfer im Heck, um sich an diesen Mistkerlen zu revanchieren, die mit aufgeblendetem Licht hinter einem herfahren. Einen Süßigkeitenspender, eine Mobiltoilette, einen Autopiloten, selbstreparierende ...«

»Du verschwendest wirklich keine Zeit, wenn du erst eine Idee im Kopf hast, wie?« unterbrach Pooley den Redeschwall seines Gegenübers.

»Die Zeit ist schnellebig, Jim. Sicher, vieles befindet sich noch in einem frühen Ideenstadium, doch der Wagen funktioniert einwandfrei, soviel kann ich dir jetzt schon verraten.«

»Und würdest du den Professor damit zum Stadion transportieren?«

»Warum nicht? Ich bin selbst auf eine Probefahrt gespannt. Außerdem gibt es da ein oder zwei Dinge, wegen denen ich gerne mit dem Professor sprechen würde. Eine Hand wäscht die andere und so. Ich bin sicher, es würde dem Professor nichts ausmachen.«

»Ganz bestimmt nicht, Norman.«

»Und wann möchte er hinauf?« erkundigte sich der Eckladenbesitzer.

»Morgen nacht. Ist das machbar?«

»Das ist die Nacht vor der Eröffnung der Olympischen Spiele.«

»Was?« rief Jim aus. »Sie haben die Spiele vorverlegt?«

»Genau. Sie haben es heute morgen im Radio durchgesagt. Wußtest du das nicht?«

»Nein, wußte ich nicht. Ach du meine Güte!« Jim nagte an seinen Knöcheln.

»Keine Angst, der Wagen ist einsatzbereit. Klingt nach einem spannenden Abenteuer, wenn du mich fragst. Ja, ich freue mich schon richtig darauf.« Norman hob sein Glas. Es war leer. »Noch eins, Jim?«

»Ich bin dran«, sagte Pooley. »Noch ein Pint?«

»Nein, nur ein Leichtbier. Ich will nicht, daß die Leute mich für einen schweren Trinker halten. Leicht, schwer, lustig, wie?« Norman tippte auf seinen Gewichtsgürtel und kicherte albern. »Einen guten Mann kann man nicht am Boden halten, wie ich immer sage. Norman ist wieder da!« Er grinste selbstgefällig.

»Norman, du bist ein Kasper«, sagte Pooley und ging mit den beiden leeren Gläsern zur Theke. Während er dort stand und darauf wartete, bedient zu werden, dachte er über den merkwürdigen Zufall nach, daß Norman genau zum richtigen Zeitpunkt genau das richtige Fahrzeug konstruiert und fertiggestellt hatte, mit dem der Professor imstande sein würde, in das Stadion zu gelangen, und daß er darüber hinaus den Eckladenbesitzer auch noch genau im richtigen Augenblick getroffen hatte. Viele würden sagen, ein solcher Zufall sei beliebig unwahrscheinlich, ja, so gut wie unmöglich, und sie hätten damit ganz ohne Zweifel recht gehabt.

Kapitel 42

Als die Zeit der Polizeistunde anbrach, war Pooley das, was der große englische Magier Cowley als »rechtschaffen betrunken« bezeichnet hätte. Er wanderte durch die Ealing Road davon, die Hände in den Taschen, eine Selbstgedrehte zwischen den Lippen. Vor dem Laden von Bob dem Buchmacher blieb er einen Augenblick unentschlossen stehen, während er überlegte, wie er sich am besten rächen sollte. Doch das würde warten müssen. Bobs Sicherheitsmaßnahmen hätten Fort Knox alle Ehre gemacht, und Jim befand sich nicht im Besitz der notwendigen militärischen Ausrüstung, um den Laden zu stürmen. »Du kriegst dein Fett noch weg«, schleuderte er der eisengepanzerten Tür des Eingangs entgegen. Und fuhr aus reiner Bosheit mit der Klinge seines Taschenmessers über die Seite von Bobs am Straßenrand geparkten Rolls Royce, um anschließend sein Kunstwerk schwungvoll mit den Initialen J. P. zu verzieren.

Auf halbem Weg zur Albany Road kam ihm der Gedanke, zur Polizeiwache zu gehen und von dem Attentatsversuch des abgerissenen Burschen zu erzählen. Schließlich war versuchter Mord eine Straftat und so weiter.

Auf der anderen Seite brachten seine neuerlichen Erfahrungen mit dem Gesetz, insbesondere desjenigen Teils, der durch einen gewissen Inspektor Hovis verkörpert wurde, ihn dazu, diesen Gedanken als völlig blödsinnig abzutun. Außerdem hatte der Professor gesagt, daß er es nicht gern sähe, wenn die Polizei sich in seine Pläne einmischte.

Jim schlug den Weg in Richtung der Schrebergartenkolonie ein.

Er war seit Wochen nicht mehr auf seiner Parzelle gewesen, und das Grundstück befand sich in einem traurigen Zustand. Der Rhabarber war geschossen, und seine wuchernden Ausläufer hatten sich in Richtung des Kartoffelbeets ausgebreitet. Die Bohnen waren überreif und warteten darauf, abgeerntet zu werden.

Jim entriegelte die Tür seiner Laube und nahm einen tiefen Atemzug. Er genoß das unverwechselbare Aroma, das charakteristisch ist für das Innere aller Schrebergartenhütten dieser Welt. Er nahm einen Klappstuhl zweifelhaften Ursprungs, hantierte mit den rostigen Federn und stellte das Ding schließlich vor seinen Eingang.

Dann suchte er eine Flasche aus seinem Privatversteck, nahm in dem Stuhl Platz und entkorkte den Tropfen. Ein oder zwei Schlucke verrieten ihm, daß es sich um Kohlwein handelte, eine von Normans Spezialitäten. Es war kein ausgesprochen hervorragender Jahrgang, doch in Jims gegenwärtigem Zustand durchaus als akzeptabel zu bezeichnen. Er pickte ein Stück Strunk aus einer Zahnlücke und nahm einen weiteren, größeren Schluck.

Fast im gleichen Augenblick wanderten seine Gedanken zu der Behaglichkeit des alten Leichters zurück, der bis vor so kurzer Zeit das Hauptquartier der P & O gewesen war. Das alles schien schon so lange her zu sein. Eine andere Welt.

Jim fing auf eine Weise an zu sinnieren, wie es nur Betrunkene können. Er war noch nicht soweit, daß er sich ein Leben ohne John vorstellen konnte. Die

Zukunft erschien ihm leer und trostlos. Selbst wenn es ihm gelingen sollte, diese ganze verdammte Geschichte zu überstehen und die zehn Millionen Mäuse zu kassieren, sah die Zukunft alles andere als rosig aus.

In ihm war ein Schmerz, der einfach nicht gehen wollte. Es war der gleiche Schmerz, den er beim Tod seines Vaters verspürt hatte. Doch damals war Omally zur Stelle gewesen, um ihn zu trösten und ihm über seinen Verlust hinwegzuhelfen. Sie waren gemeinsam zu dem Beerdigungsunternehmen gegangen, wo der alte Mann aufgebahrt lag, um ihm ihr Lebewohl zu entbieten. Jim hatte ihm ein Päckchen Zigaretten in die Tasche gesteckt, um die Reise angenehmer zu machen, und John hatte die Hand des Toten geschüttelt, bevor die beiden Freunde zu einem Gelage aufgebrochen waren, das eine ganze Woche gedauert hatte. Gemeinsam hatten sie die Gläser gehoben und sich zugeprostet, viele Trinksprüche ausgebracht und ihren Kummer ertränkt. Der Schmerz war nach und nach vergangen, und nichts als die tröstende Wärme der Erinnerungen war geblieben.

Doch jetzt war Jim ganz allein, und er seufzte voller Trauer. Nicht einmal ein Leichnam war da, über dem er weinen konnte, oder ein Grab, auf das er hätte Blumen legen können.

Er kann einfach nicht tot sein, sagte sich Jim immer und immer wieder. *Er kann nicht tot sein. Ich lasse das nicht zu.*

»Du mußt von ihm lassen«, hatte der Professor zu Jim gesagt. »Eine Seele findet erst dann ihren Frieden, wenn die Hinterbliebenen sie freigelassen haben. Du mußt John gehenlassen.«

»Niemals!« Jim schwankte mächtig vom Inhalt der staubigen Flasche. »Nicht, bevor ich es nicht weiß. Nicht, bevor ich nicht hundertprozentig sicher bin. Aber was auch immer . . .« Er mühte sich auf die Beine und schüttelte die geballten Fäuste in Richtung des verfluchten Stadions. »Ihr werdet dafür bezahlen. Ihr werdet bezahlen und bezahlen und bezahlen! Wer oder was auch immer ihr seid, ihr werdet teuer dafür bezahlen!« Jim sank wieder in den wackligen Stuhl zurück. »Ich wünschte nur, ich wüßte wie«, murmelte er vor sich hin.

»Sie tun es schon wieder!« informierte Mrs. Butcher ihren unter dem Pantoffel stehenden Gemahl. »Sie vollziehen schon wieder ihre heidnischen Bräuche!« Mister Butcher machte sich in seinem Ohrensessel ganz klein und suchte hinter seiner *Angler-Times* Deckung. »Geh gefälligst raus und unternimm etwas!«

Mister Butcher brachte ein mühsames: »Sie fügen doch niemandem Schaden zu, Liebling« hervor, doch seine hochgeschätzte Gattin wußte im voraus, was kommen würde, und schlug ihm die Zeitung mit ihrem Geschirrtuch aus der Hand.

»Los, mach, daß du rauskommst!« keifte sie.

»Ein Kollege hat letzte Woche einen siebenundzwanzigpfündigen Hecht mit einem Neunerhaken gefangen, stell dir das nur einmal vor!«

»Ich stelle mir gleich etwas ganz anderes vor«, sagte sein Weib in dem Tonfall, für den einige Weiber ganz berüchtigt sind. »Mach, daß du rauskommst, Reg! Du wirst es ihnen verbieten!«

»Verbieten? Was denn, Liebling? Sie tanzen nur, das fügt niemandem Schaden zu!«

»Niemandem Schaden zu? Das ist gottlos!« Mrs. Butcher bekreuzigte sich vor der Plastikmuttergottes auf dem Kaminsims. »Das sind wahrscheinlich gottlose Wilde und sonst nichts.«

»Das sind keine Wilden, Liebste! Sie gehören zum Stadtrat!«

»Schön, dann besteht der Stadtrat eben aus einer Bande Wilder. Eine Bande Wilder, die ihre heidnischen Bräuche vollzieht!« Sie setzte sich drohend in Richtung ihres von vielen gefürchteten Folterinstruments in Bewegung. »Ich werde anrufen und mich beschweren!«

»Nein, alles, nur das nicht!« Mister Butcher nahm hastig seine Zeitung vom Boden, faltete sie und legte sie in den messingnen Zeitungsständer, bevor er seine in gestopften Weihnachtssocken steckenden Füße in die Hauspantinen schob und aufstand. »Alles, nur kein Anruf, Liebste.« Die Telefonrechnung machte in letzter Zeit der nationalen Verschuldung Konkurrenz. »Ich werde rausgehen und mit ihnen reden.«

»Sag ihnen einfach, daß sie damit aufhören sollen! Es ist unschicklich, und wir leben in einer anständigen Wohngegend. Wenigstens war sie das, bis ...«

Mister Butcher hastete aus der Küchentür nach draußen und in den Garten hinter dem Haus, während sein Weib weiter zeterte.

»Jungs!« rief er über den Zaun hinweg. »Hallo, Jungs, sage ich!«

Paul und Barry Geronimo ignorierten sein Geschrei. Sie waren in die volle Stammestracht des Sioux-Medizinmannes gekleidet: Büffelhörner, perlenbesetzte Armreifen, Lendenschurz aus Ziegenhaut, das ganze Programm. Und sie tanzten weiter, als hätten sie nichts gehört.

Sie tanzten den Tanz der Beschwörung des großen Geistes. Er würde sechsunddreißig Stunden andauern, und während dieser Zeit würden sie nur gelegentlich innehalten, um weiteres Peyote zu sich zu nehmen oder auf die Toilette zu gehen. Im späteren Stadium des Tanzes würde schließlich Mrs. Butcher mit Schaum vor dem Mund auf einer Bahre nach draußen und in einen Ambulanzwagen getragen werden, der sie zu einem ganz besonderen Hospital in Hanwell bringen sollte, wo sie für einen längeren Zeitraum einer intensiven medizinischen Pflegemaßnahme unterzogen werden würde. Mister Butcher für seinen Teil würde mit einem sehnsüchtigen Winken im Regen stehen und selbst so etwas wie einen kleinen Tanz vollführen. Schließlich würde er sich mit seiner gefalteten *Angler-Times* in den *Fliegenden Schwan* begeben, um alsdann mit kühnem Gleichmut (etwas, das ihm in den letzten zwanzig Ehejahren ganz und gar unbekannt gewesen war) einen vollen Monatslohn auf den Kopf zu hauen.

Doch diese Dinge lagen noch in der Zukunft. Für den Augenblick begnügte sich Butcher damit, über den Zaun zu spähen und, unaufhörlich laute Verwünschungen ausstoßend, weiter nach seinen tanzenden Nachbarn zu rufen. Er täte es nicht für sich selbst, vertraute er ihnen an, er selbst habe keinerlei Einwände. Das Geräusch hämmernder Trommeln klänge wie Musik in seinen Ohren. Es läge alles nur an seiner Frau, die Gemahlin stecke dahinter, und ob sie das verstünden? Sie litte an den Nerven, und es ginge ihr insgesamt überhaupt nicht gut.

»Jungs?« rief er zum wiederholten Mal. »Hallo Jungs, sage ich!«

Kapitel 43

Der Abend wich der Nacht, und die Nacht wich dem frühen Grauen des Morgens. Ein neuer, vielversprechender Tag brach an. Die Einwohner der Gemeinde bereiteten sich ohne sonderliches Interesse auf die täglichen Geschäfte vor. Am nächsten Tag begannen die Olympischen Spiele, das große Ereignis schlechthin, und alle waren sie im Besitz ihrer Freikarten. Nun ja, fast alle. Der Alte Pete winkte einem zufriedenen Sportfan hinterher und bedachte das Bündel Banknoten in der gichtigen Hand mit einem schmatzenden Kuß.

»Viel Vergnügen!« rief er. »War mir eine Freude, mit Ihnen Geschäfte zu machen.«

Norman war den größten Teil der Nacht auf den Beinen geblieben und hatte in seiner Mietgarage am Hartnell Luftwagen gebastelt, der sich mit rasender Geschwindigkeit seiner Vollendung näherte. Diesmal hatte Norman definitiv einen Volltreffer gelandet. Die Millionen waren ihm sicher. Als die Dämmerung über dem schwarzen Horizont hereinbrach, gähnte er laut, kratzte sich am Hintern, verschloß die Garage von außen und trottete müde zu seinem Eckladen zurück, um noch ein oder zwei Stunden die Augen zu schließen.

Neville war kein Mann, der im Morgengrauen wie eine Lerche tirilierte. Schon eher wie ein Truthahn am Weihnachtsabend. Er hatte ein schlechtes Gefühl, das sich nicht beim Namen nennen lassen wollte. Irgend etwas ganz Schlimmes lag in der Luft. Das sagte ihm seine Nase.

Aber was genau das war, das sagte sie ihm nicht.

»Wahrscheinlich wieder einmal überhaupt nichts«, murmelte der Teilzeitbarmann vor sich hin, während er mit einem Stock in der Hand auf Normans Zeitungsjungen lauerte.

Jim blieb lange im Bett liegen und kultivierte einen Kater von ganz gewaltigen Ausmaßen. Nachdem der Kohlwein zu Ende gewesen war, hatte er das Undenkbare getan und war in Omallys Hütte eingebrochen, wo noch eine halbe Kiste fünf Jahre alter Scotch gelagert hatte.

»Wenn John tot ist«, hatte Pooley sich gesagt, »dann wird er mir sicher verzeihen. Und wenn er noch lebt, kann ich ihn um Verzeihung bitten.«

Und mit diesen Worten hatte er sich in einen Zustand getrunken, aus dem er an diesem Morgen aufgewacht war. Was für ein Zustand das auch immer sein mochte.

Der Professor streckte den Kopf zu Pooleys Zimmertür herein. »Schlaf weiter, mein Prinz«, sagte er leise. »Du wirst all deine Kräfte dringend benötigen, wenn es soweit ist.«

Inspektor Hovis hatte eine schlimme Nacht hinter sich.

Wieder einmal hatte alles in der Zeitung gestanden. In den Schlagzeilen. Höhnische Kommentare über die verpatzte Aktion des großen Detektivs. Seine Vorgesetzten hatten ihm vierundzwanzig Stunden Frist gegeben, um mit seinen Untersuchungen zum Abschluß zu gelangen, die Hauptverantwortlichen zu verhaften und das Gold wiederzubeschaffen.

Hovis erwachte, in kalten Schweiß gebadet, vom Schrillen seines Telephons.

»Heute nacht ist es soweit«, sagte die Stimme von Hugo Rune. »Halten Sie sich bereit.«

Hovis legte den Hörer zurück auf die Gabel. Seine Nummer stand nicht im Telephonbuch, und er war sicher, daß er sie Rune nicht gegeben hatte.

»Heute nacht also«, sagte Hovis zu sich selbst. »Heute nacht.«

»Wir melden uns hier aus dem Londoner Olympiastadion«, drang die Stimme aus dem Fernseher.

»Halt die Schnauze«, sagte Neville und zog den Stecker aus der Dose.

Der junge Master Robert vollführte einen Veitstanz vor ihm.

»Das ist für die Gäste!« kreischte er. »Schalten Sie den Apparat augenblicklich wieder ein!«

Neville blickte sich in seiner menschenleeren Salonbar um. »Warum hältst du nicht auch die Schnauze und verschwindest endlich?« murmelte er.

»Ihr Job steht auf dem Spiel«, kreischte der junge Master Robert auf- und abhüpfend weiter. »Schalten Sie den Apparat wieder ein! Das ist ein Befehl!«

»Ganz wie Sie wünschen.« Neville steckte den Stecker wieder in die Dose. Er hätte sich einen weit geeigneteren Platz denken können. »Und wem habe ich dieses Vergnügen zu verdanken?« fragte er.

»Sie nutzloser magerer Bastard!« kreischte der junge Master. »Sie und ihr bescheuerte Kumpan haben wohl geglaubt, Sie könnten mich zum Besten halten, was? Sie haben wirklich gemeint, Sie könnten einen Narren aus mir machen!«

»Niemand wollte Ihnen zu nahe treten«, sagte

Neville. »Wenn Sie sich auf den Schlips getreten fühlen, dann tut mir das leid.«

»Sehen Sie das hier?« Der Bursche fuchtelte mit einem offiziell aussehenden Dokument unter Nevilles Nase. Der Geruch wollte Neville ganz und gar nicht gefallen. »Sehen Sie das hier?« wiederholte er.

»Ich schätze, ich kann es mit einiger Mühe erkennen.«

»Nun, dann sehen Sie noch einmal genauer hin.« Master Robert breitete das Papier auf dem Tresen aus. »Lesen Sie das hier, und verdauen Sie den Inhalt.«

Neville blinzelte angestrengt, zuerst ohne jegliches Interesse, dann mit Erstaunen, schließlich mit nacktem Entsetzen.

»Sie wollen den *Fliegenden Schwan* verkaufen?« flüsterte er mit heiserer, brechender Stimme.

»Ja, ganz genau. Dieser Drecksladen hat nie richtigen Profit abgeworfen. Höchstwahrscheinlich deswegen, weil Sie andauernd in die Kasse gegriffen haben.« Die Bemerkung erregte Nevilles allergrößten Unwillen, doch er war vor Entsetzen wie gelähmt. »Nun, jetzt können Sie sich jedenfalls nach einem neuen Job umsehen. Wir verkaufen den *Fliegenden Schwan*. Die Brauerei steht im Begriff zu diversifizieren. Wir expandieren in andere Bereiche, Freizeitparks, Erholungsanlagen und wachsende Märkte von morgen. Diese alten Sägemehlkneipen mit ihren Spucknäpfen sind Relikte aus der Vergangenheit. Der *Fliegende Schwan* ist erledigt, und Sie gleich mit!«

Nevilles Gehirn schwamm in einer dicken Brühe. »Ich . . . Sie . . . Was . . .«

»Hallo, Neville!« rief Jim Pooley, der, nachdem er

aus seiner dunklen Höhle gekrochen war, genau gewußt hatte, wo er ein Frühstück finden konnte.

»Jim«, sagte Neville. »Jim.«

Jim bemerkte die schreckliche Stimmung des Teilzeitbarmanns.

»Irgend etwas nicht in Ordnung?« erkundigte er sich scharfsinnig.

»Doch, alles bestens«, mischte sich der junge Master Robert ein. »Neville zieht sich nur eben noch den Mantel an, bevor er sich auf den Weg zum Arbeitsamt macht.«

»Er tut was?« Pooley musterte Neville mit einem langen Blick. »Was hat das alles zu bedeuten?«

»Nicht, daß es Sie irgend etwas anginge«, erwiderte das mißratene Brauereibesitzerfrüchtchen, »aber diese erbärmliche Karikatur von einem Barmann kriegt einen Tritt in den Allerwertesten.«

»Sie wollen Neville rauswerfen?« Pooley schüttelte den Kopf in dem Versuch, sein Gehirn zum Arbeiten zu überreden. So viel hatte er am Vorabend auch wieder nicht getrunken. Oder vielleicht doch? Vielleicht litt er an Halluzinationen. »Neville rauswerfen?«

»Er ist schon draußen. Die Brauerei hat sich entschlossen, den *Fliegenden Schwan* zu verkaufen.«

»Verkaufen? Für wieviel?«

Der junge Master drehte das Papier auf dem Tresen um. Es war ein Kaufangebot. »Fünfundsiebzigtausend Pfund. Mehr als der ganze Laden wert ist.«

»Und wann wird der Vertrag abgeschlossen?«

»Ende der Woche. Sind Sie interessiert?« fragte der kleine Mistkerl sarkastisch. »Sie sehen aus, als kämen Sie direkt aus dem Schlafsack und wären noch nicht ganz nüchtern.«

»Hier gibt es keine Zeugen«, sagte Jim zu Neville. »Soll ich ihn an Ort und Stelle umbringen?«

Neville ließ den Kopf hängen. »Du weißt, was ich von Dingen wie Mord in meiner Bar halte.«

»Das hier sind außergewöhnliche Umstände, findest du nicht? Wir könnten ein wenig von den üblichen Verhaltensmaßregeln abweichen.«

»Ihr beiden Nichtsnutze, verschwindet von hier!« Und mit diesen Worten drehte sich der junge Master auf dem Absatz um, marschierte hinter die Theke und schenkte sich einen großen Scotch ein. Er grinste wie ein totes Kalb, während er sich mit seinem Drink zu einem Nebentisch zurückzog.

Jim blickte den todunglücklichen Teilzeitbarmann an. »Scheiße«, sagte er.

»Scheint, als sei das Spiel aus«, erwiderte Neville. »Ein Pint, Jim? Es geht aufs Haus.« Er nahm ein Glas aus dem Regal, blickte trübe hindurch und hielt es dann unter den Zapfhahn.

»Fünfundsiebzigtausend«, sagte Jim. »Keine unbezahlbare Summe, wenn man es genau bedenkt.«

»Nun, jedenfalls außerhalb meiner Möglichkeiten.« Neville betätigte den Hebel und servierte Jim sein Pint. »Und du hast auch nicht soviel Geld.«

Pooley grinste. »Nicht unbedingt. Wirf einen Blick auf das hier, und dann schenk dir einen großen Scotch aus.« Jim grub den inzwischen legendären Wettschein aus der Hosentasche und breitete ihn vor dem Barmann aus.

Neville starrte auf den Schein, starrte auf Pooley, starrte auf den Schein, starrte auf den Scotchportionierer, auf den jungen Master Robert und schließlich wieder auf Pooley. Neville starrte eine ganze Menge.

»Also stimmt es doch«, flüsterte er nach einer Weile mit einer Stimme, die der Situation angemessen war. »Das ist also der berühmte Wettschein. Man hat Gerüchte gehört.«

Jim nickte. »Das ist er. Mein Volltreffer.«

»Herzlichen Glückwunsch, Jim.« Neville fühlte sich nicht imstande, viel Überzeugung in seine Worte zu legen. »Ich meine, gut gemacht, Jim. Ich freue mich für dich.«

»Nun komm schon, Neville!« erwiderte Jim. »Es wäre eine Riesenschande, wenn der *Fliegende Schwan* den Besitzer wechseln oder sogar für immer schließen würde. Gott bewahre. Das ist ein Teil meines Lebens! Ich würde die Vorstellung nicht ertragen.«

»Dann willst du ...«

»Nicht ich, Neville. Du ...«

»Ich?«

»Natürlich!« Pooley grinste, und ein warmer Schauer reiner Freude durchlief seinen gesamten Körper. »Das ist dein Laden, Neville. Du sollst ihn behalten. Das ist dein Recht.«

»Mein Recht?«

»Ich werde ihn dir schenken«, sagte Jim. »Aber du mußt mir versprechen, daß du niemals etwas ändern wirst. Nicht ein Haar vom Teppich, keinen alten klapprigen Barhocker, überhaupt gar nichts. Daß du den *Fliegenden Schwan* so läßt, wie er immer gewesen ist. Für immer.«

»Das verspreche ich«, sagte Neville und legte die Hand aufs Herz. »Du meinst das wirklich ernst?«

Jim grub einen klecksenden Kuli aus der Innentasche und schrieb auf einen Bierdeckel: *Neville, ich schulde dir 75.000 £. Gezeichnet Jim Pooley*. »Morgen mittag gegen zwölf werde ich mit dem Geld vorbeikommen, so Gott will.«

»So Gott will?«

»Vorher haben der Professor und ich noch ein paar Dinge zu regeln. Oh, und Neville? Du wirst dieses dämliche Schild wieder abnehmen, nicht wahr? Mir hat das alte immer viel besser gefallen.«

»O ja, Jim, das werde ich. Das werde ich ganz bestimmt!« Neville drückte den Bierdeckel an seine Brust. »Sag mir noch einmal, daß ich das alles nicht träume!«

»Du träumst nicht, Neville. Warum sollte es nicht wahr sein? Jedem sollte ein glückliches ›bis ans Ende seiner Tage‹ vergönnt sein. Das ist nur fair.«

»O ja, Jim! Ja, ja, ja!« Neville zog den Stecker des Fernsehers aus der Dose. »Letzte Runde, Gentlemen! Bitte kommen Sie zum Ende!« rief er. »Haben Sie denn kein Zuhause, wo Sie hingehen können?«

Der junge Master Robert sprang von seinem Stuhl auf und stürmte quer durch die Bar. »Was soll das heißen, letzte Runde? Was wird hier gespielt? Sind Sie jetzt völlig durchgeknallt oder was?«

Neville nahm den Sodasiphon und zielte damit auf den jungen Folterknecht. »Was meinst du, Jim, soll ich? Soll ich oder nicht?«

»Oh! Du solltest«, sagte Jim Pooley. »Doch, ich bin ganz sicher: Du solltest.«

Die Brentforder Sonne zog über den Himmel, verschwand hinter dem Stadion und leuchtete von dort für den größeren Teil des Tages als Projektion auf die Gemeinde herab, bevor sie auf der anderen Seite wieder echt zum Vorschein kam und sich in Richtung Horizont und fremder Länder aufmachte. Die Nacht brach herein.

Neville sog prüfend die Luft ein. Sie stank zum Himmel, und doch breitete sich auf dem Gesicht des Teilzeitbarmanns ein fröhliches Grinsen aus, als er auf die Hosentasche mit einem gewissen unterzeichneten Bierdeckel darin klopfte.

»Wir werden dieses Ding feierlich verbrennen«, sagte er mit einem Blick auf das neue, lächerliche Kneipenschild über der Tür. »So ein Blödsinn, in der Tat. Verbrennen werden wir es.«

»Ich glaube nicht, daß ich das schaffe«, sagte Nevilles Retter in letzter Minute. »Ich glaube nicht, daß ich dazu den nötigen Schneid habe.«

Professor Slocombe lächelte. »Du wirst es schaffen, Jim. Ich habe vollstes Vertrauen zu dir.«

»Aber was genau haben Sie eigentlich vor?«

»Nun, ich muß gestehen, daß Kaleton gegenwärtig das Heft in der Hand hält, weil er die Spiele vorverlegt hat. Ich bin nicht so sorgfältig vorbereitet, wie ich es gerne gewesen wäre.«

»Wir sind verdammt!« stöhnte Pooley.

»Schnickschnack! Nichts dergleichen. Allein die Tatsache, daß er die Spiele vorverlegt hat, offenbart seine Zweifel. Er hat Furcht, daß sein wahnsinniger Plan nicht aufgehen könnte.«

»Aber was hat das alles zu bedeuten? Woher nehmen Sie die Gewißheit, daß Kaleton Ihnen nicht die Wahrheit erzählt hat?«

»Selbstverständlich kann ich nicht sicher sein, doch

die Bedrohung ist offenkundig, und wir müssen alles in unseren Kräften stehende unternehmen, um seine finsteren Pläne zu durchkreuzen, Jim.«

»Die Seele der Welt«, sagte Pooley. »Das ist ein ziemlich starker Gegner.«

»Nein, Jim, das will ich nicht hören. Wir besitzen nun eine Möglichkeit, in das Stadion zu gelangen, und wir werden sehen, was wir tun können.«

»Professor«, sagte Pooley mit ernster Stimme. »Sie haben ihre Beschwörungen hier abgehalten, auf Ihrem eigenen Territorium. Ich bin kein Dummkopf. Ich weiß, daß Sie hier zu Hause am stärksten sind und Ihre Macht am größten ist. Aber dort draußen, im Freien, auf Kaletons Gebiet, haben wir wahrscheinlich keine Chance.«

»Jim, weißt du, was man unter dem ›Gleichgewicht der geistigen Kräfte‹ versteht?«

»Es ist das gleiche wie Newtons dritter Bewegungssatz. Jede Kraft besitzt eine gleich große und entgegengesetzte Kraft. Meinen Sie vielleicht das?«

Der Professor kratzte sich am Kinn. »Allmählich wirst du warm, Jim.«

»Ich verstehe nicht, was Sie damit sagen wollen«, entgegnete Pooley, der ganz genau verstand.

»Schreckliche Mächte sind am Werk und wüten. Das Universum ist kein friedlicher Ort. Trotzdem bleibt das Gleichgewicht erhalten, ein Ding egalisiert das andere. Es herrscht Harmonie. Es existiert ein universaler Plan.«

»Gott«, sagte Pooley. »Sie sprechen von Gott.«

»Wenn du es so nennen willst, ja, dann spreche ich von Gott. Universaler Geist, nenne es, wie du willst. Für jedes Ja existiert ein Nein, und ein jedes Ding besitzt zwei Seiten. Ohne eine übergeordnete Logik würde nichts als Chaos herrschen.«

»Ich wage gar nicht, über die Sterne nachzudenken«, sagte Pooley.

»Das ist eine der tiefgründigsten Bemerkungen, die ich je aus deinem Mund vernommen habe, Jim.«

»Ist sie das?« erkundigte sich Pooley. »Mir liegen da noch ein paar weitere auf der Zunge, für den Fall, daß Sie eine Liste anfertigen wollen.«

»Jetzt ist dazu nicht die Zeit, Jim. Vielleicht morgen.«

»Falls es ein Morgen gibt, Professor.«

»Aha!« brummte Professor Slocombe. »Kopf hoch, Jim, alter Freund. Hier kommt Biggles.«

»Wie geht's, wie steht's?« erkundigte sich Norman Hartnell und steckte den Kopf durch das offene Verandafenster.

»Hallo Norman, ach du meine Güte!« Jim verzog das Gesicht in gespieltem Schmerz, als der wissenschaftlich ambitionierte Eckladenbesitzer in das professorale Arbeitszimmer trat. Er trug eine lederne Sturmhaube komplett mit Fliegerbrille. Aus seiner antiken RAF-Fliegerjacke quollen kleine Wattebäusche durch gerissene Nähte, und um den Hals hatte er ein Seidentuch geschlungen.

»Der Zauberwagen steht bereit«, verkündete er.

Professor Slocombe warf einen Seitenblick zu Pooley. Jim setzte ein tapferes Gesicht auf.

»Vertrauen Sie ihm«, sagte Jim. »Er sagt, es wird funktionieren.«

»Das wird es, da bin ich ganz sicher«, bekräftigte Norman. »Wer kommt mit mir zu einer Proberunde?«

Der Professor legte eine Handvoll seiner rätselhaften Apparaturen und Geräte in eine Gladstonetasche und schloß den Bügel. »Ich bin dann soweit fertig«, sagte er.

Pooley atmete tief durch. »Also gut. Gehen wir.«

Zu dritt marschierten sie in die nächtlichen Straßen von Brentford hinaus. Die Nacht schien klar und friedlich, genau wie jede andere Nacht auch, doch Jim und Professor Slocombe wußten, daß genau das Gegenteil der Fall war. Irgend etwas lauerte dort draußen, ein großer, dunkler Dämon, der nur darauf wartete, sie alle zu verschlingen. Norman marschierte fröhlichen Schrittes voraus. *Er weiß es eben nicht,* dachte Pooley. *Aber was, wenn er es wüßte? Was, wenn es alle wüßten?* Wenn die Dinge in dieser Nacht schlecht liefen und sich alles so entwickelte, wie Kaleton es vorhergesagt hatte, dann würde die Menschenwelt bald einen mächtigen Schock erleben. Ein ziemlich unsanftes Erwachen, sozusagen. Alles Normale, alle Erwartungen, Pläne, Hoffnungen, all das würde sich in einer Rauchwolke auflösen oder auch in einem einzigen verdammt mächtigen Knall. Irgend etwas in der Art. Jim hatte keine Vorstellung, was geschehen mochte, doch was auch immer es war – die Sache war ernst.

Norman führte den Professor und Jim zu den Mietgaragen, wobei er sich häufig verstohlen umblickte, um sicherzugehen, daß ihnen niemand folgte. Von wegen Industriespionage und so weiter. Er öffnete das Tor, es glitt nach oben und hinten, und Norman wandte sich mit fuchtelnden Armen zu seinen beiden Passagieren um.

»Die Kutsche ist bereit«, verkündete er.

Der Morris Minor stand dort, doch das alte Ding sah

schrecklich aus. Pooley und der Professor schoben sich vorsichtig näher und starrten offenen Mundes auf den Stolz des Eckladenbesitzers. Merkwürdige Metallkarbunkel waren auf die Motorhaube geschweißt worden, und eine ganze Batterie von Auspuffrohren, Staubsaugerendstücken und Duschköpfen ragte unter den Seitenschwellern hervor. Metalltrossen waren über den Wagen geworfen und endeten in eisernen Ringen, die in den Beton des Garagenbodens eingelassen waren. Sie sicherten das Fahrzeug am Boden.

»Nur um ganz sicher zu gehen«, erklärte Norman dem Professor, der die gesamte Apparatur mißtrauisch beäugte. »Wenn die Herrschaften nun bitte auf den Rücksitzen Platz nehmen würden? Ich benötige eine reichliche Menge Platz im Cockpit.«

Pooley und der Professor kletterten in den Fond, und Norman klappte den Fahrersitz hinter ihnen wieder um.

»Meine Güte«, sagte Jim, »das sieht wirklich mächtig beeindruckend aus.«

Das Armaturenbrett des Morris Minor erinnerte definitiv an das Cockpit einer Concorde. Reihen um Reihen blinkender Kontrollampen, Instrumente, Zeiger, Schalter, Knöpfe und so weiter.

»Der größte Teil davon ist nur Schau«, erklärte Norman. »Für den japanischen Markt. Die Japaner lieben diese Art von Spielzeug.« Er machte sich daran, die Stahltrossen zu lösen, dann kletterte er in den Sitz hinter dem Steuer und zog die Fahrertür zu.

»Sicherheitsgurte anlegen«, befahl er, während er sich selbst anschnallte. »Zündung ein.« Er drehte den Zündschlüssel. »Höhe ... Null. Schubpaneele aktiviert, Kupplung treten, Normanit optimaler Faktor sechs ...«

»Norman«, sagte der Professor verkrampft, »sind all diese Überprüfungen vor dem Flug notwendig, oder entdecke ich da eine gewisse Schau in deinem Gebaren?«

»Safety first, Professor. Meine Verantwortung als Testpilot besteht ...«

»Testpilot?« hakte Pooley ein. »Testpilot? Du meinst, du bist noch nie zuvor mit diesem, äh ... Ding geflogen?«

»Einmal ist immer das erste Mal, Jim.«

»Ach du lieber Himmel! Ach du heiliger Bimbam! O du meine Güte!« Pooley hätte sicherlich wild mit den Händen in der Luft gefuchtelt und sich dabei im Kreis gedreht, wäre in dem beengten Fond nur genügend Platz gewesen. Wie die Sache stand, war er fest und sicher eingekeilt und konnte sich kaum bewegen.

»Sei still, Jim. Hast du denn gar keinen Sinn fürs Abenteuer? Los geht's! Die Bremsklötze sind weg.«

Norman gab Gas, legte etwas ein, das vielleicht ein Gang gewesen sein mochte, doch in Wirklichkeit wahrscheinlich etwas weitaus Komplizierteres darstellte, und der alte Morris Minor kroch aus der Mietgarage und hinaus in die still daliegende Straße.

Norman setzte die Fliegerbrille auf und lehnte sich in seinem Sitz zurück. »Hinauf und davon!«

Der Wagen polterte über den Bordstein und auf den Asphalt und machte nicht die geringsten Anstalten, zum freien Flug überzugehen.

»Hinauf und davon!« wiederholte Norman, doch der Morris setzte seine Fahrt die Straße hinauf fort, und das schien das einzige Hinauf zu sein, das ihm in den Sinn kam.

»Scheiße!« rief Norman. »Mir scheint, da liegt ein unbedeutenderes technisches Problem vor.«

Professor Slocombe warf einen Blick auf seine Taschenuhr. »Wir haben nicht die ganze Nacht Zeit«, sagte er mit kalter Stimme.

»Wir sind ein wenig überladen, das ist alles«, entgegnete der Eckladenbesitzer. »Aber das ist kein Problem. Im Kofferraum liegen ein paar Pflastersteine als Ballast; ich muß sie nur rauswerfen.«

Er steuerte den Wagen zum Straßenrand, schaltete die Maschine ab, zog den Schlüssel heraus und kletterte aus dem Wagen. Pooley bemerkte, daß Normans Sicherheitsgurt mit ihm nach draußen gegangen war, was höchstwahrscheinlich kein ermutigendes Zeichen darstellte. Der Professor sah alles andere als glücklich drein.

»Machen Sie mir nur keinen Vorwurf«, sagte Jim. »Ich habe damit nichts zu tun!«

»Dauert keine Sekunde«, rief Norman von hinten. Er öffnete den Kofferraum und mühte sich mit einem der schweren Pflastersteine ab. Der Stein polterte unter lautem Getöse auf die Straße und blieb dort liegen.

Merkwürdig, dachte Jim. *Er ist ihm gar nicht auf den Fuß gefallen.*

»Noch ein Stein, und wir sind oben.«

Plötzlich bemerkte Pooley, daß er irgendwie viel tiefer in seinem Sitz zu sitzen schien als zuvor und daß die Sicht aus der Windschutzscheibe hauptsächlich den Himmel zeigte.

»Norman!« rief er, während er sich gleichzeitig

umdrehte und gegen die Heckscheibe klopfte. »*Norman!*«

»Nur noch ein Stückchen. Gleich hab' ich ihn raus!« Diesmal war das Geräusch des Pflastersteins weit dumpfer, als er auf die Straße polterte.

»Oh, verdammter Mist!« heulte Norman und hüpfte auf einem Bein herum. »Oh, verdammter . . .!«

»O nein!« heulte Jim. »Wir steigen! Norman, unternimm etwas!« Der Eckladenbesitzer tanzte weiter herum und fluchte. Inzwischen hatten sich alle vier Räder des Luftwagens vom Boden gelöst. Der Hartnell Luftwagen bewegte sich seinem natürlichen Element entgegen. »*Norman!*«

Mit einem Mal erkannte Norman die Schwere, oder in diesem Fall besser Schwerelosigkeit der Situation. Er beendete sein Umherhüpfen und machte einen mächtigen Satz in Richtung der Heckstoßstange, als diese in Augenhöhe vorüberkam.

Er verfehlte die Stoßstange, verlor das Gleichgewicht und purzelte auf die Straße zurück, wo er liegenblieb und mit Fäusten und Füßen auf den Asphalt trommelte.

»Scheiße!« brüllte er immer und immer wieder. »Scheiße!«

Der Wagen gewann in direktem mathematischem Verhältnis an Geschwindigkeit und Höhe, was jedoch nur für den Professor allein von einigem Interesse war.

»Ich schätze, du nimmst jetzt besser hinter dem Steuer Platz, Jim«, sagte der alte Gelehrte. »Ich habe noch nie ein Automobil besessen, geschweige denn gesteuert.«

»Ich habe auch noch nie ein Auto besessen. Ich habe

zwar schon einmal ein Auto gesteuert, aber noch nie eins wie dieses hier. Außerdem ...«

»Außerdem, Jim?«

»Außerdem hat Norman den Zündschlüssel rausgezogen.«

»Ah«, sagte der Professor. »Das stellt uns natürlich vor gewisse einzigartige Schwierigkeiten. Wie es scheint, nimmt unsere Geschwindigkeit mit einer Rate zu, die sich entgegengesetzt proportional zu einem fallenden Objekt verhält. Was bedeutet, daß wir an Masse gewinnen. Sehr interessant, wie ich bemerken darf. Nach den Newtonschen Axiomen müßte Normanit Antigravitationseigenschaften besitzen, die jedoch offensichtlich ungültig sind. Eine Größe sollte die andere egalisieren.«

»Faszinierend«, bemerkte Jim. Auf seiner Stirn erschienen Schweißperlen.

»Ja, in der Tat faszinierend«, gestand der Professor. »Aber keineswegs gut für uns. Wenn wir weiterhin mit einer derartigen Beschleunigung steigen, dann werden wir die Unterseite des Stadions in ungefähr ...« er stellte ein paar rasche Kopfrechnungen an, »... fünfundfünfzig Sekunden treffen. Ich würde den Aufprall als recht heftig einschätzen, und er wird ganz ohne Zweifel zum Ende unserer Existenz führen.«

Pooley verstand ohne weitere Erklärungen. Er rutschte nach vorn auf den Fahrersitz und fing an, am Armaturenbrett zu zerren. »Ein Stückchen Draht käme mir jetzt ganz gelegen, Professor.«

»Ah, ja. Ein ›heißer Draht‹, so nennt man das, glaube ich. Eine gute Idee, Jim.« Der Professor griff in einen Riß im Polster der Rückenlehne vor sich, und mit einer durchaus bemerkenswerten Kraftanstrengung riß er ein Stück von einer rostigen Feder heraus. »Hier, Jim, dein Draht. Das sollte reichen.«

Pooley ergriff die Feder aus der hingehaltenen Hand und machte sich damit unter dem Armaturenbrett zu schaffen. »Wieviel Zeit bleibt uns noch, Professor?«

»Dreißig Sekunden, Jim. Vielleicht auch weniger.«

Jim fuhrwerkte mit der Feder und trampelte auf dem Gaspedal herum. Und fluchte eine Menge. Norman hatte den Wagen gründlich neu verdrahtet, und Jim schaffte es nicht, die Maschine zu starten.

»Es funktioniert nicht!« rief er. »Es funktioniert nicht!«

»Eine Schande!« sagte Professor Slocombe. »Trotzdem war es einen Versuch wert.«

Der Wagen beschleunigte weiter himmelwärts und wurde immer schneller.

Tief unten am Boden beobachtete Norman, wie er* immer weiter hinaufstieg. Atemlos zählte er** die Sekunden und schloß die Augen.

Nur für den Fall, daß es für irgend jemanden außer den direkt Beteiligten von Interesse sein sollte – Normans mentale Berechnungen deckten sich bis ins Detail mit denen des Professors.

Eine kleine Truppe handverlesener Beamter schlich durch die Kew Road. Vor ihnen huschten zwei Gestalten von Schatten zu Schatten und flüsterten sich drän-

* Der Wagen, nicht Norman.
** Norman, nicht der Wagen.

gende Worte zu. Die eine der beiden war schlank und hager und hatte den ganzen Tag lang noch keinen Bissen Nahrung zu sich genommen. Die andere war breit und massig und hatte erst kurze Zeit zuvor nach einem ausgedehnten Zwölf-Gänge-Menü die Eßstäbchen beiseite gelegt.

»Als befehlshabender Offizier bestimme ich, wie die Operation heißt!« flüsterte Inspektor Hovis aufgeregt. »Diese Operation heißt ›Operation Sherringford‹, und wir werden als ›Hovis's Helden‹ in die Geschichte eingehen! Basta!«

»Pah!« erwiderte der andere in dem gleichen hektischen Flüsterton. »Als Berater in besonderer Mission verlange ich, daß dieses Unternehmen den Namen ›Operation Rune‹ erhält, und seine Teilnehmer heißen ›Runes Räuber‹!«

»Ich habe nicht die Absicht, mich mit Ihnen deswegen zu streiten, Rune.«

»Genausowenig wie ich mit Ihnen. Runes Räuber, oder ich gehe heim.«

»Meinetwegen, Runes Räuber. Aber die Operation heißt Sherringford.«

»Das ist einfach lächerlich! Muß ich mich den lieben langen Tag mit Ihrem aufgeblasenen Ego herumschlagen?«

Der Streit hielt an, während sie sich immer weiter dem Gasometer näherten. Hinter ihnen folgte die Gruppe aus fünf Offizieren.

Sie waren sich längst einig, was den Namen der Operation und ihrer Teilnehmer anging. Es war die Operation *Laurel & Hardy*, und sie waren die *Verlorene Patrouille*.

»Also schön, Rune«, flüsterte Hovis, während sich

die beiden wieder einmal in einen Schatten drängten. »Wir sind jetzt ziemlich nah. Wie lautet der Plan?«

»*Plan?*« erkundigte sich Hugo Rune.

»Der *Plan*, Mann! Sie haben doch einen Plan, Rune, oder etwa nicht?«

»Meinen Sie den Plan für die Operation Rune oder den für die andere Operation?«

Hovis murmelte etwas Unverständliches vor sich hin. Ganz gleich, wie das Unternehmen enden würde, er hatte den festen Entschluß gefaßt, Runes nächste Zukunft zum Mittelpunkt polizeilichen Vergnügens zu machen. »Der Plan!«

»Ja?«

»Für die Operation Rune!« spuckte Hovis.

»Gut!« sagte Rune. »Dann folgen Sie mir doch bitte.« Er führte Hovis weiter, und der Inspektor winkte seinen Leuten, sich anzuschließen.

Runes Räuber wanderten an dem Drahtzaun entlang. Er ragte bedrohlich hoch über ihnen auf, und in den oberen Regionen tanzten winzige blaue Funken und Entladungen, als wollten sie sagen: »Versucht es doch!«

»Ich hoffe nur, Sie wissen, was Sie tun!« grollte Hovis, als die umgebende Statik dem Inspektor die weißen Haare zu Berge stehen ließ.

Rune stapfte mit entschlossenen Schritten voraus, damit Hovis nicht den verlorenen Ausdruck auf seinem Gesicht entdeckte.

Wenn ihm nicht bald eine Methode einfiel, wie sie auf das Gelände vorstoßen konnten, würde er Fersengeld geben müssen. Der Zaun zog sich endlos in die Länge. Rune stapfte weiter und stieß Beschwörungen in alle Richtungen aus. Unvermittelt blieb er stehen, und auf seinem breiten Gesicht breitete sich ein noch breiteres Grinsen aus.

»Da!« flüsterte er mit unterdrückter Stimme.

Hovis prallte gegen Runes breiten Rücken.

»Wo?« fragte er.

»Na da!«

Hovis folgte dem starren Blick des Magiers. »Nun ja, Rune, ich gestehe, ich habe Sie unterschätzt.« Keine fünf Yards vor ihnen klaffte eine gezackte Öffnung im Draht. »Meinen Glückwunsch. Hier entlang, Männer, und ein bißchen Beeilung!«

Rune grinste und zuckte bescheiden die Schultern. »Ich bin ein Mann, der zu seinem Wort steht«, sagte er. »Ich bin Rune, dessen Kräfte ohne Grenzen sind, dessen Wissen absolut ist.« *Ich frage mich, wie dieses Loch hier hineingekommen ist,* fragte er sich im stillen.

Der Hartnell Luftwagen verfehlte das Olympische Stadion über Brentford nur um Haaresbreite und setzte seine rasende Fahrt in den nächtlichen Himmel fort.

»Das war wirklich verdammt knapp!« ächzte Pooley. Er umklammerte das Lenkrad mit sichtbar weißen Knöcheln, und sein Gesicht hatte exakt den gleichen Farbton angenommen.

Der Kopf des Professors tauchte hinter der Rückenlehne des Fahrersitzes auf. »Wie genau hast du das fertiggebracht, Jim?« erkundigte er sich.

»Ich entdeckte einen Reserveschlüssel, der mit Klebeband unter dem Armaturenbrett befestigt war«, gestand Pooley. »Außerordentlich praktisch, finden Sie nicht?«

»›Praktisch‹ ist vielleicht nicht gerade das Wort, das mir dabei in den Sinn kommt, Jim«, entgegnete der alte Gelehrte.

»Haben Sie eigentlich jemals das Gefühl, Professor ...« Jim warf einen Blick über die Schulter nach hinten.

»... daß eine größere Macht unser Schicksal in den Händen hält und kontrolliert, Jim?« vollendete der alte Mann die Frage.

»Etwas in der Art, ja.«

»Eine Möglichkeit, der die gegenwärtigen Umstände ganz ohne Zweifel Gewicht verleihen. Ich bin fast sicher, daß du einen Schutzengel besitzt, Jim.«

»Ein tröstlicher Gedanke, Professor.« Jim rutschte hinter das Lenkrad zurück.

Der alte Gelehrte entspannte sich in seinem Sitz. Die Teleportation des Zündschlüssels von Normans Schlüsselbund in Pooleys Hand war eine relativ einfache Angelegenheit gewesen, doch das durfte er dem Burschen selbstverständlich nicht verraten. »Fahr weiter, Jim«, verlangte er von seinem Chauffeur. »Bring uns bitte über das Stadion.«

»Ich gebe mein Allerbestes, Sir.« Jim war noch nie ein besonders guter Autofahrer gewesen, doch selbst die wenigen Künste, die er sich angeeignet hatte, wurden gegenwärtig nicht benötigt. »Meine Güte, sehen Sie sich das an!« rief er aufgeregt.

Unter ihnen breitete sich das Stadion aus, Hektar um Hektar und unvorstellbar groß. Ein Bauwerk, das Staunen und Ehrfurcht erweckte, wenn nicht noch viel mehr. Eingeschlossen von konzentrischen Sitzreihen, auf denen Millionen Platz fanden – jedenfalls sah es danach aus –, lag unter einer weiten Kuppel, die im fahlen Mondlicht schimmerte, die eigentliche Arena. In Richtung der fünf Sternspitzen erhoben sich die Olympischen Dörfer wie kleine Städte. Eine futuristische Silhouette aus kleinen Türmen, Zylindern, Kuppeln und Pyramiden mit hohen Laufstegen, Übungsbahnen, Durchgängen und Freitreppen, die sich zwischen ihnen hindurchschlängelten. Das Panorama war einfach phantastisch, unglaublich, unmöglich. Absolut und vollkommen unbeschreiblich.

»Wahnsinn!« rief Pooley tief beeindruckt aus. »Der reinste Wahnsinn!«

»So etwas habe ich noch nie gesehen«, sagte Professor Slocombe, der fast ebenso beeindruckt war wie Jim. »Und ich habe schon so einiges gesehen, wie du mir glauben kannst.«

Pooley nickte nachdenklich, wie er es häufig tat, wenn ihm die Worte fehlten. Nach einer ganzen Weile fragte er: »Was ist das dort, Professor?«

Der Blick des alten Gelehrten folgte der Richtung von Pooleys ausgestrecktem Zeigefinger. »Laß bitte beide Hände am Lenkrad«, mahnte er. »Was meinst du denn, Jim?«

»Na das dort!« Pooleys Aufmerksamkeit war von einer Reihe schlanker Pylonen angezogen worden, auf deren Enden silberne Scheiben saßen und die auf allen fünf Sternenden wie Felder voller High-Tech-Pilze saßen.

»Die Solarzellen würde ich meinen, Jim. Sie absorbieren das Sonnenlicht und projizieren es aus ähnlichen Scheiben unter dem Stadion auf die Gemeinde. Auf diese Weise wird der Himmel simuliert sowie für ausreichend Licht und die Tarnung des Ganzen gesorgt.«

»Danke sehr«, sagte Pooley. »Und wo soll ich jetzt parken, Sir?« Professor Slocombe kramte in seiner Gladstonetasche und brachte eine Blaupause des Stadions zum Vorschein. Jim warf einen Blick über die Schulter nach hinten. »Wie sind Sie denn daran gekommen, wenn ich fragen darf?«

»Das habe ich gestohlen«, gestand der alte Mann in aller Offenheit. »Ich war mir alles andere als sicher, ob die Fernsehbilder die gesamte Wahrheit über das Stadion verraten. Also ließ ich diesen Plan aus dem Büro eines gewissen Designstudios in Covent Garden mitgehen.«

Pooley grinste und steuerte den Wagen in enger werdenden Kreisen über das Stadion. Er summte leise vor sich hin. Seine Gedanken kreisten ein wenig beunruhigt um das, was auf sie wartete, doch daß er sich einen von Normans neuen Wagen kaufen würde, sobald er im Besitz des großen Geldes war, das stand vollkommen außer Frage. Für den Augenblick kam es nur darauf an, halbwegs wohlbehalten die Nacht zu überstehen.

Aller Wahrscheinlichkeit nach stand eine weitere Konfrontation mit Kaleton bevor, und Jim spürte fast so etwas wie Trost angesichts dieser Tatsache. Möglicherweise, so vermutete er, lag es daran, daß sein gegenwärtiges Leben ohne John keinen rechten Sinn mehr ergeben wollte und daß Jim es war, der Kaletons Nemesis sein würde, selbst wenn es ihm dabei selbst ans Leder gehen sollte. Ein vorübergehender Zweck für eine ansonsten sinnlos gewordene Existenz. *Du wirst bezahlen*, schwor Jim im stillen. *Du wirst für John bezahlen.*

Das hoffe ich doch sehr, dachte Professor Slocombe,

während er die Blaupause studierte, ohne eine Taschenlampe zu Hilfe zu nehmen.

»Wir landen auf der südlichen Spitze«, sagte er zu Jim gewandt. »Über dem Fluß. Das Olympische Camp unserer Heimmannschaft. Ich denke, wir sollten die amerikanischen und russischen Sektoren meiden. Wir wollen schließlich keinen internationalen Zwischenfall provozieren, nicht wahr?«

Jim lenkte den Wagen in die entsprechende Richtung. »Ah, ja«, sagte er. »Der Fluß, ich habe begriffen. Aber wo genau – und vor allen Dingen: Wie?« fügte er in einem Nachgedanken hinzu.

»Ja, wie?« Professor Slocombe faltete den Plan zusammen und spähte aus dem Heckfenster. »Ich kann ein paar Hubschrauberlandeplätze erkennen, doch sie wurden für senkrechte Starts und Landungen konstruiert. Es gibt keine Landebahnen, und dann ist da immer noch die Frage, was geschieht, wenn du den Motor abstellst.«

»Ach ja?«

»Ja. Wir werden wieder nach oben schweben, meinst du nicht?«

»Oh! Ja. Ich schätze, der Hartnell Luftwagen benötigt noch ein paar zusätzliche Wochen auf dem Reißbrett. Also, Professor, was wollen wir unternehmen? Abspringen?«

»Ich bin nicht tollkühn. Laß uns so langsam runtergehen, wie nur irgend möglich. Vielleicht finden wir einen Weg.«

Jim tat wie geheißen. Sie schwebten in Richtung des Lagers der Heimmannschaft, zwischen Türmen, Pyramiden, Pinakeln und Obelisken hindurch. Je näher sie kamen, desto phantastischer und unglaublicher wurde der Anblick. Eine Landschaft wie aus einem Science-Fiction-Roman aus dem Bastei-Lübbe-Programm.*

»Wie langsam können wir fliegen?« erkundigte sich der Professor.

Pooley steuerte nach unten und trat in die Bremse. »Ziemlich langsam, wie es scheint. Ganz schön schlau konstruiert, finden Sie nicht?«

»Der Eckladenbesitzer gibt mir immer wieder aufs Neue Rätsel auf. Bring uns genau dort vorne herunter.«

Der Wagen sank sanft aus dem Himmel dem Boden entgegen, und obwohl er unsicher zu wanken angefangen hatte, behielt Jim staunenswerterweise die Kontrolle.

»Ich habe eine Idee«, sagte der Professor. »Kannst du dort hineinsteuern?« Er deutete auf eine Stelle, wo ein breiter Gehweg in der Eingangshalle eines der merkwürdigen Gebäude verschwand.

»Ich bin nicht Luke Skywalker!« beschwerte sich Jim. »Aber die Macht ist mit uns, wenn ich mich nicht irre.«

»O ja, Jim. Ganz ohne Zweifel.«

»Na dann.« Pooley gab ein wenig Gas und lenkte vorsichtig in Richtung der Öffnung. »Bitte machen Sie nun die Zigaretten aus und legen Sie die Sicherheitsgurte an. Wir landen in wenigen Augenblicken.«

»Jetzt ist wohl kaum der geeignete Zeitpunkt zum Scherzen. Sobald wir in der Halle sind, schaltest du den Motor ab.«

Jim hatte mit einem Mal mehr Zweifel als je zuvor.

* Der wundersamste Verlag, der jemals existierte.

»Aber dann schweben wir doch bestimmt wieder nach oben?«

»Und kommen unter dem Eingangsbogen zum Halten.«

Das, dachte Jim, war eine zumindest äußerst zweifelhafte Hypothese. »Also meinetwegen. In den Eingang also.«

Der Wagen landete mit einem Bums und quietschenden Reifen auf dem Gehweg und hüpfte unkontrolliert zurück in die Luft. Die Maschine geriet ins Stottern und gab ein paar würgende Geräusche von sich. Jim umklammerte das Lenkrad. »Wir werden abstürzen!«

»Halt das Steuer gerade, Jim. Jetzt!«

Pooley trat mit aller Kraft in die Bremsen, riß den Zündschlüssel heraus und sandte ein letztes Stoßgebet an seinen Schöpfer. Der Wagen schrammte funkensprühend und unter dem Kreischen von gequältem Metall an einer Seitenwand entlang, geriet ins Schleudern, kam zur Ruhe und fing beinahe im gleichen Augenblick an, langsam nach oben zu steigen. Es gab ein häßliches Krachen, als er die Decke der Eingangshalle berührte, und dann – gesegnete Stille.

»Bravo, Jim! Du hast es geschafft!«

»Habe ich?« Pooleys Gesicht tauchte über dem Lenkrad auf. Er rümpfte die Nase und sah sich um. »Ich hab's geschafft! Ich hab's tatsächlich geschafft!«

»Richtig. Wir haben mehr als genug Zeit verschwendet. An die Arbeit!«

»So«, sagte Inspektor Hovis. »Wir haben jetzt mehr als genug Zeit verschwendet.«

Runes Räuber standen in einem dichten Haufen vor dem großen Gasometer und hantierten mit einem gewaltigen Arsenal von Waffen, an denen sie weder ausgebildet worden waren, noch hatten sie eine Ahnung von ihrer Handhabung.

Hovis spannte den Hahn seiner alten Dienstpistole. »So, Rune«, sagte er. »Seien Sie ein guter Junge und machen Sie uns endlich auf.«

»Machen Sie endlich auf ...« Langsam wiederholte Hugo Rune die Worte des berühmten Inspektors. »Machen Sie endlich auf ...«

»Das Element der Überraschung ist auf unserer Seite«, wandte sich Hovis zu seiner Mannschaft aus nervösen Konstablern um. »Gentlemen, ich will auf gar keinen Fall, daß Sie hier ein Blutbad veranstalten, für das ich hinterher die Verantwortung zu tragen habe. Niemand, und das meine ich ganz genau so, wie ich es sage, schießt auf irgend etwas, bevor ich nicht den Befehl dazu erteilt habe. Ist das deutlich genug? Haben Sie mich verstanden?«

Die rußgeschwärzten Gesichter der Konstabler nickten eifrig in der Dunkelheit. Konstabler Meek zog sein Schweißband in Rambo-Manier straff und überlegte, welches Ende seiner Kalaschnikow das verderbenbringende war.

»In Ordnung, Rune. Bringen Sie uns jetzt rein.«

»Ja, in der Tat«, sagte der Vollkommenste aller Meister. »Ja, in der Tat. Ich bringe uns jetzt rein. Warten Sie, lassen Sie mich kurz nachdenken ...«

»Warte, laß mich kurz nachdenken.« Professor Slocombe studierte die Blaupause des Stadions. Zusammen mit Jim Pooley stand er im Schatten der großen Eingangshalle; über ihnen an der Decke schwankte leise der Hartnell Luftwagen.

»Wir nehmen diesen Weg, Jim. Versuch dir den Rückweg zu merken. Kann sein, daß wir uns recht hastig zurückziehen müssen.«

Pooley steckte den Zündschlüssel sorgfältig in seine Hosentasche. »Wohin genau gehen wir eigentlich, Professor?« erkundigte er sich.

»In die Mitte der Anlage, Jim. Zum Zentrum von allem. Zum Kern, der im Herzen der Kampfbahn untergebracht ist. Diese Gegend hier.« Er zeigte Pooley die entsprechende Stelle auf der Blaupause.

»Aber dort ist nichts zu sehen außer einem schwarzen Fleck!«

»Recht hast du.« Der Professor nickte ernst. »Hier entlang, Jim. Folge mir.«

Die beiden Männer wanderten zwischen den titanischen Gebilden hindurch. Das gesamte Design und die Geometrie waren fremdartig, unnatürlich, unbegreiflich. Jim fuhr mit der Hand über ein Geländer und zog sie hastig wieder zurück. »Es summt!« sagte er. »Das Geländer vibriert.«

»Es weiß, daß wir hier sind.«

Jim erschauerte. »Woraus ist das alles gemacht, Professor? Das ist kein Glas und auch kein Metall, aber was ist es?«

»Horn, Knochen, Chitin, Jim. Es ist organisch«, sagte der alte Gelehrte. »Ich schätze, dieses Stadion wurde nicht im herkömmlichen Sinne des Wortes erbaut. Ich denke, es wurde vielmehr gezüchtet.«

»Dann ... dann ... dann ist es lebendig?« Pooley hatte Mühe, den ungeheuerlichen Gedanken auszusprechen. »Sie wollen sagen, daß es lebt?«

»Nicht genau. Es schlummert. Es ist moribund, wenn du so willst. In tiefem Dornröschenschlaf.«

»Das gefällt mir nicht.« Jim trottete hinter dem Professor her, der mit ausgreifenden, entschlossenen Schritten voranging. »Was, wenn es plötzlich aufwacht?«

»Das, mein lieber Jim, ist der Grund, aus dem wir hier sind. Das müssen wir unter allen Umständen verhindern. Wir müssen Kaleton daran hindern, es zu aktivieren, zum Leben zu erwecken, wie man es auch immer nennen mag.«

»Ist das der mächtige Knall, der das gesamte Universum erschüttern soll?«

»Ganz genau der. Ein Energieausbruch, irgendein aktivierendes chemisches Reagens, irgendeine vorprogrammierte Kodesequenz. Was auch immer, wir müssen es verhindern.«

»Es ist so unheimlich still hier oben!« sagte Jim. »Hier müssen doch Tausende von Sportlern sein, wie kommt es, daß wir noch keinen einzigen von ihnen gesehen haben?«

»Ich würde vermuten, daß man ein betäubendes Gas eingesetzt hat. In der Nacht durch die Klimaanlagen verteilt, um zu verhindern, daß einer der Athleten umherwandert. Wir werden die Unterkünfte auf keinen Fall betreten, um der Sache auf den Grund zu gehen. Warte einen Augenblick!«

Jim blickte auf. Irgendwie waren sie inzwischen im eigentlichen Stadion eingetroffen. Wie üblich hatte Jim wieder einmal viel zu viel geredet und zu wenig auf seine Umgebung geachtet. Er wußte nicht, wo er war, und jetzt, wo er sich umblickte, verschlug es ihm obendrein die Sprache. Aus zwei Kehlen stieg simultan ein lautes, langgezogenes Ächzen. Sie hatten eine Traumwelt betreten. Über ihnen erstreckte sich die schützende Kuppel, doch von hier unten sah sie nicht aus wie ein Dach aus Glas, sondern eher wie eine transparente, lebendige, sanft atmende Membran. Das Stadion selbst war gigantisch. So riesig, daß es unmöglich war, seine wahre Größe mit einem Blick in die Runde zu begreifen. Die Sitzreihen erhoben sich Rang um Rang, Oval um Oval wie in einem *Circus Maximus*, erbaut für Titanen. Der Maßstab und die Symmetrie waren furchteinflößend und doch irgendwie faszinierend.

»Mannomann!« entfuhr es Professor Slocombe. »O Mannomannomann!«

»Warum?« fragte Pooley. »Warum all das hier, wenn sein einziger Zweck darin liegt zu zerstören?«

»Hier oben kann es eine Million Menschen auf einen einzigen Schlag vernichten. Doch worauf es wirklich ankommt, ist die Tatsache, daß die ganze Welt dabei zusehen wird. Die Eröffnungsfeier der Olympischen Spiele wird von mehr Menschen an den Fernsehern beobachtet als irgendein anderes Ereignis auf der Welt, und Kaleton will schließlich etwas vorweisen.«

»Das ist unmenschlich. Es ist alles viel zu gigantisch. Kein menschlicher Architekt hat daran mitgebaut.«

»Nein, Jim. Es ist, als sei sämtliche Architektur zuvor nur ein Probelauf für dieses Ding gewesen. Babel, die Pyramiden, die Inkatempel, die großen

Kathedralen, all das führt zwangsläufig hin zu einem ...«, der Gelehrte deutete in die Runde und vollführte eine umfassende Geste, »... hin zu einem gewaltigen Tempel für die Götter.«

In Jims Kopf drehte sich alles. »Sie reden schon wieder von Religion, Professor.«

»Nicht Religion, Jim. Von Ideologie vielleicht, von einem größeren Bewußtsein, größerem Wissen, aber nichts, das dem Menschengeschlecht entsprungen wäre. Götzenanbetung ist die Ursache für die abartigsten Verbrechen, die Menschen je begangen haben, aber auch für seine größten Errungenschaften. Doch das hier, das ist nicht das Werk von Menschen. Das hier ist das Werk einer höheren Wesenheit.«

»Esoterik war nie eine meiner starken Seiten«, gestand Jim, »aber wenn Sie mich fragen, dann ist das hier Teufelswerk.«

»Es ist alles hier, Jim. Ein meisterhafter Plan, eine großartige Formel, die Kulmination von hunderttausend Jahren angesammelten Wissens und hart erworbenen Erkenntnissen.«

»Dann sind wir erledigt. Kaleton hat die Wahrheit gesprochen. Wer mit den Göttern marschieren will, benötigt besseres Schuhwerk, als wir es haben. Lassen Sie uns verschwinden, Professor. Wir warnen das Militär oder unternehmen sonstwas und versuchen unser Glück unten auf dem Boden.«

»Nein, Jim.« Der Professor hob die Hand. »All das hier kann sowohl zum Guten wie auch zum Bösen führen. Wir können die Spiele retten, wir können die gesamte Menschheit retten. Das hier ist das Produkt einer hohen Magie. Wissen an sich ist niemals gut oder böse. Das entscheiden die, die es anwenden.«

»Wie immer haben Sie nichts als ein winziges Bruchstück der Realität begriffen«, ertönte eine Stimme von überall und nirgends. »Sie glauben allen Ernstes, Sie könnten eine Karte des Universums anfertigen, mit nichts in der Hand als dem armseligen Plan aus Ihrem kleinen Hinterhof.«

Pooley drehte sich im Kreis. Der Professor starrte ins Leere.

»Stolzer kleiner Mann«, fuhr die Stimme fort. »Bist du überwältigt von deiner eigenen Bedeutung, daß du dir einen Gott nach deinem eigenen Ebenbild geschaffen hast?«

»Ich kann dich nicht sehen!« sagte der Professor. »Wirst du dich freiwillig zeigen, oder muß ich zu dir in die Dunkelheit rufen?« Die Luft knisterte von einer unnatürlichen statischen Elektrizität.

»Stolzer kleiner Mann!« wiederholte die unsichtbare Stimme.

»Fürchtest du mich so sehr, daß du es nicht wagst, dich zu zeigen?«

»Furcht ist ein rein menschliches Konzept, Professor.«

»Genau wie Liebe. Aber davon kannst du natürlich nichts wissen.«

»Liebe, Furcht, Haß sind allesamt nichts als Masken und Verkleidungen. Mauern aus Täuschung, die eine größere Wahrheit verbergen sollen.«

Pooley strengte die Augen an, um etwas zu erkennen, irgend etwas, doch das gewaltige Stadion erstreckte sich in alle Richtungen, bis es im Dunst verschwand. Der oder die Besitzer der Stimme blieben unsichtbar und verborgen.

Jim erschauerte. In der Unterhaltung mit Kaleton

lag etwas, das ihn merkwürdig an einen B-Film erinnerte. Einen B-Film von der Sorte, die nach Jims ausgeprägten Kenntnissen des Genres ganz allgemein mit Rufen wie: »Stirb, elender Erdling!« oder ähnlich unerfreulichen Worten zu enden pflegten.

»Was suchst du hier, Professor? Bist du gekommen, um für deine kostbare Menschheit um Gnade zu winseln? Oder vielleicht sogar nur für dich allein?«

»Ganz im Gegenteil!« erwiderte der alte Gelehrte. »Ich bin gekommen, um dich herauszufordern. Wir haben noch eine alte Rechnung zu begleichen.«

»Eine alte Rechnung? Da bin ich aber gespannt!« Die Stimme ertönte unvermittelt direkt neben Pooley, und der Bursche machte einen erschrockenen Satz zurück. Nur mühsam behielt er seine Blase unter Kontrolle. Kaleton saß keine zwei Yards von ihm entfernt in einem der hintersten Sitze der Arena. *Nahe genug, um mich anzuspringen und zu töten,* dachte Jim, *und das, obwohl ich persönlich mit der Herausforderung gar nichts zu tun habe.* »Ich dachte, du kämest in Frieden und sprächest für die gesamte Menschheit.« Der spöttische Unterton in Kaletons Grabesstimme zerrte an Jims Nerven, doch dem Professor schien es nicht das geringste auszumachen.

»Wohl kaum, Kaleton. Ich bin gekommen, um Vergeltung zu üben. Um dich für deine Verbrechen zu bestrafen und eine Sache zu Ende zu führen, die schon vor langer, langer Zeit hätte beendet werden müssen.«

Kaleton verzog das Gesicht zu einer schrecklichen Grimasse, als er in schallendes Gelächter ausbrach. Der Gestank seines Atems erreichte Jim, kroch in seine Nüstern und brachte seine Augen zum Tränen. »Und wie willst du das anstellen, Professor? Du befindest dich hier in meiner Welt. Ich kann dich nach Lust und Laune zerschmettern, wenn mir danach ist.«

»Vielleicht kannst du das, vielleicht aber auch nicht. Auf jeden Fall wäre dein Sieg alles andere als groß, geschweige denn auf allen Linien. Ich schlage dir einen viel edleren Handel vor, der meiner Meinung nach sowohl deinen Sinn für die Gerechtigkeit wie auch den für Grandiosität befriedigen wird.«

»Sprich weiter.«

»Ich schlage einen Kampf der Champions vor, der jetzt und hier an Ort und Stelle ausgetragen wird.«

»Kampf? Champions? Was soll das alles bedeuten?«

»Die Protagonisten sind einem jeden von uns wohlbekannt. Licht gegen Dunkelheit, Gut gegen Böse, deine Männer gegen die meinen.«

»Männer? Was für Männer?

»Die schlafenden Könige von Brentford«, antwortete Professor Slocombe.

»Was?« Kaleton zog den Kopf zwischen die Schultern*, und seine Brust wölbte sich hervor, um diesen aufzunehmen. Er sprang aus seinem Stuhl auf und landete auf allen vieren. »Du weißt von dieser Geschichte?«

»Selbstverständlich. Ich weiß alles von der alten Schlacht und vom alten Sanktuarium.«

Kaleton wich einen Schritt zurück und schüttelte den Kopf. Ein dunkles, verzerrtes Geheul, zusammen mit gemurmelten Silben, drang aus seinem schiefen Mund. Jim überlegte angestrengt, wo die Toiletten sein könnten. Ein sichtlicher Schauer durchlief Kale-

* wörtlich zu verstehen!

tons Körper, als das Wesen sich erhob. Es zitterte und bebte am ganzen Leib, während es den Professor anstarrte. »Einst hat es eine Schlacht gegeben«, flüsterte Kaleton. »Doch das ist lange, lange her. Dein und mein Volk bekämpften sich, doch dann ...«

»... dann wurdest du besiegt.«

»Niemals! Sieh, wo du stehst, Professor. Sieht das vielleicht nach besiegt aus?«

»Dann mußt du wahrscheinlich keine Furcht haben. Genieße deine süße Rache.« Mit diesen Worten machte der Professor auf dem Absatz kehrt und stapfte den langen Durchgang in Richtung der Kampfbahn hinunter. »Ich fordere dich heraus, Kaleton. Stell dich, wenn du nicht zu feige bist dazu!«

Jim beobachtete Kaleton. Er stand gekrümmt und regungslos da, wie in Gedanken versunken. Erinnerungen an damals vielleicht? Der Professor ging weiter. Jim blickte nach unten. Die Gladstonetasche stand zu seinen Füßen. Der alte Mann hatte sie stehengelassen. In seiner Tollkühnheit hatte er ganz vergessen, für seine Verteidigung zu sorgen. Jim wollte etwas unternehmen, doch er wußte nicht was. Ob er die Tasche öffnen sollte? Kaleton den gesamten Inhalt einfach entgegenschleudern? Oder vielleicht besser Fersengeld geben und rennen, als sei der Teufel persönlich hinter ihm her?

Ohne Vorwarnung schoß Kaleton an ihm vorüber. Der Schwung riß Jim glatt von den Beinen. Jim spürte die bösartige Macht, die rohe, elementare Kraft, die in diesem Wesen steckte, und das raubte ihm fast den letzten Mut. Kraftlos mühte Jim sich in den nächstgelegenen Sitz, unfähig, etwas zu unternehmen, außer zuzusehen, was weiter geschehen würde.

Mit furchterregender Energie raste Kaleton hinter dem Professor her den Gang hinunter.

»Ruf deine Krieger!« gellte er. »Ruf deinen toten König, deinen Champion! Dies ist der Tag der Abrechnung, und diesmal wird sie blutig sein!«

Pooley sank tief in seinen Sitz und suchte nach seinem Flachmann. Und dann stand der Professor auf dem künstlichen Turf der Arena und hatte die Arme zum Himmel hin ausgestreckt. Kaleton rannte hinter ihm her wie ein gewaltiger Bluthund, während er dem alten Gelehrten Beleidigungen und wüste Drohungen entgegenschleuderte. In der Arena wurde es plötzlich heller. Ein merkwürdiger Lichtschein hüllte die beiden Gestalten tief unten im Rund ein, die dem angsterfüllten Jim wegen der Entfernung winzig erschienen. Pooley zog den Korken aus dem Flachmann.

Über die Lippen des Professors drangen die Silben eines uralten Spruches:

»Und der gute König Bran hatte eine Kampfaxt,
König Balin ein mächtiges Schwert,
Die Kriegerkönige ritten hinaus in die Schlacht,
Und sie trafen sich an der Furt.«

Und dann entstand Unruhe und Lärm. Unterhalb Brentfords schienen die Eingeweide der Erde mit einem Mal lebendig geworden zu sein. Der junge Hund des Alten Pete setzte zu einem langanhaltenden Heulen an, das sein schnarchendes Herrchen geflissentlich ignorierte; der Alte hatte den Hartnell Hörapparat für die Nacht abgeschaltet. An der Pumpenstation ächzte die gewaltige viktorianische Dampfmaschine verloren vor sich hin. Und unterhalb des Wasserturms rührte sich etwas. Unter dem steinernen Turm regten sich Mächte, die lange, lange Zeit in tiefem Schlummer gelegen hatten. Ein Geräusch, ein drängender Ruf, und sie erwachten.

Vor dem Tipi im unteren Teil des Schrebergartens beendeten zwei Tapfere ihren Tanz und standen schwitzend im fahlen Licht der Sterne. Ihre Gesichter schimmerten.

»Und jetzt fängt es an«, sagte Paul Geronimo zu seinem Bruder Barry. »Der Tanz ist vorüber. Die Großen Alten kehren zurück. Jetzt geht's los!«

Und das ging es.

Hinter der vergilbten Firnis alter Porträts, die seit einem Jahrhundert ungesehen in den Kellern des Rathauses lagerten, blinzelten Augen und kam Leben in Gesichter. Staubige Folianten und spinnwebenverhangene Wälzer wurden wie von Geisterhand aufgeschlagen, Seiten wurden umgeblättert. Aus den Truhen des Museums griffen staubig-trockene Hände nach draußen und packten rostige Waffen, verrottende Hellebarden, Lanzen und Kriegsschwerter. Erinnerungen, die seit einem Millenium nicht mehr angetastet worden waren, die in alten Gemäuern und zerbröckelnden Fassaden geruht oder unter grasigen Hügeln, in Dolmen, Felsengräbern und heiligen Hainen gewartet hatten, wurden nun lebendig. Und die Krieger hinter diesen Erinnerungen wurden wach und kehrten zurück. Die Krieger erhoben sich aus ihren unmarkierten, längst vergessenen Gräbern.

Durch Wände und Böden, durch Treppenhäuser und Fensterstürze aus alten, abgetretenen Steinplatten, durch gepflasterte Höfe atmeten die Krieger

Leben. Durch den Makadambelag hindurch, der die alten Wege bedeckte und den Boden Brentfords verschlang, wo sich einst taubenetzte Heckenreihen und gelbe Kornfelder mit reicher Ernte bis zur Themse dahingezogen hatten, kam König Bran.

Bran der Tapfere. Der Gerechte, der Schlachter. Bran mit dem großen Kopf, der noch lange Jahre weiter gesprochen hatte, nachdem er ihm vom Rumpf geschlagen worden war. Bran mit den mächtigen Armen, die Männer gebrochen und Kinder gewiegt hatten. Bran mit den wilden blauen Augen und der noch wilderen Frisur. Bran der Gesegnete. Bran von Alt England. König Bran von Brentford.

Es war eindeutig König Bran! Seine mächtige Hand umklammerte den Stiel der Kriegsaxt und zog das Instrument aus der Schauvitrine des Museums. Er hob die Waffe hoch über den Kopf, streckte die Arme, jene Arme mit den stählernen Muskeln und den dicken, straffen Sehnen. Und er hob den mächtigen Kopf mit den wilden blauen Augen, den dichten Koteletten und der völlig unmöglichen Frisur. Und stieß einen triumphierenden Schrei aus: »Zu den Waffen! Zu den Waffen!«

Runes Räuber wurstelten in den Schatten des großen Gasometers herum, als unter ihren Füßen ein seismischer Tremor spürbar wurde.

»Irgend etwas geht hier vor!« stellte Inspektor Hovis fest. »Rune, machen Sie augenblicklich diese Tür auf, oder ich lehne jegliche Verantwortung für die nächsten Ereignisse ab.« Er richtete seine Dienstwaffe auf den Mystiker. »Beeilung jetzt, oder . . .«

Rune warf die Arme in die Höhe und wandte sich voller Verzweiflung an den Gasometer. »Sesam öffne dich!« rief er. »Sesam öffne ... dich!«

Inspektor Hovis hob seine alte Dienstpistole. »Sie verdammter Schwachkopf!« fluchte er.

»Und der gute König Bran besaß eine schneeweiße Stute!«

Die Krieger stiegen auf ihre Reittiere. Auf Stuten, die unvermittelt aus dem Staub von Jahrhunderten wiederauferstanden waren, reanimiert von der beschwörenden Formel des alten Gelehrten. Die Reitersmänner setzten sich in Bewegung.

Sie ritten aus der Arena hinaus in Richtung des Unterschlupfs, wo sich ihr uralter Feind verkrochen hatte. Eine staubige Legion, die eine Traumwelt durchquerte. Eine Traumwelt, die im ersten Augenblick fremd, doch dann wiederum merkwürdig vertraut schien.

Die Reiter waren von heroischem Blut, entsprangen einem Boden, der lange zu einem Nichts zerkrümelt war.

Ritter des alten England, jener Welt voller Wälder und Drachen, voller Ehre und nobler Taten und heiliger Kreuzzüge. Der Staub fiel von ihren Rüstungen ab, von den ausgetrockneten Lederharnischen und den prachtvollen Samtmänteln. Und auf König Brans Stirn ruhte die goldene Königskrone mitsamt ihrem zerbrochenen Emblem. Der einstige und zukünftige König.

Die Gefolgsleute, Knappen und königlichen Ritter atmeten die neue Luft, die unnatürliche Luft voller fremdartiger Aromen und Gerüche aus diesem rauhen, unsicheren Jahrhundert, und sie ritten ohne Furcht voran. Die Stadt gehörte wieder ihnen!

Hoch oben im Stadion genehmigte sich Pooley den Scotch aus seinem Flachmann und fragte sich, was eigentlich ringsum vor sich ging. Der Professor stand allein genau im Zentrum der weiten Arena, doch von Kaleton war nirgendwo eine Spur zu sehen. Im gesamten Stadion herrschte eine Stille wie in einem Grab, und die Anlage wirkte um keinen Deut einladender.

Denn in der Stille lauerte etwas unvorstellbar Böses.

»Beim Jucken in meinen Fingern«, sagte Jim, »ich fühle, daß irgend etwas in der Luft liegt.«

Und damit irrte er sich nicht, denn nun kam ein eisiger Wind auf, und aus der Ferne erklang das Geräusch von Donner. Pooley starrte zur Wetterkuppel hinauf, doch sie war verschwunden, einfach in Luft aufgelöst. Das Stadion lag offen und ungeschützt unter freiem Himmel. Blitze durchzuckten ein pechschwarzes Firmament, und die Sterne kamen und gingen, während Wolkenfetzen wie zuckende Schwerter da-hinjagten.

»Sieht nach Regen aus«, murmelte Jim. »Natürlich. Immer dann, wenn ich keinen Schirm bei mir habe.«

Und dann entdeckte er sie. Die grausame, düstere Gestalt, die durch den mitternächtlichen Himmel heranschoß. Mächtige, gebogene Schwingen rauschten durch die Luft. Ein langer, schmaler Kopf, lange, anliegende Füße, Adlerschnabel, Löwenklauen. Ein langer, dünner, stachelgespickter Schwanz zuckte hinter dem Wesen durch die Nacht.

»Der Griffin!« Pooley machte sich ganz klein in seinem Sitz. Weitere Gebete schienen zu diesem Zeitpunkt nur wenig erfolgversprechend. Gott hatte den Klang von Jims Stimme inzwischen ganz ohne Zweifel richtig satt.

Pooleys Nase kam in unmittelbare Nähe zu der großen Gladstonetasche. *»Der Professor!«* fiel ihm siedendheiß ein. Er sprang auf und blickte sich suchend nach dem Gelehrten um, doch der alte Mann war verschwunden.

»O Mann!« rief Jim. »O Mannomannomannomann!«

Jetzt konnte er auch das Geräusch der schlagenden Flügel hören. Weitere Gestalten bevölkerten den Himmel. Die Legionen des Königs Balin ritten durch den Himmel über Brentford. Die Legionen der ewigen Nacht, erweckt durch die beschwörenden Worte des Erzbösewichts Kaleton, und an der Spitze dieser schrecklichsten aller Bestien ritt König Balin. Balin von der Bruderschaft der schwarzen Kapuze, Balin, dessen Auge die Nacht war, Balin, dessen Schwertklinge so lang wie ein Mann war, obwohl beträchtlich schärfer. König Balin mit den eisernen Zähnen, den bronzenen Wangen, dem Edelstahlkiefer. Balin, der schlimme Finger.

Balin führte seine böse Horde nach unten in Richtung der Armeen seines Todfeindes.

»Ich zähle bis fünf, und dann schieße ich Ihnen den Kopf von den Schultern!« fauchte Inspektor Hovis. »Ich würde ja gerne sagen, daß es nicht persönlich gemeint ist, Rune, aber warum sollte ich Ihnen gegenüber lügen?«

»Abrakadabra Schillamallakka! Kommt heraus, kommt heraus, wer auch immer ihr seid!« kreischte Hugo Rune verzweifelt.

»Eins«, sagte Inspektor Hovis. »Ich meine es wirklich ernst.«

»Schazam!« kreischte Rune. »Higgedi-piggedi, meine fette Henne ...!«

»Zwei ... drei ...«

»Simsalabimbambum!«

»... vier ...«

»Sehen Sie nur, Sir, hier!« rief Konstabler Meek mit einem Mal. »Dort oben, am Himmel!«

»Vögel?« sagte Hovis und schielte nach oben. »Nein, das sind keine Vögel, das sind Fledermäuse. Nein, keine Fledermäuse! *So ein verdammter Mist!*«

»Und dort, Sir! Wer ist das?«

Hovis spähte in die Richtung, in die der zitternde Finger des Konstablers zeigte. Auf einem der hohen Laufstege des Gasometers schob sich eine vereinzelte Gestalt entlang, die eine Reihe von allem Anschein nach schweren Koffern mit sich schleppte.

»Was geht hier vor?« erkundigte sich Hovis. »Ich verlange augenblicklich eine Erklärung!«

»Was macht er dort, Sir?« Die einzelne Gestalt ließ einen der Koffer an einem langen Stück Seil nach unten gleiten.

»Stecken Sie vielleicht dahinter, Rune? Rune, kommen Sie auf der Stelle zurück! Halten Sie diesen Mann auf, Konstabler!«

»Mensch!« sagte Konstabler Meek. »Sehen Sie sich nur diesen Haufen an!«

Entlang der Kew Road ritt die Armee des Königs Bran, inzwischen in vollem Galopp. Die mächtigen Kriegsrösser schnauften und ächzten, und ihre Hufe wirbelten Funken vom Asphalt auf. Die Reiter richteten ihre edlen Gesichter zum Himmel und zogen die Schwerter. König Bran zog einen Kamm durch seine üppigen Locken und drängte sein Reittier vorwärts:

»Lauf, Dobbin!« brüllte er. »Guter Junge, lauf so schnell du kannst!«

Konstabler John Harney brachte Hugo Rune mit einem spektakulären Rugby-Tackling zu Fall. »Hab' ich dich!« sagte er, nicht gerade viel, aber wenigstens etwas, wenn man bedenkt, daß das alles ist, was er im gesamten Buch zu sagen hat.

Hovis tanzte auf der Stelle auf und ab. »Verhaften Sie alle!« brüllte er. »Schalten Sie das verdammte Walkie-talkie ein, Meek! Ich will, daß das MEK, die SAS, die Einsatzhundertschaften, die verdammte Kadettenschule und was weiß ich nicht noch alles hier antanzen, und zwar auf der Stelle!«

»Jawohl, Sir!« bestätigte Meek und zog das Walkie-talkie hervor. »Ich rufe alle Wagen!« sagte er in seinem allerfeinsten Broderick-Crawford-Englisch. »Ich rufe alle Wagen!«

»Bitte, Sir, was machen wir wegen diesem Koffer?«

»Koffer? Was für ein Koffer?«

»Dieser Koffer dort, Sir.« Konstabler Reekie zeigte auf das Ding, das inzwischen einen Fuß über seinem Kopf baumelte.

»Verhaften Sie es, mein Junge! Verhaften Sie diesen verdammten Urlauber da oben! Der Koffer ist wahrscheinlich vollgepackt mit Drogen!«

»Er tickt ziemlich laut, Sir.«

»Er tickt? O mein Gott!«

»Duckt euch, ihr Wichser!« erklang von oben eine laute Stimme. »Volle Deckung!«

Die Armee des guten Königs Bran hatte inzwischen das Arts Center erreicht. Aus dem nächtlichen Himmel senkten sich ihre Todfeinde auf sie herab. Die dunklen Kreaturen stürzten sich mit schnappenden Schnäbeln und ausgefahrenen Klauen auf die Reitenden und hatten nichts als Mord im Sinn.

Die Legionen der Dunkelheit, geführt von ihrem finsteren Meister. Balin der Böse. Balin mit der Stirn aus poliertem Kupfer. Balin mit der Nase aus schwarzem Blei, dem Nabel aus Wolframcarbid und einer seltenen Legierung aus komplizierten chemischen Verbindungen.

»Keine Gefangenen!« rief Balin. »Verschont niemanden! Tötet sie alle, alle, alle!«

»Töten, töten, töten!« antworteten Balins Kreaturen und spornten ihre Alptraumrösser an.

»Für Gott und Vaterland!« rief der gute König Bran.

Ticktack, ticktack, ticktack machte ein bestimmter Koffer.

Professor Slocombe legte eine Hand auf Pooleys Schulter. »Ich schätze, es ist mir gelungen, ihn abzulenken«, verriet er dem zusammenzuckenden, verängstigten Jim. »Jetzt müssen wir an die Arbeit.«

»Immer nur Arbeit und niemals Lohn!« maulte Pooley. »Dieser Job stinkt!«

»Die Bezahlung ist gut, Jim«, widersprach der Professor. »Komm, bring mir die Tasche. Wir müssen zum Zentrum des Stadions vordringen.«

»Was geht dort unten vor?« fragte Jim und deutete in die Richtung. »Ich habe all diese fliegenden Kreaturen gesehen, und jetzt klingt es dort unten, als wäre eine ganz schlimme Schlägerei im Gange.«

»Das ist erst der Anfang, Jim. Komm jetzt.«

»Nicht so schnell!« Kaleton wuchs vor den beiden aus dem Boden. »Keinen Schritt weiter.«

»Hilfe ist unterwegs, Sir«, meldete Konstabler Meek, als er zu Hovis gekrochen war. »Ein gewisser Commander West kommt höchstpersönlich vorbei, um nach dem Rechten zu sehen. Er bringt eine Spezialeinheit mit. Er schien ganz außer sich zu sein, Sir. Kennen Sie ihn vielleicht?«

Hovis vergrub das Gesicht in den Händen und stampfte mit den Füßen auf den Boden. *»Ihr seid allesamt verhaftet!«* kreischte er.

Ticktack, ticktack, ticktack machte der merkwürdige Koffer.

»Das Ende ist nah, und gleich fällt der letzte Vorhang!« sagte Kaleton. »Das Morgen gehört mir, und ihr seid nichts als das Gestern.«

»Ich kenne diesen Spruch«, sagte Jim.

»So sterbt denn, erbärmliche Erdlinge!« Kaleton hob die krummen Arme.

»Halt! Noch nicht!« rief der Professor. »Jim, meine Tasche!«

Jim warf dem alten Mann die Gladstonetasche zu.

Sie segelte durch die Luft und verschwand in der Dunkelheit.

»Tut mir leid!« sagte Jim verlegen. »Ich schätze, jetzt stecken wir in ernsten Schwierigkeiten.«

»Da schätzt du nicht verkehrt.«

Feuerzungen entsprangen Kaletons Fingerspitzen. Sie schossen in den Himmel hinauf und schwenkten dann in Richtung der beiden Männer herum.

Die Armeen Balins und Brans waren über die gesamte Länge der Ealing Road in einen titanischen Konflikt verwickelt. Schlimme, böse Kämpfe tobten, mächtige Ächzer und Seufzer und laute Kriegsrufe wurden ausgestoßen, Blut spritzte, und überall herrschte Hacken und Stechen und Schneiden und Reißen.

Der Alte Pete drehte sich im Schlaf auf die andere Seite. »Gib endlich Ruhe, Chips!« befahl er seinem jungen Hund.

»Sterbt!« rief Kaleton, während er mitten unter dem herabregnenden Feuer stand.

»Ich verhafte mich im Namen des Gesetzes!« sagte Inspektor Hovis.

Ticktack, ticktack, und endlich *Kaaabbuuummmm!* machte ein gewisser herabbaumelnder Koffer.

Der Gasometer verwandelte sich in eine purpurne Flammenhölle. Die Gestalt hoch oben auf dem Laufsteg rannte eine weitere Treppe hinauf und umklammerte ihren letzten Koffer. Splitter und Wrackteile segelten durch die Luft, zusammen mit einer Wolke aus Goldstaub.

Im Stadion erschauerte Kaleton und zitterte. Die Flammen rings um ihn spuckten und erstarben.

»Das warst du! Du hast mich ausgetrickst!« rief er. »Der Turm! Das Sanktuarium!«

»Ich glaube nicht, daß ich diesen Mann jemals verstehen werde«, sagte Jim.

»Lauf, Jim!« rief der Professor. »Lauf um dein Leben!«

»Das ist etwas, das ich verstehe«, erwiderte Pooley und nahm die Beine in die Hände.

Kaleton stolperte durch den Gang nach unten in Richtung des Spielfelds. »Das Sanktuarium! Die Wand ist durchbrochen!«

»Scheiße!« entfuhr es Konstabler Meek inmitten eines Haufens vergoldeter Trümmer. »Sehen Sie sich das hier an!«

Hovis hob den versengten Kopf und starrte auf den alten Gasometer. In der Seite gähnte ein gewaltiges Loch, und durch das Loch hindurch ...

»Gold!« kreischte der Inspektor. »Der Gasometer ist voller Gold!«

Gold ergoß sich aus der gezackten Öffnung, doch es war nicht allein das Gold aus dem großen Raub. Das hier war ein königlicher Schatz, ein göttlicher Schatz, das Gold von Jahrhunderten, das wahre Gold der Götter!

»Der goldene Hort des Greifen!« ächzte Hovis.

»Ich kriege ein Prozent!« sagte Hugo Rune. »Vergessen Sie das bloß nicht!«

»Für Gott und Vaterland!« König Bran schwang seine mächtige Kampfaxt und schlug mehrere Köpfe von ebenso vielen Schultern. »Vorwärts, Männer, der Sieg ist unser!«

Die Reitersleute preschten vor, und sie trugen den Kampf bis zum Eingang des altehrwürdigen *Fliegenden Schwans*.

»Das gleiche Schild wie damals«, sagte der gute König Bran. »Ich schätze, ich werde nachher einen Becher Met trinken.«

Im Obergeschoß zog sich der schlafende Teilzeitbarmann ein Kissen über den Kopf.

»Schon wieder irgend so eine verdammte Party«, murmelte er und kuschelte sich in sein Bett. »Wo war ich jetzt stehengeblieben? Ach ja, Allison, die Gleitcreme.«

Die Gestalt hoch oben auf dem Laufsteg sah sich einer weiteren Treppe gegenüber. Unten auf dem Boden tobte eine grausame Schlacht voller Blutvergießen. Andere winzige Gestalten rannten durch die gezackte Öffnung der ersten Explosion und warfen sich auf den goldenen Schatz.

Aus Richtung der Brentforder Konstablerei ertönte das Schrillen von Polizeisirenen, und ein Konvoi gepanzerter Fahrzeuge kam in Sicht.

Die einsame Gestalt stieg höher und höher. Sie hatte schwer mit dem Gewicht ihres letzten Koffers zu kämpfen. Die Treppe schien kein Ende nehmen zu wollen und führte immer weiter himmelwärts – der Gasometer konnte unmöglich so hoch sein! Und doch war er das.

Höher und immer höher.

»Ich glaube, ich bin verloren«, sagte Jim Pooley. »Ehrlich gesagt, ich bin ganz sicher.«

»Gut gemacht, Jim.«

»Hören Sie, Professor!« Pooley wandte sich zu dem alten Gelehrten um. »Ich habe rein gar nichts mit all diesen Machenschaften hier zu tun! Ich sehe nicht ein, warum ich den Kelch tragen soll!«

»Meinst du vielleicht die Gladstonetasche?«

»Sie sind der Magus. Wedeln Sie mit Ihrem Zauberstab oder was auch immer!«

»Also wirklich, Jim.«

»Nun«, sagte Pooley und zog eine Schnute, »ich habe uns hier hinauf gebracht, und es war nichts als Zeitverschwendung. Sie könnten uns ja wenigstens wieder nach unten bringen.«

»Es gibt einen Weg, Jim«, sagte der Professor. »Glaube ich. Folge mir.«

»Meine Güte!« entfuhr es Commander West, als der gepanzerte Konvoi in die Ealing Road einbog und mit kreischenden Reifen im dichtesten Schlachtengetümmel zum Halten kam. »Ausrüstung für massive Unruhen! CS-Gas! Schilde! Schlagstöcke!«

»Gummikugeln!« schlug der Fahrer vor.

»Und Gummikugeln!«

»Schilde, Sir?«

»Das sagte ich bereits.«

»Dann also auch Helme?«

»Rufen Sie weitere Verstärkung herbei. Machen Sie, daß sie an die Strippe kommen, Briant. Hier ist, scheint's, ein voller Krieg im Gange. Ach du Schande, das ist ein Kopf, dort auf der Kühlerhaube, oder irre ich mich?«

»Sieht aus wie ein Wikingerkopf, Sir.«

»Nein, eher wie der eines Sachsen.«

»Oder ein Kelte, Sir?«

»Verdammt, Briant! Es ist mir scheißegal, welcher Nationalität der Kopf angehört! Schaffen Sie das verdammte Ding von meiner Kühlerhaube!«

Konstabler Briant starrte durch das Steinwurfgitter auf das blutige Gemetzel rings um den Einsatzwagen. »In mir regen sich leise Zweifel, Sir, ob es sinnvoll ist, jetzt nach draußen zu gehen.«

»Ich werde Ihnen ein verdammtes Disziplinarverfahren anhängen, Konstabler!«

»Verstanden, Sir!«

»Hier entlang!« sagte Professor Slocombe.

»Es stinkt!« sagte Jim.

»Folge mir einfach.«

»Verhaften Sie dieses ganze Gold hier. Meek, ich habe gesehen, wie Sie sich die Taschen vollgestopft haben. Rune, legen Sie das wieder hin!«

»Ein Prozent, Hovis. Ich nehme es jetzt.«

»Das werden Sie verdammt noch mal nicht tun! Meek, ich warne Sie! Reekie, ich weiß nicht, wo Sie diese Schubkarre aufgetrieben haben, aber sie werden auf keinen Fall damit anfangen ...«

Die Gestalt auf dem Laufsteg hoch droben schnappte atemlos nach Luft. Die Treppe nahm immer noch kein Ende. Doch die Gestalt wußte, daß oben, daß oben ... Sie fand eine weitere Treppe und bereitete sich darauf vor, auch diese zu ersteigen. Doch ihr Weg war versperrt.

»Du!« sagte Kaleton. »Du hast hinter alledem gesteckt? Aber du bist ...«

»Tot?« fragte John Vincent Omally, denn niemand anderes war es. »Nein, ich war nicht tot. Im Gegenteil. Deine widerlichen Kreaturen hätten mich fast in Stücke gerissen. Es war haarscharf, aber ich habe überlebt. Ich kroch davon, und ich habe mich versteckt. Ich habe dich die ganze Zeit beobachtet, und jetzt werde ich dich töten! Wo ist meine Freundin, was hast du mit ihr angestellt, du elender Bastard?«

»Du bist nicht einfach zu töten, wie mir scheint«, entgegnete Kaleton.

Omally wechselte seinen Koffer von einer Hand in die andere. »Wo steckt Jennifer?«

»Sie ist wohlbehalten und in Sicherheit. Möchtest du dich vielleicht zu ihr gesellen? Soll ich Jennifer herbeirufen, damit du sie noch einmal sehen und diese weichen roten Lippen küssen kannst? Sie ist ganz nah! Du brauchst nur die Hand auszustrecken, um sie zu berühren.«

»Wo ist sie?« rief Omally. »Im Gasometer?« Er streckte die Hand aus und zog sie hastig wieder zurück. Die Wand war unmöglich kalt, und die Berührung hatte Omallys Hand taub werden und die Haut festkleben lassen.

»Nein«, sagte Kaleton. »Sie ist *hier* drin. *Hier*.« Er deutete auf seinen schrecklichen Mund. »Und jetzt kannst du ebenfalls hineinkommen.«

»Du hast sie umgebracht, du elender ... was auch immer du bist.«

»Was auch immer ich bin. Was glaubst du denn, wer ich bin?«

»Du bist Choronzon«, sagte Professor Slocombe. »Der Meister aller Anarchie und Zerstörer allen Lebens. Du bist Choronzon.«

Kaleton wirbelte herum. Über ihm, auf einem höher gelegenen Laufsteg, standen Jim Pooley und Professor Slocombe. Jims Augen drohten aus den Höhlen zu quellen, und sie füllten sich zunehmend mit Tränen.

»John!« ächzte er fassungslos. »John, bist das wirklich du?«

»Hi, Jim«, sagte John Vincent Omally.

»Gott sei Dank!« sagte Jim Pooley.

»Ich bin die Seele der Welt!« kreischte Kaleton vielstimmig und -züngig. »Ich bin Choronzon, ich bin Baal, ich bin Kali, ich bin Shiva. Ich bin alles, was gewesen ist, und alles, was noch kommt. Euer Untergang liegt in meinen Händen, Tod und Verdammnis für euch und eure Rasse. Ihr seid nichts als Würmer, nichts als Dreck! Eure Zeit ist endgültig gekommen!«

»Wo ist mein Mädchen?« verlangte Omally.

»Meine zukünftige Frau?« fragte Jim. »Er hat meine zukünftige Frau?«

»Ich bin das Gestern und das Morgen. Alpha und Omega. Ihr seid erledigt.« Kaleton wand und krümmte sich, und der bösartige Mund weitete sich noch mehr. Er schwoll an, als wolle er alles ringsum verschlingen, das Stadion, die Gemeinde, die Erde, das Universum und alles, was es sonst noch so gab.

Die Erde bebte. Die Krieger unten am Boden blickten zum Eisernen Turm hinauf. Die Einsatztruppen der Polizei, die sich schon darauf gefreut hatten, Schlagstöcke auf Schädel sausen zu lassen, hielten mitten im Schwung inne. Rune bekreuzigte sich und machte heilige Zeichen. Meek fuhr ungerührt fort, sich die Taschen vollzustopfen. Schließlich würden Meeks die Erde von der Menschheit erben. Hovis überlegte, ob er sich zur Ruhe setzen und eine Bienenzucht in den Sussex Downs anfangen sollte. Hinter Pooleys linkem Ohr befand sich ein großer Schmutzfleck, der in Form und Umriß genau wie der untergegangene Kontinent Atlantis aussah.

»Ich bin Chorozon«, kreischten die Stimmen Kaletons. Die Stimmen der Millionen, die im Nichts des Gestern vergangen waren. »Wir sind gekommen, um Rache zu nehmen. Wir haben keine Geduld mehr mit euch. Ihr werdet alle sterben!«

»Und du zuerst«, sagte Omally, während er den Zündmechanismus des Koffers einschaltete und die scharfe Ladung in den gewaltigen Schlund warf, der sich vor ihm aufgetan hatte, direkt in das Maul der Hölle.

Die menschenähnliche Fassade fiel von Kaleton ab.

Er wurde zu einer unirdischen Gestalt, einer Elementargewalt, dem Alptraum aller Kinder, dem Delirium der Sterbenden, den Wahnvorstellungen der Verrückten. Er war von allem das Gegenteil, Leben im Rückwärtsgang. »Ihr könnt uns nicht aufhalten. Ihr könnt den Prozeß nicht mehr umkehren. Ein gewaltiger Donnerhall wird durch das Universum ziehen. Alle werden sterben, alle werden tot sein für immer, alle werden Vergangenheit. Wir sind die Nemesis!«

Pooley schwang sich vom Laufsteg herab, prallte von hinten gegen die anschwellende Kreatur und katapultierte sie in den leeren Raum hinaus. Kaleton segelte durch die Luft, eine wirbelnde Masse aus Neutrinos und Urschleim, uraltes, Fleisch gewordenes Böses, ein gestaltloser Horror in vielerlei Gestalt, mit vielen Vergangenheiten und noch mehr Zukünften. Und irgendwo dort, im Hinterland der Zeit, verloren zwischen Sekunden, die zwischen gestern und heute und morgen lagen, explodierte Omallys Koffer. Vielleicht war es in Brentford, vielleicht irgendwo an einem völlig unbekannten Ort auf der Welt oder im erst teilweise erforschten Kosmos, doch mitten in dem Universum, das Kaleton war. Gewaltige Funkenschauer wirbelten über den Himmel, der alte Gasometer schüttelte sich und schwankte, das gesamte Stadion erbebte, und die Luft schwamm voller Visionen, Träume und Erinnerungen.

Pooley klammerte sich an die wankende Treppe und sah alles. Die Welt, wie sie war. Zerrissen und geschüttelt von Elementargewalten, ein Schlachtfeld der reinsten Unvernunft. Der Aufstieg der Menschheit aus dem Dunkel, ihr Weg einer ruhmreichen Zukunft entgegen. Und er sah noch viel mehr: die Fehler all der Generationen, die vom Weg abgekommen waren. Die schrecklichen Fehler, die all das hier erst möglich gemacht hatten. Pooley sah all das mit einem Mal glasklar, und er wußte, was zu tun war. Alles im Bruchteil einer Sekunde oder einer ganzen Lebensspanne oder der Ewigkeit – es war ein und das selbe.

Die flüchtigen Fetzen, die Kaleton, Beelzebub, die falsche Schlange, der Grex gewesen waren, regneten auf Brentford hernieder. Zerflossen zu einem Schauer aus reinem, purem Gold, lösten sich weiter auf und waren schließlich ganz verschwunden. Die Sterne kehrten zurück. Vernunft kehrte zurück. Wahrhaftigkeit kehrte zurück, und mit ihr das Morgen.

Mit einem erschrockenen Schrei erwachte Jennifer Naylor an einem tiefen, unergründlichen Ort und fiel in Omallys ausgestreckte Arme. Plötzlich herrschte Stille.

Commander West stand in der nun leeren Ealing Road und wunderte sich, wohin das Armageddon mit einem Mal verschwunden war.

»Soll ich die Verstärkung umkehren lassen?« fragte Konstabler Briant.

Im Tipi unten am Rand des Schrebergartens sagte Paul Geronimo zu seinem Bruder Barry: »Es ist vollbracht. Die Götter sind zufrieden, und wir können jetzt viele, viele Pfeifen rauchen.«

»Und vielleicht eine Mütze Schlaf nehmen?« schlug sein Bruder vor.

Neville drehte sich erneut in seinem Bett um. »Allison«, murmelte er, »du bist wirklich ein ungezogenes Mädchen.«

Inspektor Hovis mühte sich mit den Armen voller Goldbarren zu einem hastig requirierten Eiskremwagen. »Machen Sie weiter, laden Sie auf, soviel Sie können«, befahl er Hugo Rune. »Hinten ist noch jede Menge Platz.«

»Gehe ich richtig in der Annahme, daß Sie einen vorzeitigen Ruhestand planen?« erwiderte der Magus.

Professor Slocombe wandte das Gesicht zum Himmel. »Es ist vollbracht. Glaube ich wenigstens«, sagte er. »Es ist vollbracht.«

»Bedeutet das, ich bin jetzt Millionär?« fragte Jim Pooley.

Kapitel 44

Ein strahlendes Gesicht lächelte in die Welt hinaus. »Wir berichten live von den Londoner Olympischen Spielen«, sagte es.

Im Stadion wehten Fahnen, marschierten Athleten und jubelten eine Million Stimmen wie ein Dankgebet dem Sommerhimmel entgegen.

Im Arbeitszimmer des Professors ließ Jim Pooley den Korken einer Champagnerflasche knallen.

»Langsam, Jim«, mahnte der alte Mann. »Das ist ein ziemlich teurer Tropfen.«

»Setzen Sie ihn auf die Rechnung«, erwiderte der Bursche und verspritzte den Inhalt großzügig im Zimmer. »In fünf Minuten fangen die Spiele an, in sechs machen John und ich einen Spaziergang zu Bobs Buchmacherladen, und zwar in Begleitung der versammelten lokalen Konstablerei, und in spätestens einer Stunde sind wir allesamt besinnungslos betrunken.«

»Darauf trinke ich jetzt schon«, sagte Omally. »Auf die Brentforder Olympiade!«

»Auf die Spiele!« rief Jim. »Aber nicht auf ihren Sponsor!«

»Hmmm.« John schlürfte Champagner. »Dieser Herumtreiber, was war das eigentlich für ein Bursche, Professor? War er ein Mensch oder ein Dämon oder was?«

»Ich bin nicht einmal sicher, ob Kaleton selbst gewußt hat, was er war. Er verachtete die Menschheit, weil er keiner ihrer Söhne war. Er mußte sich beweisen, daß er größer war als die Menschen. Sein Charakter, falls er überhaupt im buchstäblichen Sinne des Wortes so etwas besessen hat, war in ständigem innerem Widerstreit. Eine ständige Folter urgewaltiger Konflikte. Er war in gewisser Weise Ego, Macht, Gut und Böse in einer Person. Er verachtete jegliche menschliche Emotion und erlag ihr nichtsdestotrotz. Egoismus, Stolz, Größenwahn ... er lechzte förmlich nach Anerkennung für seinen eigenen verrückten Genius.«

»Das Stadion!« sagte John.

»Ganz genau. Das Stadion sollte seine Apotheose werden. Ich glaube, daß das Stadion nicht mehr aufzuhalten gewesen wäre, hätte er es tatsächlich zum Leben erweckt.«

»Und warum hat er es dann letzte Nacht nicht aufgeweckt?«

»Sein Über-Ich hat es nicht erlaubt. Er wollte, daß die gesamte Welt zusah, wenn er seine Macht demonstrierte. Ich mußte auf diese menschliche Schwäche bauen. Es war alles, was ich hatte.«

»Sie sind ein ziemliches Risiko eingegangen, Professor«, sagte Omally.

»Ich bin nicht nur eines, sondern eine ganze Menge Risiken eingegangen. Zum Beispiel, daß Normans Wagen funktionieren würde. Oder daß du mit deinen Koffern zum richtigen Zeitpunkt an der richtigen Stelle sein würdest, John.«

Pooley blickte den alten Gelehrten lange und nachdenklich an. »Irgendwie scheint mir, daß es in letzter Zeit eine ganze Menge glücklicher Zufälle gegeben hat«, beobachtete er.

Professor Slocombe zwinkerte.

»Ich bin rein zufällig gar nicht so sehr vom Zufall

überzeugt«, sagte er. »Trink aus, Jim, ich mach' uns noch eine Flasche auf.«

Pooley spähte in sein Glas. »Also war Kaleton gar nicht die Seele der Welt?« fragte er in einem Tonfall, der beinahe Enttäuschung zum Ausdruck brachte. Omally sah seinen Freund befremdet an.

»Nein, Jim«, sagte der Professor und staubte eine weitere antike Flasche ab. »Ich weigere mich einfach, das zu glauben. Kaleton bestand aus einem richtiggehenden Chaos verschiedener Organismen, das habt ihr selbst gesehen. Es fiel ihm von Tag zu Tag schwerer, eine menschliche Gestalt oder überhaupt irgendeine Gestalt zu bewahren. Er wußte, daß seine Zeit allmählich knapp wurde. Ich glaube, Kaleton war ein Produkt der gleichen Gifte und Verrottungsprozesse, die er selbst so sehr verabscheute. Das fleischgewordene Produkt des Bösen zahlreicher Jahrhunderte.«

»Ich hasse die Vorstellung, etwas zu seinen Gunsten zu sagen«, erwiderte Pooley, »doch in Kaletons Worten lag eine Menge Wahrheit. Dem Planeten wurde schlimmes Unrecht angetan. Entropie bestimmt unsere Zeit. Wir alle sind Teil der Welt, doch wir haben ihr niemals Beachtung geschenkt. Und jetzt wird vermutlich niemand je erfahren, was Kaleton zu sagen hatte, geschweige denn irgend etwas gegen das Übel unternehmen.«

»Gott sei Dank ist das so!« sagte Omally.

Pooley schüttelte den Kopf. »Irgend jemand sollte wirklich etwas unternehmen, John. Die Welt geht vor die Hunde, das ist mir inzwischen klar geworden. Meine Augen wurden mir gründlich geöffnet, und ich habe die ganze schonungslose Wahrheit gesehen. Was, wenn Kaleton nur der erste einer ganz neuen

Rasse war? Nur eine Warnung an uns Menschen? Wir müssen uns ändern, oder wir werden einen hohen Preis bezahlen.«

Professor Slocombe nickte zustimmend. »Ein Mann, der finanziell unabhängig ist, könnte sich durchaus einer derartigen Aufgabe verschreiben«, sagte er.

»Was meinst du dazu, Jim?«

Pooley grinste und tätschelte die Hosentasche, in der er seinen Millionen-Pfund-Wettschein aufbewahrte. Dann hob er das leere Glas, um sich nachzufüllen. »Ich sage: Ja, Professor. Es gibt eine ganze Menge Dinge, für die ich dankbar sein muß. Ich sage: Ja.«

»Du bist ein guter Mann, Jim. Vielleicht wird die Zukunft dich sogar als einen der ganz Großen schätzen. Obwohl ...«

»Obwohl was, Professor?«

»Nun ja«, sagte der alte Gelehrte nachdenklich, »ich habe das ungute Gefühl, daß die Geschichte noch nicht ganz zu Ende ist. Daß ich irgendwie etwas Offensichtliches übersehen habe. Schließlich gibt es noch eine Menge unbeantworteter Fragen.«

»TEMPORA PATET OCCULTA VERITAS«, sagte Omally.

»Hä?«

»Mit der Zeit kommt die verborgene Wahrheit ans Licht«, übersetzte der Professor.

»Hört mal!« sagte Omally und streckte den Kopf durch die Verandafenster nach draußen. »Klingt ganz danach, als ginge es jeden Augenblick los!«

Hoch über Brentford breitete sich mit einem Mal erwartungsvolle Stille im Stadion aus. Auf dem Podium hob der Zeremonienmeister seine Startpistole, um das erste Rennen zu starten. Auf der ganzen Welt rückten die Menschen näher an ihre Fernseher und hielten den Atem an.

»Der Start findet jeden Augenblick statt!« gellte Jim laut. »Ich bin reich!«

Letztes Kapitel

Wenn man einen Polizisten braucht, ist nie einer in der Nähe. Das ist eine Tradition, eine alte Bulle oder so was in der Art. Das Schild an der Tür der Brentforder Konstablerei jedenfalls besagte:

WIR SIND ZU DEN SPIELEN GEGANGEN

Soviel dazu.

»Verdammt typisch.« Champagner-Pooley versetzte der Konstablereitür einen mächtigen Tritt mit dem Stiefel und löste den Alarm aus, doch niemand tauchte auf. Die Straßen lagen leer und verlassen da. Alle waren zu den Olympischen Spielen gegangen.

»Komm schon«, drängte Omally. »Bringen wir die Geschichte hinter uns. Falls Bob dir Schwierigkeiten machen will, bin ich schließlich auch noch da.«

»Du bist ein wahrer Freund.«

Die beiden wandten sich von der verlassenen Polizeistation ab und stapften durch die menschenleere Albany Road. Sie passierten eben den verlassen daliegenden Kinderspielplatz, als beiden zugleich ein ganz schrecklicher Gedanke kam.

»Ist es vielleicht möglich?« lautete die Frage hinter diesem Gedanken. »Ist es vielleicht möglich, daß Bob der Buchmacher, anstatt Jim seinen Gewinn auszuzahlen, sich in ferne Gegenden abgesetzt und nichts außer einer schlechten Erinnerung zurückgelassen haben könnte?«

Pooley und Omally blieben wie angewurzelt stehen. John blickte Jim an, und Jim blickte John an.

»O nein!« ächzte Jim. »Sag, daß das nicht wahr ist!«

»Es ist nicht wahr«, sagte Omally ... und fing an zu rennen. Pooley war bereits ein gutes Stück voraus.

Als sie sich Bobs Laden an der Ecke der Ealing Road näherten, bemerkten sie zu ihrer beider unaussprechlichem Entsetzen, daß die Dinge nicht so waren, wie sie in dieser speziellen Ecke Brentford üblicherweise sein sollten. Ganz und gar nicht so.

Mehrere große Lkws standen auf der Straße vor dem Buchmacherladen. Männer in grauen Overalls gingen ein und aus. Mit leeren Händen hinein in den Laden, aber nicht mit leeren Händen wieder heraus.

»O nein!« Atemlos schlitterte Jim Pooley zu einem Halt, mit Omally dicht auf den funkenstiebenden Nagelstiefelabsätzen. Ein säuerlich dreinblickender Gentleman in einem schicken Geschäftsanzug, bewaffnet mit Klemmbrett und Stift, überwachte das Ein- und Ausgehen der grauen Overalls. Er bedachte Pooley mit einem kurzen, abschätzigen Blick. »Arbeiten Sie vielleicht hier?« erkundigte er sich.

Jim schüttelte den Kopf.

»Dann verschwinden Sie gefälligst. Ich habe zu tun.«

»Sie haben was?« Jim schob die Manschetten hoch und ballte die Fäuste. Omally hielt ihn zurück.

»Wo ist der Besitzer?« fragte er.

»Drinnen.« Der säuerliche Gentleman warf einen Blick auf eine seltene Topfblume, die einer seiner grauen Lakaien aus Bobs Laden schleppte. Er hakte sie von einer Liste auf seinem Klemmbrett ab. »Gummibaum«, sagte er. »Ein Fünfer, mehr nicht.« Er winkte den Lakaien zu der weit offenstehenden Hecktür eines der Lkws.

»Was geht hier vor?« verlangte Omally zu wissen.

»Pfändung und Beschlagnahme. He, Sie!« brüllte der Säuerliche quer über die Straße, wo Leo Felix den neuen Rolls Royce von Bob mit einer Winde auf seinen alten Abschleppwagen zog. »Passen Sie gefälligst mit dem Chrom auf, ja? Der Wagen kommt zur Versteigerung.«

»Komm mit!« Omally schob Jim durch die offene Tür in den Buchmacherladen. Die Dinge im Innern sahen alles andere als vielversprechend aus. Überall waren die Burschen in den grauen Overalls am Werk. Sie hängten Bilder von den Wänden ab und rollten Teppiche auf.

Omally packte den am nächsten Stehenden am Kragen und schwang ihn zu sich herum.

»Wo steckt Bob der Buchmacher?« fauchte er zwischen gebleckten Zähnen hindurch.

»Da drin.«

Der Lakai wies mit zitterndem Daumen auf Bobs Büro im hinteren Teil des Ladens.

»Danke sehr.« Omally ließ den Burschen los, und dieser glitt zu Boden. »Komm mit, Jim.«

Der Ire durchquerte das Wettbüro mit zwei langen Schritten und trat die Bürotür mit einem einzigen wohlgezielten Tritt aus den Angeln.

Und blieb wie angewurzelt stehen. Pooley stolperte heran und spähte über die breite Schulter seines Freundes.

»O Mann!« entfuhr es ihm. »O Mannomann!«

Das Büro war allen Mobiliars, aller Bilder und Einrichtungsgegenstände beraubt. In einer Ecke des Zimmers wand sich zusammengekrümmt und schluchzend ein Wrack von einem Mann auf den nackten Dielen. Das war also das, was von Bob dem Buchmacher übriggeblieben war.

Omally starrte auf die Überreste hinab. Ihm entgingen weder das wirre Haar noch das stoppelige Kinn, der zerrissene Hemdenkragen und die abgebrochenen Fingernägel.

»Bob«, sagte Omally, »Bob, was geht hier vor?«

Der gebrochene Buchmacher starrte seine ungeladenen Gäste aus rot unterlaufenen Augen an.

»O nein!« heulte er los. »O nein, nein, nein!«

»Mir gefällt ganz und gar nicht, wie der Bursche aussieht«, flüsterte Jim. »Ich schlage vor, wir nehmen unseren Gewinn und machen, daß wir so schnell wie möglich von hier wegkommen.«

»O nein, nein, nein!«

Die Tonlage von Bobs Stimme erreichte mit jedem Nein neue tragische Höhen.

»Nein?« Omally funkelte den Buchmacher an.

»Nein.« Bob schüttelte heftig den Kopf. »Das ganze schöne Geld! Alles weg! Weg!«

»*Weg?*«

Pooley bemühte sich verzweifelt, die gleiche Frage zu formulieren, doch das Wort wollte einfach nicht über seine Lippen kommen.

»Weg.« Bob begann zu sabbern. »Alles weg. Ich habe all meinen Besitz investiert, um deinen Gewinn abzudecken. Alles in die Kaleton-Organisation gesteckt. Aktien, Anteilsscheine und so weiter. Ein todsicherer Tip. Und heute morgen ... weg. Die Kaleton-Organisation hat aufgehört zu existieren! Ich bin erledigt. Bankrott!«

»Bankrott?« Mit einem Satz war Omally durch den Raum. Er packte Bob am Kragen und riß ihn zu sich hoch. »Bankrott? Das ganze Geld? Jims Millionen? Du hast alles Geld verloren?«

»Alles.« Bob nickte eifrig.

»Nein!« Omally versetzte ihm einen Nasenstüber. »Jim hat das nicht verdient! Nach allem, was er durchgemacht hat! Alles, was ihm widerfahren ist! Du wirst ihm das Geld geben, und zwar jetzt, auf der Stelle.«

»Aber es ist weg!« schluchzte Bob. »Ich hab' kein Geld mehr. Alles futschikato!«

»Dann bist du gleich auch futschikato.« Omallys Augen verengten sich zu Schlitzen, und seine Hände schlossen sich um die Kehle des bankrotten Buchmachers.

»John! Nein!« Pooley hatte endlich seine Stimme wiedergefunden. Sie war zwar noch weit von dem lauten Organ entfernt, das er für gewöhnlich sein eigen nannte, doch es war wenigstens eine Stimme. »Laß ihn los, John. Laß ihn in Ruhe.«

»Ihn in Ruhe lassen?« Omally schüttelte Bob heftig. »Aber das ist nicht fair, Jim! Du hast ein Recht zu gewinnen. Du hast ein Recht darauf!«

Jim schüttelte den Kopf. »All das Geld. All meine Träume. Was soll ich sagen? Laß ihn los, John. Laß ihn in Frieden.«

»Jim!« Omally ließ den Buchmacher los, und dieser sank auf die nackten Dielen zurück. »O mein Gott, Jim!«

»Laß uns gehen.« Pooley wandte sich ab. »Hier gibt es für uns nichts mehr zu tun.«

»Aber ... Jim.«

Omally starrte den gefallenen Buchmacher drohend an und überlegte, ihm einen Tritt mit dem Stiefel zu verpassen.

»Laß ihn in Frieden, John«, sagte Jim, ohne sich umzusehen. »Komm, wir gehen.« Omally warf die Hände in die Luft. Es war einfach zuviel.

»Halt, Pooley, warte. Geh nicht!« Bob mühte sich auf einen zerrissenen Ellbogen. »Warte. Geh noch nicht.«

Jim drehte sich in der Tür um.

»Pooley, es tut mir leid. Es tut mir wirklich unbeschreiblich leid.«

»Vergiß es.« Jim wandte sich einmal mehr zum Gehen.

»Nein, warte!« Bob kämpfte sich auf die Knie. »Ich möchte dir etwas geben.«

Jim blickte über die Schulter auf den Buchmacher. »Falls es ein Tip für das Rennen heute Nachmittag ist, vergiß es. Ich wette nicht mehr.«

»Nein, es ist das hier.« Bob kramte in seinem Jackett, und seine Hand kam mit etwas Glänzendem und kostbar Aussehendem wieder zum Vorschein. »Meine neue Armbanduhr ... Sie ist zwar kein ausgesprochenes Vermögen wert, aber ich möchte, daß du sie nimmst.«

»Wieviel ist sie wert?« Omally riß die Uhr aus der ausgestreckten Hand.

»Mindestens hundert.«

»Was denn, hundert Pfund?«

»Hundert Riesen«, entgegnete Bob. »Ich trage keinen billigen Schund.«

»Hunderttausend Pfund?« ächzte Pooley in der Tür. Die Knie drohten ihm nachzugeben.

»Nun ja, mindestens fünfundsiebzigtausend.«

»Wir nehmen sie.« Omally hielt den Trostpreis in die Höhe.

»Und sind quitt?«

»Du meinst quitt?« Pooleys Kräfte kehrten zurück.

»Der Wettschein?« Bobs Stimme bebte und zitterte.

»Ach der.« Jim nahm die Eintrittskarte zum Paradies aus der Tasche und starrte traurig darauf. Und dann, ohne noch einen einzigen Gedanken daran zu verschwenden, zerriß er das Ding in winzige Fetzen.

»Fünfundsiebzigtausend Pfund!« Omally bewunderte die Uhr an seinem Handgelenk.

»Gib sie her.«

Widerstrebend reichte er Jim die Armbanduhr. »Ich hab' sie ja nur angesehen.«

»Stimmt, das hast du.« Pooley zog seinen Gewinn an das eigene Handgelenk.

Die beiden Freunde schlenderten über die Ealing Road in Richtung des *Fliegender Schwan*, und in ihren Schritten lag eine beschwingte Vorfreude.

»Am Ende haben wir doch noch gewonnen.« Omally streckte die Brust heraus und atmete in tiefen Zügen die saubere Brentforder Luft. »Wir haben am Ende tatsächlich doch noch gewonnen.«

»Vielleicht annähernd jedenfalls.«

»Annähernd? Was meinst du damit?«

»Ich meine, daß ich das Geld jemandem schulde.« Pooley wich behende zur Seite aus, als Omally ihn ansprang.

»Du schuldest jemandem das Geld?« Omally landete stolpernd im Rinnstein.

»Genau.« Pooley half ihm auf die Beine. »Neville. Ich hab' ihm fünfundsiebzigtausend Pfund versprochen. Er braucht das Geld, um den *Fliegenden Schwan* zu kaufen. Die Brauerei will den Laden abstoßen und Neville rauswerfen.«

»Neville rauswerfen?« Omally benötigte eine Weile, um die Ungeheuerlichkeit von Pooleys Worten zu begreifen. »Unseren Neville rauswerfen?«

»Genau. Ein Tritt in den Hintern. Nun, das können und dürfen wir nicht zulassen, oder?«

Omally schüttelte heftig den Kopf. »Nein, das können wir ganz bestimmt nicht.«

»Also habe ich ihm einen Schuldschein unterschrieben«, fuhr Pooley fort. »Über fünfundsiebzigtausend Pfund. Passend, nicht wahr?« Er klopfte auf die edle Armbanduhr. »Was für ein glücklicher Zufall!«

»Glücklich?« Omally seufzte ergeben. Dann legte er seinem geliebten Kumpan den Arm um die Schultern. »Du bist ein herzensguter Bursche, Jim Pooley«, sagte er. »Und ich bin stolz darauf, dich meinen Freund nennen zu dürfen.«

Die beiden Freunde näherten sich dem Eingang des *Fliegenden Schwans*.

Keiner von beiden hatte auch nur annähernd genügend Geld für ein Pint in der Tasche.

Aber das würde, zumindest am heutigen Tag, kaum eine Rolle spielen.

Und morgen?

Nun, morgen war ein neuer Tag.

Oder vielleicht nicht?

ENDE

Geht's noch weiter? Klar doch.
Lassen Sie sich überraschen. Wir wissen noch nicht, wie der fünfte Teil der BRENTFORD TRILOGIE heißen soll. Favoriten bei Lektor und Übersetzer sind Titel wie: DIE RÜCKKEHR DER ELEFANTENMENSCHEN oder DUMBO II, aber Robert wünscht sich doch etwas mehr Nähe zum englischen Original.
Also wird's wohl so was werden wie: DAS KETTENLÄDENMASSAKER (langweilig, was?). Warten Sie's ab, und nerven Sie Ihren ratlosen Buchhändler ...

... oder informieren Sie sich im ersten offiziellen Robert-Rankin-Fanclub: SPROUTLORE. Informationen dazu erhalten Sie auf den nächsten Seiten – in Englisch, da es nicht nur ein irrer, sondern auch ein irischer Fanclub ist, wo man nur Englisch verstehen tut (sollten Sie eine Übersetzung benötigen, wenden Sie sich NICHT an Axel Merz).

What is
SPROUTLORE

Sproutlore is the official Fan Club of the British Humourous Science Fiction Writer, Robert Rankin.

Now in its fifth year, it was founded by Pádraig Ó Méalóid many years ago. He intended the club to have a membership of one (himself), however made the mistake of telling James Shields about it. He produced the first issue of The Brentford Mercury and Sproutlore was born.

Unfortunately nothing happend for a while after that. Not until James Bacon took over, that is. He was rather annoyed that he had paid to join and received nothing after issue one, but rather than sitting around complaining, he decided to take action. Within two weeks issue two came out which was followed by issue 3 a couple of months later.

Since then the club has grown steadely and it now has almost 400 members. To date 12 issues of The Brentford Mercury have been published, with issue 13 due out in May (99).

As well as producing the newsletter, Sproutlore has organised a number of events for its members. These include appearances by Robert Rankin at science fiction conventions, and ›Days out‹ for members. The first of these was in Brighton in July '97. We are currently planning a couch tour of Brentford with Robert Rankin as the tour guide.

Membership lasts four issues, which tends to be about a year. But since deadlines tend to slip, the magazine doesn't come out exactly three months, so please don't worry if it's a little late.

Members will receive:

Four Fabulous Issues of The Brentford Mercury, featuring previously unpublished stories by Robert Rankin. Also containing News, Reviews, Fiction and details of signing tours.

A coveted Sproutlore badge.

Special Rates on Exclusive Tee-Shirts
and Merchandise.

Kenneth ›Kit‹ Carson war einer der besten Time-Scouts, wenn nicht sogar der beste. Doch mit den Jahren hat er sich auf seinen Reisen zu viele Narben zugezogen, physische und psychische. Heute führt Kit ein kleines Hotel im Zeit-Terminal 86 und hat geschworen, sich nie wieder auf eine Zeitreise zu begeben. Er ist zufrieden damit, Touristen zu bewirten, die sich den Zirkus Maximus oder das viktorianische London ansehen wollen – bis seine Enkeltochter auftaucht, eines der verbotenen Zeittore durchschreitet und fortan verschollen ist. Nun muß Kit sich doch wieder auf die gefährliche Reise durch die Zeit machen ...

ISBN 3-304-24221-1

BASTEI LÜBBE

Diana Wynne Jones ist eine bedeutende Jugendbuchautorin und wurde bereits mit zahlreichen Auszeichnungen überhäuft. Dies hier ist nun ihr erster Fantasy-Roman für Erwachsene, überraschend originell, humorvoll und ernst zugleich, eine Satire und ein spannendes Abenteuer.

Der RING, eine Vereinigung wohlwollender Hexen und Zauberer, schützt unsere Welt seit Äonen vor den Magiern von Arth, einem Paralleluniversum, das nur eins im Sinn hat: Katastrophen auf der Erde herbeizuführen und der Menschheit zu stehlen, was nicht niet- und nagelfest ist. Nun hat der RING eine Verschwörung nie gekannten Ausmaßes entdeckt, die den Untergang der Erde herbeiführen könnte. Ein Schlachtplan muß her. Doch das ›Arsenal‹, das den Verteidigern zur Verfügung steht, ist äußerst begrenzt – es bleiben kaum mehr als psychologische Sabotageakte, das Herbeiführen interner Meinungsverschiedenheiten (beim Feind) und Kamikaze-Sex …

ISBN 3-404-20368-2

BASTEI LÜBBE